散文卷

贾平凹文选

西路上

29

贾平凹／著 ｜ 作家出版社

目　录

江浙日记

老西安

西安毕竟是西安（代序）①

当我应承了为老西安写一本书后，老实讲，我是有些犯难了，我并不是土生土长的西安人，虽然在这里生活了二十七年，对过去的事情却仍难以全面了解。以别人的经验写老城，如北京、上海、南京、天津、广州，要凭了一大堆业已发黄的照片，但有关旧时西安的照片少得可怜，费尽了心机在数个档案馆里翻腾，又往一些老古董收藏家家中搜寻，得到的尽是一些"西安事变""解放西安"的内容，而这些内容国人皆知，哪里又用得着我写呢？

老西安没照片？这让多少人感到疑惑不解，其实，老西安就是少有照片资料。没有照片的老西安正是老西安。西安曾经叫作长安，这是用不着解说的，也用不着多说中国有十三个封建王朝在此建都，尤其汉唐，是国家的政治、经济、军事、文化中心，其城市的恢宏与繁华辉煌于全世界。可宋元之后，国都东迁北移，如人走茶凉，西安遂渐渐衰败。到了二十世纪二三十年代，已经荒废沦落到规模如现今陕西的一个普通县城的大小，在仅有唐城十分之一的那一圈明朝的城墙里，街是土道，铺为平屋，没了城门的空门洞外就是庄稼地，胡基壕，蒿丘和涝地，夜里有猫头鹰飞到钟楼上叫啸，肯定有人家死了老的少的，要在门首用白布草席搭了灵棚哭丧，而黎明出城去报丧的就常见到狼拖着扫帚长尾在田埂上游走。上海已经有洋人的租界了，蹬着高跟鞋拎着小坤包的摩登女郎和穿了西服挂了怀表的先生们生活里大量充斥

---

① 《老西安——废都斜阳》原为江苏美术出版社出版的"老城市"系列丛书中的一册，配有多幅西安的老照片。今收入本书时只取文字部分。——编者注

了洋货，言语里也时不时夹杂了"密司特"之类的英文；而西安街头的墙上，一大片卖大力丸、治花柳病、售虎头万金油的广告里偶尔有一张两张胡蝶的、阮玲玉的烫发影照，普遍地把火柴称作洋火，把肥皂叫成洋碱，充其量有了名为"大芳"的一间照相馆。去馆子里照相，这是多么时髦的事！民间里广泛有着照相会摄去人的魂魄的，照相一定要照全身，照半身有杀身之祸的流言，但照相馆里到底是怎么回事，十分之九点九的人只是经过了照相馆门口向里窥视，立即匆匆走过，同当今的下了岗的工人经过了西安凯悦五星级大酒店门口的感觉是一样的。一位南郊的九十岁的老人曾经对我说过他年轻时与人坐在城南门口的河壕上拉话儿，缘头是由"大芳"照相馆橱窗里蒋介石的巨照说开的，一个说：蒋委员长不知道一天吃的什么饭，肯定是顿顿捞一碗干面，油泼的辣子调得红红的。他说：我要当了蒋委员长，全村的粪都要是我的，谁也不能拾。这老人的哥哥后来在警察局里做事，得势了，也让他和老婆去照相馆照相，"我一进去，"老人说，"人家问全光还是侧光？我倒吓了一跳，照相还要脱光衣服?！我说，我就全光吧，老婆害羞，她光个上半身吧。"

正是因为整个老西安只有那么一两间小小的照相馆，进去照的只是官人、军阀和有钱的人，才导致了今日企图以老照片反映当时的民俗风情的想法落空，也是我在写这本书的时候首先感到了老的西安区别于老的北京、上海、广州的独特处。

但是，西安毕竟是西安，无论说老道新，若要写中国，西安是怎么也无法绕过去的。

如果让西安人说起西安，随便从街上叫住一个人吧，都会眉飞色舞地摆阔：西安嘛，西安在汉唐做国都的时候，北方是北夷呀，南方是南蛮吧。现在把四川盆地称"天府之国"，其实"天府之国"最早说的是我们西安所在的关中平原。西安是大地的圆点。西安是中国的中心。西安东有华岳，西是太白山，南靠秦岭，北临渭水，土地是中国最厚的黄土地，城墙是世界上保存最完整的古城墙。长安长安，长治久安，从古至今，它被水淹过吗？没有。被地震毁坏过吗？没有。日本鬼子那么凶，他打到西安城边就停止了！据说新中国成立时选国都地，差一点就又选中了西安呢。瞧瞧吧，哪一个外国总统到中国来不是去了北京上海就要来西安吗？到中国不来西安那等于是没真正来过中国呀！这样的显摆，外地人或许觉得发笑，但可以说，这种类似于败落大户人家的心态却顽固地潜藏于西安人的意识里。我曾经亲身经历过这样一幕：有一次我在一家宾馆见着几个外国人，他们与一女服务生交谈，听不懂西安话，问怎么不说普通话呢？女服务生说：你知道大唐帝国吗？在唐代西安话就是普通话呀！这时候一只苍蝇正好飞落在外国一游客的帽子上，外国人惊叫这么好的宾馆怎么有苍蝇，女服务生一边赶苍蝇一边说：你没瞧这苍蝇是双眼皮吗，它是从唐朝一直飞过来的！

西安人凡是去过镇江的北固山的，都嘲笑那个梁武帝在山上写着的"天下第一江山"几个字，但我在北京却遭遇到一件事，令我大受刺激。那是我第一次去北京，我要去天桥找个熟人，不知怎么走，问起一个袒胸露乳的中年汉子："同志，你们北京天桥怎么去？"他是极热情的，指点坐几路车到什么地方换坐几路车，然后顺着一条巷直走，向左拐再向右拐，如何如何就到了。指点完了，他却教导起了我："听口音是西安的？边远地区来不容易啊，应该好好逛逛呀！可我要告诉你，以后问路不要说你们北京天桥怎么去，北京是我们的，也是你们的，是全国人民的，你要问就问：同志，咱们首都的天桥在什么地方，怎么个走呀！"皇城根下的北京人口多么满，这一下我就憋咧。事隔了十年，我在上海，更是生了一肚子气，在一家小得可怜的旅馆里住，白天上街帮单位一个同事捎买衣服，跑遍了一条南京路，衣服号码都是个瘦，没一件符合同事腰身的。"上海人没有胖子"，这是我最深刻的印象。夜里回来，门房的老头坐在灯下用一个卤鸡脚下酒喝，见着我了硬要叫我也喝喝，我说一个鸡脚你嚼着我拿什么下酒呀，他说我这里有豆腐乳的，拉开抽屉，拿一根牙签扎起小碟子里的一块豆腐乳来。我笑了，没有吃，也没有喝，聊开天来。他知道了我是西安人，眼光从老花镜的上沿处盯着我，说：西安的？听说西安冷得很，一小便就一根冰拐杖把人撑住了?!我说冷是冷，但没上海这么阴冷。他又说：西安城外是不是戈壁滩?!我便不高兴了，说：是的，戈壁滩一直到新疆，出门得光膀子穿羊皮袄，野着嗓子拉骆驼哩！他说：大上海这么大，我还没见过骆驼呢。我哼了一声：大上海就是大，日本就自称大和，那个马来西亚也叫作大马的……回到房间，气是气，却也生出几分悲哀：在西安时把西安说得不可无一，不可有二，外省人竟还有这样看待西安的？！

当我在思谋着写这本书的时候，困扰我的还不是老照片的缺乏，也不是头痛于文章从哪个角度切入，而真的不知如何为西安定位。我常常想，世上的万事万物，一旦成形，它都有着自己的灵魂吧。我向来看一棵树一块石头不自觉地就将其人格化，比如去市政府的大院看到一簇树枝柯交错，便认定这些树前世肯定也是仕途上的政客；在作家协会的办公室看见了一只破窗而入的蝴蝶，就断言这是一个爱好文学者的冤魂。那么，城市必然是有灵魂的，偌大的一座西安，它的灵魂是什么呢？

翻阅了古籍典本，陕西是被简称秦的，秦原是西周边陲的一个古老部落，姓嬴氏，善养马，其先公因为周孝王养马有功而封于秦地的。但秦地最早并不属于现在的陕西，归甘肃省。这有点如陕西人并不能自称陕人，原因是陕西实指河南陕县以西的地方一样。到了春秋时期，秦穆公开疆拓土，这下就包括了现在陕西的一些区域，并逐渐西移，秦的影响便强大起来，而在这辽阔的地区内自古有人往来于欧亚之间，秦的声名随戎狄部落的流徙传向域外，邻国于是称中国为秦。所谓的古波斯人称中国为赛尼，古希伯来人称中国为希尼，古印度人称中国为支那、震旦，其实全都是秦的音译。到了秦始皇统一中国，"逼逐匈奴，威震殊俗，匈奴之流徙极远者，往往至今欧洲北土……彼等称中国为秦，欧洲诸国亦相沿之而不改"。秦的英语音译也就是中国。中国人又称为汉人，中国的语言称汉语，国外研究中国学问的专家称为汉学家，日本将中医也叫作汉医，那么，汉又是怎么来的呢？刘邦在秦亡以后，被项羽封地在陕西汉中，为汉王，刘邦数年后击败了项羽，当然就在西安建立了汉朝，汉朝到了汉武帝时期，国力鼎盛，开辟了丝绸之路，丝绸人都自称为汉家臣民，西方诸国因此就称他们为汉、汉人，沿袭至今。而历史进入唐代，中国社会发展又是一个高峰期，丝绸之路更加繁荣，海上交通与国际交往也盛况空前，海外诸国又称中国人为唐人。此称谓一直延续，至今美国的纽约、旧金山，加拿大的温哥华，巴西的圣保罗，澳大利亚的墨尔本，以及新加坡等地，华侨或外籍华裔聚居的地方都叫唐人街。

世界对于中国的认识都起源于陕西和陕西的西安，历史的坐标就这样竖起了，如果不错的话，我以为要了解中国的近代文明那就得去北京，要了解中国的现代文明得去上海，而要了解中国的古代文明却只有去西安了。西安或许再也不能有如秦、汉、唐时期在中国的显赫地位了，它在十八世纪衰弱，二十世纪初更是荒凉不堪，直到现在，经济发展仍滞后于国内别的省份，但它因历史的积淀，全方位地保留着中国真正的传统文化（现在人们习惯于将明清以后的东西称为传统，如华侨给外国人的印象是会功夫，会耍狮子龙灯，穿旗袍，唱京剧，吃动物内脏，喝茶喝烧酒等，其实最能代表中华民族的东西在汉唐），使它具有了浑然的厚重的苍凉的独特风格，正是这样的灵魂支撑着它，氤氲笼绕着它，散发着魅力，强迫得天下人为之瞩目。

一、秦砖汉瓦

有一句老话：南方的秀才北方的将，陕西的黄土埋皇上。我去过江浙一带，每到一县，令我瞠目结舌的是那里的博物馆里差不多都有几个以及几十个中过状元的名单表，而漫长的科举年代，整个陕西仅只有康海和王铎两个状元，据说一个还有后门之嫌。可陕西的黄土的确也是厚的，在西安之东的黄河边，随处便见几百米高的岸层尽是黄土，无一拳大的砂石；西安郊外的水井，井台上都架有巨大的辘轳，两个人或四个人抱着辘轳绞动半天才能绞上一桶水的。在这厚土上，气脉沉绵，除了人文始祖轩辕黄帝墓和始皇嬴政墓外，单是围绕着西安的汉唐两代的帝王陵墓竟多达三十余座，如汉高祖刘邦的长陵，汉武帝刘彻的茂陵，唐太宗李世民的昭陵，唐高宗李治和皇后武则天的乾陵。这些陵墓，唐时是以真山为陵，遍布于渭北平原的蒲城、富平、三原、泾阳、礼泉、乾县，而汉陵除文帝灞陵是以土塬为坟之外，其他均是在咸阳塬上人工筑成的方尖锥形大土坟，颇有类于埃及的金字塔。坟堆经过两千多年的雨水冲击和人为的破坏，墓基业已缩小，尖锥早不整齐，可望去仍如山丘。关中平原的地下是没有什么矿藏的，它只长庄稼和皇陵，庄稼是供人生存吃粮的，皇陵埋葬着王朝的象征。如果说埋一颗种子可以生长草木，那么埋下一个王朝的象征而生长出的就是王气，这恐怕也是明清之后陕西少有秀才的缘故吧，学文从艺毕竟是一桩"雕虫小技"啊。

十五年前的一个礼拜日，我骑了自行车去渭河岸独行，有一处的坟陵特别集中，除了有两个如大山的为帝陵外，四周散落的还有六七个若小山的是那些伴帝的文臣武将和皇后妃子的墓堆，时近黄昏，夕阳在大平原的西边滚动，渭河上黄水汤汤，所有的陵墓被日光蚀得一片金色，我发狂似的蹬着自行车，最后倒在野草丛中哈哈大笑。这时候，一个孩子和一群羊就站在远远的地方看我，孩子留着梳子头，流一道鼻涕在嘴唇上，羊鞭拖后，像一条尾巴。我说："嗨，碎人，碎人，哪个村里的？"西安的土话"碎"是小，他没有理我。"你耳朵聋了没，碎人！""你才是聋子哩！"他顶着嘴，提了一下裤子，拿羊鞭指左边的一簇村子。关中平原上的农民住屋都是黄土板筑的很厚的土墙，三间四间的大的入深堂房是硬四椽结构，两边的厢房就为一边盖了，如此形成一个大院，一院一院整齐排列出巷道。而陵墓之间的屋舍却因地赋形，有许多人家直接在陵墓上凿洞为室，外边围一圈土坯院墙，长几棵弯脖子苍榆。我猜想这一簇一簇的村落或许就是当年的守墓人繁衍下来所形成的。但帝王陵墓选择了好的风水地，阴穴却并不一定就是好的阳宅地，这些村庄破破烂烂，没一点富裕气象，眼前的这位小牧羊人形状丑陋，正是读书的年龄却在放羊了！我问他："怎么不去上学呢？"他说："放羊哩嘛！""放羊为啥哩？""挤奶嘛！""挤奶为啥哩？""赚钱嘛！""赚钱为啥哩？""娶媳妇嘛！""娶媳妇为啥哩？""生娃嘛！""生娃为啥哩？""放羊嘛！"我哈哈大笑，笑完了心里却酸酸的不是个滋味。

关中人有相当多的是守墓人的后代，我估计，现在的那个有轩辕墓的黄陵县，恐怕就是守墓人繁衍后代最多的地方。陕西埋了这么多皇帝，辅佐皇帝创业守成的名臣名将，也未必分属江南、北国，倒是因建都关中，推动了陕西英才辈出，如教民稼穑的后稷，治理洪水的大禹，开辟丝绸之路的张骞，一代史圣司马迁，仅以西安而言，名列"二十四史"的人物，截至清末，就有一千多人。这一千多人中，帝王人数约占百分之五，绝大部分属经邦济世之臣，能征善战之将，侠肝义胆之士，其余的则是农学家、天文学家、医学家、史学家、训诂学家、文学家、画家、书法家、音乐歌舞家艺术家，三教九流，门类齐全。西安城南的韦曲和杜曲，实际上是以韦、杜两姓起名的，历史上韦、杜两大户出的宰相就四十人，加上名列三公九卿的大员，数以百计，故有"城南韦杜，去天尺五"之说。

骑着青牛的老子是来过西安的，在西安之西的周至架楼观星，筑台讲经，但孔子是"西行不到秦"的。孔子为什么不肯来秦呢，是他畏惧着西北的高寒，还是仇恨着秦的"狼虎"？孔子始终不来陕西，汉唐之后的陕西王气便逐渐衰微了。民间的传说里，武则天在冬日的兴庆宫里命令牡丹开花，牡丹不开，逐出了西安，牡丹从此落户于洛阳，而城中的大雁塔和曲江池历来被认为是印章和印泥盒的，大雁塔虽有倾斜但还存在，曲江池则就干涸了。到了二十世纪，中国的天下完全成了南方人的世事，如果说老西安就从这个时候说起，能提上串的真的就没有几个人物了。

一九〇〇年，八国联军进北京，慈禧逃难西安，这便是西安临时又做了一回国都吧。这一次做国都，并没有给西安增添荣耀，却深深蒙受了屈辱，更让西安人痛心的是庚子之乱的结果将西安人赵舒翘处死。

赵舒翘的家是在城西南的甜水井街上，我曾在双仁府街居住了数年，因双仁府距甜水井极近，偶然就认识了赵氏的后人并成为熟客，常去他家吃酒喝茶。那是个大杂院，拥挤了十多户居民，但在那以砖墙和油毛毡分隔出的七拐八弯往里走，随处是搂粗的屋柱，菱花雕窗，墙头的砖饰，想见着往昔是多么豪华。我坐在唯一产权归他的那间偏房小屋，光线阴暗，地面潮湿，撑起那精致的揭窗，隐约地看到几件老红木椅柜，强烈地感受到了一种幽怨之气，疑心落在窗前一棵紫藤上的小鸟是赵舒翘的托变。赵舒翘是当时西安人做得最大的官，由刑部尚书到军机大臣，甜水井街几乎就是赵家府。慈禧西逃，就是赵舒翘护驾到他的老家的。清室代表与八国联军谈判时，联军提出必须严惩义和团的幕后支持人刚毅和赵舒翘，而刚毅在西来途中病死，赵舒翘自然被洋人盯住不放。慈禧是欣赏赵的，曾亲笔为赵题写"镜清光远"挂屏一幅，所以不想杀之，先是革职留用，后改为"斩监候"（死缓），但洋人一再威逼，慈禧才拟改斩赵取得联军谅解。消息传出，西安各界人士便群起为赵舒翘请命，数万人在钟楼下游行示威，慈禧遂改"赐自死"，让他得个全尸。赵舒翘时年五十四岁，体质强壮，加之内心总在想慈禧能有赦免的懿旨追来，因而服鸦片不死，又服毒药数种不死，折腾了几个时辰，最后是被捆在木板上以黄表喷烧酒一层一层糊面憋死。赵舒翘一死，家府中的男人就鸟兽散了，仅存下一大群妇道人家靠往日积存度日。妇人多阴气重，家境一败再败，屋舍典卖从一条街到半条街，由半条街到三处院落，直至解放后，赵家的正宗后人，也即我的那位熟人只能栖身于一间小屋了。据说赵舒翘临死前遗训子孙"再勿做官"，此话准确与否，没有深究，但事实是赵家的后人皆以技艺生活，再无一人在仕途上。

就在赵舒翘被赐死的时期，却有另一个被赐了"一品诰命夫人"，这便是三原安抚堡的一个寡妇。寡妇是人物漂亮，处事果断，远近盛传她是金蛤蟆精变的。夫家原是当地的首富，她初为人妻，男人就病死了，村人都说她得改嫁，这户人家从此要败了，她偏就顶门立户，将一个大家治理得井井有条。难得一个妇道角色，几十年里鸡啼起身，描眉油头，打扮得容光焕发，然后提了曳地长裙，踮了三寸金莲，登坐于专门修筑于大院中的一个板楼上，监督百十号长工短工劳作。慈禧逃来西安，也正是所谓国难之时，这寡妇竟有主见，用马车拉了满满一车金银捐贡朝廷，感动得慈禧要认她做干女儿。

一个是朝里人，一个是民间事，在清朝末年，陕西人演绎的悲喜剧绝对是陕西人的特色。在西安，甚或在关中的任何县任何村，随时是可以听到秦腔的。外地人初听秦腔，感觉是"死狼声吼叫"，但那高亢激越的怒吼之中撕不断扯不尽的是幽怨沉缓的哭音慢板，就如冬日常见到的平原之上的粗桩和细枝组合的柿树一样，西风里，你感受到的是无尽的悲怆和凄凉。时间又过了几十年，又是一个政坛上的强人和民间的奇才登场，这就是杨虎城与牛道濂。关于杨虎城的事迹，各类"西安事变"的文献书中已经说得太多，他原是渭北一带的刀客，为人豪爽，处事勇敢，但绝不是个粗人。我读过一篇参与了"西安事变"的某人的回忆录，其中有两处描写印象深刻。一是说杨虎城识不了多少字，但记忆力非凡，多少年前的某日某事某某参加皆清楚不误；演讲时，他可以拿讲稿，但在讲稿上折好多角，折什么样的角讲什么样的话，只有他明白，然后开讲就全然不用别人为他写的讲稿。二说他和张学良合作，相互并不是没有存疑，张学良的出身、学养、势力自然是杨虎城不能比的，但杨虎城办事除了有豪侠之气外，因出身农家，自有农民的一点狡黠，两人决定了兵谏，他却担心张学良提前撇了他，时时注意着张的动静。一次张学良的一位重要部下在易俗社看戏，他当然也派人在剧场，戏演到一半，那个部下匆匆离去，他手下的人遂赶回将情况告诉他，他便估摸张学良要动手了，紧急召集军事会议，调动部队，即将出发前得到情报，那个部下离开剧场是去干别的事了，方停止了行动，险些出了大的事故。我们现在能看到的张学良和杨虎城的照片，一个英武潇洒，一个雄浑沉健。杨虎城的相貌是典型的关中人形象，头大面宽，肉厚身沉，颇有几分像秦始皇墓出土的兵马俑。现存留在西安城里的张学良公馆和杨虎城公馆，便足以看出两人风格，一个是西式建筑，一个是庭院式的传统结构。出身于草莽的武人在国家民族危难之际冒着身败名裂的危险兵谏，这是一种正义的力量，人格的力量，可歌可泣，但他又是传统的，农民式的，他的结局必然与张学良截然不同。我曾数次去拜谒过他的陵园，在肃穆的墓碑前，看终南山上云聚云散，听身后粗大的松树上松子在天风里坠落，不禁仰天浩叹。

与杨虎城几乎同一时期的，在城区的蓝田县里却也出了个奇人牛道濂。民间里提牛道濂是没人知道的，说牛才子则妇孺皆知。西安方圆历来出奇人异事，近多年来曾不断地传出哪儿哪儿有了个神人，我是相信神祇是混迹于芸芸众生之中的，且是对一切神祇现象都敬畏的人，所以，但凡听说，就去拜见，倒是结识一帮高士。当我来到西安时，牛才子已经作古很久了，但他的故事却常常在市民的茶摊上、麻将桌上谈说不已。一个细雨蒙蒙的中午，我在出租车里听司机给我谈天说地："你知道终南山里隐居着三千个真人吗？"我不知道，过去有"终南捷径"之说，现在有这么多人隐居在那儿，何不显世呢？司机说："你瞧着吧，现在世上狼虫虎豹少了，狼虫虎豹都托变成人，这些高人就该显世在人类危难的时候了，就像牛才子当年那样！"于是，他开始讲牛才子，说河南军阀刘镇华一九二六年率军围困西安八个月，久攻不下，从城外向城里挖地道，城里人都知道地道要挖进来了，但谁也不知道地道口将在何处出现，每个街巷都埋了大瓮，灌满了水，派人日夜守在水瓮边听声看水面。牛才子就出来说话了，但他并没有说地道口要从哪儿出来，他只建议城防当局把一个叫莲花池的地方扩大，让四周的水都引过去，成为一个湖。湖是形成了，水深齐腰，竟于某一日湖水突然下泄，原来是地道出口正在湖中，湖水就把地道全泡塌了。说牛才子在蓝田老家更是有许多神奇，以致大红的日头下，他出门带了伞，村人都立即要带伞的，偶有不效法的自然就遭了雨淋。说杨虎城有一度地位岌岌可危，请教于牛才子，牛才子正在马房门街的酒馆里喝酒，他长年穿一件长袍子，在酒馆里喝酒是立在那里买上一盅仰头一口喝下。杨虎城的卫兵来请他，他不待卫兵说话，写了个字条让带给杨虎城："重用名字里有山字的人。"云从龙，虎凭山，杨虎城果然起用了一个叫王一山的人，事业真的发达开来。

赵舒翘和杨虎城是西安近代史上两个无法避开的人物，而民间传颂最多的倒是那个安抚堡的寡妇和牛才子。赵舒翘和杨虎城属于正剧，正剧往往是悲剧，安抚堡寡妇和牛才子归于野史，野史里却充满了喜剧成分。我们尊重那些英雄豪杰，但英雄豪杰辈出的年代必定是老百姓生灵涂炭的岁月，世俗的生活更多的是波澜不起地流动着，以生活的自在规律流动着，这种流动沉闷而不感觉，你似乎进入了无敌之阵，可你很快却被俘虏了，只有那些喜剧性人物增加着生趣，使我们一日一日活了下去，如暗里飞的萤虫自照，如水宿中的禽鸟相呼。

以西安市为界，关中的西部称为西府，关中的东部称东府，西府东府比较起来就有了一种很有趣的现象。东府有一座华山，西府有一座太白山。华山是完整的一块巨石形成的，坚硬、挺拔、险峭，我认作是阳山，男人的山，它是纯粹的山，没有附加的东西，如黄山上的迎客松呀，峨眉山上能看佛光呀，泰山上可以祀天呀，上华山就是体现着真正上山的意义。

太白山峰峦浑然，终年积雪，神秘莫测，我认作是阴山，女人的山。东府有秦始皇兵马俑博物馆，西府里有霍去病石雕博物馆。我对所有来西安旅游的外地朋友讲，你如果是政治家，请去参观秦兵马俑张扬你的气势，你如果是艺术家，请去参观霍去病墓以寻找浑然整体的感觉。在绘画上，我们习惯于将西方的油画看作色的团块，将中国的水墨画看作线的勾勒，在关中平原上看冬天里的柿树，那是巨大的粗糙的黑桩与细的枝丫组合的形象，听陕西古老的戏剧秦腔，净的嘶声吼叫与旦的幽怨绵长，又是结合得那样地完美，你就明白这一方水土里养育的是一种什么样的人了。

如果说赵舒翘、杨虎城并没有在政治上、军事上完成他们大的气候，那么，从这个世纪之初，文学艺术领域上天才却一步步向我们走来，于右任、吴宓、王子云、赵望云、石鲁、柳青……足以使陕西人和西安这座城骄傲。

我每每登临城头，望着那南北纵横井字形的大街小巷，不由自主地就想到了他们，风里点着一支烟，默默地想象这些人物当年走动于这座城市的身影，若是没有他们，这座城将又是何等地空旷啊！

于右任被尊为书圣，他给人永远是美髯飘飘的仙者印象，但我见过他年轻时在西安的一张照片，硕大的脑袋，忠厚的面孔，穿一件臃肿不堪的黑粗布棉衣裤。大的天才是上苍派往人间的使者，他的所作所为，芸芸众生只能欣赏，不可模仿。现在海内外写于体的书法家甚多，但风骨接近者少之又少。我在江苏常熟翁同龢故居里看翁氏的照片，惊奇他的相貌与于右任相似，翁氏的书法在当时也是名重天下，罢官归里，求字者接踵而来，翁坚不与书，有人就费尽心机，送帖到翁府请其赴什么宴，门子将帖传入，翁凭心性，上次批一字"可"，这次批一字"免"，如此反反复复，数年里集单字成册作为家传之宝。于右任在西安的时候却是有求必应，相传曾有人不断向他索字，常坐在厅里喝茶等候，茶喝多了就跑到街道于背人处掏尿，于右任顺手写了"不可随处小便"，他拿回去，重新剪裁装裱，悬挂室中却成了"小处不可随便"。西安人热爱于右任，不仅爱他的字，更爱他一颗爱国的心，做圣贤而能庸行，是大人而常小心。他同当时陕西的军政要人张钫，数年间跑遍关中角角落落，搜寻魏晋和唐的石碑，常常为一块碑子倾囊出资，又百般好话，碑子收集后，两人商定，魏晋的归于，唐时的属张，结果于右任将所有的魏晋石碑安置于西安文庙，这就形成了至今闻名中外的碑林博物馆，而张钫的唐碑运回了他的河南老家，办起了"千唐志斋"。正应了大人物是上苍所派遣的话，前些年西安收藏界有两件奇石轰动一时，一件是一块白石上有极逼真的毛泽东头像，一件是产于于右任家乡三原县前泾河里的一块完整的黑石惟妙惟肖的是于右任，惹得满城的书法家跑去观看，看者就躬身作拜，状如见了真人。

从书法艺术上讲，汉时犹如人在剧场看戏，魏晋就是戏散后人走出剧场，唐则是人又回坐在了家里，而戏散人走出剧场那是各色人等，各具神态的，所以魏晋的书法最张扬，最有个性。于右任喜欢魏晋，他把陕西的魏晋碑子都收集了，到了我辈只能在民间收寻一些魏晋的拓片了。在我的书房里，挂满了魏晋的拓片，有一张上竟也盖有于右任的印章，这使我常面对了静默玄想，于右任是先知先觉，我是浑厚之气不知不觉上身的。

于右任之后，另一个对陕西古代艺术的保护和发展作出了重要贡献的人物当属王子云。王子云在民间知之者不多，但在美术界、考古界却被推崇为大师的，在三四十年代，他的足迹遍及陕西所有古墓、古寺、山窟和洞穴，考察、收集、整理古文化遗产。翻阅他的考察日记，便知道在那么个战乱年代，他率领了一帮人在荒山之上，野庙之中，常常一天吃不到东西，喝不上水，与兵匪周旋，和豺狼搏斗。我见过他当年的一张照片，衣衫破烂，发如蓬草，正立于乱木搭成的架子上拓一块石碑。霍去病墓前的石雕可以说是他首先发现了其巨大的艺术价值，并能将这些圆雕拓片，这种技术至今已无人能及了。

石鲁和柳青可以说是旷世的天才，他们在四十年代生活于西安，又去了延安再返回西安发展他们的艺术，他们最有个性，留在民间的佳话也最多，几乎在西安，任何人也不许说他们瞎话的，谁说就会有人急。在外地人的印象里，陕西人是土气的，包括文学艺术家，这两个形象也是如此。石鲁终年长发，衣着不整，柳青则是光头，穿老式对襟衣裤；但其实他们骨子里最洋。石鲁能歌善舞，精通西洋美术，又创作过电影剧本，柳青更是懂三四种外语，长年读英文报刊。他们的作品长存于世，将会成为中华民族文化遗产的一部分不动资产，而他们在"文化大革命"的浩劫中命运却极其悲惨，石鲁差点被判为死刑，最后精神错乱，柳青是在子女用自行车推着去医院看病了数年后，默默地死于肺气肿。

当我们崇拜苏东坡，而苏东坡却早早死在了宋朝，同样地，我出生太晚，虽然同住于一个城市，未能见到于右任、王子云、石鲁和柳青。美国的好莱坞大道上印有那些为电影事业作出贡献的艺术家的脚印手印，但中国没有。有话说喜欢午餐的人是正常人，喜欢早餐或喜欢晚餐的人是仙或鬼托生的，我属于清早懒以起床晚上却迟迟不睡的人，常在夜间里独自逛街，人流车队渐渐地稀少了，霓虹灯也暗淡下去，无风有雾的夜色里浮着平屋和楼房的正方形、三角形，谁家的窗口里飘出秦腔曲牌，巷口的路灯杆下一堆人正下着象棋，街心的交通安全岛上孤零零蹲着一个老头明灭着嘴唇上的烟火，我就常常作想：人间的东西真是奇妙啊，我们在生活着，可这座城是哪一批人修筑的？穿的衣服，衣服上的扣子，做饭的锅，端着的碗，又是谁第一个发明的呢？我们活在前人的创造中而我们竟全然不知！人人都在说西安是一座文化积淀特别深厚的城市，但它又是如何一点一点积淀起来的呢？文物是历史的框架，民俗是历史的灵魂，而那些民俗中穿插的人物应该称作是贤德吧？流水里有着风的形态，斯文里留下了贤德的踪迹，今日之夜，古往今来的大贤大德们的幽灵一定就在这座城市的空气里。

　　一九九八年冬季的一个夜晚，空气十分地清冷，我游逛到了碑林博物馆的附近，一家字画店还未关门，进去竟购买了一张康有为手迹"应无所住"的拓片。我喜欢康有为的书法，也知道这四个字的原石碑现在仍保留在兴善寺里，但回来对拓片还是看了许久，发着笑声，画下了一张画。我画的是一条鱼，鱼无鳞，遍布了青铜器上的那种纹饰，旁边题道："鱼以人腹为坟墓，我的毁誉在民间。"我想到的全然是康有为了。

　　一九二三年康有为被陕西督军延请入陕，老夫子颇为风光，所到之处参观、讲学、吃宴，并要在众人的叫好声中留下墨宝，"应无所住"就是那次写就的。他乘兴而来，每到一处恭维的话听得耳朵也磨出茧了，总不免要谦虚一句"老而不死了"，没想到待他离开西安却是十分败兴，西安城里从此留下了一副对联"国之将亡必有；老而不死是为"，横额"寿而康"。事情是这样的，康有为去了一趟碑林博物馆附近的卧龙寺，卧龙寺的和尚见是康有为，便将珍藏于寺的举世珍籍《碛砂藏》拿与他看，康有为当然知道它的宝贵，借口拿回寓所翻阅，竟不再言送还而匆匆离陕。待他的车马一走，寺里和尚立即呈报督军府，众人一片哗然，以李仪祉为首的一批地方名流力主要讨回珍宝，但康有为是何等人物，又怎么当面剥他那张贼皮呢？和尚们就紧追不舍，一直到了潼关追上，拦道挡马，婉言说了康夫子学富五车，见识广博，别人都不识《碛砂藏》，只有您慧眼识得，遗憾的是此经书一千五百三十二部，六千三百六十二卷，你看到的是卧龙寺分藏的一部分，还有一部分藏于开元寺，若先生喜爱，不几日将全集装订一起了给先生送到府上过目。如此云云一番巧说，康有为哈哈大笑，交出了《碛砂藏》，还说了一句："我明白孔子为什么西行不到秦了！"

康有为做了一回贼，可他是性情中人，并不羞耻而成全了一段饭后茶余的趣话。最令西安人六十多年来义愤不已的是六骏马的失盗和破坏。唐太宗昭陵上的六块浮雕骏马，算得上是中国的艺术珍品，它们为太宗生前征战时所骑的战马，各有马名，即飒露紫、拳毛䯄、特勒骠、白蹄乌、什伐赤、青骓。唐代的雕刻本来就是很写实很生动的，这六件浮雕的马，三跑三立，惟妙惟肖地表现了唐代西域名马的硕健形态，更透射出了唐崇尚雄浑重力量的时代风度。明清以后，陕西是再也没见过像样的马匹，关中平原上有的只是耕田驮货的驴和骡，驴骡那是马的附庸，所以陕西人看重这六骏马。但是一九一八年的一个风高月黑之夜，一个美国人勾结古董奸商盗运了飒露紫和拳毛䯄，又将其余四马打碎而藏匿下来。西安人闻讯缉拿，终于缴获了被打碎的四马，如今碑林博物馆展出的四骏，就是将碎块重新模制的。

从本世纪起，陕西的文物不断地被挖掘出土，每一次莫不轰动国内外，而从文物生出的故事更是灿烂又离奇。蓝田猿人头骨是因为当地人在一条沟里常挖一种石头研粉治疗外伤而引起了专家的注意，查明了那是远古兽骨化石，进一步发掘所收获的。秦兵马俑坑是临潼农民打机井打出一堆陶片而发现的。法门寺地宫是寺塔倒塌后清理地基显露的。更有那些盗墓贼一个在墓坑下一个在墓坑上，待到文物吊上来，墓坑上的丢下绳索使墓坑下的活活饿死的事，有盗窃了一颗秦兵马俑头而丢掉了自己的头的事，有偷藏了汉代稀罕陶器，一连三日里做梦，梦见陶器里发出声音：让我回去，让我回去！以此吓得精神失常的事。我于西安已经生活了二十七年，长长短短在九处安家，几乎见到在什么地方搞建筑，但凡挖地基都有文物出现，而那些秦代的砖，汉朝的罐、瓦当、铜钱、陶俑，虽也是够等级的文物，可实在太多，国家并不是严格管理，于是差不多的人家都有那么几件。八十年代初，我借居于北郊农家，村里许多人家的厕所墙角总有一大堆打碎了的汉陶罐片，农民是用其揩屁股的，揩过了又丢在那里，经过雨淋干净了，如此再用。秦的汉的瓦当，老太太们则是要用来拓印锅盔馍上的花纹的。九十年代初，我在城南一所疗养院治病，疗养院外的塬地上聚着一堆一堆破砖烂瓦，农民在怨恨着地里的破砖烂瓦太多影响着耕犁，原来这里曾是唐时的一座寺庙，因和尚诱奸民女，附近村民将和尚活埋地下，仅露出个光头，再用铁耙来耙，将寺称耙头寺，后又一把火毁了。我每日下午去那破砖瓦堆里挑拣，竟在病愈回家时带回来了十几块有花纹和文字的砖瓦。

西安多文物，也便有了众多的收藏家，其中的大家该算是阎甘园了。阎家到底收藏了多少古董，现已无法考证，因为"文化大革命"中，红卫兵一架子车一架子车往外拉"四旧"，有的烧毁了，有的散失了，待国家拨乱反正的时候，返回的仅只有十分之一二。鲁迅先生当年来西安，就到过阎家，据说阎甘园把所有的藏品都拿出来让这位文豪看，竟摆得满院没了立脚的地方。等到我去阎家的时候，阎家已搬住在南院门保吉巷的一个小院子里，人事沧桑，小院的主人成了阎甘园的儿子阎秉初，一个七八十岁的精瘦老人了。老人给我讲着遥远的家史，讲着收藏人的酸辣苦甜，讲着文物鉴定和收藏保管的知识，我听得入迷，盘脚坐在了椅上而鞋掉在地上组成了"×"形竟长久不知，后来就注意到我坐的是明代的红木椅子，端的是清代的茶碗吃茶，桌旁的一只猫食盘样子特别，问：那是什么瓷的？老人说了一句：乾隆年间的耀州老瓷。那一个上午，阳光灿烂，几束光柱从金链锁梅的格窗里透射进来，有活的东西在那里飞动，我欣赏了从樟木箱里取出的石涛、朱耷、郑板桥和张大千的作品，一件一件的神品使我眩晕恍惚，竟将手举起来哄赶齐白石画上前来的一个飞虫时才知道那原本是画面上绘就的蜜蜂，惹得众人哄笑。末了，老人说："你是懂字画的，又不做买卖，就以五千元半售半赠你那幅六尺整开的郑燮书法吧，你我住得不远，我实在想这作品了还能去你家看看嘛！"可我那时穷而啬，竟没有接受他的好意，数年后再去拜访他时，老人早于三月前作古，他的孙子不认得我，关门不开，院里的狗声巨如豹。

世上的事往往是有牙的时候没有锅盔大饼，等有了锅盔大饼了却又没了牙。待我对收藏有了兴趣，日子也不至于一分钱要掰开两半来使，但我却没能收藏到很好的东西，甚至有相当部分是假古董。有一次有人提供在东郊的一户人家后院的厕所墙是用修大寨田挖出的墓砖砌的，发现砖上有浮雕图案，连忙赶去，厕所墙却是新砖砌的，老太太说前日来了一个人，见过有这么好的人吗，拿新砖把那些旧砖换去了。又有一次，我买了十多个汉陶俑，正欢天喜地往书架上放，来了能识货的朋友指出这是假的，我坚决否认，骂他生了嫉妒之心。朋友说："我也曾买过几个，和你这一模一样，我老婆不小心撞坏了一个，发现里边有一枚人民币的。"我当场将一个敲开，果然里边出现了一枚贰分钱的镍币。从此我改变了收藏观，以为凡是经我看过的东西就算我已收藏了，我更多地去国家博物馆参观。陕西的历史博物馆是非常多的，我到周原博物馆去看青铜器，到咸阳博物馆去看秦砖秦陶，到碑林博物馆去看石雕碑刻，到西安历史博物馆去看汉俑和唐壁画，到西北大学博物馆去看瓦当、封泥，到陕师大博物馆去看古帖名画。做一个西安人真是幸福啊，每一件藏品都在展示着一段曾经辉煌的历史，都在叙说着一件惊天地泣神鬼的悲怆故事。周秦汉唐一路下来的时空隧道里，一切都变得湿漉漉的，伸手可以触摸的，你就会把放大挂于墙上的秦兵马俑照片认作你自己，该去吟唱李白的诗了："秦王骑虎游八极，剑光照空天自碧。"

二、不敢谈繁华

我得到过一张清末民初时期西安城区图，那些小街巷道的名称与现在一模一样，再琢磨这些名称如尚德路、教场门、四府街、骡马市、端履门、大有巷、竹笆市、炭市街、后宰门、马场子、双仁府、北院门、含光路、朱雀路、马道巷，非常有都城性，又有北方风味，可以推断，这些名称起源于汉唐，最晚也该是明朝。西安是善于保守的城市，它把上古的言辞顽强地保留在自己的日常用语里，许多土语方言书写出来就是极雅的文言词，用土话方言吟咏唐诗汉赋，音韵合辙，节奏有致。它把古老的习俗一直流传下来，生了孩子要把鸡蛋煮熟染红分散给广亲众友，死了人各处报丧之后门前的墙上仍要贴上"恕报不周"，仍然有人在剪窗花，有人在做面花，雨天穿了水泥屐在青石小巷呱哒呱哒地走。它将一座城墙由汉修到唐，由唐修到明，由明修到今。八十年代，城墙再次翻修，我从工地上搬了数块完整的旧砖，一块做了砚台，一块刻了浮雕，一块什么也不做就欣赏它的浑厚朴拙，接着遂也萌生了为所有四合院门墩石的雕饰拓片和考察每一条小街巷名称的计划。但这计划因各种原因而取消了，其中一个直接的原因是我去一家豪宅拓门墩拓片时被人家误以为是贼，受了侮辱，后来又患肝病住了一年医院。《废都》一书中基本上写到的都是西安真有其事的老街老巷，书出版后好事人多去那些街巷考证，甚至北京来了几个搞民俗摄影的人，去那些街巷拍摄了一通，可惜资料他们全拿走了，而紧接着西安进行了大规模的城区改造，大部分的老街老巷已荡然无存，留下来的只是它们的名字和遥远的与并不遥远的记忆。

　　我在西安居住最长的地方是南院门。南院门集中了最富有特色的小街小巷，那时节，路面坑坑洼洼不平，四合院的土坯墙上斑斑驳驳，墙头上有长着松塔子草的，时常有猫卧在那里打盹，而墙之上空是蜘蛛网般的陈旧电线和从这一棵树到那一棵树拉就的铁丝，晾挂了被褥、衣裳、裤衩，树是伤痕累累，拴系的铁丝已深深地陷在树皮之内。每一条街巷几乎都只有一个水龙头，街巷人家一早一晚用装着铁轮子的木板去拉桶接水，哐哐哐的噪音吵得人要神经错乱。最难为情的是巷道里往往也只有一个公用厕所，又都是污水肆流，进去要小心地踩着垫着的砖块。早晨的厕所门口排起长队，全是掖怀提裤蓬头垢面的形象，经常是儿子给老子排队的，也有做娘的在蹲坑上要结束了，叫喊着站在外边的女儿快进来，惹得一阵吵骂声。我居住在那里，许多人见面了，说：你在南院门住呀，好地方，解放前最热闹啊！我一直不明白，南院门怎么会成为昔日最繁华的商业区，但了解了一些老户，确实是如此，他们还能说得出一段拉洋片的唱词：南院门赛上海，商行林立一条街，三友公司卖绸缎，美孚石油来垄断，金店银号老凤祥，穿鞋戴帽鸿安坊，亨得利卖钟表，"世界""五洲"西药房……说这段唱词的老者们其中最大八十余岁，他原是西门瓮城的拉水车夫，西安城区大部分地下水或苦或咸，唯有西门瓮城之内四眼大井甘甜爽口，他向我提说了另外一件事。大约是一九三九年吧，他推着特制的水车，即正中一个大轮，两侧木架上放置水桶四个，水桶直径一尺，高二尺，上有小孔，用以灌水倒水，又有小耳子两个，便于搬动，在瓮城装了水才唱唱嗬嗬要到南院门去卖，南院门却就戒严了，说是蒋介石在那里视察。他把水车存放在一家熟人门口，就跟着人群也往南院门看热闹，当然他是近不了蒋介石的身的，先是站在一家茶社门口的棋摊子前，后来当兵的赶棋摊子，他随着下棋人又到了茶社，下棋的照常在茶社下棋，他趴在二楼窗子上到底是见了一下蒋介石，并不断听到消息，说是胡宗南为了显示自己政绩，弄虚作假，让店行的老板都亲临柜台迎宾服务，橱窗里又挂上一尺宽三尺高的蒋的肖像。蒋到了老凤祥，看一枚明代宫廷首饰"钗朵"，顺口问：西安黄金什么价？蒋介石身后的胡宗南忙暗中竖起右手食指和中指，随又弯成钩形，店老板便回答：二百九。其实西安的黄金

21

价已涨到每两四百元。从老凤祥出来，蒋介石这家进那家出，问了火柴又问盐，问了石油又问布，石油已涨成一元二三一斤，但仅被报成七角。

在南院门居住，生活是确实方便的，这里除了没有火葬场，别的设施应有尽有。所谓南院，是光绪十四年陕西巡抚部院由鼓楼北移驻过来的称号，民国以后又都为陕西省议会、国民党省党部、西安行营占驻，一直为西安的政治中心。一九二六年南院西侧的箭道开辟了小百货市场，面粉巷、五味什字、马坊门、正学街、广济街、竹笆市，集中了全城所有的老字号。竹笆市早在明代就是竹器作坊集中地，至今仍家家编卖竹床竹椅竹帘竹笼之类。涝巷是传统的书画装裱、纸扎、棚坊、剪刀五金等工艺作坊区，三家五家的在门面或摊点上出售传统小吃如杏仁油茶、粉蒸肉、甑糕、枣沫糊、炒莽粉。克利西服店是洋服专卖店，那个长脖子、喉结硕大的师傅裁缝手艺属西北第一，给胡宗南做过服装，给从延安来的周恩来也做过服装。老樊家的腊汁肉，老韩家的挂粉汤圆，老何家的"春发生"葫芦头泡馍，王记粉汤羊血都在涝巷外的正街上，辣面店香油坊卖的是最纯正的陕西线线辣面和关中芝麻香油。马坊门的鸿安祥是专卖名牌的鞋店，正学街有家笔店，印石版、篆刻图章、制作徽章。广场的甬道里有西安最早的新式制革厂，有一摆儿卖香粉、雪花膏、生发油、花露水的"摩登商店"，有创建于清宣统元年的陕西图书馆，有商务印书馆，中华书局，世界、大东和北新书局分店，有慈禧来西安所接受的但未被返京时带走的贡品陈列所"亮宝楼"。南广济街有广育堂，制配的痧药和杏核眼药颇具声名，更有达仁堂、藻露堂中药店。藻露堂创立于明天启二年，该店名药"培坤丸"，以调经和血补气安胎而声播海内外，日均销售额二百银元。每年春节这里都办灯市，可谓是万头攒拥，水泄不通，浮于半空的巨大声浪立于钟楼也能听见。正月十五前后的三天晚上，灯谜大会自发形成，由南院的正街、广场一直延伸到马场门，马场门就有了一家叫"礼泉黄"的算卦小屋，礼泉黄的谜面、谜底是不离经、史、诗文的，有着几根稀黄胡子的屋主肯定是坐在旁边的藤椅上，在人们的啧啧夸赞声里，呼噜噜呼噜噜一锅接一锅地吸水烟。

南院门的衰落是民国十七年以后的事，那时西安建市，市政府把满城区划为新市区，开辟东西南北四条新街，后又是陇海线通车到西安，新市区逐渐发展成新的商业区。解放后随着五十年代中期私营工商业的公私合营和手工业的合作化，一些店铺、作坊合并，有些业主歇业、改行、迁走，南院门就再也不可能回复往昔的热闹了。它和上海城隍庙、苏州玄妙观的商业街有相似处，但上海城隍庙、苏州玄妙观现在依然繁华，而西安南院门已衰败，这是因为它毕竟偏处西安城西南隅而不在旧城中心，再是商业往往依托旅游而发展，它并不是西安的游览热点。现在的南院门街巷名字还是老名字，面目已经全非，尽是崭新的高楼大厦了，当年我居住时推着架子车咯咯噔噔去拉煤饼的那个煤炭店呢？一下雨水便积起半尺深，用木板堵住门槛，用塑料白布苫住墙头的那保吉巷呢？那长着一棵香椿树，王家老太太每到初春会给我送一把椿芽的四合院呢？每日清早推着三轮车高声吆喝"教场门的饸饹来喽！"的麻脸女人呢？那个迟早坐着的眼睛只盯过往行人脚的钉鞋人身后的木电线杆呢？但是，过去的两种传统小吃的生意却做大起来，"春发生"葫芦头泡馍已盖起了数层大楼，樊家腊汁肉铺也扩大到极豪华的两间大门面，满城的好食者搭了出租车要赶去门口排队。

　　我第一次来到西安的时候，是十三岁，作为中学生红卫兵串联的，背了粗麻绳捆着的铺盖卷儿，戴着草帽，一看见钟楼就惊骇了，当即草帽掉下来，险些被呼啸而来的汽车碾着。自做了西安市的市民，在城里逛得最多的地方依然是钟楼。我是敬畏声音的，而钟的惊天动地的金属声尤其让我恐惧。钟鼓楼是在许多城市都有的建筑，但中国的任何地方的钟鼓楼皆不如西安的雄伟，晨钟暮鼓已经变成了一句成语，这里还依然是事实，至今许多外地人一早一晚聚于钟鼓楼广场，要看的是一队古装打扮的人神色庄严地去钟楼上鼓楼上鸣钟敲鼓，恍惚到了远古的时代。钟楼在西安的中心，西安人讲龙脉，北门出去的北郊塬上就是龙头，现仍叫龙首村的，钟楼正好建在龙的腰上。古时候钟鼓之声响起来情形如何，四座城门的守卒是否关闭城门，来往行人是否立足凝神，不可得知。一位姓章的朋友说过这样的事，他的爷爷在民国初年是个刽子手，那时报时的方式一度是"放午炮"，当然午炮也是在钟楼上放的。他常常执行犯人必须在午炮前就临刑场，单等了午炮轰然一响，噙一口酒噗地喷向犯人，刀起头落，然后那没了脑袋的身子从肚脐往上聚一个包，包渐渐涌上，断颈就猛地冲上一股血来。

23

以放炮而报时，这也只有西安人能这么干了。西安虽是帝王之都，但毕竟地处西北，气候干燥，冬天冻得要死，夏天热得要命，一年四季其实只有两季，刚刚脱下棉袄，没过几天街上就有人穿单衫了。这样的地理环境，产生了秦嬴政的"狼虎之师"，产生了味道最辣的线线辣子和紫皮独瓣蒜，产生了最暴烈的"西凤酒"，产生了音韵中少于三声多于四声最生、冷、硬、倔的语音和这种语音演绎成的秦腔戏曲。在大小的饭馆里，随处可以看到一帮人有凳子不坐而蹴于其上，提裤腿，挽袖子，面前放着"西凤酒"，下酒的菜是生辣子里撒着盐，而海碗里的一指宽如腰带的长面，辣油汪红，手掌里还捏着一疙瘩紫皮大蒜，他们吃喝得满头大汗冒气，兴起了咧开大嘴就来一段秦腔。西安人的生、冷、硬、倔使他们缺少应付和周旋的能力而常常吃亏，但执着和坚韧却往往完成了外人难以完成的物事。二十年代"西安围城"之役就正好体现了这一点。

一九二六年的春天，军阀刘镇华在吴佩孚的支持下，又勾结了阎锡山以及陕南、陇东、陇南的镇守使，率十万兵力攻打西安。守住西安，对于策应广东国民政府的北伐有着十分重要的战略意义，但守城的军队仅有杨虎城、李虎臣、卫定一三部近万人。一万对十万，相持了八个月，这是何等地艰难！刘镇华攻不开城，就企图围死城，沿城周挖壕七十华里，壕后筑土墙，架设大炮隔绝内外，又纵火烧毁城外十万亩麦田。城中粮食短缺，斗粟百元，后到有价无市，军民挖野菜、剥树皮、餐油渣、咽糠麸，进而煮皮带、吃药材、屠狗杀马、挖鼠罗雀，甚或食死尸。有两段文字，是亲历围城之役的人写的：

一、城中死尸，到处可见，收埋稍迟，则犬来啮之，甚至有饿至难忍，假寐道旁而群犬亦向之龇牙者。余在端履门见一饿倒老妪，尚未绝气，群犬即围而争食。细观老人，若欲格之而无力格之，然待余飞身赶到从事驱逐，而老人之一臂一足已为群犬咬断，多已去也。

二、十一月十二日，风雪连天，白昼若晦，全城几断人影，是日遂以死两千人传矣。越日，余往各处视之，见屋檐之下，倒毙无数，大道之中，横陈多尸。披乱麻布者有焉，拥旧棉絮者有焉，穿破夹衣者有焉，此服色之不一也。有口含油渣而尚未咽下者，有突然倒地做欲起之势者，有若彼此互抱而取暖者，有蜷曲于乱草之中，状若安睡者，此死相之不一也。其中男子最多，妇人最少，老者最多，幼者最少，劳工最多，他界最少，此人色之不一也。余观至此，几疑此身已入饿鬼地狱中。

即使如此，西安人仍未屈服，八个月后，击败了刘镇华，护城成功。成功后，在北新街空旷地上挖下大坑，葬埋了遗散在城内各处无人收埋的死难者万具尸骨，并在大冢上修起纪念馆，杨虎城以沉痛心情写了一副挽联：

生也千古死也千古
功满三秦怨满三秦

城西南角有个地方叫双仁府，再往南而又西的小巷叫火药局，之所以叫火药局是因为旧时制造过枪弹。小巷是一道坡，铺有青石，巷口堆卧着一对巨大的石狮，能想象石狮后曾是实枪荷弹地站着过兵卒的。星期天，因我在一个熟人家获得一个精致的蛐蛐罐儿，来城墙根寻蛐蛐，我们踏过了小巷，在那巷外的一大片荒蒿地里转悠。蒿草半人多高，无风，一派蛐蛐烦嚣，跺跺脚，和声就住了，刚一移步，鸣音又起，但却无论如何也捉不到一只的。忽然见城墙根处一丛蒿草摇曳，甚觉奇怪，近去了，扫兴的是一对男女在那里坐地，忙避身走开，一边想爱情是不怕黑不怕旷也不怕脏的，一边竟发现那城墙的土壁上有无数的小洞眼儿，而洞眼儿里都钻有弹头！进巷的时候，一个老太太指点说那荒蒿地原是试枪打靶场，没想弹头会这么多，是清时的兵卒在这里试射的呢，还是杨虎城的将士的遗作？捧着满满的一掬出来给巷子里的人看，他们并不稀罕，指点着一所院子，说先前那屋顶上就站有岗，什么样的武器家伙都有。问：这是什么人的院子？答：李虎臣的家。我遂肃然起敬，想起了西安围城之役的往事，扒在锁着的院门口向里张望，虽什么也未看到，回家却画了一幅画。画的是一个破烂的窗户，窗户外的墙上左右爬着两只壁虎，题写了"二虎守长安"。

著名的"西安事变"发起人之一仍是那个杨虎城！可以说，全城死去四万人守护八个月的只有在西安发生，而敢以地方军的身份把蒋介石抓起来，也只有陕西人能参与。临潼的骊山我去过多次，在捉拿蒋介石的石崖上

25

总能想见人在危急时的能量，那么至尊的蒋委员长听到枪响后大冬夜里穿件睡衣赤脚能跑上山，又能从石崖的一个窄缝中爬过去！但我更想到的是杨虎城的胆量，以他的地位和兵力，若是别人，见了蒋介石粗气也不敢出，何况他与张学良相比，又算个"粗人"。张不但喜爱骑射，且有驾机遨游的嗜好，曾驾机飞越秦岭到汉中与孙蔚如军长共进早餐，再驾机去重庆办事，又驾机往洛阳会友，然后飞返西安，何等地倜傥潇洒。杨虎城凭的什么呢，喝烧酒，吃羊肉泡馍，吼秦腔，一副厚重憨朴之相，就凭的是铮铮的民族气节，凭的是陕西人的豪胆，不干就伏低做小，要干就破釜沉舟。据民间传说，在兵变过程中，杨虎城也是怀疑过张学良的坚决性的，他也曾主张过杀掉蒋介石，只是在共产党的力主下，他顾全了大局，和平解决了"西安事变"，但等得知张学良亲自护送蒋介石离开西安后，他捶胸顿足，知道张学良走错了一步棋，也清楚了自己将要面临的命运，数日里沉默不语，关门不出。

　　一代宗师吴宓论说过陕西人的性格特征：倔、犟、硬、碰。所以陕西人很少能在中央机构里任大官，即使有也为期不长，沦为悲剧。杨虎城在西安围城之役和"西安事变"中都是给自己做了棺材，向家人和部下做了后事安排，围城之役中他枪毙了力主投降的大绅士褚小毖，年迈老母在老家生命危急时，他下令凡是有关他母亲的消息，任何人不得向他报告，违者杀无赦。在动员会上他流泪表示：我不是要大家战死而我独生，我已下定决心，城破之日我就自杀于钟楼底下，以谢大家，以谢人民！他生前曾自我评价，一生只做过三件事：一是十八岁时杀了蒲城县的大恶霸李桢，为蒲城人民除了一害；二是守住了西安，把孙中山的民主革命在陕坚持到底；三是和张学良发动"西安事变"，达到了停止内战一致抗日的目的。他阻止部下谈他的"五马长枪"。"五马长枪"是西安的土话，指出五关斩六将之类的光辉业绩，但西安人至今民间流传最多的仍是他的五马长枪。

　　西安的东门里城根一带，历来是有个露水市，也称鬼市的，即天微明开市，太阳出来散市，集市上买卖破旧杂物，专为下层人开的。鬼市现在还依然，八十年代初我去那里买过一个自行车旧轮胎。这些年听说鬼市成了小偷们的赃物出售地，常发生黑吃黑现象，更有公安人员在那里卧底缉拿罪犯，我胆小，就不敢去了。一日被朋友怂恿，说是可以看到社会底层各色人等，便黎明六点赶到那里，天麻麻胡胡，城墙根下已有了些许人，或蹲或立，窃窃私语，其状若鬼，忽有人疾步奔跑，遂有十多人极快地将面前物件装入麻袋扛了也跑，不知发生了什么事故，吓得我们再不敢近去，拐进一个巷子走掉了。西安还有两个好的去处，我倒是那里的常客，一处是八仙庵，一处是朱雀南路的旧货市场。八仙庵是座道观，香火是极其盛的，每月初一和十五，城里上些年纪的老户妇人就抱了孙子要去庵里烧香磕头，万人簇拥，当然就兴旺了香火纸表鞭炮生意，热闹了小吃摊点，集中了课命卜卦之流，不可思议地竟有一条街红火着古董买卖。书院门街上是固定的文物古董市场，不知是那里面已无法再扩增还是出售书画赝品太多坏了声名，反正是朱雀南路口就开辟了新的旧货市场。我在八仙庵买到了一沓旧时照片，在朱雀南路口旧货市场买到了十多张未署名的写生画，意外的收获使我兴奋了许久。旧照片是关于西安在民国十八年饥馑中一些赈灾内容的，尤其是那些饿死街头的灾民相片，令人惨不忍睹；而写生画则是一位谁也无法知道姓名的画家在街头的风情速写，正是这些偶尔得来的资料使我触摸到这个世纪之初西安的模样而唏嘘不已。

民国十八年，陕西遭了大旱，其严重程度在国内以及世界的历史上都是罕见，据呈报南京政府的文件显示：全省二百万人饿死，二百万人流离失所，八百多万人以树皮、草根、观音土苟延生命。南京政府成立了"全国赈灾委员会"，派视察团到陕，其视察团某成员日记记载：第一天前往西安的西北二乡，东菜园、含元殿、二府庄、大白杨、西十里铺，车子行驶不到五分钟，便见路旁饿死的有十余具尸体，苍蝇营聚，白蛆咕涌。再往前行，更有奇臭刺鼻，停车见三千米外有一大坑，坑中塞满尸体，且不远处正有人用木板车和绳索拉扯往这里运死人。坑是天然的大涝池，已无水，尸体几乎填高至坑沿，有人踏着尸体过去拣扒衣服。午后再去了孙家湾、坑底寨，所有田地荒芜，蓬蒿没胫，不时发现破烂衣服与零乱骸骨。入其村，屋多泥门堵窗，无人居住。饿毙者先后相继，多至绝户，村人埋不胜埋，只泥堵其窗户，希图苟安于一时。那时赈灾，西安设立了妇孺收容所，又设了施粥厂，由赈务会发给受赈者食粥票，填明街巷及姓名，并照票据上的姓名造册留给粥厂存查。粥多为霉米，稀可见影又石子硌牙，但施粥时，检票员站在粥厂入口，验明饥者所持的食粥票，并核对与本厂底册无异，再发给一个竹签，然后排队入厂内，每人一满勺。翻阅这些照片和有关资料，我实在不忍于提起这段往事。西安人至今有两大忌讳：一是不说"出玉祥门"，玉祥门是西安围城之役冯玉祥领兵解围时所新开的一道城门，而此城门外在四十年代为国民党西安当局枪决犯人的刑场，二就是不愿提说民国十八年。

　　经过了民国十五年的围城战争，又经过了民国十八年的饥馑，西安是元气大伤，越发不敢谈繁华之地，十多年后艰难难缓过劲来，愣神一望，北京、上海、南京、广州是何等派头，而自己只是更多着农村的气息。这，也就是我在那一堆写生画里看到的情景。我的两个朋友，都是旧时西安城中的豪门后代。一个朋友讲，他那时还小，出门却是坐车坐轿，前后随着四个卫兵的，他推过牌九，吸过鸦片，到翠红楼上去窥视过妓女，在饭馆里聚众砸椅桌，是有名的"十大恶少"之一。"但我后来革命了。"他说，街上有了游行队伍，反饥饿，反内战，他每日一听到街上动静就往出跑，而父亲在家他是不敢动的，父亲午休起来照例得喝茶，茶毕则和新娶的姨娘在后花园习剑健身，一等门口汽车的喇叭响，父亲戴了礼帽出去了，他就将藏在屋角的三角小旗子拿上往街上去。另一个朋友是位女士，年龄更小，她讲她的母亲是上海人，是父亲在上海做生意娶来的，父亲是传统的治家方法，从小要求她的大姐笑不露齿，行不动裙，竟在大姐的裙边缀上小铃铛，若大姐走路疯张，响了铃铛，就呵斥不已。而母亲却受的洋式教育，能诗能画尤喜弹琴，每日必要上街看电影，夫妇少不得吵架，最后离婚。"你看，你看这把琴！"她搬出一把古琴，上面刻着秀丽的三个字：张一白。这是她母亲用过的，母亲离家时她一岁半，但母亲决然地走了，据说她嫁给了一个金融家，后来定居在香港了。各个家庭有各个家庭难念的一本经，大户人家的故事在西安毕竟知之甚少，大多的市民还只是为生计忙忙。一圈的城墙外，护城河里日夜流着臭水，一早一晚风把热腾腾的酸臭味吹遍各街各巷，尤其夏季，刺鼻的蒜薹味经久不散，香囊是稍有讲究的夫人和小姐出门必备之物。进了南城门子，没有一幢高出城墙的建筑，楼垛上栖落了成群的乌鸦，将粪便白花花拉

28

淋在墙砖上和箭楼梁柱上，天一擦黑就呱呱呱地聒叫不已。更有些猫头鹰，大白天里泥疙瘩一般蹲在城墙垛头、钟鼓楼屋脊或城河边的榆树丫上，谁也不敢打的，打了据说遭殃，看见只能仰天呸呸吐几口唾沫，这如同街上张贴的处决犯人的布告，碰见就撕下那朱笔勾就的红钩，带回家可以辟邪。猫头鹰在夜里一叫，听到的莫不心跳肉颤，很肯定，第二天必是某一街巷的什么人家死了人。死了人的奠祭就在门首挂纸把，芦席搭了灵堂在院里，请乐班吹吹打打，整夜里唱孝歌。孝歌里有这样一句"人活在世上有什么好，说死了他就真死了"，唱得一条街巷的人都心里发酸。大人们死了，两天三天后就用木板车拉着白木棺材在孝子贤孙的哭嚎中去城外的外郊埋葬了，而那些出生未满周岁的小儿夭折了，则是用破布或乱草包裹装于竹筐，放在门外，掏钱让那些"闲人"带出城去处理。西安至今有一个很著名的词——闲人，指那些浪荡于街头上的无所事事的人，但"闲人"的起源却是一种职业，即当年穿着白底皂面深帮鞋，光着头，披着件白布褂，肩头上扛了一把铁锨，专门做收埋死婴的勾当。

据史料记载，三十年代以前，西安是特别地冷，往往农历十月搭初就下雪，撕棉裂絮一般，街上积雪一尺多厚。整个冬季，地面冻得裂缝，砖瓦有的冻酥，"糟糕"二字，被当时报刊上频频使用，都是形容冻酥的砖瓦的。房檐上悬吊一尺多长的冰凌坠子，那是普遍的景色，坑坑洼洼的街路上，木轮的、胶皮轮大车时不时就碾扁了那些冻死的麻雀和老鼠，竟然都是无血。人人都讲究穿羊毛、狗毛袍子，戴耳套、蹬深勒棉窝窝，下层人的双手是要劳动的，手套当然要有，但手套只套住手腕和手背，五指是裸露的。富裕人家在家喝酒，酒得装在铜酒壶里于火盆上温热，现在土话里有一句"一壶酒冷喝了"，形容一件事办得不体面不畅心，就是从那时产生的。

九月份，居民们就要准备着过冬做饭和取暖的山柴、烟煤和蓝炭了。南院门东头的德福巷是最大的木炭市场，终南山下来的炭民，两鬓苍苍十指黑，在那里要待很久时间，却舍不得烤炭，常烧茄子秆和辣角水泡手脚上的冻疮和血裂。差不多的四合院里，台阶上都是一摞两捆地堆着山柴，人与人见面，第一句问过"吃罢了没？"，第二句就要说："炉子盘了？"街上有专门盘炉的手艺人，马场门和牛市巷则有专售炉灶。用马口铁石油方桶内外涂泥制作的炉可以烧煤饼或蓝炭，铜盆可以架明火，还有大脚炉、袖炉，用的是白铜，亮泽如银，遍体刻花。炕是任何贫家和富户都少不了的，只是富户的炕上铺毡垫褥，重要客人来了，招呼上炕去吸几口大烟土，贫家的则讲究炕沿上镶一块光洁出油的柏木板，亲朋好友来了就脱鞋上炕，去人忙喊：快去买羧子啊，把炕煨热噢！羧子是晒干的马粪或柴火碎末，街上有出售的。如果炕烧得并不热，就在被窝里塞个"汤婆子"，那种铜制的能灌了开水的女人形东西，炕角当然有一尊石刻的狮子或老虎，若客人携了小儿来，一根红丝绳一头拴了石狮石虎一头拴在小儿腰间，大人再说话，小儿也不会掉下炕去。

太阳出来了，街上避风的墙根就必然有一堆堆人晒暖暖，有钱的主儿从街上走过，长袍马褂的，衣领处、袖口、马褂边暴露了炫白的羊羔九曲细绒。时髦的人有一条宽而长的围巾一头垂在前胸，一头搭于后背。店铺里的相公、伙计们依然立柜台内，一边跺脚哈气的一边拨响着算盘珠子，一边朝门外看缩着脖子仍叫卖不已的甑糕摊、羊血摊和卖针头线脑帽子围脖的货郎担。剃头匠的挑子真正是扁担两头翘，极夸张地往上翘，几乎成一张弓，可能是源于满人入关要求汉人剃发而不剃发者就割头的遗风，挑子一头是冷凳子一头是洗头烧水的热炉子，炉子前还是高竖一个木杆的，但木杆上已不再挂人头，是系一束红布条。大轱辘胶轮马车定时从北郊载客进城了，车夫的胡子上是一层热气哈出来又冻成的冰花渣渣，他在馄饨店里吃了两碗馄饨，又叮咛店伙计在擦黑将一碗不放胡椒的馄饨送到保吉巷的某某号去。伙计不免笑道：又给王姑娘啊?！王姑娘其实是保吉巷里最老最丑的妓女，老车夫脸并不红，一边走一边说老了老了还能干个啥，图着夜里暖暖脚嘛，头也不回地走了。冬天里，妓女的营生也是惨淡的，只有商界的军政界的有头脸的大人们才是包着开元寺妓院的几个苏州扬州的姐儿，而其他的妓女大多都闲置着，保吉巷的鸭子坑的下等娼妓就只有车夫挑夫和小贩去光顾了，便宜到一碗热馄饨即可。

我在芦荡巷的一个大杂院里采访过一个老得已走不动的人，他在解放前是个货郎，主要在教场门、洒金桥一带串巷，他没有多少文化，却无意间说出了两句当年说过的词儿："拨浪鼓，响连天，媳妇女子一大串；过了桥，心里想，家里还有咱婆娘。"我觉得这词儿艺术性非常高，记录了他卖货时见到那么多女人，自然心里有许多想法，可走过了洒金桥那个地方要回家去了，心里就也只有自己的那个黄脸婆娘了。

　　漫长的冬季里，或许孩子们是最快活的，他们可以在街巷打雪仗，拿弹弓瞄准谁家屋檐上的冰凌坠子，用砖块和烂草堵谁家的炕烟囱，手脚已冻得裂口出血，头上却出了汗，卸掉了帽子，露出了马鬃头、笼系头、连毛头。城里孩子的发型和乡下孩子的发型没有差别，额头上都留长方形一块头发垂至额前或脑后也留一撮如雀尾头发，头顶又有从前至后的一绺头发，前连了刘海儿后连了雀尾。而系在脖子上的铁项圈和铁项圈下挂着的八卦钱和二十四象铜钱，就晃荡不已，叮当不已。在餐具上，中国人使用筷子，西洋人使用铁叉，有人认为历史上外国人侵略中国，光从他们以金属做餐具就看出他们的强大，而外省人的小儿脖子上一般佩戴红缰绳的，陕西的小儿却佩戴铁项圈，你可以认为是强悍，也可以说憨蠢，因为如囚徒。孩子们玩得疯狂了，要跑很远的路去西城门的骆驼巷去看热闹。甘肃、宁夏、青海的商人穿着没有上面子的老羊皮袍子，牵着几十头骆驼来贩青盐了，他们搭起了帐篷歇脚，骆驼就跪卧在帐篷外，孩子们感兴趣的并不是帐篷里男人们用大碗喝酒时女人站在那里唱"花儿"，也不是骆驼跑开来从后看去拙笨滑稽，而是这些高脚头口卧下来竟嘴上套个布袋在嚼草料。

　　陕西是内陆省份，一般人是没有见过海的，陕北沙漠地带的人将小小湖泊就称作了海。当然，西安人也要将海字理解为大，说到谁的官大就是"他把官做海咧！"大的碗也叫作海碗。所有的羊肉泡馍馆和面馆，使用的都是海碗。西安南大街就有一家耀州海碗店，门面上刻着一副对联：人生唯有读书好；世间莫如吃饭难。

　　李斯在西安的秦朝时，统一了全国的文字，也规定了以秦的话语为国内通行话语，但当新中国颁布实施了普通话，西安话却被沦丧为最难听的口音。原本同是北方语系的西安人按理较为容易讲普通话的，但西安人讲普通话显得艰难非常，这原因一方面是西安话去声多，咬字硬、重、浊，另一个原因是它的自大性和保守性作祟。普通话是普通人的话，西安人常常这么解释不说普通话的理由。可是，抛开它的保守性的弊病，这种保守却使西安话将中国上古语言在民间较多地保留了下来。我曾收集过相当多的属于上古语言的当今西安土话，总结出了其动词最多，又常常将一些现今流行的成语、词汇还原到原本含义的特点，使我的写作受益匪浅。我的文学创作使用的语言曾使许多外地人认为古文的功底深厚，其实是过奖和不了解，我仅是掌握了西安语言的特点而从民间话语中汲取一些东西罢了。现在，外省人对西安人最突出的印象是西安人把"我"念作"恶"，狠劲劲的，殊不知在西安的一些传统面食店里，门口支了床一样的大案用大钢铡刀切面，店屋正墙上写一个斗大的"咥"字，"咥"为古语，是吃的意思，但吃得凶猛。还有一种面馆，挂的招牌上是"鬪"字，如武则天造"曌"字，神秘而蛮横霸道。

我在这个城市生活了将近三十年，为之得意的是我在这样一座古意浓厚的城里从事着我的写作，虽然孱弱单薄，但每每一月半载了就去登临城头，沿着南城门外走走，便气势上身，自我的感觉里也俨然成了大人。但我必然地也滋生了西安人不合时宜的毛病，比如讷言，有言则生硬，更甚者是张狂时最张狂，自卑时又最自卑。留给当今可供翻阅的史书和壁画里，唐长安城万邦来朝，生活在城里的平民百姓人高马大，宽衣松带，对待那些蓝目赤发的外国人并没有围观与惊羡，并且疑惑洋人走路腿直是不是没有长膝盖，更嘲笑他们的粗糙皮肤和恶心的狐臭味。即使文人士子如李白者，仰天大笑，醉卧酒市，连天子呼来也不上船。在汉长安，年轻的霍去病向西征战，所向披靡，将皇帝赐赏的酒倒在泉井里让将士痛饮，那种场面是何等地令人热血翻腾，心扉鼓荡！面对着普遍能收集到的那些汉时石匠、泥瓦匠用锤子凿子刻成的门墩、石狮，用泥土烧制盛水装米的罐子，我们有资格也有理由去戏谑明清以降的景泰蓝、鼻烟壶和蛐蛐罐。每每在京津的公园里看见一群一群老妇人插花抹粉，手摇彩扇跳舞健身时，我就想到霍去病墓前的人与兽的那块石雕，在汉代，长安城里的人健身常有人用与熊格斗的方式，而如今西安普通人家的床头不仅有拴小儿的石狮石虎，更多的是做布老虎为小儿的枕头，从小使孩子与虎同在。在常熟市的破山寺旁，我见到过许多旧石狮，皆雕得一派媚态，就觉得西安城里的石狮太威武了，连那些常见的拴马桩，顶端上的鹰犬雕饰也凶猛可惧。我在月明星稀的夜晚沿流光溢彩的秦淮河走过，也曾参观了京沪动物园中的所谓国宝大熊猫，却涌上心头的总是西安城北日夜奔涌的古铜汁一般的渭水和汗血马。试想想，是姜太公在渭河岸头直钩钓鱼，高呼"愿者上钩"，是周文王求婚于金水畔，民众传唱"关关雎鸠，在河之洲。窈窕淑女，君子好逑"；是秦始皇统一了中国，得知金陵之地有王气而派去囚徒掘断那里山脉；是汉武帝在西域修建行宫，了解到负责修建的官员贪污巨款偷工减料而将其剥皮蒙鼓悬挂于城门洞上示警；是武则天可以令牡丹在寒冬里一夜开放，并能将她的坟墓造成仰面躺着的女人形状；是雷简夫敢于三次力荐苏洵父子三人使旷世的天才震动朝野……这些，凡是西安人没有不引以自豪的。明清以后西安的衰败以至于到现在西安仍属于边城的地位，西安人之所以竭力要振兴，辉煌的历史在支撑着他们的心劲。但是，正如英国人看不起美国人而又不得不事事附庸了美国人一样，西安人将历史说得太多就露出了阿Q的秉性。当年全国学大寨，西安人包括整个陕西派代表是去了大寨参观，骨子里并不以大寨为然，以至于连陈永贵也批评说：老陕爱参观，参观回去不动弹。改革开放后，当陕西在政治、经济、文化诸多方面远远落后于国内别的省份，陕西人是蔫了，他们在国内的各方面会议上都只能坐在会场的后排和角落，听任北京的上海的广州的人夸夸其谈。口讷是有遗传基因的，而衰败使陕西人有口也说不起话。多少年来，陕西人在思考着落后的原因，西安也不知开过了多少研讨会，将重振汉唐雄风的口号喊得震天响，但西安仍未能坐拥西北，雄视天下。我曾经写过文章，提出过我的观点，认为西安和陕西在今日之滞后的原因有六：水源缺乏必然会影响到城市的发展和繁荣，西域的历史上的三十六国消亡就是断水而被沙漠淹没的，古长安城曾是八水环绕，如今除泾水渭水还可以外，其余六水不是干涸便是流量骤减，竟然城市食用水也发生枯竭，不得不从太白山下的黑河里修渠引水，这是其一。交通是经济发展血脉所在，陕西原本属内陆省份，公路铁路交通不畅，虽近些年以西安为中心东西南北开始有了通道，但仍未辐射成网络，直接影响着外商投资环境，这是其二。国内的政治、经济、文化中心的北去东移潜意识影响着西安和陕西人的心态，这是其三。以上三个原因使明清以后外国势力未能侵入，在当时当然是一种幸事，而从另一个角度讲也缺乏了先进的商业意识，这是其四。沉重的历史包袱，又因革命圣地延安的艰苦奋斗自力更生精神的长期教育而难以平和心理放下架子，制约了想象力和创造性，这是其五。关中平原的富饶使民性中滋生了懒惰和历代游牧民族与难民的进入而游牧民族仅满足于小生意，难民又多乏于温饱之后的进取且性格中多散漫、破坏成分，没有形成大生产的传统，这是其六。中国是有三长的，长江，长城，长安，长安虽然能长久地安康，可这种长久之安逐渐地销蚀了它的生气。我们常说，任何外来的东西到了中国，最后都是被中国同化了，西安正是最典型的体现，从一九四九年以后历来的政治运动中，陕西以至西安始终未有什么典型可提供给全国的，或许错误的东西它执行得慢未受到大的祸害，而正确的东西它依然疲沓对待则失去了一次又一次机会。西安城可以说年年在扩大，奇怪的现象是那些已成了城区的没了土地仍是农民户口的众多人群接受新鲜事物特别迟钝，许多时兴东西从京津沪粤传到西安城城圈内，先是传到陕南陕北县城，然后再传回西安城郊，至今这些地方封建意识浓厚，如新媳妇仍要在婚后多少年每日必到公公婆婆屋中去倒尿盆，令人大惑难解。过去西安有八大景，说到雁塔钟声呀，灞柳风雪呀，曲江流觞呀，但很少传播开，倒是陕西八大怪却在西安问谁谁也能说，比如面条像裤带呀，锅盔像锅盖呀，辣子当作菜呀，房子一边盖呀，凳子不坐蹴起来呀。西安流行着一首谣词，可能是外省人给陕西人编的，陕西人没有恼，反而得意，我头回听这谣词是在一家面馆，一位黑胖子大声向老板要油泼辣子，然后念道："八百里秦川尘土飞扬，三千万人民吼叫秦腔，来一碗面条喜气洋洋，没有辣子嘟嘟囔囔。"舌头舔了一下宽厚的嘴唇，样子颇得意。

还可以再说说历史上的事。汉长安城东面有个霸陵亭，驻了军人专门稽查行人，名将李广有一晚从此经过，当班的霸陵尉因为喝醉了酒突然执法如山，未让李广通过。李广的随从再三说明身份，霸陵尉就是不买账，以规定将李广扣留了一夜。这个李广后来出征，有了皇帝赐给的大权，指名一定要那位霸陵尉随军，一随军便把他杀了。诗人李白得到朝廷赏识时万人敬仰，所有官宦买通酒店老板希望能与之相见，盼的是李白能为自己写一首诗文或在朝廷言一句好话，待到失意，去夜郎流放时竟无人相送，他是能喝酒的，临走时想再喝一次桂花稠酒，东门外的"将进酒"酒馆的老板不愿出面，让伙计在酒里兑白水哄他。令"六宫粉黛无颜色"的杨贵妃在马嵬坡断魂后，唐玄宗逃往川西还在半路上夜闻驿站风铃响有贵妃呼他"三郎"之声而痛不欲生，但长安城里人人只去马嵬坡贵妃坟上抓土回家培花，认为花能开艳，以致将坟丘抓平，抓平了修复又再抓平。司马迁执言仗义受了宫刑，族人并不是现在说的为了怕灭族而改姓，一股在司字旁加一竖成为姓同，一股在马字前增两点成为姓冯，实则是嫌蒙羞耻。荆轲刺秦王，原本秦人该痛恨荆轲的，但秦朝亡后历代将秦始皇骂为暴君，西安城里就为荆轲修墓，且一直能保护下来。而董仲舒的坟墓据说以前倒也有过，但一会儿说在城南一会儿说在城北，前几年在一大杂院的厕所坑边发现了董仲舒墓碑，但仍没能为他修起个坟丘来。慈禧逃来西安，何等地国难当头，有个姓施的人却行贿李莲英，企图得道员之职，老佛爷竟说了句："今蒙尘在外，价可稍廉，然道员之职可擢两司，至少须万余。"一时长安城里卖官鬻爵成风。一九四七年国民党政府要召开"国民代表大会"，西安的头面人物展开竞选大战，街头巷尾都贴上了"请投×××一票"，有个姓马的竟雇大卡车拦在街口，大喊："一张选票一碗羊肉泡！"拉人上车去饭馆。柳青在晚年的时候肺气肿严重，穿对襟袄子，留个光头，吭吭咔咔随时要闭过气去，他挤在公共车里到站时谁也不肯让道，竟从众人的腿下钻爬下车。石鲁在"文化大革命"中被批斗致疯，去肉店排队，别人买肉，他只要苦胆，众人明明知道他是石鲁，却哄笑他，将他推出队列。西安有让西安蒙辱的地方，以致使相当多的杰人俊才在西安的四堵城墙内是毛虫小鸡，走出去了却呼风唤雨，成龙变凤。国家改革开放以来，唯西安的各个行当流失的人才最多，曾四处惊呼"孔雀东南飞"。著名的国画大师何海霞在送给石鲁的挽联中就写过：□□□□□□，西安生人难养人；哪里黄土不埋人，□□□□□□。他最后也出走了北京。

三、斯文之地　灵性之地

科举制度，使陕西并没有出过几个状元，这是事实，可综观历史，西安的文人和在西安生活过的文人，如果罗列起来，足以作为一部中国的文学史。"雁塔题名"那是唐时流行的成语，那些学子中了进士，在雁塔旁的曲江宴饮聚会，公卿豪贵之家也携家偕眷簇拥而来，在新贵中挑选东床，孟郊就写下了"春风得意马蹄疾，一日看尽长安花"。曲江宴后便到雁塔下题名，白居易更有了"慈恩塔下题名处，十七人中最少年"之句。新进士的得意忘形和风流韵事，姑且不论，但注重文化和全社会对文人的器重，西安却是有深厚的传统的。是西安这块地方易于滋生斯文，还是历代文人汇聚于此地使西安有了灵性，当今的事实是西安的文化氛围要浓于别处的。我到过许多极普通的市民家，多多少少都收藏有古书古画，并数次看到中堂上悬挂"一等人忠臣孝子，两件事读书耕田""读书是福，开卷有益"的条幅。走遍全国大小城市，手写的风格各异的店铺匾额西安最多，即便那些流动于街头巷尾叫卖的小吃担，如甑糕、笼笼肉、蜂蜜凉粽，担头上晃悠晃悠的一个小木板招牌上也常是集了颜真卿的字或于右任的字。高等院校之多现居于全国第三，随处在一些并不显眼的门洞上可以看到各类少年书法、绘画、声乐、舞蹈培训班的字样。秦腔戏曲的普及是外地人难以想象的，任何娱乐、聚会或乘凉处说唱就唱，且一人唱众人和，而人家遇红白喜事，就请专业剧团的人员来办堂会。专业的业余的作家以及文学爱好者人数众多，凡有文学讲座必是蜂拥而至，若遇名家签名售书，书店门口总少不了警察来维持秩序，疏散人流。

书画学会，书画研究院，多得连书画界的人也搞不清。我听说过一个笑话，说是一次警察抓赌，抓住了几个书法家和画家，警察处罚的办法是上街买了一刀纸，让各人书写绘制十多幅，然后不了了之。我是经历过一件事，是骑自行车过马路时闯了红灯，交警没收了车子并呵斥掏身份证登记，待他看过身份证，竟咔地向我致了一礼，送我穿过了马路，倒弄得我一脸的羞愧。

离西安不远的白水县有个仓颉庙，是中国汉文字产生的地方，仓颉造字的故事竟在西安有各种各样的说法，仓颉庙的石碑拓片甚或寺庙里的任何物事的照片都相当数量地被西安人购买收藏。三年前，南门口西侧的湘子庙街的土墙上出现过一张红色纸条，上面写着："敬惜字纸，善莫大焉。"我觉得奇怪，询问这是谁贴的，什么意思，于是认识了一个老者。我同老者在羊肉泡馍馆里一边掰馍一边交谈，他告诉我他在年轻的时候，西安的寺庙庵观道院都设有铁炉的，每日又派出当值的和尚道人，持钉竿，挑竹筐，走街串巷收捡字纸，然后携回投炉焚化。那时的墙壁上多写着："文字乃圣人创造，人人皆当敬惜。文人渎污字纸，文曲星降罪，则进学无门，考试不第；常人渎污字纸，则瞽目变愚，捡拾者，功德无量，增福添寿。"西安如此地爱斯文，对于祖先秦始皇嬴政的焚书坑儒又如何对待呢？西安东郊的洪庆堡据说就是坑儒的地方，洪庆就是由洪坑而改音来的，民间就一直有一种说法，即洪庆堡南侧的簸箕沟里活埋过文人，每逢天阴雨湿，冤鬼悲号，世世代代的孩子即使拾柴割草也不到那里。这里失去了文脉，自古以来没有出过名人，从秦至清末仅仅有一个秀才。此话真实性到底有多少，已无法考证，现在应届高考生在高考前特别忌讳去洪庆堡却是事实。

明清之际，西安是出了几个闻名海内的大儒，创办了一座关中书院。现书院已作为街名，书院的一些建筑仍保留在街口。关中书院的大儒叫冯从吾，办学的宗旨以"天地万物一体为度量；出处进退一丝不苟为风操"，评论时局，抨击魏忠贤之流，他每次阐道时，环而聆听者千人之众。天启二年，魏忠贤的权力越来越大，朝内外一些依附魏党的官员献媚取宠，给魏忠贤树碑立传，修建生祠，魏在陕的党羽准备在西安修祠，冯从吾竭力反对，终使他们未能得逞，形成"天下皆建生祠，唯陕西独无"的局面。关中书院成为明清两代陕西的最高学府，不少学者，包括后来的状元王铎和那个赵舒翘都是从这里受教发迹。到了清初，西安另一个大儒出现，这就是李颙，也是在关中书院主讲，倡导"严义利之辨，审出处之宜，忧乐关乎天下，痛痒系乎生民"，对陕西地区人才的培养和社会风气的养成产生了深远的影响。

大儒们经营的经国维世的理学，芸芸众生自有民间文娱。西安洒金桥北口内侧有座安庆寺，寺内殿宇按地势由东向西逐步升高于五座土台之上，由于城南终南山上有南五台，耀县有北五台，这里便称作西五台。西五台有古会，每年的农历六月十七开始，十九结束，古会中有一项重要内容就是长安古乐赛会。老西安的乐社是十分多的，它们并不是什么组织严密的音乐团体，既有宗教性质，更是业余爱好者的自愿组合，这样的赛会便为敬神和自我娱乐和谐的统一。乐社大致分两类，一类是由鼓、铙、锣、钹等打击乐器组成的铜器乐社，一类则是由笙、管、箫、笛等吹奏乐器组成的细乐社。乐谱都是用宋代的俗字记录的，流传演奏着我国古代传统音乐，特别是保留了相当丰富的唐代燕乐遗音。庙会期间，因安庆寺是尼姑住持，会期多售儿童玩具、地方小吃，商贩设摊叫卖，所以城内妇女儿童多来赶会，香火极盛，热闹非凡。这些传统的乐社至今还保留了一些，西安从八十年代举办起"长安古文化艺术节"，民间乐社演奏的古乐一直是压轴戏。现已作为陕西戏剧中一个剧种的"长安道情"，即是从这些古乐中继承发展而形成的，而已经名扬海外的击打乐节目《鸭子拌嘴》《老虎磨牙》等，也正是在这些古乐中推陈出新创作出来的。如果去长安县何家营村参观"长安鼓乐陈列馆"，就可以看到原在西安市区和市属长安、蓝田、周至等县街道、乡镇、会社和寺观庙宇的鼓乐社使用过的乐器，和这类古乐世代传留的谱本百余册、乐曲四十余种。提起了古乐，我不禁想到了在西安东郊的半坡遗址上发掘出的乐器：埙。埙吹奏出的是土音，刚而浊。可以说，在现今的中国再没有一个城市的乐器店中、旅游货摊上那么普遍地在出售埙。我在《废都》一书中写到埙的时候，国内能吹奏埙的专家并没有几个，当我同几个朋友带着埙夜里登城墙吹奏，城墙下涌集了那么多人倾听，它是那样地浑厚、神秘，有极强的穿透力，以致使一些年幼的少女惊恐而哭。埙的声响最能表达中华民族的性格，最能与西安这座古城氛围相融，如今城内大小文艺晚会上总有埙的演奏，那是拳大的泥葫芦形状，而巨大的埙，该称作篪的，大若水缸，现放置于半坡母系氏族村中的陶山上，却无人能吹动，只等着天风旋来吧。

　　该提说到棋艺了。西安的象棋一直比围棋受到重视和普及，如同北方人崇尚黄金，南方人崇尚珠玉一样，象棋粗犷、激烈和明快是宜于西安人性情的。象棋爱好者可以在家中对局，或街头巷尾聚弈，飞炮跃马的中心场所却都在茶馆，老西安著名的象棋茶馆就数骡马市的毛家茶馆，国民市场东南角的仁义茶社，城东北角的张家茶社和甄家茶馆。清末至解放前，这些茶社门前都摆一盘枣木棋子，全城名手各在馆中坐镇立擂，四方棋手报名挑战，观者如潮，就悬挂大盘，热闹时躺椅坐完，条凳坐完，数百人不得不手托茶壶站着看棋盘挂棋。这期间出了多少名手，单毛家茶馆坐镇的就有经棋艺群众评出的五虎上将。五虎的头虎叫赵栓柱，平日以卖香烟、瓜子为业，棋风剽悍强劲，威震一时。山西棋雄柴天和打遍西安别的茶馆无敌手，寻上赵栓柱，一战赵胜，二战柴输，柴天和不服，自己买蜡来夜斗，一个通宵下来，柴天和灰头黑脸出了茶馆直去车站返晋，从此不再到西安。但是，赵栓柱因谋生困难，十数年息影棋坛，西安群雄无首，各据一方，无人统一江山，到了一九四九年初春，赵栓柱突然出现在毛家茶馆，已是弯腰驼背，满头白发。消息立即传遍全城：头虎出山了！设擂那天，馆内馆外人挤得水泄不通，外层的人看不清棋盘，只听得内层人惊呼声、赞叹声、叫绝声，便见上擂者一个一个败下阵来，直到夜幕降临，再无应战人，赵栓柱盘脚搭手坐在蒲团上，抚摸着那副玩了半生的枣木棋子，一行老泪潸然而下。待到第二天，众棋迷抬着一面匾来馆中拜他为长安棋圣，老棋手却于头天子夜悄然离城了，而从此下落不明。

　　到这里，不能不说说秦腔了，说秦腔又怎能避开了易俗社呢？唐玄宗在长安宫廷中时，充分表现了他伟大的戏剧活动家的气质，他爱女人，更爱艺术，不但亲自编排曲舞与杨玉环演艺，并设立了专门训练俗乐乐工的机构，"选坐部伎子弟三百，教于梨园"。梨园是戏曲的代名词，历代的戏班所敬神主就是唐玄宗，如同妓院是设立猪八戒神牌一样。唐时的梨园就在当今市的北郊大白杨村，而西安的戏曲艺人早在二百年前就于骡马市建立了"梨园会馆"。有传统的渊源，西安的剧社代代不绝，出现了许多杰出的戏剧家，民众是听戏、看戏，自己清唱作乐更成了生活的重要内容。曾发生过一个军人因犯军法被五花大绑拉上了断头台，他突然激愤地吼唱了一段秦腔，使他的将领念其豪爽赦罪还生。辛亥革命前后，西安进步的知识分子组织了易俗社、三意社、榛苓社、正俗社，以鲜明的民主主义观点编演新戏，寓教于乐，启发民智，易风移俗，其中易俗社最为有名。一九二四年的夏天，鲁迅先生和北师大教授王桐龄、东南大学教授陈中凡、南开大学教授陈定谟、北京大学夏元瑮以及晨报记者孙伏园等十多人应邀到西安讲学，其间就专门到易俗社看戏。先生是南方人，在西安不服水土，数天里腹泻，又听不懂陕西话，特意请在西安的绍兴人来解说，当解说人讲他们初到西安看戏，一是觉得西安人唱戏要嘴大喉咙粗，二是自己的耳膜受不了，曾相互打趣："谁谁谁某事若是说谎，就罚他去看秦腔。"先生乐得仰天大笑，却言，话一时听不懂也不习惯，但戏的内容好，表演好，尤其曲牌好。他竟在不足二十天的西安之行中五次去易俗社，并亲题"古调独弹"四字赠予易俗社。那时的易俗社里正唱红的是花旦刘箴俗，他十岁上粉墨登场，演出《慈云庵》《忠孝图》，即被誉为"神童"和"蛡蚤红"，十三岁上出演《青梅传》观者如潮，一时城内交通堵塞。一九二一年易俗社赴汉口演出，适逢欧阳予倩先生的南通伶工学社也在那里演出，欧阳予倩特别赏识刘箴俗，说，我尤喜欢刘箴俗，他实在有演戏的天才……他的身材窈窕而长，面貌并不是很美，但一走出来，就觉得他有无限动人之致……后精心排演《蝴蝶杯》《夺锦楼》《西施浣纱》，一时出现"北梅南欧西刘"之说。鲁迅先生在易俗社看过刘箴俗的《美人换马》返回北京不久，还是这出《美人换马》，刘箴俗再次登台，忽然一句未唱完跌倒台上不省人事，从此卧床不起，拖延到十二月去世，年仅二十二岁。天才短命，名伶早夭，公葬那日送灵的行列长达二里之遥，那个孙伏园得知刘箴俗去世，与人说起刘箴俗，刘箴俗三个字在陕人的脑筋中已经与省长差不多大小了，你如果说刘箴俗不好，千万不要对陕西人说，因为陕西人无一不是刘党。

　　杨虎城在西安时修了一座别墅，取紫气东来之义，起名紫园，当蒋介石撤销了他的陕西省长一职仅保留绥靖公署主任头衔，杨虎城遂产生消极情绪，改紫园为止园。蒋介石再到西安视察，他特意让蒋住他的别墅，让其明晓他的心迹，但蒋介石看到"止园"二字，立即对手下人讲，止字是中正的正字没了头，此地不祥，得择另处。蒋介石没有住在止园，头是保住了，但也就在此次西行发生兵谏事件。山西的军阀阎锡山，字百川，他到陕西，便要驻扎在陕西的宜川县。大的人物都迷信，人对于天地自然而能同一者皆能做大，西安人对此深信不疑。在一些狭窄的小巷酒馆里，我们常常看到一些衣着不鲜的人独坐喝酒，他们不事张扬，邻桌上"街娃"们滋事生非似乎视而不见，酒洒在桌子上或许会俯下头去吸吮，但说不准这些人中正有惊世骇俗角色，真人高士大隐于市，他们要么熟识《周易》，能观天象能察地理，要么身怀吐纳引导身怀特异功能，若相识交谈，个个莫不是要以天下为己任。时下的中国，政治氛围浓厚的城市除了北京应当是西安，北京的政治气氛浓是理所当然的，数年来社会上流传了多少形形色色的笑话，产生于北京的都是政治笑话，而西安虽衰败的年月太久远了，其政治情结依然存在。自从出了个李自成，又有了圣地延安，陕北的农民在黄土塬上勒紧着裤带犁地，一坐下歇息说的竟是联合国秘书长上一届是谁下一届又该是谁，中央政治局谁在电视上出现得多而谁好久未露面了。曾经有三个农民背着饸饹来找我，一个是研究天象的，将丈二的白布摊在我的家中，指点他画在上边的星宿。一个是研究哲学的，先给我大段大段背诵了黑格尔、康德的论述，然后指责任继愈的观点，再是整个下午讲解他的隐性思维，使我昏昏欲睡又不能去睡；另一个是半月前以数封电报和长信与我商讨关于世界新格局问题，我未回复，他就来分析《孙子兵法》指点我国当今的外交政策。我曾在西安城玄武门内的一间公共厕所里，听见两个蹲坑的人在热烈地讨论了如何颠覆某非洲国家的计划后又分析现中央政治局常委组合的利弊，再后，他们没带手纸向我讨要，我说，二位还这么关心政治啊?! 一个说，天下兴亡，匹夫有责嘛！八十年代初西安很是流行过一阵"三老显灵"的扶乩术，但扶乩完毕总是疑惑不解：毛主席在陕北生活了十三年，建国后却从未再回陕西，甚至只字未提过延安。这让陕西人很没了面子。

　　陕西南部的岚皋县发生过这样一件事，森林深处的南宫山上一位老和尚坐化后，数百年肉身不腐，附近的一名游医自觉也功德无量，就用木板钉成箱子，自己坐进去，以重金买通一个山民从外钉死箱盖，可不足半年，箱板腐朽散裂，他化作了一堆白骨，让人嘲笑了一番还敲去了嘴巴里镶着的一颗金牙。而在西安城东的灞河源头，我去参观了长在那里的一棵荫遮半亩的古龙松和古龙松前的李先念旧居。当年李先念从西路军的征途上来到这里，建议中央红军以此建立根据地，攻可以进西安，退可以钻秦岭深山。党中央虽最后还是以延安作为了根据地，可李先念在这里住了三年。村人讲，当地一个识风水的先生对李先念讲过，在古龙松前的屋里住多长时间，将来即可做多长时间的皇帝。李先念当然不是为了当皇帝在这里住，但他真的后来当了三年国家主席却是事实。灞源的山民对这一段历史非常自豪，故居被保护起来，那棵古龙松则成了神树，我见到的时候数百人在那里磕头烧香，长长短短的红布条挂满了每一个枝头。

陕西人热衷政治，但政治是需要权术的，陕西人在自己内部手段运用得还能自如，出外则因性格的缺陷往往玩转不开，所以中国近代史上陕西人没有几个成为重要的政治人物。地位最高的算于右任，曾经竞选过国民党的副总统，还没有竞选上。秦始皇坐位后派人去蓝田采一块做玺印的玉，采玉人发现一只凤每每到一处地方歇落，遂在歇落地挖掘，果然获得一块宝玉，此地历来有当官的人去采玉做官印的。但即使再到那里采掘，蓝田玉再也没有刻过陕西人能做得更大的官的印章，以致现在从平头百姓到省府干部腰里只挂着一挂一嘟噜的钥匙，钥匙是他们在家的权力的象征。

我忽然想到了文人。

书院的一家字画店里曾出现过一副"文化大革命"时期的对联，笔力遒劲，肯定出自某大家之手，但没有印章，甚至连署名也没有，联语是："红日当空斯文扫地。"自古的观念里，诗文做得好的称"一支笔""笔杆子"，可现在的事实是，在西安或陕西任何县市，论起"一支笔"或"笔杆子"皆是专门为党政机构起草文件的为领导写报告的人。这些人所处的角色甚为难堪，在官场上他们是文人，在文坛上他们又是官人。即使是纯粹的文人，在政治的舞台上，亦往往有两种情况出现：要么奴颜婢膝，顺风俯仰，成为附庸；要么硬骨铮铮，铁肩担道义，辣手著文章。我在江南的一个古驿站里，看到过乾隆皇帝南巡时当地接驾的资料，地方官员除了汇报政务，进贡土特产外，其中有安排本地方的秀才献颂诗三十首的记载。这种遗风沿至当今，恐怕是再没有这样的诗人了，但往往有大人物到了某地，地方却必会召集一些书画家到宾馆作书作画的。历来的文人在这方面留下了许多有趣的故事，从而定位了其品行和个性。据说齐白石在北京，吴佩孚当局了，他画一个鹰送去，蒋介石在京了，他画一个鹰送去，等到毛泽东住进北京城了，他还是画一个鹰送去，他的意思是：你们都是大英雄，我只是画画卖钱的，我不反对你，你也别影响我。清初三大鸿儒之一，西安的那个李颙，康熙三十年里加以征召他都是坚决拒绝，说得好听些，他以一颗野心被白云缠绕和松风吹冷功名心为由，闹到僵时开出病历单寄给朝廷，以致陕西地方官"至县守催"。对他的医师和邻人"胁以重刑"，甚至派人用板床把他从富平抬到长安城来逼其就范，他绝食五天，滴水不进，卧怀白刃，誓欲自裁，陕西总督哈占不得已才同意以病重为辞回报康熙。在三四十年代，正是战乱岁月，西安的一批文化人，他们并不是共产党，却也做出了许多可歌可泣的事情。画家赵望云断然不肯为军阀权贵作巴掌大的画幅，豪屋不住，美宴不赴，你来硬的威迫，我惹不过我可以躲过，连夜西去敦煌。秦腔名角王天民到宁夏演出，马鸿逵要赠他一院房屋，要送他一万余元等优厚条件留他在自己身边唱戏，王天民就是要回西安。名剧作家范紫东、孙仁玉都是才高八斗的人物，数十年改编旧戏，编演新剧，宣传民主，爱国反帝，其作品成为秦腔乃至中国近代戏剧史上经典剧目。吴宓晚年回到了陕西老家，别人见风使舵"紧跟形势"，他却敢讲"批林，我没有意见，因为我不了解，但批孔，绝不可以，因为孔子有些话是对的"，以致"反动学术权威"又加上了"现行反革命"的罪责而受迫害，最后双目失明，左脚残废，含冤死于冰冷的土炕上。

四十年代末，商南县有位姓王的县长，系省主席的侍卫员，凭主仆关系被外放县长，到任后贪赃枉法，无恶不作。西安有家文化通讯社报道了此事，一时社会轰动，舆论大哗。该县的议长在召集会议讨论时，姓王的县长突然破门而入，质问谁是揭发人，即拔枪射击，议长当场毙命，副议长越墙逃命，又被击中。血案的消息传到西安，省副议长在会上斥责"古今中外，无是政体"，文化社再次刊印副议长讲话，陕省当局大为震惊和尴尬，迫于舆论压力，将王押解西安法办。更有一家《秦风·工商日报联合版》的报纸，经常揭露省、县行政当局贪污舞弊及有关施政方面的种种黑幕，尤其抗战胜利后，坚持反对内战，呼吁释放全国政治犯，释放杨虎城。因此西北王胡宗南亲自听从省当局特别汇报，研究整治方案，封锁扼杀，指使特务强迫西安市报贩不准卖《秦风·工商日报联合版》，并由各警察分局秘密通知各商户不准订阅该报，不准在该报登载广告。但是，读者订不到报，亲自到报社取报，邮局把报扣了，报社就将铁路公路沿线的报纸交给每日第一班车上的司机代送。当局见软的不行，最后便纠集一伙暴徒砸抢报社营业部，要放定时燃烧弹焚毁印刷厂，并派人以车撞断总编辑双腿，将记者堵在巷子以辣面子、石灰撒入嘴和眼中，直至最后绑架著名报人李敷仁，秘密杀害报纸创办人杜斌丞。

我常常想，城市是什么，是一堆水泥和拥挤的人群。当我们是骑自行车的上班族时，我们反感着那些私家小车和出租车呼啸来呼啸去地常开在自行车的道上，而当我们有了钱能搭乘出租车，甚或有了自家小车，又总是讨厌骑自行车的人挡住了车的去路。几乎人人都在抱怨着城市的拥挤、吵闹和空气污浊，但谁也不愿自己搬离城市。大白天里，车水马龙，人多如蚁，可到了夜里街灯在冷冷地照着路面，清洁工抱着扫帚有一下没一下地划动，偶尔见到夜市上归来的相互扶着的醉汉和零星的幽灵一般倚在天桥上的妓女，你无法想象，人都到哪儿去了呢？为什么竟没有一个走错了家门呢？西安的街巷布置是整齐的井字形，威严而古板，店铺的字号，使你身处在现代却要时时提醒起古老的过去，尤其那些穿着黄的蓝灰的长袍的僧人，就得将思绪坠入遥远的岁月，那汉唐的街上，脖子上系着铃铛，缓缓地拉着木轳辘大车经过，该是一种何等的威风呢？城墙上旌旗猎猎，穿着兵卒字样军服的士兵立于城门两侧，而绞索咯吱吱地降下城门外护城河上的板桥，该又是一种何等的气派呢？青龙寺的钟声中哪一声糅进了鉴真和尚的经诵？葫芦头泡馍馆门首悬挂的葫芦里哪一味调料是孙思邈配制？朱雀门外的旧货市场上的老式床椅是辗转过韩干的身肢还是浸润过王九思的汗油？上千年的风雨里，这个城市竟呼呼啦啦败落下来，中华人民共和国五十年来虽积极地重新建设，但种子种久了退化，田地耕久了板结，它已实在难以恢复王气。毕竟如今的城市规模小，城外而来的汽车和人流将泥土直接可以带到市之中心，又因为城市的经济能力有限，众多的失业者得有生存的营生而导致街巷行人道上有了地摊，卖小杂碎和饮食，所以，西安的尘土永远难以清除，一年数日里的昏天灰地令人窒息，皮鞋晌晌得擦，晌晌是脏，落小雨落下来是泥点，下大雨路面积潭，车漂如船。深秋天气，法桐的花绒便起飞了，整个城市不寒而雪，到了冬季，雪下起来又难以久驻，雪与尘土和成污泥又冻成疙瘩，街面上随处就有跌倒的行人，最难堪的是一辆自行车啪地一倒，三辆四辆、十辆八辆啪啪啪地倒一大片。一旦夏天来临呢，大天白日，小伙子们全裸了上身，脖子上搭一条湿而脏的毛巾，在小巷透着窗子一看，也常能看到一些老妪也裸了上身在案上擀面，乳房干瘪，肋骨可数。入夜的街道两旁，钢丝床、竹躺椅、凉席摆满，白花花一躺一片如晾在了岸滩上的鱼。慈禧西逃来的时候，为了祛热，派人从太白山取雪化水盛在屋中缸里，如果现在没有了空调，市府的官员们就得如过去一样坐水瓮断案了。树是越来越少，鸟愈飞愈稀，从春到秋从夏到冬，能听到的是声声紧迫的如哭如泣的猫的叫春。近年来有一句民谣：不到北京不知道自己官小，不到上海不知道自己钱少，不到海南不知道自己身体不好。一个城市有一个城市的特点，如果说那一句以"你不像上海人"来评价上海人好的话是对上海人的不恭，那么，说西安就不该是城，西安人是不太生气的，他们甚至更愿意保留下旧城重新在别处再建一个新的西安！

我一直有个看法，评价历史上任何人物是不是伟大的，就看他能不能带给后人福泽。因此，秦始皇是伟大的，武则天是伟大的，释迦牟尼伟大，老子也伟大，还有霍去病、司马迁。只要到临潼的秦兵马俑馆、乾陵、法门寺、楼观台、黄陵和延安去看看，不要说这些人物给中国的发展作出了多大贡献，为中国增加了多少威望，也不要说参观门票一日能收入多少，单旅游点四周连锁而起的住宿、餐饮、娱乐的生意繁华，就足以使你感慨万千了。一个城市的形成，有其人口、建筑、交通、通信、产业、商业、金融、法律、管理诸多基本要素，但人的精神湖泊里的动静聚散却是仍需教化导向的，宗教就这样从天而降，寺庙也由此顺天而建。西安之所以是西安，它就是有帝王的陵墓和宗教寺庙，一个在地下，一个在地上，民族传统的文化氛

45

氤着这座古城。据史料记载，唐长安城坊佛寺有一百四十座，道观有四十一座，至今保存的名刹古寺有大兴善寺、大庄严寺、青龙寺、净业寺、仙游寺、圣寿寺、感业寺、华严寺、慈恩寺、西明寺、荐福寺、罔积寺、香积寺、草堂寺、卧龙寺、法门寺、楼观台、重阳宫、八仙庵、东岳庙、西安清真大寺等等。中国佛教的十大宗派，除天台宗和禅宗外，其他八派都发祥于长安。富丽堂皇的殿宇内，壁画万象纷呈，慈恩寺塔西曾有尉迟乙僧画的湿耳狮子跌心花"精妙之极"，资圣寺东廊韩干的散马"如将嘶蹀"，王维在荐福寺作辋川图"山谷郁盘，云水飞动"，吴道子在菩提寺画的礼佛仙人"天衣飞扬，满壁风动"，而赵景公寺内有幅"地狱变"阴森可怖，凡是看过都"惧罪修善"，致使当年东西两市的鱼肉都卖不出去。名刹古寺里多有离奇的故事传颂，唐观中便有天女降临来观赏玉蕊花的事，连刘禹锡也写下了"玉女来看玉蕊花，异香先引七香车，攀枝弄雪时回顾，惊怪人间日易斜"。法门寺里更有司礼太监九千岁的刘瑾陪皇太后来降香，公断了宋巧姣一案，至今寺中还有双窝青石一方，据说就是当年宋巧姣告御状时跪诉冤情的地方。而"破镜重圆"的故事就发生在西明寺，西明寺原是唐隋越国公杨素的住宅，后因其子谋反被没收为官有的。杨素当红时，陈后主的三妹下嫁给陈太子的舍人徐德言为妻，当陈破亡之际，徐与妻言：今国亡家破，必难相安，以你的才色，定入帝王或贵人之家。你我恩爱，生死永不相忘。乃将一面铜镜击破，各执一半，相约于正月十五在市中贷求，破镜重圆与否，即可知生死了。陈灭后，妻果被杨素纳姬，并宠幸无比，然而此姬依旧恋徐，正月十五日令奴婢持破镜至市求售，真的就遇上了徐德言，徐将重圆之镜及诗寄给陈氏，说：镜与人俱去，镜归人不归，无复姬娥影，空余明月辉。陈氏抱镜痛绝，不复饮食。杨素问明了缘故，惨然变色，长夜思考，终遣使召徐德言，将妻返还。

帝王陵墓和名刹古寺现在支撑着西安的旅游业，原本是清凉世界再难以清静，街上时常见到一些僧人道士，使市民们似乎觉得他们是上古人物而觉神秘，却也能见到一些僧人道士腰间别有传呼机，三个四个一伙去素食馆吃饭大肆谈笑而感到好奇。我曾一次去某道院想抽一签，才进山门，一脏袍小道即高声向内殿呼喊：生意来了！气得我掉头就走。但初一十五日庙观中的香火旺盛，而平日在家设佛堂贴符咒却仍是许多人家的传统。他们信佛敬道，祈祷孩子长大，老人长寿，仕途畅达，生意茂盛，甚至猎艳称心，麻将能赢，殊不知佛与仙是要感谢的，通过自己的生命体验佛道以及上帝的存在而知道我是谁我应干什么。隋唐的时候，长安城里是有一个三阶教的，宣扬大乘利他精神，主张苦行忍辱，节衣缩食，救济贫穷，认为一切佛像是泥胎，不需尊敬，一切众生才是真佛，愿为一切众生施舍生命财物。开创三阶教的信行早死了，其化度寺也早毁了，但我倒希望现在若还有那么个寺院也好。

俗言讲，铁打的营盘流水的兵。城市何尝不是这样，尤其像西安这样的城。因看过国外的一份研究资料，说凡是在城市待三代人以上的男人一般是不长胡须的，为了证实，我调查了数量相当的住户，意外地发现，真正属于五代以上的老西安户实在罕见。毛泽东有一句军事战略上的术语：农村包围城市。而西安的人口结构就是农村人进驻城市成为市民，几代后这些人就会以种种原因又离开了城市，而新的农村人又进驻城市，如此反复不已。但现在是居住在城里的市民，从二三十年代开始，意识里就产生了偏见，他们瞧不起乡下人，以致今日，儿子或女儿到了恋爱时期，差不多仍是反对找城里工作原籍在乡下的对象，认为这些老家还有父母兄妹的人将来负担太重，而且这些亲戚将会没完没了地来打扰。即使父母俱在城里的，又看不起北门外铁道沿线的河南人和说话鼻音浓重的已是城籍的陕北人，认为他们性情强悍、散漫，家庭责任心不强。其实，河南人在西安起源于黄河泛滥而来的难民，现已成为西安极重要的市民一部分，陕北人源于解放初期大量革命干部南下，这两个地区的人勤劳、精明，生存能力和政治活动能力极强。西安基本上是关中人的集中地，大平原的意识使他们有着排外的思想，这也是西安趋于保守的一个原因。

在我的老家商州，世世代代称西安为省，进西安叫作上省。我的父辈里，年轻的时候，他们挑着烟叶、麻绳、火纸、瓷器担子，步行半个月，翻越秦岭来西安做生意，生意当然难以维持多久，要么就去店铺里熬相公，要么被人收揽了组织去铜川下煤窑。更多的，是夏收时期来西安四郊当麦客。

这些麦客都是穿一件灰不几几的对襟褂子，蹬一双草鞋，草绳勒腰，再别上一个布口袋装着一个碗和炒面，手里提着一把镰。他们在太阳如火盆一样的天底下，黑水汗流地为人家收割麦子，吃饭的时候，主人一眼眼看着他们吃，还惊呼着都是些饿死鬼嘛，一顿要吃五个馒头！麦客们或许来早了，来晚了，或许正逢着连阴雨，他们就成堆成堆聚在街头檐下，喝的是天上下的，吃的则瞧着饭馆里吃饭人有剩下的了，狗一样窜进去，将剩饭端着就跑。当然，罗曼蒂克的事就在万分之一中发生了，我老家村子里就有过，是北郊一个年轻的寡妇看中了她雇用的麦客，先是在麦垛后偷情，再后来堂而皇之入赘，麦客叼着烟袋住在炕上成为这家男掌柜了。那时的商州是种大烟土的，老家的人讲过去吸烟似乎很难上瘾，不像现在吸白面，一吸上就等于宣布家破人亡了。也有想在当地当土匪而来西安弄枪的，四十年代，商州的两股土匪真的都是因在西安偷盗过一支枪而回去发展起来的，也有一个在西安买通了部队的军需，购得了五支枪，而出城时被查出，结果被杀，脑袋挂在城东门口。

吸毒、赌博、娼妓在西安的三四十年代是相当严重的，一般的有钱人家过红白喜事，重要客人进门，先招呼上炕，炕上就摆有烟灯烟具。戏班子里的艺人，唱红了的多有烟瘾，台下面黄肌瘦，哈欠连天，吸几口上台了，容光焕发，精神抖擞。许多当局军政要员暗中都做烟土生意。至于嫖娼，开元寺的高等妓院由兵士站岗护卫，出入的都是军政界、商贸界、金融界有钱有势者，据说胡宗南就患有花柳病。我见过一位鸡皮鹤首的老妓女，她谈起来，最感荣幸的是曾经接待过胡宗南。

城市是人市，人多了什么角色都有，什么情况也出，凡是你突然能想到的事，城里都可能发生。西安城里流动着大量的农村打工者，数处的盲流人员集中地每日人头攒拥，就地吃住，堵塞交通，影响着市容。麦客在五月下旬就进城了，而贩菜的、卖炭的、拾破烂的沿街巷推车吆喝，天至傍晚，穿着露而艳的妓女噘着红嘴唇拎着小皮包就开始奔走各个夜总会和桑拿房去。我在戒烟所里采访那些烟民，一个美貌的少妇哭诉她的夫离儿散，最后竟气愤地求我代她控告那些贩毒者：他们卖给我的是假货，让我长了一身黄水疮！城市是个海，海深得什么鱼鳖水怪都藏得，城市也是个沼气池子，产生气也得有出气的通道。我是个球迷，我主张任何城市都应该有足球场，定期举行比赛，球场是城市的心理的语言的垃圾倾倒地，这对调节城市安稳非常有作用。城市如何，体现着整个国家和地区的综合实力，随着人类社会的发展，城市的拥挤、嘈杂、污染使城市萎缩、异化了。据有关资料讲，在二十一世纪，人类面临的危机不是战争、瘟疫和天灾，而是人类自身的退化，这个退化首先从城市引起，男人的精液越来越少，且越来越稀，以至于丧失生殖的能力。我读到这份资料时，是一个下午，长这么大还没有什么事能让我感到那么大的恐惧，我抱着我收藏的恐龙蛋化石呆坐屋中，想恐龙就是从这个地球上渐渐地消失了，一个时代留下来的就只有这变成石头的蛋体了。我把我的恐惧告诉给我的朋友，朋友无一例外地嘲笑我的精神出了问题，说，即使那样又能怎么样呢，满世界流传诺查丹马斯的大预言是一九九九年七月地球将毁灭，七月马上就到了，那就该现在不活了吗？朋友的斥责使我安静下来，依旧一日三餐，依旧去上班为名为利奔忙活人。说实话，自一九七二年进入西安城市以来，我已经无法离开西安，它历史太古老了，没有上海年轻有朝气，没有深圳新移民的特点。我赞美和咒骂过它，期望和失望过它，但我可能今生将不得离开西安，成为西安的一部分，如城墙上的一块砖，街道上的一块路牌。当杂乱零碎地写下关于老西安的这部文字，我最后要说的，仍然是已经说了无数次的话：我爱我的西安。

49

西路上

一、一个丑陋的汉人终于上路

　　我在右大腿根的一块肌肉发生麻痹的那个夏天，决定着再一次去西部。去西部，每隔三四年就要去一回，这几乎成了我的功课。我向人夸耀着，我是在沙漠上见过被风吹了出来的古干尸的，并且敲打过他的牙齿，他的牙齿没有铲形的门牙，但也是黄的。是在雪山底下的胡杨林里追赶过红狐，接受过一次很年轻的活佛的摩顶。也还是在捡拾硅化木的路上遇见了强劲的沙尘而与一位维吾尔姑娘偎藏于坑窝子里，度过了一个浪漫的下午。西部的大部分城镇已经走过，每走一个城镇，写一篇日记，写毕了用钢笔尖在身上扎一个点，血流出来，墨汁渗进去，留下戳记，我说，若死后被剥下皮来，那将是一张别有意义的旅游图。西部对于我是另一个世界，纠缠了我二十多年的肝病就是去西部一次好转一次，以至毒素排出，彻底康复。更重要的是逃离了生活圈子的窒息，愈往边地去愈亲近了文学，我和我的影子快乐着。

　　这个夏天的决定，计划里是走一走丝路。

　　我的灵魂时常出窍。一个晚上，我坐在了案桌上，看着已经在沙发上一动不动了很久的平凹，觉得这个矮小而丑陋的汉人要去丝路真是可笑。古人讲做学问要读万卷的书行万里的路，他默数着已经去了西部几万里路了吧，可古人的行是徒步的或骑了一头毛驴，日出而动身，日落而安息，走到哪儿吃在哪儿住在哪儿，遭遇突如其来的饥渴、病痛、风雨和土匪，那是真正体验着生命的存在，而他的几万里则是坐了飞机和火车，一觉醒来从西安到了乌鲁木齐或从乌鲁木齐到了喀什到了伊犁。城市都是一样的水泥的山村，都一样有着站着警卫的政府大院和超市。因事耽搁了吃饭时间的肚子饥和乞讨者吃了上顿不知下顿在哪儿的肚子饥绝对是两码事儿！灵魂又回归到了身体。灵魂和身体都感到寂寞之时的西行计划里，我邀请了三位朋友，说：徒步是不现实的，那就搭上汽车，一个县一个县地行动吧。

朋友的回应轰然如雷，他们欢呼着能去印度，去波斯，去欧洲了。但我说最多只到乌鲁木齐，古时的西域十六国那仅是丝绸的集散地，而真正的丝路，就是西安到安西和敦煌。

我在家开始了大量翻阅有关丝路的资料，一边加紧治疗身体的疾病。我是脑供血严重不足——恐怕是小时候饿坏了脑子和中年期的烦闷所致——每年的冬天要注射七天的丹参液，现在我得提前进行。怨恨的是右大腿根的麻痹一时难以治愈，虽无大碍，但接二连三做梦，都是骑了自行车不得下来，结果冲进人窝，紧张地喊：啊！啊！连人带车倒地，还撞伤了别人。

宗林，我在陕西安康的一个高颧骨的朋友（也是第一个被我邀请同行的），给我带来了一盒膏药和两张与丝路有联系的照片。膏药贴上无济于事，照片却让我激动不已。一张照片摄自安康博物馆，是一只金蛋，说在安康志上记载，汉朝政府推行奖励桑农的政策，凡有植万株桑者，可奖励一只金蛋。一张照片是一个村镇路口的石碑，上面隶书：高鼻梁村。这令我一下子豁然明白汉代的丝路为什么从长安城起点，那不仅因为长安城是汉代国都，也是因为长安城所在的陕西南部盛产丝绸，如今以产丝绸闻名的苏杭，那时还恐怕多是一片水泽吧。而高鼻梁村，必曾是洋人去采购丝绸的驻地了。洋人在高鼻梁村如何采购丝绸，那鹰钩鼻和卷毛发怎样被山地人取笑？我想起了茂陵博物馆的汉朝官员接见外国使者的壁画，哎呀，那使者是躬腰拱手，低眉顺眼，一脸的紧张和萎缩！到茂陵去——我说——拜拜霍去病——路是有路神的，霍去病是丝路的神。在到处受美国影响的今日，喊一声我们的祖先也曾经阔过，做阿Q也是十分的开心。

霍去病的陵墓是高大的。过去无数次地来到这里，为的是那些举世闻名的石雕艺术，膝盖就软下去，放声大哭。现在在陵前捡起一块汉时的瓦的碎片，瓦片上恰好有一个小孔，打打磨磨，打磨了半天拴绳儿系在脖项，发问埋下一粒种子可以收获万斛的粮食，咸阳塬上埋下了这么伟大的人物，它将生长出什么呢？陵墓不是浑圆状，如山的土堆高低起伏，如燃烧的黑色的火焰。陵墓管理人员讲，陵墓是以祁连山的形状建造的。噢，这就对了！武曌以山建陵，将一个女人模样仰躺在大平原上，她是希望自己是一座高山，而绵亘千里的风雪祁连却整个儿是为霍去病存在的！我在系着的瓦片碎块上用笔写了"去病"二字——我不知道霍去病的名字是他的母亲为了希愿私生下来体弱的儿子强壮起来呢，还是汉武帝为他赐名，因为只有他才可以去掉汉朝常被匈奴困扰的心病。——我为我的西行成为一次身心的逃亡，或可称作一次精神出路的拓通吧。

　　正如死与生俱来，生的目的就是死亡一样，我总想将心放飞又怎能放心呢？在系着了写有"去病"字样的汉瓦碎块的第四天，哗哗的一场雨淋湿了我晾在阳台的衣服，也淋湿了西行的欲火，至少我在一日复一日地拖延着时间。已经说好了的，一块儿上路的三个朋友不停地打电话催促，我只是以别的事搪塞着，说还得搜寻些丝路的资料，譬如，正在读斯文·赫定的《丝绸之路》。

　　其实，斯文·赫定的书我早读罢。我之所以迟迟不能上路，是我喜欢上了一个女人。

　　人是有缺点的，尤其是男人，每一个男人在一生中遇见自己心仪的女人都会怦然心动，这好比结婚后还要自慰一样。我以往的好处是，对女人产生着莫大的敬畏，遇见美丽的女人要么赶快走开要么赞美几句，而且坚信赞美女人可以使丑陋的男人崇高起来。但这一次，当奇缘突至（我只能解释为命中所定），我深陷其中，不能自拔。她说：你病了?! 我可能是病了，爱情是一场病。我的身子和灵魂又开始分离，好几次经过了她的房子和停留在电话亭，我已经坐在了她家的铺着花格床单的床沿上，我看见平凹在房门踏了一片脚印又走开了，我已经与她像各躺在云头上聊起天了，平凹拿起了电话筒又把电话筒放下。这女人是冷傲的，她的美丽和聪慧像湖一样清风徐来水波不兴，你走进去，扑通却没了头顶。如果她仅仅是美丽，美丽的女人在西安街头多如流云，——在我的印象里，美丽的女人是傻笨的，她们不读书，不爱艺术，追求时尚和金钱——可她是一位出色的表现主义画家。西安是传统

55

文化厚重的城市，而她的画有强烈的主观色彩，色彩、构图都推向极致，又充满了焦虑、迷惘和激情。更令我赞赏的是她并不是无关痛痒的画家，画面处处在强调着一种时代的精神。我已经老大不小了，而且旷世之丑，我与她的交往并不是要干什么——虽然爱是做出来的——但我无法保持我平日的尊严。人到了轻易不肯说出爱的年龄，这个字说出来了，我活得累她也感到与我在一起时的沉重。在她不能应约而来的时候，我就画马，因为她属马，又特别爱马，那长发、满胸、蜂腰、肥臀以及修长挺拔的双腿，若趴下去绝对是马的人化。那些日子，马画得满墙都是，宗林、庆仁和小路已经对我的拖延感到了愤怒，他们知道了我之所以拖延的原因，一方面惊叹着这个女人对我的想象力如此激发而画出了这般好的画（我以前并未学过绘画），一方面骂我重色轻友，又以丑与老的话题实施对我的打击，更糟糕的是他们私下与她交涉，约她能同我们一块儿西行。我后来才知道，她的回答是否定的，他们就劝她不要姑息我而误了大事。所以她竟在数天里与我失去了联系，她的手机再也打不通，我失恋了。

失恋一词对于我似乎有些荒唐，但确实失恋了。我再一次翻阅关于丝路的资料，有一段记载使我苦笑不已。那记载的是年轻的瑞典人斯文·赫定之所以在罗布泊长期不归，野兽一般，除了痴醉于探险事业外，还有一个秘密，是他失恋了。可以说，斯文·赫定是在失恋后对自己的放逐，精神漂泊使他完成了自己的事业，而失恋中的我终于决定立即得动身上路了。这个时候，突然间感到了西安的喧闹和杂乱，空气污浊以及建筑和人人物物都面目可憎。

九月的西安阴雨连绵，沉重的雾气使天压得很低，街道两旁的杨树年纪老了，差不多的树身生了洞，流淌着锈铁色的汁，像害了连疮，而树絮如毛毛虫一样落在地上，踩入泥里。我并没有打伞，从城的南郊步行进城墙内区的羊肉泡馍馆去吃饭。（如果西安有什么最好吃的东西，那就是羊肉泡馍，我一直认为饮食文化造就的是人群的性格，秦灭六国，是陕西人吃了羊肉泡馍可以忍饥或怀揣了掰好的馍块及时熬羊汤泡吃加速了行军的时间才打败了精细炒菜的邻国。）经过西门外的石桥，有人在桥头上吹埙。自从我写了

《废都》后，已经灭绝的中国最古老的乐器——埙——这个拳大的土罐儿成了旅游点上卖得最好的商品。在桥头上吹埙的家伙是个光头的中年人，他当然在雨地里吹埙是招揽顾客推销产品，但他吹得很好，声音从雨点的缝隙穿过，呜呜之音如鬼哭狼嚎，我却激动起来，目注着他自认为这是为我壮行。仰面就是西门，城楼在雨幕里巍峨，城门是封住了的，人流车辆只顺着左右的偏门通行。我突然间浪漫起来，跳上去在封闭的城门前一蹲，蹲成了一只狮子。

在那一刻里我想，古丝路就是从这里起点吗？脖铃当当的驼队驮着云彩一样的丝绸就这样打开了城门一路往西吗？商队出发时红男绿女在这里摆下酒席，霍去病开拔时武帝在这里擂鼓，玄奘取经时这里也是佛乐冲天，连那个贬官流放的林则徐在西安住过一段日子要往新疆，也是三五成群的哭送的人，而我要走了，她怎么就销声匿迹如飞鸟一样了无踪影了呢？"劝君更尽一杯酒，西出阳关无故人"，王维已经死了，早早死在了唐朝。雨还在下，屋檐吊线。油漆斑驳的城门上有一张晶亮的大网，黑肥的蜘蛛在空中吊着自己的丝往下来，停驻在我的头顶。沿着城门楼南北而去的城墙垛口，一排排尽是我名字中的凹字。我感觉我这尊狮子是红了眼的。

二、爱与金钱使人铤而走险

两千年前，匈奴侵占了月氏的地盘，在西北日渐坐大，汉王朝就寝食不安了，曾经软硬兼施（便有了昭君出塞的故事，也有了班超从戎的故事），但匈奴剽悍，又反复无常，一直难以制伏，于是武帝便派了张骞去已经西迁的月氏游说，企图联合抗敌。

丝绸之路就这样要始于足下了。

这一天也是个淫雨的天，张骞在西城门口的青石路面上重重地磕了一个响头，带百多人秘密西行。把渭河走尽，翻越了乌鞘岭，才在沙漠里一脚深一脚浅地走得很难，即被大队的匈奴骑兵围住，一瞧见肿泡眼、大板牙，不容分说，绳索捆了，送往单于庭的帐篷里。此一送，竟是十年之久。十年里，张骞习惯了穿羊皮袄，喝马奶，也与匈奴女子结婚生子，但张骞是汉室忠臣，终于设法逃脱了又继续西行，一年后到达大宛，到达月氏。可惜的是已经远离了匈奴的月氏，却新地肥沃，日子好过，无心再卷入战事，张骞骂了一句"小国寡民"，只好怏怏而归。

归来的张骞伏在殿前痛哭流涕，以未能完成朝廷重托而请罪，并呈上了一份十数年间的个人生活汇报和一路的出使见闻。汉武帝先是摇头，半仄了身子，慵懒地翻揭着那一大沓的材料，一段话便使他突然目生亮光——"大宛有奇特的良马，出汗为血，日行千里"，霍地就站起来了。当初派张骞出使，一是念其忠诚能干，二也是看中名字中的骞字——驱马出塞——难道这匹驽马要引回天马吗？汉与匈奴作战了几十年未胜，原因是匈奴有好的坐骑，而汉人能乘的只是蒙古草原的小马，装备的落后导致了战事的失利啊！汉武帝走下殿来，把张骞扶起，看着张骞花白的胡须和酱猪肉一样深红的脖脸，眼里落下一滴泪来。这一滴泪使张骞受宠若惊，当武帝让他绘制一幅更详尽的出使图时，他伏案工作了十天十夜，并再次出征，率使团去了。

接下来的故事异常地漫长也异常地壮观，几乎是演义了汉朝的强盛的历史。使团带上千金和金马在大宛要讨换马种，遭到大宛国王断然拒绝。消息传回长安，武帝就愤怒了，立即发六千兵马去征伐，六千兵马在敦煌的大漠中因供应不足被渴死和冻死大半，到了大宛吃了败仗，仅六百人逃到了吐鲁番。武帝又下令，就在吐鲁番屯兵生息，谁也不能退进阳关，再派去六千人和三千匹战马要与大宛决一死战。结果汉军将大宛王府包围，迫使大宛国王献出了三十匹汗血马和一批仍属良种的牝马。有了良马种，汉朝建立了马场繁殖培育，数年后骠骑将军霍去病领军与匈奴作战，兵是精兵，马是良马，一举将匈奴赶出了甘肃的东部，一条中原与西域多国相连的交通大动脉于是形成。这条通道那时被称作御道，为了保护通道，沿着秦长城，新的长城继续向西延伸，百十里并建筑关寨，驻扎重兵。从此，在这条通道上，内地的商品输入西域，而西域的商品也输入内地，在出口的商品中，无论数量或地位，没有哪一样能与华美的丝绸相媲美。

这就是丝绸之路。

四年前，我因贪吃最好的苹果，去了一趟关中西北角的淳化，那里有秦直大道（这是与秦长城一样伟大的工程）的入口，也是丝绸路上的一个重镇，一只熊就站在路畔。熊是石的，汉代的。那时我想，霍去病的几十万大军是经过这里去西征的，成千上万只骆驼组成的商队也是经过了这里，为什么没有栽一块写着"泰山石敢当"的石头在这里，也没有竖一面凿着"西出阳关无故人"的碑子？石熊的体积极小，仅仅半人高，一只前爪举在头侧，一只前爪捂腹，嬉闹状的，鼻子发红（特意以有着朱砂红的石头赋形的）——我一看见这朱砂熊就乐了。

我把朱砂熊的故事说给了我的同伴，但是同伴没有乐。他们没乐，我也没有再说下去——古人的胸怀和幽默我们已经很少有了。

大家关心的只是翻地图，寻查着西行路线。丝绸之路是分为了东段、中段和西段的，西段东段又分为中路北路南路。南路从长安经天水、秦安、甘谷、武山、陇西、渭源、临洮到兰州；中路从长安经泾川、平凉、静宁、榆中、皋兰、永登到武威；北路从长安经通渭、会宁两县中的华家岭后，折向北到会宁，又从会宁至靖远渡黄河，经景泰、古浪到武威。中段是唯一一条直线，这就是甘肃的河西走廊，从武威经永昌、山丹、张掖、裕固、民乐、临泽、高台、酒泉、嘉峪关、玉门、安西到敦煌。西段的三条线，北线至安西经哈密、吐鲁番、乌鲁木齐、乌苏、伊宁至哈萨克斯坦、俄罗斯、伊斯坦布尔。中线从安西经楼兰、库尔勒、库车、喀什至塔吉克斯坦、土库曼斯坦、伊朗、伊拉克。南线从安西经若羌、且未、和田、塔吉克斯坦、巴基斯坦至印度。真正的丝绸之路，就是西安至安西。对于进入了新疆以西的西段，因为我数年前几次去过新疆，而古时的丝绸贸易西域可以说是个集散地，至于西段的北中南三线，那也只是后人和商品足迹所列而已，所以，我们选择了丝路的主干线。至于主线的东段，北路是最短的一节，但由于地处大漠边缘，人烟稀少，交通诸多不便，从古到今走这条路的人不如中路和南路多，中路则是我以前去兰州时差不多经历过，那就只有走南路了。

走南路的，二十世纪二十年代有过了一个团队，名字叫中瑞科学考察团——在此以前，走的都是高鼻子蓝眼睛的人，他们是伟大的探险家，也是卑劣的文物盗贼——以骆驼为交通工具。其骆驼四百匹，每次宿营，骆驼卧成一圈，而人居之圈内，被称为驼城。骆驼是除了牛马以外最易为人驯服的高脚牲口，它的样子丑陋，总是慢腾腾地摇晃着身子往前走，若碎步跑起来，从后边看去，样子显得笨拙和滑稽。它永远是相书上描述的那种贫贱者的步姿（它也只吃草料或数天里可以不吃），但好处是能忍耐，不诉说苦愁。我采访过一位近百岁的老人，他当年就是团队中的一员，他说，在沙漠的一个夜晚，月色明白，但他没心情去欣赏，因为口渴得厉害，拉了一匹骆驼到沙丘后想用刀子捅其前腿根喝血。他们曾经是这样屠杀过数十匹骆驼了，每次屠杀，骆驼都是前腿跪下去哀鸣不止，然后混浊的眼泪流下来通过长长的脸颊，泪水立即被蒸干，脸颊上便留下泛黄的痕道。这一次他要偷捅的是一匹最壮的骆驼，他并不敢让它死去，只是要借它的一些血解渴，骆驼就拿眼睛一直盯视他，他向左，骆驼也向左，他向右，骆驼也向右，他才说了一句"我渴……"骆驼哇的一声，脖子上涌起一个包来，咕咕嗵嗵上下滚动，噗的一下，足有一小盆容量的痰液喷出来，浇了他一头一脸。骆驼的痰是非常非常的腥臭，他当时就昏倒了。老者的话使我在西行路上从此再也不敢遗忘了水壶，但也反感起了骆驼。虽然骆驼的时代已经过去，漫长的河西走廊里，只在敦煌鸣沙山下见过一队骆驼，有武威转场的牧人，赶着羊群，把他和他的女人、毛毡、锅盆和装着炒面的口袋坐在一匹骆驼上，骆驼便只好在一些旅游点上做了供拍摄的道具，寂寞地立在那里一动不动，驼峰歪着，稀稀的毛在风里飘。距中瑞考察团又过了不到十年吧，真正地只为着丝绸之路的，是斯文·赫定。这位曲卷了黄毛的洋人，口里叼着一只烟斗，带着了四辆福特卡车和一辆小轿车，从北京的西直门出发到乌鲁木齐，再逆着丝路到了西安。洋人就是洋人，自古的洋人都是从西往东来的。而我们却从东往西，一辆三菱越野车就呼啸着去了。

我一直认为，汽车里有灵魂的，当世上的狼虫虎豹日渐稀少的时候，它们以汽车的形状出世。这辆三菱越野车是白色的，高大而结实。当选择这辆车时，老郑（他是负责吃住行的，我们叫他团长）有过犹豫，因为这辆车曾经吃过一个人的，我却坚持不换，古时出征要喝血酒，收藏名刀要收藏杀过人的刀才能避邪，何况唐玄奘取经时的那匹马，也是有过犯罪史的小白龙变化的。我爬在车头，叽叽咕咕给车说话，叮嘱它既要勇敢又得温顺——我尊重着它，因为它已经是我们的成员之一了。

也正是这辆车，经过了许多关卡，未经检查和收费就顺利放行，我们总结这或许得益于车的豪华，或许因了老郑——他坐在前排，方脸大耳——像个领导。但车却在一大片苍榆和板筑土屋混杂的一处村落前被挡住了。挡车的是一群农民，立即有三个老头睡倒在车轱辘前，喊是喊不起来的，去拉，他们抱住你的腿不放，呼叫：大领导，你不做主，你从我们身上碾过去，大领导！问清原委，原是村干部吃了回扣便宜出卖了百十亩地让外人盖娱乐场所，他们不愿意少了土地，更不愿意盖娱乐场所。这里到处都是妓女，反映

61

到乡政府，乡政府解决不了，正群情激奋着，见小车过来就拦住了。我们解释这事应该去上告，我们同情你们，也支持你们，但我们并不是大领导，瞧瞧，大领导能是我们这么瘪的肚子吗？他们说：得了吧，坐这么白胖的小车还不是大领导？！我哭笑不得，而且心情极糟，同行的老郑、宗林、庆仁和小路开始反复解说，趁机让我逃脱包围，去了路边的一间厕所。在厕所里，我的手机响了。

谁？我。哎呀，你在哪里？我在路上。路上？什么路上？！佛往东来，我向西去。

突如其来的电话使我又惊又喜，但话未说清电话却断了，我喂喂地叫着，又拨了她的手机号，传来的竟是"对不起，您所呼叫的用户已关机"。我站在厕所里发呆：她怎么也说了"佛往东来，我向西去"，莫非她也在西路上，并且提前了我吗？哎呀呀，若真的她也来了西部，那这也太有浪漫和刺激了！我迅速地掐指头——我会诸葛马前课，从大安、留连、速喜、赤口、小吉、空亡推算——果然断定这已经是事实了，就在空中挥了一下手，靠住了厕所角的椿树。这才发现，椿树上有一长溜黄蜡蜡的粪垢，那是乡人蹭过了屁股。小路在厕所外大声喊我，说是问题解决了，赶快上车，我走出来，真的是公路上的农民开始散开，他们已经确信我们不是大领导，那个老头还指了一下我，在说：看那个碎猴子样，我就觉得他不是个领导嘛！

重新回到了车上，大家还在叙说着刚才的一幕，感叹着出师不利，我却情绪亢奋起来，说咱这算什么呢，西路当然是不容易走的，想想，在开通这条路时，张骞是经过了十多年，又有多少士兵有去无还？就说开通之后，又走过了什么呢？我原本是因为情绪好，随便说说罢了，却一不留神说出了一个极有意思的话题，大家就争论起来：谁曾在这路上走过？当然走得最多的是商人，要不怎么能称为丝绸之路啊？！可庆仁疑问的是：一个商人牵上驼队一来一回恐怕得二三年吧，二三年是漫长的日子，离乡背井，披星戴月，就是不遇上强盗土匪，不被蛇咬狼追，也不冻死渴死饿死和病死，囫囫囵囵地回来，那丝绸又能赚多少钱呢？宗林就提供了一份资料，两千年前，丝绸在西方人的眼中那是无比高贵的物品，并不是一般平民能穿用得起的，其利润比现在贩毒还高出好多倍，当时长安城里三户巨商"行千里人不住他人店，马不吃别家草"，都做的是丝绸生意。这样，贩丝绸成了一种致富的时尚，更惹动了相当多的人以赌博的心理去了西域。现在从一些汉代流传下来的民歌中可以看出，丈夫走西路了，妻子在家守空房，"望夫望得桃花开桃花落，夫还不回来"，或许永远都不回来了，或许回来了，身后的轿子里却抬着另一个西路上的细腰。我看着宗林，突然问：如果你活在汉代，让你去做丝绸生意，你肯不肯上路？宗林说：我不贪钱。宗林没钱，也确实不贪钱，他是凡停车就下去给大家买啤酒呀可口可乐呀或者口香糖。我说宗林你不贪钱着好，如果说，在西部的某一沙漠里，有一位你心爱的女人，你肯不肯上路？宗林说：不肯。庆仁叫道：你这人不可交，对钱和色都不爱，还能爱朋友吗？我说我会去的——古丝绸之路恐怕只有商人和情人才肯主动去走，爱与金钱可以使人铤而走险的。

说罢这话，我突然觉得我活得很真实，也很高尚，顺手打开了那本地图册。地图册里却飘然落下一根头发，好长的一根头发。慌忙看了一下坐在旁边的小路，幸好他没有注意，捡起来极快地吻了一下。大前年有个法国的记者来采访过我，他手指上戴着一枚嵌有亲人头发的戒指，印象很深，因此我见到她的第一天就萌生着能得到她的头发的念头——头发是身体的一部分，我如此认为，而且永远不会腐败和褪色。这根头发就是她让我算命时揪下的。她是左手有着断掌纹的，总怀疑自己寿短（才子和佳人总是觉得他们要被天妒的），曾经让我为她算命——我采用了乡下人的算法，我故意采用这种算法，即揪下她一根头发用指甲将，捋出一个阿拉伯数字的形状，就判断寿命为几——我在揪她的头发时，一块儿揪下了两根，一根算命，另一根就藏在地图册里。现在，这根泛着淡黄色的头发在我的手，我不知她此时在西路的什么地方。阳光从车窗里照热了我的半个身子，也使头发如蚕丝一样的光滑和晶亮，忽然想起了艾青的一首诗："蚕在吐丝的时候，想不到吐出一条'丝绸之路'。"那么，我走的是丝绸之路，也是金黄头发之路吗？

李白说黄河之水天上来，那不是夸张，是李白在河的下游，看到了河源在天地相接处翻涌的景象。我看到的西路是竖起来的。你永远觉得太阳就在车的前窗上坐着，是红的刺猬，火的凤凰，车被路拉着走，而天地原是混

63

沌一体的，就那么在嘶嘶嚓嚓地裂开，裂开出了一条路。平原消尽，群山扑来，随着沟壑和谷川的转换，白天和黑夜的交替，路的颜色变黄，变白，变黑，穿过了中国版图上最狭长的河西走廊，又满目是无边无际的戈壁和沙漠。当我们平日吃饭、说话、干事并未感觉到我们还在呼吸，生命时时刻刻都需要的呼吸就是这样大用着而又以无用的形态表现着；对于西路的渐去渐高，越走越远，你才会明白丰富和热闹的极致竟是如此的空旷和肃寂。上帝看我们，如同我们看蝼蚁，人实在是渺小，不能胜天。往日的张狂开始收敛，那么多的厌恼和忧愁终醒悟了不过是无病者的呻吟。我们一个县一个县驱车往前走，每到一县就停下来住几天，辐射性地去方圆百十里地内觅寻古代遗迹，爬山，涉水，进庙，入寺，采集风俗，访问人家。汉代的历史变成了那半座的城楼，一丘的烽燧或是蹲在墙角晒太阳的农民所说的一段故事，但山河依旧，我们极力将自己回复到古时的人物，看风是汉时的风，望月是唐时的月，疲劳和饥寒让我们痛苦着，工作却使我们无比快乐。老郑在应酬各处的吃住，他的脾气越来越大——出门是需要有脾气的——麻烦的事情全然不用我去分心。宗林的身上背着照相机也背着摄像机，穿着浑身是口袋的衣裤，他的好处是能吃苦耐劳，什么饭菜皆能下咽，什么窝铺一躺下就做梦，他的毛病则是那一种令我们厌烦的无休止的为自己表功，所以大家并不赞扬他是雷锋，他却反驳雷锋不是也记日记要让大家知道吗？庆仁永远是沉默寡言的，他的兴趣只是一到个什么地方就蹲下来掏本子画速写。这当儿，小路就招呼旁边的一些女子过来，"这是大画家哩"，他快活得满嘴飞溅了口水，"快让他给你画一张像呀，先握手握手！"庆仁一画就画成了裸体，他眼中的女人从来不穿衣服。当汽车重新开动的时候，我们坐在车上就打盹，似乎是上过了竿的猴，除了永不说话的司机，个个头歪下去，哈喇子从嘴边淌下来，湿了前胸。我坐在司机旁边，总担心着都这么打盹会影响了司机的，眼睛合一会儿就睁开来，将烟点着两根，一根递给司机，一根自抽。抽了一根再抽一根。嘴像烟囱一样喷呼着臭气，嘴唇却干裂了，粘住了烟蒂，吐是吐不掉，用手一拔，一块皮就撕开，流下血来，所以每到烟吸到烟蒂时，就伸舌头将唾液泡软烟蒂。但唾液已经非常少了。我喊：都醒醒，谁也不准瞌睡了！大家醒过来，唯一提神的就是说话——臭男人们在一起的时候说的当然都是女人。

这个时候，我一边附和着微笑，一边相思起来，相思是我在长途汽车里一份独自嚼不完的干粮。庆仁附过身小声问我：你笑什么？我说我笑小路说的段子，庆仁说，不对，你是微笑着的，你一定是在想另外的好事了。我搓了搓脸——手是人的命运图，脸是人的心理图——我说真后悔这次没有带一个女的来。小路就说，那就好了，去时是六个人，等回来就该带一两个孩子了！庆仁说什么孩子呀，狼多了不吃娃，那女的是最安全的了。宗林说：那得尽老同志嘛！我是老同志，但我没有力气，是扛不过他们四个中的任何一个。我讲起了一个故事，那也是我的一个朋友，他在年轻的时候一次在西安的碑林博物馆门口结识了一位姑娘，姑娘是新疆阿克苏人，大高个，眼梢上挑，但第二天要坐火车返回老家去了。他偏偏就喜欢上了这女子，五天后竟搭上西去的列车，四天三夜到了阿克苏，终于在一条低矮的泥房子巷里寻到了她的家。他是第一次到新疆，也是第一次坐这么长的火车，两条腿肿得打不了弯。姑娘的全家热情地接待了他，甚至晚上肯留他住在了那一间烧着地火道的房间里。姑娘对他的到来一直惊疑不已，以至于手脚无措，耳脸彤红，当房间里只剩下他们两人的时候，姑娘弯腰在地上捡拾弄散了的手链珠子，撅起的屁股形象在瞬间里让他看着不舒服，立即兴趣大变，便又告辞要回西安。结果就在这个夜里五点冒了风雪去了火车站，又坐四天三夜的车回来了。我说这样的一个真实故事，我也不知道要表达个什么意思，但大家对我的朋友能冲动着坐四天三夜的火车去寻找那个吊眼长腿的姑娘而感动着。

"那女子对你的朋友很快走掉没有生气吗？"司机原来一直在听着我们的说话，这也是他唯一的插话。一只兔子影子一般地穿过公路，车嘎地停了一下，又前进了。

没有，我说，新疆是最宽容的地方。你就是几百万的人来，它不显得拥挤，你就是几百万的人走，它也不显得空落。新疆的民族是非常多的，各民族普通老百姓的融洽程度是内地人无法想象。而且，什么人都可以去新疆，仅仅是一九四九年以后，内地发生了旱灾水灾地震蝗虫而无法生活的人，各个政治运动遭受了打击迫害的人，甚至犯了刑事的逃犯，都去到新疆，新疆使他们有吃有喝有爱情，重新活人。我列举了我供职的单位，有五个人是在新疆工作了十几年后调回内地的，除一个是转业军人，其余四人皆是家庭出身不好，在西安寻不着工作，娶不下老婆却在新疆混得人模狗样。

当我们说完这话十分钟后，车的轮胎爆破了。车已经有灵性，爆胎爆得是地方——正翻过了乌鞘岭，进入一个镇子。说是镇子，其实是沿着缓坡下去的路的两旁有着几排房子，但这个镇子外边的坡上有一个烽燧，证明着它的岁数远在汉代。司机趴在车下换轮胎了，发现了轮胎是被啤酒瓶子的碎片扎漏的，便滚着轮胎到一家充气补胎的小店里去修补。小店乱得像垃圾堆，却有个胖女人坐在那里化妆，她的脸成了画布，一层一层往上涂粉和胭脂，旁边有人在说：咦，洋芋开花赛牡丹——生意来喽！胖女人还在画一条眉毛，店里却走出一个瘦子，一边将一木匣的莫合烟末拿出来，又撕下一条报纸，让司机先吸烟，一边笑着说：往新疆去啊？我们便到对面街坊的人家去讨热水冲茶。主人是让出了凳子，声明坐凳子是不收费的，热水却付一元钱，便觉得这主人不可爱。埋怨了几声，主人却说：现在经济了嘛，人家把啤酒瓶子摔在路上让轮胎扎破了再补，你们倒感谢人家，这热水是我从河里挑来烧开的，要那么个一元钱，你们倒脸色难看了?！他这么一说，老郑就坐不住了，哼了一声，把头发揉乱，横着身子往补胎店去。老郑是蹴在了店外的凳子上，凳子上有着一把锤子，拿起来往自己腿面上砸，喊：补胎的补胎的，你过来！补胎的还笑着，问大哥啥事？老郑说是你把啤酒瓶子摔在坡上的？那人脸立即变了，说哪里，哪里有这事？老郑就招呼宗林：你过来给他录录像，把这店铺牌号也录上！补胎人一下子扑过来给老郑作揖了，又反过身去，从一直坐在店门槛上喝茶水的老头手里夺过了茶杯，用衣襟把茶杯擦了擦，沏上茶递给老郑喝。老郑不喝，我们也不过去，瞧着老郑遂被请进了店里。过一会儿，老郑就八字步过来，说：他一个子儿都不敢收了！我说老郑你真是个惹不起，老郑说你怎么知道我的小名，小时候我在农村，谁要欺负我，我就哭，一哭就死，是手脚冰凉口鼻闭了气的死，别人就得依我了。我们哈哈大笑，坐在旁边吃饭的三个孩子瞧着我们也笑了笑。他们每人端了一碗蒸洋芋，剥开来白生生地冒气，蘸着盐末大口地吃。那个胖墩儿原本吃得舌头在嘴里调不过，眼睛睁得大大的，一经笑，竟噎住了，我赶紧过去帮他捶脊背。这当儿，前边的巷子口狗一样钻出个青年，接着又跑出一个妇女，妇女是追撵了青年的。青年跑得快，妇女在地上摸土坷垃，土坷垃没有，将鞋掷过去，青年却在空中接住，说：妈，妈，路上有玻璃碴哩！围观的人就说：狗细多心疼你，你还打狗细呢?！妇女单蹦了腿过来捡鞋，一屁股坐下来给众人诉冤枉："我怎么生下这儿子！狗细，狗细，你就不要再回来，我死了宁肯给老鼠敬孝哩，我也没有了你这个儿子！"我问起给我们热水的老头这是怎么回事，老头说：你们怪我们乡下人才，你们城里人才狠哩！原来这叫狗细的见镇上一帮人出外打工，他也就跟着去了乌鲁木齐，但他笨，没技术，只在劳务市场上等着刷墙的人叫去帮忙和灰，两个月下来，除了吃饭仅存了三百元。前半个月他回来，三百元钱不敢在口袋里装，裤衩上又没个兜兜，就把钱藏在鞋的垫子下。两天多的火车上舍不得买饭吃，肚子饥了只有蜷在那里睡，鞋就脱了放在座位下。鞋是破皮鞋，不穿袜子，脚又不洗，气味难闻，等到了离家十多里的那个站上，醒来要穿鞋，鞋却不见了。问左右的人，都是城里人，给他说普通话：那是你的鞋呀？臭气能把人熏死，从窗子撂出去啦！狗细急得哇哇哭起来，他倒不是珍惜那一双鞋，心疼的是鞋里还有三百元钱！但他打不过左右的人，骂了一句："我塞……"城里人又听不懂，等于白骂，只好下车赤脚走了十多里路回家。

我对这叫狗细的同情了，回头看看小路，小路眼里已经有了泪水。小路也是乡下出身，老家就在丝路的东段，他曾经说过在他小的时候，村人沿着丝路往兰州去讨饭，那时他小没人带他，一位本家哥一直讨要到武威，回来给他说，在兰州见到火车了，那火车一拐进山弯就拉汽笛，走起来又哐哐哐地响，似乎在说：甘肃——穷！穷！穷穷穷穷！我们在兰州的时候，小路是带我去见过他的那位本家哥的，这位本家哥是后来上了大学，成了博士，又下海投身于商界，他领着我们参观了他们的网络公司。我先是向他讨教网络在中国的发展前景，然后话题转到了今日中国的现状，提到了他和小路小时在乡下的生活以及现在乡下人的日子，他们两人当下是抱头大哭。也就在那个晚上，我们讨论了这样的一个问题：按人类社会的演进规律，是农耕文明进入工业文明，工业文明再进入信息文明，当然不容许一个社会有几种文明形态同时存在，但是，偏偏中国就发生了三个文明阶段同时存在的现实。正因为如此，它引发了今日中国所有的矛盾，限定着改革的决策和路径，而使我们振奋着、喜悦着，也使我们痛苦和迷茫。狗细的母亲还坐在小镇的街路上哭诉，夹杂的呐喊像母狼在哀嚎，狗细跑一段停下来回头乐乐，又跑一段，最后靠在一个店铺门前的油毛毡棚柱上，狠劲地踢棚柱，棚盖竟哗哗啦啦掉下来，招惹得店主人又是一阵大骂。宗林端了机子就去追狗细，我把他拦住了，人都有自尊心的，这时候去拍摄，不是背了鼓寻槌吗？

但是宗林却在星星峡外的公路上摄下了一组类似的镜头。

小镇上的经历，使宗林萌生了大的想法，他原本只是跟了我想制作一套西路的风情片，现在，他却志存高远，要拍摄在西路上看到的各个文明形态中生活着的人们怎样安于命运，或怎样与命运奋斗并力图改变命运的图片。我不是个平庸的人吧，这想法绝对地好！他得意着，所到之处，也就更忙了，常常我们一块儿出去，走着走着就不见了他，等他回来，不是说还没有吃饭，就是浑身的泥土。在武威的老街，为了拍一群像做舞蹈一样弹棉花的人，竟被狗咬了腿，伤是不重，用不着打狂犬病针剂，但一条裤腿却撕开来，像穿了裙子。

我和小路依然关注的是西路上的军事和经济的历史，丰富的遗迹和实物使我们在武威多住了几天。元狩二年，霍去病发动了祁连山之战，打败了匈奴贵族浑邪王，河西走廊并入了西汉版图，匈奴在哀唱了："失我祁连山，使我六畜不蕃息；失我焉支山，令我妇女无颜色。"对于失掉焉支山，为什么会使妇女无颜色？我去武威博物馆查询资料，是焉支山出胭脂，还是阻断了匈奴通向西域的道路，山域的各种奢侈品来不了，贵族妇女再不能乔装打扮？但是，庆仁却意外地送给我了一份收获。他是去武威老城速写时碰到了一个姓纪的女子，他当然为这女子画了一张像，而且画得极像，女子便邀请他去她家喝水。庆仁是"花和尚"，坐在人家屋里，又画人家屋里的土炕，土炕上绣着鸳鸯的枕头和土炕下放着的鞋子，偶尔在其柜子上的木板架上发现了一本旧书，书上记载了一七○○年前粟特国驻河西姑臧的商团首领写给其主子的信，便抄回来给我，强调可以证明公元四世纪的河西走廊在中西贸易中的枢纽地位。这确实是一封有着文献价值的又趣味盎然的信。我把信的其中部分用陕西话念着——陕西话在汉唐应该算作国语吧——让宗林录音录像。我是这样念的：

致辉煌的纳尼司巴尔大人的寓所，一千次一万次祝福。臣仆纳尼班达如同在国王陛下面前一样行屈膝礼，祝尊贵的老爷万事如意，安乐无恙。

愿尊贵的老爷心静身强，而后我才能长生不死。

尊贵的老爷：阿尔梅特萨斯在酒泉一切顺利，阿尔萨斯在姑臧也一切顺利。

……有一百名来自萨马尔干的粟特贵族现居黎阳，他们远离自己的乡土孤独在外，在□城有四十二人。我想您是知道的。

您是要获取利益，但是，尊贵的老爷，自从我们失去中国内地的支持和帮助（注：中国内地正处于西晋的永嘉之乱），迄今已有三年了。在此情况下，我们从敦煌前往金城，去销售大麻、纺织品、毛毡，携带金钱和米酒的人，在任何地方都不会作难，这期间我们共卖掉了 X+4 件纺织品和毛毡。对我们来说，尊贵的老爷，我们希望金城至敦煌间的商业信誉，尽可能地长时期得到维持，否则，我们寸步难行，以致坐而待毙。

尊贵的老爷，我已为您收集到成捆的丝绸，这是属于老爷的。不久，德鲁菲斯浦班达收到了香料，共重八十四司他特，对此曾作有记录。但他未写收据，您本应收到它的，但这恶棍将记录给烧了……这些钱应该分别开来，您知道，我还有个儿子，转眼之间，他会长大成人，如果他离家外出，除了这笔钱之外，他将得不到任何其他的帮助，纳尼司巴尔老爷定会尽力成全这件事的。他有了这笔钱，就能成倍地赚钱。如果这样，对我来说，您就是像救命于大灾大难中的神灵一般的恩人，在儿子成年娶妻以后，仍让他守在您的身边。

另外，我已派范拉兹玛去敦煌取三十二袋麝香，这是我个人买的，现交给您，收到后，可分为五份，其中三份归我儿子，一份归皮阿克，一份归您。

　　我念完了粟特人的这封信后，知道了当年这条路上熙熙攘攘往来的商人是怎么生活的，也知道了这个汉时称作姑臧也称作凉州的武威在西路上如何的显赫，一时引发了曾经歌咏过的岑参的《凉州馆中与诸判官夜集》："弯弯月出挂城头，城头月出照凉州。凉州七城十万家，胡人半解弹琵琶。琵琶一曲肠堪断，风萧萧兮夜漫漫。河西幕中多故人，故人别来三五春。花门楼前见秋草，岂能贫贱相看老。一生大笑能几回，斗酒相逢须醉倒。"凉州的格局是阔大的，气氛也极安定，说人聚会于花门楼，一曲琵琶却是肠要断了，喝醉在地，是真要"一生大笑"呢还是借酒消愁，愁更愁了？近两千年前的姑臧城里的那个夜晚——我想是一个夜晚——纳尼班达在写着信，烛光跳跃在他那瘦削的额头和满是胡须遮掩的狡黠的嘴角，他想到他的儿子是流泪了。于是，我推测着被匈奴囚禁了十多年的张骞逃脱后在继续往西去的路上，是如何在念叨着被丢弃的与匈奴女生下的儿子的名字；推测着那个逐放在北海的汉使节苏武看见了老牛舐犊，又如何想到长安城里的娇妻幼子，肝肠一节节地碎断。人是活一种亲情的，为了亲情去功名去赚钱走上这条路，这条路却断送了亲情，但多少人还是要上路，这如同我们明明知道终有一天要死，却每日仍要活得有滋有味。

　　西路的沿途，很少能见到大片的村庄，常常是在一处沙梁之后，白杨树丛旁，突然地就站着几个大人和孩子看着我们的车辆呼啸而过，使你生满疑窦，不知道他们是从哪里钻了出来。大人们差不多是满头是脸满脸是头的那种，孩子们却如花一样的鲜嫩，然后在汽车带起的尘雾里消失。或许，我们的车就停下来，要锐声地鸣着喇叭，因为又一户转场牧民所赶动的羊群和牛覆盖了一段公路。牧人在急促地吆喝着，吆喝声中充满了对我们的歉意，骑在马上的妇女已经下来，弓着腰将牧羊狗夹住在双腿之间，狗向我们龇牙咧嘴地吠一声，她就用手在狗头上打一下。但另一匹马背上的儿子却默然地看着我们，羊群和牛通过了公路，公路上落上了一层黑豆似的粪蛋，儿子的脖子扭成了四十度还在看我们。我永远记住了这一双白多黑少的大眼睛，总觉得它在向我们窥视，以致多少个夜晚睡在旅馆都要将窗帘拉严，疑心那眼睛已变成了星星就在室外的树梢顶上。

　　宗林实在是希望能跟踪了一户牧民一天或者数天，拍摄一套他们生活状态的照片，"只要让我拍，绝对会得一个摄影大奖的！"他反复强调着，但这是不可能了，因为老郑已联系好了前一站的住宿，而且我上了火，牙疼得半个腮帮已肿起来，极需要寻到一个有医院的城镇。庆仁说，农民牧民渔民的生活方式还不大致一个样吗，你回去到陕南的山区，专门拍一个村庄从早上到晚上的活动纪实片，什么都知道。我也附和：这就像你要想了解怎样给佛上香，就看看自己如何吸烟便行了——烧香供佛，吸烟自敬嘛！宗林嘟嘟囔囔了一阵，没脾气了，却附过身来要为我治牙病。他在我耳朵下的穴位掐，牙暂时不疼了，疼的倒是耳朵，等到耳朵的疼过去了，牙又开始疼。他轻声说：你想想她。我瞪了一眼。他又说：记住，你想她的时候，正是她在想你。我骂道：我病了难道她也病了？！口里这么骂，心里却真的想到了她，就那么将头枕在宗林的腿上，任他一边轻按着耳下的穴位一边说：让平凹牙疼，牙是咬了你娘的 × 了？！我就迷迷糊糊睡着了。

　　但车过了星星峡，他把我推倒在了车里。

　　车过星星峡的时候我是在迷糊着，再行了百十里地，我们似乎是进入了月球，山全成了环形山，没有一株树，没有一棵草，更见不到一只鸟。车在一个山包转弯处遇着了几辆手扶拖拉机，先是谁也没留意，庆仁惊叫了一声"金娃子！"金娃子就是淘金人。宗林当时就让停车要拍照，老郑的意思是车继续开，远远超过了拖拉机，停下来再拍摄一是可以拍摄得详尽，二是不至于惊吓了人家。车就急驶狂奔了一阵在一片如魔鬼城的地方停下来。这一切我都是不知道的。等下了车，到处是灰白色，用脚踩踩，却硬得疼了脚，原来是如石板一样的碱壳子。小路对着天空伸懒腰，浩叹着天上如果有一只苍鹰，这里就是最雄浑的地方了。我说都拉拉屎吧，一拉屎苍蝇就来了——在那时，想想有个苍蝇，苍蝇也是非常可爱的——但屎拉下了，并没有苍蝇出现。这时候，三辆手扶拖拉机一前一后开了来，第一辆已经开了过去，我才发现第二辆上堆放着铁桶、木架、被褥，被褥中间坐着三个人，两个男人，一个女人，都形如黑鬼。我当然醒悟这是淘金者，但祁连山脉里哪儿有金矿，这些淘金人又是哪儿人，从哪儿来要往哪儿去呢？在张掖住店的那个

71

晚上，窗外有着呜呜的风，隔壁房间里成半夜的有着床板咯吱声和女人的颤音，害得我浮躁了一夜，天亮坐在走廊要看看那是一对什么男女，如此驴马精神？但男的形象却并未令我反感，因为他说话鼻音重，是个陕北人，前去搭讪了，才知他是金客（从此懂得淘金的叫金娃，收买金货的叫金客）。他并不避讳我，说那女人并不是他的老婆，但他一直爱她，爱得心疼。女人的丈夫也是他的同乡，因偷割电线电缆去卖铜卖铁，被逮捕了在新疆劳改，劳改中就病死了。女人一定要来把丈夫的尸首运回去，埋葬在其父母的坟地里，说为丈夫的墓都拱好了，拱的双合墓，她将来死了就也睡到右边的墓坑里。他是在新疆做金客的，当然就陪了她，他有钱可以让她坐一趟飞机，但那样陪她的时间短，他就和她坐了火车。劳改场里病死的人是埋在一片沙窝子里的，等他们去时，劳改场的人却弄不清了哪一个沙堆下埋着的是她的丈夫，她只好趴在沙地上哭了一场，把一捧黄沙装在布口袋里。是昨天晚上，她终于才让他圆了二十年的梦。"她是个好女人哩。"他低声说，"她答应把那一堆旧衣服和黄沙带回老家埋了，就跟我再来，伴我在这里收金呀！"我感叹着这白脸子大奶子的女人对那么一个丈夫还有这份情意，或许那丈夫对于别人是贼，对于妻子却是个好丈夫吧。我笑着说：你们昨晚可害得我没睡好呀！金客嘿嘿了一阵，说：人嘛，就要过日子哩。我说这与过日子何干？他说那女人答应要为他生个娃娃的，日子日子，它倒不是柴米油盐醋，主要是日出个儿子繁衍后代嘛！

金客有金客的日子，眼前的金娃却是这般形状，第二辆手扶拖拉机要开了过去，宗林就立在公路当中先拍照片，然后绕着录像。驾驶的是一个三十左右的青年，衣衫破烂，你怀疑是风吹烂的，也可能整个衣衫很快就在风里一片一片地飞尽；头上是一顶翻毛绒帽，帽子的一个扇儿已经没有了，一个扇儿随着颠簸上下欢乐地跳。他的脸是黑红色的，像小镇上煮熟了的又涂抹了酱的猪头肉。当发现宗林正对着他录像，他怔了一下，拖拉机差点熄火，虽还在驾驶着，速度明显减缓，如蹒跚的老太太。我们都围近去看，在高高的杂物之上，四个年轻人腿叉腿身贴身地围住了一圈，全都袖着手；全都是酱猪肉的脸，而且似乎被日晒和风寒爆裂；恐怕是数月未洗过脸和头了，头发遮住了耳朵，形成肮脏的绵羊尾巴状。他们对我们的靠近和拍照，惊恐不已，浑身僵硬，那系着绳儿拴在腰带上的搪瓷碗叮叮当当磕打着身边的木架。小路把纸烟掏出来往拖拉机上撂，说：兄弟，是去淘金呀还是淘了金回家呀？语调柔和，企图让他们放下被打劫的担心，因为前边的那一辆拖拉机已经停下，人都下来，并从拖拉机上抽出了锨在手，而后边的拖拉机也停下来，驾驶员虽还在位上，手里却操了一根铁棍。小路的话他们没有接，扔上去的纸烟又掉下来，拖拉机继续向前开，前后的拖拉机也重新发动马达。宗林一边拍摄一边对我嚷道：太好了，太精彩了，照出来绝对漂亮！我看着拖拉机上的人，他们对宗林的拍摄没有提出抗议，但脸上、眼神里没有了惊恐，却充满了一种自卑和羞涩气，想避无法避，就那么像被人脱光了示众似的难受和尴尬。我心痛起来，想起我在乡下当农民的情景：那时我沦为可教子女，每日涉河去南山为牛割草，有一次才黑水汗流地背了草背篓到河堤上，瞧见已经参加了工作，穿着制服骑了自行车的中学同学，我连忙连人带背篓趴在河堤后，不敢让人家看见。我立即摇手示意宗林不要拍摄了，拍摄这些镜头有什么精彩的呢，难道看着同我们一样生命的却活得贫困的人而去好奇地观赏吗？

拖拉机嘟嘟嘟地开远了，戈壁滩上天是高的，路是直的，能清楚地看出我们生活的地球是那样的圆，而且天地有了边缘，拖拉机终于走到了最边处，突然地消失——我感觉到边缘如崖一样陡峭，拖拉机和人咕咚全掉下去了。这数百里没人烟的地方，淘金人走了多久，路上吃什么喝什么，夜里住在哪里，淘出的金子由谁掌管着，刚才在我们围观和拍摄时掌金袋的人是何等的紧张，而那数月里所淘取的金子又能值多少钱呢？卖了金子分了钱，是买粮食呢还是扯一身衣服，或许为着找一个媳妇吧。我给大家讲一个我的老师去美国访问时的故事，老师在一处海滩上碰见了一个美国男人推着小儿车，小儿有两岁左右，非常可爱，他就对那男人说想和小儿拍照留影。那男人说你等一下，便俯下身对小儿叽叽咕咕了一阵。老师是懂英语的，他听见那男人在说：迈克，这个外国人想和你照相，你同意吗？小儿说：同意。那男人才对老师说儿子同意了，你们拍照留影吧。

我说的故事是在讲了对人的尊重，宗林反驳说咱们现在还用不着那一套，生存是第一位的，我或许那样拍摄让他们难堪，但拍摄出来让更多的人

73

看见了来关注他们的生存状况，而不是去取笑和作践他们，我当年未参加工作前，在乡下去拉煤，比他们还悲惨哩！宗林说的是真情，他小时是受过罪的，我何尝不是这样呢？出生于农村，考上大学后进入城市的单位，再后是坐在家里写作、玩电脑、炒股票、交往高科技开发区的一批大老板，如果说农耕、工业、信息三个文明形态是一个时间的隧道，那我就是一次穿越了，而不管我现在能爬上了什么高枝儿，我是不敢忘也忘不了生活在社会最基层的人。我说，我什么苦没吃过，你这些镜头应该是为庆仁他们拍的。

"要我像金娃子这么活着？"庆仁歪着头，"我就一头撞在石头上死了！"

"鬼怕托生人怕死，"小路说，"人是苦不死的，你要到了他们这个份上，你也是挣着挣着要活下去，不但自己活下去，还要想法儿娶媳妇生下孩子，一溜带串地活下去。何况，瞧你这样子，当和尚是花和尚，当日本人也是朝三暮四郎。"

"我有你那么骚吗，我只是狂丑了一点。"

汽车中的浪话又开始了，我掏出了日记本，在颠簸中记下了小路的话，并写道：丝绸之路就是一条要活着的路啊，汉民族要活着开辟了这条路，而商人们在这条路上走，也是为了他自己活得更好些，我之所以还要走这条路，可以说是为了我的事业，也可以说是为了她吧。

三、路是什么，这重重叠叠的脚印

　　离开西安的那天，恨不得一日能赶到天水，当八百里关中平原像一只口袋一样愈收愈紧，渭河在两道山峦之间夹成了细流，这已经是走过了天水、秦安、甘谷、武山和渭源，走过了，却觉得西安的宏大和繁华。坐在西安城里写乡村，我是已经写过了一系列关于商州的故事，如今远离开了西安，竟由不得又琢磨起了这座我生活了二十八年的古都。两千年前的汉朝和唐朝，西安在世界的位置犹如今日美国之华盛顿吧，明清以后的国都东迁北移，西安是衰败了。日暮里曾同二三文友去城南的乐游塬听青龙寺的钟声，铜钟依旧，钟声却不再悠长，远处的曲江已没花红柳绿，我们也不是了司马相如或杜牧，——寒风悚立，仰天浩叹，忽悟前身应是月，便看山也是龙，观水水有灵，满城草木都是旧时人物。前些年，突然风传城西南的一家宾馆门口的石狮红了眼，许多市民去那里烧纸焚香，嚷嚷着石狮红眼，街巷要出灾祸了，虽然街道办事处的干部数天里驱散着去迷信的人群，我还是去看了一回。我并未看到石狮是红了眼的，但石狮确实是一对汉时石狮，浑圆的一块石头上，粗犷地只刻勒了几条纹线，却形象逼真，精神凸现，便想这石狮会成精作怪的，它从汉代一路下来，应是最理会这个城市的兴衰变化的。出发的前一天，在家看戏本《桃花扇》，戏里的樵夫唱："眼看他起高楼，眼看他宴宾客，眼看他楼塌了。"便觉得这樵夫是在为这个城做总结。也就在刚刚合上戏本，一位朋友送来了一只大龟，是在旧城改造时，于拆迁的一座四合院的柱顶石下发现的，你要上路了，他说，杀吃了壮行吧。这龟如铁铸的颜色，我看着它，它也伸出了头看我，那眼神让我瞬间里感到了熟悉，而半夜里便梦见一个和尚，又在梦里恍恍惚惚认定这和尚就是汉代的那个鸠摩罗什，天亮就再不敢宰杀，将它放生在了城河里。离开西安的第二个晚上，睡在了天水宾馆，窗外的一片竹使风显形了一夜，远处的大街上灯火还是通明——正逢着过什么西部城市商品交易会，狮子龙灯还在舞着，秦腔还在草台上生旦净末丑地演动——我是谢绝了接待人的观赏邀请的，想，陕西号称秦，秦又号称狼虎之国，但真正的秦人却算作是天水人，秦始皇的先祖就是在天水发祥后迁往了关中，如果说陕西现在已失去了中国政治、经济、文化的中心地位，而在天水，却也是舞狮子龙灯，穿明清服饰，粉墨登场，以示振兴传统文化了。对于传统文化是什么，应该如何继承，整个社会的意识里全误入了歧途，他们以为练花拳绣腿的武术，竹条麻絮做成的狮子戏弄绣球，或演京剧、秦腔、黄梅，就是继承传统，又有多少人想到一个民族要继承的应是这个民族强盛期的精神和风骨，而不是民族衰败期的架势和习气呢。世界上任何人都在说自己的母亲是伟大的，任何人都在热爱自己的民族，但是，我不得不说，汉民族已经不是地球上最优秀的民族了，仅二战期间出了那么多的汉奸，在全世界也是罕见的！一间房子里两张床，小路的一张嘴是刚刚歇下来就响起了鼾声，他的鼾声是毫无规律的，吼一阵，吹一口气，又吧嗒吧嗒咂嚼。在远处的锣鼓声中和身边的咂嚼杂音里，我开始记当天的日记了——我必须每天记我的日记——日记上有这么一段话：

　　一踏上西路，即便已经是公元二〇〇〇年的秋天，你也不能不感叹这条路是多么的艰难！公路和铁路并排地贴着渭河的两边穿行，而这里的渭河没有滩也没有岸，水直接拍打着山根，用炸药和钢钎开凿出来的铁道和公路也仅仅能通过一列火车和一辆汽车。洞子奇多，几乎在黑暗中进行，盼望光明而光明又是那么的短暂，使你感觉到车不是向西走，而是越走越深，进入万劫不复的地狱。终于这一个洞子与另一个洞子距离略长，可以把整个脸柿饼一样地压扁在窗玻璃上，看到了对面正在通过火车，山根的石坎上站着一位穿了黄衣的路警，并没有行礼，却站得直直，流着清涕，旁边是一堆燃着的柴火。路还在往前钻，山越来越连着套着，河几乎在折行，崖头上坍下来乱石埋住了路面，可能是昨天发生的崩塌吧，有几十人在那里撬石头，乱石里露出一辆被砸瘪的小车前半部，三个人在那里用锯锯车门，把一具脑袋嵌入了肩里的尸体往外拉……我紧张地看着司机，司机没有说话，大家都一时无语。老郑递一个苹果让我吃——吃或许能缓释紧张和恐怖——我没有吃，拿油笔在苹果上画了一尊佛，放在了驾驶室的前窗台上。车似乎直立着爬上了那一堆山石土堆上，苹果就掉下来。重新放好，车又立栽般地下山石土堆，苹果又掉下来了。再一次放好。终于通过了塌方路段，车一停下，我们立即从车门逃出来，随之便瘫坐在地上，没有了一丝儿的力气。小路让大家都对天吐唾沫，呸呸呸，说这样可以避邪，不至于让刚才的死者阴魂附着了我们。我是不怕鬼的，因为要怕鬼，开凿这条路不知死了多少人，行走这条路又不知倒下了多少人，而铁路和公路未凿开之前，赶一队骆驼从这里经过，能不是死亡之旅吗？这是一条鬼路。在这条鬼路上，我们的祖先拨着鬼影而走，走出了一个民族曾经有过的博大和强盛，开放和繁荣。现在，一条渭河日夜不息地流动，它流动的是历史，我们逆河而上了，我怀疑我们是当年西征军营里的马或商队中的犬要去觅寻往昔的一点记忆吗？

小路翻了一下身，睡熟的油乎乎的脸，看着令人害怕，但他的鼾声却停了。鼾声的停止突然使我不适应起来，以为他是憋住了气，年轻轻就要过去了，忙下床用手去试他的口鼻，却是哼儿一声鼾声又发动了，气得我拉下床头上的一双绣花鞋放在他的鼻前，让鞋臭熏死他！

金莲小绣鞋是小路白天收集到的，还有一双麻编鞋——小路是有收集鞋的癖好的。当车行到毛家庄，正好一列火车也停在那里，分散在石坡上的山民就把门户打开了，男的女的，老的少的，忙不迭地提着篮子从便道上往下跑。篮子里装着苹果、核桃和五味子，涌在车窗外"同志，同志"，殷勤叫卖，像河岸上的一群鸭子。五味子是一嘟噜一嘟噜的，颜色可人，但味道不好。当我们在品尝山货时，小路是不见踪影了，一会儿他从一家矮屋里出来，就笑嘻嘻地提着这两双鞋的，宗林叫道：你这嫖客，有爱破鞋的癖好？小路说，你不懂，这里边哲学上和美学上的学问大哩，西行的路上如果能收集到一些从未见过的鞋就是本人最大的得意了！

一路上，小路果然是收集到了两大纸箱的鞋。这些鞋当然多是各地的旅游点上的商品，他们在出卖风俗，冬夏四季的都有，老少男女的都有，也有各个民族的，逮的就是像小路这样的文化人的好新奇。那些脸蛋两团红肉的胖女人信誓旦旦地说：就这一双了！小路刚一转身，摊位下面又取出了一双摆在那里。两箱鞋分别在邮局打成包裹寄回了，我打击着他：最大的收藏是眼睛收藏，凡是拿眼见过了就算已经收藏过了；丝路是什么，就是重重叠叠的脚印，那该是走过了多少鞋?!

三天之后，我真的是把我的一双鞋和一颗牙丢掉在了路上。牙是严重的睡眠不足上火发炎而疼痛的，半个脸已经肿起来。这使大家十分紧张，因为任何一个人犯了毛病，行程计划将被打乱，沿途没有口腔专科医院，甚至像样的综合医院也没有，疼痛又使我耗费了忍耐能力，终于在一个小镇上被一位游窜的牙医拔掉了。这位牙医同时是卖老鼠药的，那一个大塑料盘里一半放着干硬的老鼠尾巴，一半放着发黑发黄的牙齿。他让我张开了嘴，黑乎乎的手伸进去摇动着所有的牙，当确定了病牙后，在牙根上涂了点什么药膏，然后手一拍我的后颈，牙就掉下来了。我把我的牙没有丢在那一堆牙齿中，牙是父母给我的一节骨头，它应该是高贵的，便抛上了一座古寺的屋顶去。鞋是在家时略有些夹脚，没想到在古浪跑了一天，脚便被磨破了，血痂粘住袜子脱不下来，好不容易地脱下来了，夜里被老鼠又拉进了墙角的洞里。路还长远，还得用脚，这鞋是无论如何也不能再穿了，但鞋还未到破的程度，我并没有把它扔进河里，也未征询小路要不要收藏，只是悄悄将它放在路边。在我们老家的山区，路边常会发现一些半旧不新的草鞋或布鞋，那是供在山路上行走的人突然鞋子破了再勉强替用的。我继承了老家山民的传统，特殊的是我在鞋壳里留下字条：这鞋没有什么污邪，只是它对我有些夹脚，如你的婚姻。

用棉纱包扎了我的脚，穿上了新袜和柔软的旅游鞋，我是走过了兰州
周围的各县。我个头矮，穿上白色的旅游鞋，显得个头更矮了，但凡经过村
镇，竟总有人瞧着我，小路问：我们这小伙怎么样，帅吧？回答的却是：鞋
好。这是全国最贫困的地区之一，山上无树，黄土深厚，沿路的洋芋都开了
花。钻进了一条有着无数的陶窑的土沟，一抹夕阳照来，整个沟坡的高高下
下的田如一团巨大的石团被刀片胡乱地削过一样，在一派金黄色里闪亮。一
群羊在沟底游移，牧羊的孩子坐在地上，脚手四乍，做着无聊的杂技。有老
头和一头毛驴从坡垴处往下走，他双手抄在身后拉着毛驴的牵绳，路又如一
条绳把他牵了过来。毛驴的额上有红的带子，是整个山沟最鲜艳的色彩，老
头在吼着野调，漏齿的牙使口语不清，好不容易听明白了，吼的是：地里种
的洋芋蛋，街上走的红脸蛋，炕上坐的糖糊蛋。我等着老头走近了问糖糊蛋
是啥？他指了指路前一个没有长草的坟堆。这使我莫名其妙，又看了看坟
堆，原来坟堆前垒着的不是一堆胡基，而是坐卧着一个人。人已经老得不像
个人了，嘴皱得如婴儿屁股，眼角糊着眼屎。这么老的人孤零零坐在坟前
做甚？上前问：你老在这儿干啥？老人说我看我新房哩。又问你老多少高寿
了？老人说活得丢人了，丢人了，九十二了阎王爷还不来领么。老人对生死
的心态令我们惊叹，我要背他回坡下的村去，他硬是不肯，便掏了百元钱塞
在他的怀里，我们便往沟畔我们要拜访的那户人家去。这人家在一处圆土峁
下，五间的砖房与所有的人家土墙土屋顶不同，砖房的两边又各安了大木格
窗，再加上刷黑的钉着大黄铜泡钉的大门，山峁如卧虎，这门窗就是卧虎的
眉目了。主人的门前虽未有公路，他却是沟外镇子上的一支长途货运车队的
车主，足迹和车辙终年在家乡与乌鲁木齐之间往复，那鼻子高耸的老婆也就
是在酒泉的一个歌舞厅里认识而带回来的——他强调她不是坐台的小姐，是
服务生。我们就坐在客厅里烧罐罐茶（用玉米棒芯儿在铁火盆里架火，将陶
壶装满了砖茶在那里煮沸，然后一一倒在小陶杯里），北方没有新鲜茶，但
陈茶这么熬出石油一样的黑汁来，却是另一种味道。问起这么多年搞长途运
输有没有出什么危险，他说这当然有啦，彭加木是死在罗布泊的，余纯顺也
是死了，他在沙漠上就看见过已经被晒干的现代人的尸体，他们是科学家或
探险人，只是和大自然作斗争，运输车队却装着货，还得防那些强盗哩。他

说他在一个夜里经过当金山，突然前边有人挡车，他才要停下来，蓦地发现前边不远还有一个人提着一根木棒，立即明白遇上坏人了，刚踩了油门，挡车的那人就扑上车门外的脚踏板上，并已拉开了车门。他是一手把握着方向盘，一手斜过去紧拉车门扶手，两人就那么对峙着。亏得他脑子清楚——他说，我的长处是越在紧急时脑子越清白——就将车往崖根靠，既要靠近崖根，又不能把车碰在崖根，车就离崖根半尺宽，强盗便被挤伤了掉下去，然后一口气将车开下了山，才发现拉车门的那只手皮肉都拉裂了。

生生死死的搏斗，车主的描述是非常简单和轻松的，他不停地为我们熬茶，宗林就喝醉了——酒能醉人，茶也能醉人的——跑在门前的场边咯咯哇哇地呕吐。沟畔里就上来一个人，大声吆喝着"三娃"。"三娃"吆喝了半天没回应，那人说："志高——！"车主就走出去问啥事，叫魂似的？那人说不叫大名就不出哇?！车主说就因为背运才改了名，你还是叫小名，叫得我还得和你一样穷吗？两人开始了一阵像吵架一样的对话。原来来人问车主几时去张掖，他的儿媳是张掖人，小两口去那儿弹棉花呀，墙高的人在家闲着，去挣几个钱是几个钱，在家闲着总不是个事呀！车主说明日一早就有车去张掖一带，但驾驶室里已经有人说好了，要搭顺车可以坐到卡车箱上面，如果不嫌风大，明早五点钟在沟口路上等着。车主就请那人来家坐坐，那人说他要走呀，身子不合适，头疼。车主说来喝口茶么，一喝头就不疼了。那人进来没有喝茶，却从怀里掏出个醋瓶子抿了几口，车主就作践你这个山西人，来这里做女婿三十年了，还不改吃醋的德性，便又对我们说来的这人叫松松，待儿子不好待儿媳妇好，儿媳妇生孩子时难产，他拿了醋放在儿媳妇的腿中间，嚷道山西人的后代要闻醋的，孩子果然闻见了醋味头就冒出来了。

到了张掖，最让我吃惊的是棉田，早知道河西走廊乃至整个新疆产棉，但走过一排杨树，迎面的竟是棉田一眼望不到头。棉花棵子并不高，棉桃硕大，吐着白花，拾棉的人几十个一溜儿摆开，衣着、说话都不是本地的模样，我也就想起了在陶窑沟车主家见到的松松，莫非这里边就有着松松的儿子和儿媳？我们走近去询问一位胖腰短腿的妇女，妇女竟是陕西南部我的同乡。嘿哟，乡党见乡党，我话一出口，她激动得就哭了。我问她是怎么来的，她还是夸我说话咋这么中听哩，然后才说她是一伙十二个人坐了火车来的，在家时听招工的人讲来拾棉花，心想拾棉花多轻省的活儿，又能挣得好钱，高高兴兴来了，来了工头把他们领到地边，说，拾吧，她一看见铺天盖地的棉花，吓得当下就软坐在了地上。"我吃不惯羊肉。"她说，"水土又不服，弯腰拾一天，夜里睡在床上全散架了，腿不是了我的腿，胳膊也不是了我的胳膊！"我同情着我的乡党，但我不知道该怎么来安慰她，不敢看她，仰了头看天上的云，云很高，挽了一疙瘩一疙瘩。老郑忙岔了话头，问这里有没有甘肃的小两口也拾棉花？她说和她一块儿拾的除了乡党，有六个河南人，还有一个湖南妹子，就指了一下远处的一个小女子，那女子是噘噘嘴，像吹火状。我说，噢，还有南方人，就她一个？乡党压低声音说：英英才可怜哩，年轻轻的守了寡，家里不要，孩子也被夺去了，一个人流浪过来的。

她说着，又后悔自己不该把朋友的隐私翻出来，不说了，不说了，但她还是忍不住又说给了我们，她或许是个藏不住事的人，也或许见了乡党只把憋着的话说出来痛快。因此，我们便知道了这个叫英英的湖南妹子家住在铁路沿线，地少人多，日子苦焦，村人就集体偷扒火车。隔三岔五了，男人们三更半夜爬上经过的货车，疯了似的，见什么就往下扔什么，老汉和妇女是藏在路基下的荒草里，见车上扔下东西来，便捡着往村里搬，搬到村里平均着分。这村子也因此富裕开了，也因此从火车上摔死过三人，也因此被当地派出所抓去了三人。村人有个协定，凡是谁家的男人出了事，坐了牢或亡了身，集体来养活这一家。英英有一个两岁的孩子，丈夫在一次扒盗中从车厢上往下跳，跳下来落在一个水坑里淹死了。丈夫死了村人当然要管他们家，但丈夫是个笨人，历来的扒盗中仅是个喽啰人物，而且他的死完全是他的笨造成的，村人就将四万元钱一次付给她家罢了。公公婆婆想，大儿子死了，还有个患摇头风的小儿子，就要英英和小儿子结婚。英英看不上小叔子，小叔子头摇着还罢了，那常年流涎水让她恶心。公公婆婆便翻了脸，要把孙子留下，让英英出门，钱是不给一分的。英英寻过村里的老者，老者说，你既然迟早要结婚，孩子留下是人家的根呀，至于钱，按法律也得判给儿子啊！英英就提了装有换洗衣服的包袱流浪出来了。

英英的遭遇使我唏嘘不已，想给她出主意回去状告她的公公婆婆，可她的丈夫本身是个犯法的人，政府能支持她？想给她写个信去找找张掖市的马老板，能否安置她在那个大公司寻个工作——马老板和老郑熟悉，请我们吃过一顿饭——可她的形象太差，私企老板是不会接收的，信写了一半又揉掉了。我能帮她的，是我将一只吉祥葫芦让乡党转交给她。吉祥葫芦鸡蛋大，上面刻绘了菩萨，是在兰州的黄河边上特为避邪买的。乡党说：你也不送我一只？你看上英英啦？

我看上的是至今仍不肯说出一句"我也爱你"的人。

我们在兰州，仍是未得到已经在西路的她的任何消息，我度过了最浮躁不安的几天。这座在中国占有重要位置的边城变化得天翻地覆，七年前我曾在这里走遍了巷巷道道，闭着眼睛也能走到那几家著名的拉面馆，但如今街路拓宽，新楼矗立，车流堵塞，人乱如蚁，你压根儿不知了东南西北。在黄河桥边去看水车——我的生命里永远有着农民的基因，一看见犁过的地就想上去踩踩，一看见青草就想去割了喂牛——水车只剩下了一座，仅作为个象征物让人参观。往昔的兰州城是很小的，黄河南岸仍是大片的田地，十六米直径的大水轮成百座在日夜车水，轰轰隆隆，天摇地动，是何等的壮观！时代变迁了，城市扩建了，没有了农村的贫穷和落后，也消失了纯朴而美丽的风景。我坐在那里，茫然地往对面一家宾馆门口看，门口外马路上停满了小车，三个蓬头垢面的孩子立即提了小水桶和抹布去擦车。有车主大腹便便地出来了，大声呵斥：谁让你擦的？瞧瞧，越擦越脏了！孩子停驻在那里一语不发，看着车头一处的水痕还用袖头又揩了一下。车主钻进驾驶室了，孩子却一下子趴在门窗口，一声声叫"叔叔，叔叔"，车主又骂了几句，掏出一把钱来，从中抽了一张五元票，扔出车窗外，车就开走了。而宾馆左边的小巷口，是一辆已经停得很久的三轮架子车，架子车上装着垃圾，拉车的人坐在车上，先是毫无表情地看着那些为人擦车挣钱的孩子，后来脑袋就搁在车帮上睡着了，你无法想象车上的垃圾的臭味如何使他沉睡不醒，以至于孩子们为那五元钱争执着跑过身边，他还未醒来。这时候，巷子里另一个女孩走出来，她是沿着巷左的一排商店橱窗走过来，站在那里不动了，傍晚的落日正照在那橱窗的玻璃上，或许她奇怪了怎么每一块玻璃上都有一个发红的太阳，就立在那里发愣了，而夕阳的余晖和玻璃的折射使她罩上了一星亮光。

我霍地站起来，难道是她?! 但女孩毕竟是女孩，虽然特别像她，也只是她的缩小了的一个坏模罢了。我又坐下去，继续往巷子里看，自己笑自己犯神经，却自此有了一种异样的感觉：她是来过了兰州，或者，她也正在兰州。

这样的感觉使我情绪倍增，在兰州多待了一天，而且走街串巷。庆仁瞧我的浮躁样，曾经问：你要买什么？我说碰见什么能买的就买呗。庆仁就赞叹兰州上市的瓜果品种这么多的，我说是多，都不甜么。

几乎是从甘谷起，西兰公路上就时不时长有一些柳树，柳树一搂粗，空裂着腹。沟底或村畔的柳是每年有人砍去枝条搭窝棚和做柴薪，树长得就是一个粗短的黑桩和一蓬鲜绿的树冠，像是大的蘑菇一般，而公路上的柳却是肆意生长，这就是左公柳。西路上到处有着汉以来为打通这条路和疏通这条路的遗迹和故事，天水是见到了李广墓（墓现在荒芜在一所小学校的角落，墓前的石马无头断足。李广的武艺超群，曾醉中将卧石看作伏虎，能一箭射透，但他的命运不济，文帝时朝廷重用老将，而他年轻，到了武帝时朝廷又重用少将，他却又老了。一生虽经百战，终未封侯，他是个晦气的人物，所以当年蒋介石号召国民党将领向李广学习，甚至亲自约部下来为李广扫墓，应者寥寥，陪同的仅侍从数人），在秦安是踏勘了三国时期失街亭的战场，又于陇西登临了北宋年间防御戎夏的"威远楼"。而左公柳是左宗棠西征时沿途植栽的，现在这种柳树还存活着多少，已经无人知道，但它肯定是历史保存给西路最多的也是最鲜活的证据。我们经过文峰镇时遇见了一位长者，他讲起清同治年间的西部回汉仇杀，仅陇西城原有居民十四万，仇杀后仅剩几千人，城外有两个大坑专埋尸骨，开头还整整齐齐排放，后来来不及了，就用粪耙子扒，坑外是沟壑，人血竟从壑壁的裂缝往外渗。左宗棠就是那次去西征平叛的。但因他一路又杀的回民太多，现在的回民对他避而不谈，当在路上问起左公柳的事，凡是戴小白帽的，全都说：鬼知道那是啥树！民族的感情我们是理解的，可想一想，国家的形成，王朝的建立，哪里不是用鲜血产生的？所谓的民族区别——其实人都是一样的人——只是集中居住的地理环境不同而逐渐形成了各自的性格、语言、风俗和宗教而已。读《西游记》，读到西域各国烧庙杀僧；那正是伊斯兰教进入的历史。现在汉人多驻于中原，

83

回民集中于西北，新疆的维吾尔生活在河川，哈萨克游牧于深山，西路上是众多民族汇合地，保住了西路的安全，也就是稳定了各个民族间的团结和繁荣。

我们早已知道了出塞的那个昭君，也知道了文成公主的进藏，闻名于世的吐鲁番的额敏塔是额敏和卓帮助清高宗平定准噶尔有功受封而建造的，哈密瓜的称谓也是北京城人对哈密回王每年向清廷进贡的香瓜的冠名。但是，世人对于唐西平公主几乎要遗忘了，这位公主是嫁给了吐谷浑王的，她是怎么样个金枝玉叶身，又是如何来的，一生又在武威过的什么样的日子，史书没有记载，民间也无传说，我们只在武威的博物馆里看到了一块小小的她的墓志石碑。再是那个鸠摩罗什，从西域到了武威，一住就是十六七年，组织译经，开凿石窟，然后东下，沿途传法，以至陇西至天水一带成为中国佛窟寺院最多的地区，单是甘谷旧城就有二十四座庙，以至于一条大街上一半是东禅院，一半是西禅院。还有苏武呢，小时候站在乡间的土场子上看高高戏楼上演《苏武牧羊》，一声"汉苏武在北海身体困倦"，然后一个老头颤颤巍巍地出来唱着没完没了的词，令人厌烦，到了西路，方知道他作为汉使者被匈奴扣留并逐放于北海牧羊了十九年，十九年是个什么数字呢？丝绸瓷器是到了西域，葡萄、番茄、琉璃、地毯、琵琶、箜篌、腰鼓却来了东土。河西被封设了五郡，五郡的城头上飘扬了大汉旗帜，匈奴休屠王的太子竟又在汉朝做官封侯。在甘肃的永登，我们专门去看了一个人称吉卜赛的村，果然村人生活习惯与吉卜赛酷似，尤其是女人皆识手相之术，经年累月结伙出外以看手相谋生。还有永昌县的牛头镇，全镇男女体格高大，碧目耸鼻，也不避讳其祖先是古罗马人，当年贩丝绸流落在此的。与这些人相见，小路免不了要与那些看手相的女人厮混，她们查看他的掌纹，过去的事一说一个准，他也目测她们，说某某身高多少，胸围几尺，也是从不失误。可宗林要给他与那些古罗马后裔照相时，小路是坚决不照的，他丑陋，不愿意陪衬她们的美，我也是西路东段的人，他说，怎么我的祖先就那么保持纯粹血统呢？怨恨不已。

一条路，从东往西，从西往东，来来去去了多少人呢？

敦煌去安西的戈壁沙漠上，我们的车极致了它的兽性，速度每小时一百六十公里，可是三个小时过去了，路上并没有见到一个行人。第四个小时吧，似乎前面有个踪影，还以为是只野兽，黑乎乎的一团，两条腿又拉着缓缓移动，后才确定是人，形容枯瘦，衣衫肮脏，背有一个行囊。车是一闪而过的，但大家都看到了，是逃犯还是乞丐，我们竟讨论了半天，最后的结论不管这是一位什么人，必定不久就渴死饿死的。同是大漠上的人，能面对着一个将会渴死饿死者一闪而过吗——邂逅是有着缘分的，应该格外珍惜，对于一株奄奄一息的戈壁植物我们都曾注目一阵，企图要读懂它的存在的意义，何况一个人呢？——我们的车调转了方向又往回开，停在了那独行者的面前。

"喂，你从哪儿来呀？"我们问道。

"从乌鲁木齐来的。"他回答着。

"哎，要往哪里去呀？"

"要到西安去！"

我立即过去要替他取下行囊，说我们正是从西安要到乌鲁木齐去的，如果愿意，请上我们的车，再往乌鲁木齐去一趟了就可以一块儿回西安。但他说声谢谢，拒绝了，他告诉我们，他是特意徒步行走的，可他不是探险者，他的夫人一直开着宝马车在前一站，她不让他看见她，却每隔一百公里在路边做了记号为他埋藏着水和吃食。原来是这样，我倒有些不好意思了，我将一支烟递给了他，他将烟塞在那一蓬脏兮兮胡须下的嘴里噗噗地吸，然后一起立在那里撒尿。他尿得比我高，也比我有力，我却因热尿泄出更感觉身子冷。坐在车上的时候太阳隔窗照射，热得脱了毛衣，下了车气候竟那么冷，手僵得裤带解不开，解开了又掏不着那个东西，好长时间方尿出来，以最快的速度尿，似乎慢一点那尿就成了冰棍要撑住身子哩。

告别了独行人，我们坐车继续西行，宗林和小路依然对独行人产生着兴趣。如果那人说的是实话，他俩说，那夫妻绝对不是一般人了，妻子能开着宝马车在前，丈夫徒步在后，肯定是发了财的老板！当老板的却如此这般行走，是有着什么难以发泄的不被外人知晓的痛苦呢，还是他们有着一段浪漫的契约？或许，他们是疯子。更或许，那人压根儿是不真实的，我们看到的并不是真人，是西路上的一个幻变了的漂泊鬼魂?！他俩的各种疑问并没

85

有激起我说话的欲望，我回想着刚才与独行人的问答，觉得那问答是那么熟悉，蓦地记得了，在禅宗公案里有这么一段描写，一个人问禅师：你从哪里来的？禅师说：顺着脚来的。又问：要往哪里去？禅师说：风到哪里去我到哪里去。更记得了耶稣基督也是走到哪里总有人问：你从哪里来，要到哪里去？基督的回答从来一样：我来自地狱之城，要到天堂之城去啊！

四、是谁留下千年的祈盼

在我们从西安出发的时候，车里是钻进了一只苍蝇，宗林和庆仁曾忙活了半天去扑打，苍蝇却总是打不着，它站在庆仁光头上，甚至就蹲在宗林当蝇拍摔打的那本杂志上。我便说这苍蝇有知识，恐怕也要随咱们一块儿上路呢，就留着吧。苍蝇便一直跟着我们。没想愈往西走，苍蝇愈觉得可爱，直到那天在戈壁滩上跑了一整天，我们要下车来小解，心想苍蝇这下会顺车门而溜掉的，但上了车，它仍趴在驾驶室的后视镜上，一条前腿跷起来极快地抚摸着脑袋，便知道它是个女性，不仅可爱，而且是很伟大的了。车经过一个镇落，庆仁专门下去买了一个西瓜，切开了就放在后箱角，对苍蝇说：你吃吧，咱们已经是一个团队了，我们会带你安全返回西安的。

过了兰州，黄河折头要往南而去了，我们没有乘坐羊皮筏子去体验水上的乐趣，而豪壮地往河里撒了一泡尿——让黄河涨了水去，把一切污秽都冲到海里去——头不回地往西，往西。黄土堆积的浑圆的山包没有了，代替的是连绵不绝的冰冷峥嵘的祁连。祁连应该是中国最逶迤的山，千百年来风如刀一样日复一日地砍杀，是土质的全部都飞走了，坑坑坎坎，凹凹凸凸，如巨木倒地腐化后的筋，祁连就成了山之骨。在全程的西路上，我们的车翻越了三个要去的山，一个是乌鞘岭，一个是当金山，一个是星星峡，另外有天山和火焰山。翻过乌鞘岭，可以说真正是另一个天地，长城离我们是那样的近，往日电视里看到的八达岭的长城是高大和雄伟，在这里却残败不堪，有的段落仅剩下如土梁一般的墙基，它是一条经过了漫长的冬季而腐败得拎

87

也拎不起的瓜藤。伟大的永远是大自然，任何人为的东西都变得渺小，但这里却使你获得了历史的真实和壮美。山并不是多么险峻（这如河在下游里无声），车却半天爬不上去，而且开锅了数次。在山下还都穿着衬衣，到了山顶太阳依然照着，却飘起雪花，雪花大如梅花。忽然看见了一只鹰，斜刺着飞下来落在一块石头上，如又一块石头。停下车来吟了古句"偶呼明月向千古，曾与梅花住一山"，人一下来衣服立即宽了许多，匆匆在路碑前留一张影，赶忙开车又走——是逃走了一般——感觉里自己的影子还被冻僵在那路碑石前。下山转了多少个弯子，已不知道，我们在车里东倒西歪，像滚了元宵，却看见了就在前边，似乎很平坦的地段上，有两辆车翻了。事故发生的时间可能不长，一辆仰面的卡车车轮还在转，伤者或死者已被运走，有人凶神恶煞地提着皮带站在旁边，监视着已经围聚过来的虎视眈眈盯着散落货包的人群。我们的车也停下来。老郑跑过去问提皮带的人需要不需要我们帮助，回答是已经派人去前边的公路管理站报告了，马上会有人来处理，只问有没有烟，能否给他吸吸。老郑是不吸烟的，来向我要烟，我抓起三包扔了过去，并拆开两包天女散花般撒向围观的人，喊道：多谢大家照顾了！人群抢拾着烟支，轰地回应："没说的，没说的。"会吸的把烟点着了，不会吸的将烟夹在耳朵上，差不多散开，趔进村去了。村就是路北坡沟的一簇屋舍，——这是我第一次见到的别于内地的村舍——不长树，没有砖瓦，没有井台和碾盘，一律低矮如火柴盒似的土墙土顶。若不是那每个土顶上的土坯烟囱冒着黑烟，我会以为那是童话里的。

但是，到了古浪，山却出现了极独特的形状：其势如卧虎，且有虎纹，是从山顶到山底布局均匀的柔和的沟渠。卧虎卧着的不是一个，是一群，排列成序，序中有乱，如被谁赶动着的，呈现了的不是一种柔弱，而是慵懒，大而化之，内敛了强大的爆发力。过了古浪，我们看到的又是恢复了骨质的那种山，魔幻般的一会儿离我们很近，一会儿离我们又极其遥远，庆仁才惊呼着山是被硫酸腐蚀过的，怪不得祁连也称天山，却又有一段山峦突然间失去了峥嵘，浑浑圆圆有着黄土高原土峁的呆样。车发了疯地狂奔，细沙在玻璃窗上如水沫一样流成丝道，山极快地向后退着，变化着，如此几个小时后，山就彻底地死亡了，是烧焚过一般，有一层黑沙，而更多的山口出现冲积洪积扇的沙滩，同时路北的腾格里沙漠如海一样深沉。宗林突然锐叫：那边有炊烟！已经是老半天未见到人的踪迹了，有炊烟就有人啊，我们都趴在车窗上看，烟确实是直直的一柱，却未见到房子、毡包和人影晃动。而盯着烟柱，神秘地屏了气息，倏忽间烟柱在游动，真的在游动，且愈游动愈快竟就到了我们车边——原来是小的龙卷风！于是，我们讨论了古人的诗句：大漠孤烟直，长河落日圆。哈，一定是古人犯了错，古人也会犯错的，错把龙卷风当作炊烟了！（以此，我们重新解释了一些古人诗句，如用性意识分析李清照的《如梦令》：昨夜雨疏风骤，浓睡不消残酒。试问卷帘人，却道海棠依旧。知否？知否？应是绿肥红瘦。又新释了毛泽东的"题仙人洞"：暮色苍茫看劲松，乱云飞渡仍从容，天生一个仙人洞，无限风光在险峰。）我们是好得意的，一得意就忘了形，把车停下来去拍摄壮景，宗林甚至说他要写一篇论文，这论文绝对会得奖的，然后司机却大声地呼叫着快上车，沙尘暴要来了！要来沙尘暴？我们看天，天上并没有特别异样的变化，但司机是经常走这条路的，他平时又不苟言笑，而他那么紧张地叫喊，我们是不能不听的。坐上车呼啸着就跑，风是果然就强硬起来，隔着窗玻璃听见哨子响，便见戈壁沙漠里起了无数的沙道儿，从骆驼草、沙棘、红柳根部刷刷地方向不定地窜，如蛇群狂舞，同时感觉到车时不时就飘起来。公路上有三辆载着货物的卡车已经停住，从车上下来七八个人慌不迭地往车帮系粗长的绳索，然后一起跑到风的反方向处使劲拉紧绳索，但一辆卡车还是翻倒了。远处一个维吾尔老人骑着毛驴，人与驴几乎朝着风倾斜了四十度，出奇地还在走着，犹如电影中人在太空的镜头。小路的喉咙发炎了多日，时不时就咳一口稠稠的东西，他下意识地将车门刚开一个缝要吐出去，门哗地张开，虽紧急关闭了，吓得司机脸都白了，并厉声呵斥：这么大的风你敢开门，车门掀掉了不要紧，把人吸出去了还想活不活?！小路再也没了笑话，老老实实地瓷了半天。

　　我们的车终于在半小时后驶进了一丛杨树林子。车轮上溅有血迹，这令我们百思不解，可能是奔跑中碾着了急不择路的什么小野物，但似乎并没有发现有野物横穿公路，庆仁则认为这车是汗血马的魂灵附体了，它跑得太快，也出了血汗。

杨树林子后原本是一处村落，能依稀看到往昔的屋基和田地的模样，但现在滋养人与植物的水分在减少，湿地已紧缩，所有的人都搬迁了，仅除了一处房子住人，操持着给过往车辆充气补胎的营生。补胎人年纪并不大，光脑顶、大胡子，小路叽咕了一句：满头是脸，满脸是头。补胎人可能正与老婆怄气，一边收拾门前的修补工具，一边骂人，见我们车嘎地开进林子下，不骂了，招呼我们从车上快下来到屋子里去。门外天一下子灰了，黑了，接着像冰雹一样噼里啪啦地响。屋门是关了的，使劲地被风沙摇撞，后来吱吱吱如老鼠在啃，塞在门脑上的草把子一掉下来，木梁上吊着的一个大柳条笼就秋千一样地晃。一只狗卧在那里一声不吭，灶洞口却出来了一只猫，它是从外边的烟囱里钻进来的，白猫成了黑猫。"没事了，没事了。"补胎人招呼着我们往炕上坐，又生硬地让老婆给我们倒开水。一人一碗水，喝到最后，碗底沉积着一小摊沙。宗林有些稳不住气了，问司机这样的天气可能会多久，会不会被困在这里？我说，没有棋么，有棋就好了，陈毅元帅战场上还下棋哩，大丈夫临危得有静气啊！我知道我脸上的肌肉还在僵着，却煞有介事地问起补胎人的生意了。他说：还可以，就是没有喷漆设备，要不真的发了财喽。我说：喷漆设备？他说：喷漆设备。我莫名其妙。这样的灰暗和嘈杂约摸过了四十分钟，外面渐渐明亮和安静下来，我们开了门，屋东边墙下涌聚了一堆沙，一只老大的四足虫四肢分开地贴在墙上，一动不动，用棍儿戳戳，掉下来，已经死了。而一只破皮鞋在高高的树梢上晃悠。树林子里的车完好无缺，我们就重新上路了，但一辆车很快地向补胎房驶来，这车令我们先是一惊，总觉得不像车，后来就噗地喷笑，原来车皮上的绿漆都在沙尘暴里剥脱了，像害病脱了毛的鸡，丑陋而滑稽。

还在家时，读过于右任一首诗，对其诗的序文觉得神奇："甘州西黑水河岸古坟，占地十余里，土人称为黑水国，掘者发现中原灶具甚多，遗骸骨皆长。余捡得大吉砖，并发现草隶数字。"到了张掖，方知道黑水国就是张掖古城，也知道了张掖是古丝绸路上全国最大的国际贸易大市场，即公元六〇九年，隋炀帝在此曾会见了二十七国的君主和使臣，亲自主持举办了万国博览会。但万国博览会并没有留下任何遗迹，黑水国虽有两座古城堡，一座已被沙埋没，一座堡内建筑荡然无存，唯有大量的砖块、瓷片和石磨，拣了半天，也不见一块上有什么文字。出了城堡，本意是寻个避背处方便，却见城堡外有一片蒿子梅，全开着蓝色的花，在微风中轻盈如蝶。哇噻！我呼叫了一声。我一向讨厌港澳一带的人大惊小怪的语气，现在竟这么呼叫觉得是最能表现我的情绪了。真是奇异的事，到西部来外人一定以为我关注的是大的印象，殊不知在天高地阔的丝路上，却常常是一些细小柔弱的东西激起了我的注意。几乎是近二十天了还未看到过花哩，这一片蒿子梅令我愉悦了，我坐在那里看它的颜色，闻它的香气。看着闻着，我却伤感这么好的一片花却开在这荒僻地，而且是深秋，快到败时。宗林端着摄像机跑过来，摆弄着我在花前照相，风便把一朵花送到我的腮前。我说：咦呀，这花要给我说话了?! 小路就说：这花前世一定是个美丽女子！就这一句话，使我立在那里发了一阵呆。她在第二次来我家的时候，我正在书房里写作，重而脆的脚步声从楼梯第一层踏起，我就觉得是她来了，屏气听脚步响到六层，门铃响了，开门果然是她。她怀抱着偌大的一堆花，全是蓝色的勿忘我。我说，呀，让我不要忘了你呀？她说是勿忘我吗，我真的不知道这是什么花，路过花店，瞧这花美丽就买了一大抱，若真是勿忘我，那得收回了！我说，你说的是真话，我也要以为你是有心买这种花的，现在这花进了我家，就是我的东西，你已无权带走它了。蒿子梅的颜色竟与勿忘我一个颜色，这是什么意思呢？神灵要暗示着什么吗？是不是她来过这里，还就在张掖一带？我不让宗林再拍照了，小心翼翼地采了一大束蒿子梅回坐到车上。当我要取一支烟吸时，让小路帮我拿花，小路顺手将花放在车脚下，我便火了，大发了一通脾气，小路受了没头没脑的责备，说我神经。我把蒿子梅抱在怀里，一路到了宾馆就寻插花的瓶子，寻到的却是一只很憨朴的陶瓶，这花就陪我在张掖度过了三天。庆仁笑我瓶子是旧瓶，花是快败了的花，若是人也该称作徐娘了，我便在瓶子上写了：旧瓶不厌徐娘老，西路风月俱清华。并称蒿子梅是西路之花。

91

　　西路上的花，只有蒿子梅。自从在张掖黑水国旧址见到了那一片蒿子梅，留神起来，竟在以后的行程中时不时碰着它。它可以是野生，一片树林子后，一弯沙梁的低洼处，或大或小地就有了那么一丛，而沿途的城镇村落，人们又喜欢在院子里种植或花盆里栽培。西部的所有草木都可能是皮干粗糙，形状矮小，唯有蒿子梅纤细瘦长，它不富贵，绝对清丽。因为老郑大半生是在西部的军营度过的，现在仍是部队驻西安某干休所所长，一路上基本上和部队联系，吃住都靠沿途军营来安排。

可以说，西路上我们走的是军线。在 × 团的驻地里，我们认识了黄参谋，他正在修补着驻地院子里一片蒿子梅的篱笆，这一片蒿子梅的花什么颜色的都有，风吹过来，摇曳着如五彩祥云。我大声地夸耀着蒿子梅，说是这里有土有水，蒿子梅是我在西路见到最美丽的蒿子梅。黄参谋却说十八年前你要来这里就不会说这话了，在这里建营房时满地卵石和骆驼草，为了保住一丛蒿子梅，他们每日节约着生活用水来浇灌，直至以后从远处拉来了土，又引来了祁连山上的雪水，蒿子梅才发展成了这般阵势。黄参谋的话让我心里咯噔咯噔地跳，蒿子梅虽然是生长在戈壁沙漠，但它是娇贵的，她虽然让我在今生很容易地相遇，但她又岂能是一般的女子呢？西路以来，总是不见她的踪迹，可她似乎又无处不在，云在山头登上山头云愈远，月在水中拨开水面月更深，却总有云和总有月吧。我这么想着，真希望黄参谋多说说关于蒿子梅的事，他说：不说花了，说军事上的事吧，我毕竟是军人啊！我当下脸红了，警惕了我在爱恋上的沉溺，就提议黄参谋多介绍些这里的情况，多领我们去看看一些景点。这位爱花的黄参谋，果然是满腹的西路上的军事故事，他讲了张骞出使西域时的向导是一位叫甘夫的匈奴人，扣押张骞的是匈奴贵族单于庭，单于庭逼迫张骞娶妻生子，在张骞出逃后单于庭是把张骞的儿子用马刀劈杀的。张骞从大宛返回时，为了避免途经匈奴，改走了路线，沿昆仑山北麓向东，经莎车、和田、鄯善，这完全是犯了路线错误，因为那里道路更难走，且羌人更惧怕匈奴，才又一次被抓住当作了讨好单于庭的礼物。他讲了霍去病为什么在元狩二年出征能杀败匈奴的折兰王和卢侯王，是霍去病没有直接攻取乌鞘岭，而是偷渡庄浪河，撕开了匈奴防线。到了元狩二年夏再次出兵，是从祁连山突进的，一场恶战俘获单于单桓、酋涂王及相国、都尉以众降下者二千五百余人。又到秋天，采用离间计，浑邪王率部下四万人投降。霍去病是有勇有谋，不是李广战而败，败而战。河西走廊是一个世界上最大的古战场，是霍去病张扬了武力，现在最重要的两个城镇之所以取名武威和张掖，武威就是汉王朝在此耀武扬威，张掖就是"断匈奴之臂，张中国之掖（腋）"。黄参谋最有兴趣的——当然更是我们的兴趣——是领我们去看长城，去看长城沿线的关隘和烽燧了。

从春秋战国开始，随着各诸侯国的兼并战争的加剧、军队成分的改变和军事技术的发展，为了适应边境设防的需要，利用山脉、河流或堑山填谷，逐渐形成烽燧相望、城障相连的完整的军事防御工程体系。在秦朝，匈奴就在北方频繁袭扰，防御工程便从辽东修到了甘肃岷县。到了丝绸之路打通产生后，长城（当地人称边墙）自然延伸到了嘉峪关。当我们在古浪时，是顺路见识了石峡关，在武威却未去各关隘，经黄参谋介绍，又调车头返回去了扁都口关，目睹了那里的峭壁陡立，领略了那变幻无常的气候，庆仁就是在那里感冒了，清涕长流，喷嚏连天响。黄参谋说，隋炀帝当年到张掖路过这里，正值风霾晦冥，士卒冻死了大半。小路瞧着谷径险狭，还要往深处去，被老郑骂了一顿，才赶紧退出。到山丹看峡口关，峡中湿云峥叠，呼吸也觉得困难，听说附近产石燕，若遇大风，石燕联翩飞舞，可惜我们未见其景，仅拾得鸡蛋大一块石燕，还缺了燕头。再去看红寺山关，看铁门关。到高台县的红崖堡，石灰关；去胭脂堡，传说是北宋的佘太君率十二寡妇西征，在此梳妆打扮，筑城建堡，堡内泉水泛红色，可观赏而人不能饮。还有镇夷堡，两山口，断山峡口，还有像双目和蟹钳而在西域门口对峙的玉门关和阳关，一直追寻到万里长城的西端最重要的关隘嘉峪关了。

嘉峪关是坐落在祁连山与黑山之间的一个岩冈。汉时在今石峡关口内设有玉石障，依山凭险，加强防御，五代时在黑山设天门关，现在的关城是建于明洪武五年。我们登临关楼，正是风起时节，放眼关内外峻山戈壁，壮怀激烈，近观城廓楼台，砖土一色，静穆肃然，顿时感觉历史其实就是现实，时间在凝固着，不知了今是何年？关楼前的场子上是一座关帝庙——关帝永远是中国人的威武象征。如果嘉峪关是口内的大门，修关帝庙在这里就如同秦琼敬德一样做了门神——庙前是小小的一座戏台，正有一个秦腔班子在那里演出。台前观看的人不多，仅是刚从关楼上下来的一伙，全都外套系在腰内，墨镜架在额颅上，可能这些东南沿海的人欣赏不了秦腔，便指指点点台

93

上演员谁个腰粗，谁个腿短。我们却看得痴醉，庆仁已经盘腿坐在尘土地上画起速写了。一个戴着硬腿椭圆水晶镜的老者就从台口的木梯上猫腰下来，他一直看着我，眼珠往上翻着，额颅上皱出一个王字：我看你像一个人！我说：是吗？他说：你姓贾？我就这样被认出了。原来这是从陕西过来的一帮民间艺人，行头简陋，衣着土气，但唱腔做工到位，已经在这里演出半年了。我遂被邀上台去。戏继续在演着，台下几乎只有宗林小路他们了，但演员仍是挣破脸地唱，敲板的那个老头双目微闭，摇头晃脑，将木盘上的那张牛皮敲得爆豆一般。秦腔虽然是发源于陕西的地方戏种，但流传整个西部，外地人看秦腔，最初的印象是嘴张得特别大，声吼得特别粗，但秦腔在这么个地方演唱是最和谐于天地环境了。那天清唱的都是古戏，内容差不多与西部的历史有关，如果嘉峪关是个老人，这戏文该是它的一种回忆了。戴水晶镜的老者也吼唱了一段《苏武牧羊》，问我唱不唱，我说我声不好，如果有羌笛，我吹一段龟兹曲吧。（我是个蹩脚的音乐爱好者，但我知道炀帝时定天下九部乐，即清乐、西凉、龟兹、天竺、康国、疏勒、安国、高丽、礼毕，而九部乐中六部皆来自西部。我的家乡至今有无数乐班，走村串镇为百姓家的红白事吹奏，人却俗称乐班为龟兹，那曲调我也就会那么几段。）演出几乎要变成一种聚会了，老者赶忙取羌笛，这时候，我的手机响了，看了一下显示的号码，立即扔下羌笛"噢"了一声。

电话号码是她的，打开手机到了化妆室，那里三个女演员正在换裙衩，我那时的急迫样子她们一定会发笑，但我什么也不知道了。

你还活着？

我在你心中已经死了吗？

不，不，是我快为你急死了！你在哪儿？

我在鄯善。

天哪，你真的也到了西部！我在嘉峪关，嘉峪关离鄯善多近啊——你在鄯善等着吧——我们明天，最迟后天就到！

我已经离开鄯善到敦煌，然后去青海油田，要走的是油线。

油线？

电话突然地断了。我以为地处偏僻，信号不良，低头看时，竟是我的手机没电了。偏偏在这个时候没了电，使我十分沮丧。下了戏楼，用宗林的手机再拨，然而，她的手机已经关闭了。

这个中午回到宾馆，我给手机充上电，开始坐在那里用扑克预测——将扑克暗排一至七层的塔形，然后用手中的余牌配十三数而揭，看能否全部揭开。当我们在一起的时候，共同玩过这种把戏，我说我们能成为朋友，朋友中的朋友吧，扑克是一直未能打通过，这个中午，应该说几十天来最兴奋的一天，虽然有着遗憾和烦恼，但毕竟知道了她的具体行踪，我相信扑克会通的。我给自己说：生活就是这样，要享受欢乐也要享受烦恼，念念叨叨中摆了一次，没有通。一次不算，以再一次为准。还是不通。最后一次吧，绝不反悔！牌在一层一层打开，马上就可以到塔顶，我的手抖起来，呼哧呼哧直喘气……但剩下的三张牌仍没能揭开。我扑塌在沙发上，感觉脖脸发烫，视力有些模糊，小路推门进来，问下午去不去文殊沟，文殊沟里有个关堡的，很重要的一个关堡。我看着他，没有言语。他说，你又发呆了？我说，你瞧瞧，那边墙上怎么长出棵树来？那不是树，小路说，是墙裂开的缝。我再看墙的时候，那果然不是树，是一条大的裂缝。我吁了一口气，一下子将扑克从桌面上掬了一捧，扔到了窗外。小路回他的房间休息了，说好两点钟来敲我的门。他临走时警告着让我睡觉，说你睡眠不足，眼泡肿得很难看了。他一走，我又走到了窗外，一张一张捡起了那堆扑克——人在六神无主的时候信赖神灵——我毕竟还离不开扑克。一只麻雀在窗外的杨树下看我，我心里说：你敢笑话我一声，我就捡石子砸你！那麻雀到底没有叫，沙土上给我写了一溜"个"字。

我们的车往戈壁深处急驶，路还算平，一个小时后进入文殊沟。沟里驻扎着某装甲团，因为有部队在，小小的河岸这一片那一片是藏人、裕固人和维吾尔人开设的毡房，毡房门口支着货摊，守摊的姑娘衣着鲜亮，摊位上的熟肉酱着颜色。越往沟里走，路越不平，到处是坦克和装甲车的履带压轧出的硬土痕，而且游串的鸡步伐悠然，根本不让道，车就走得特别慢，货摊前的姑娘就招手，挤眉眼。小路说：她在叫我哩！也招手回应，一只狗就叼着骨头从车前跑过，车轮撞着了狗腿，狗叫声如雷。沟几乎走到头了，却往左拐钻一个山道，山道极窄，崖壁几乎就在车外，伸手可以撑住。远看这崖壁玄武色，十分威武，近来却只是沙砾的黏合，这让我有些失望，而水流冲出的渠道上是一蓬一蓬沙棘、沙棘的根已经相当苍老，又让我想到了四五十岁的侏儒。在山道七拐八拐了十几分钟，天地突然开朗，出现在面前的又是一望无边的戈壁！这是我见到最为丰富的戈壁，五颜六色的沙棘、骆驼草和无名的野花，塞满了从南边文殊山峰流下的河道两旁，而河道没有水，沙白花花如铺了银。一辆摩托车就从远处顺了河道而来，先是一个黑点，黑点后拖着一条白色的尘烟，终于与我们擦身而过了，骑摩托的是一位黑红脸膛的年轻人，后车座坐着一个穿短裙的女子，吊着两条腿，丰腴得像白萝卜。摩托在河道上跳跃着，女子的裙子就一掀一掀，暴露了并没有穿裤头的屁股，小路脸上的表情就滑稽了，大家没有理他，因为车上有黄参谋。

戈壁上有无数的沙墩，我们以为是残留的烽燧，黄参谋却说那叫大墩，是坦克演习时的靶点。说这话时东北角尘烟冲天而起，正有着一排坦克在演习行军。为了不影响演习，将车一直开到文殊山根，山根下就出现了一座残破不堪的古堡。堡墙上没有门，但有曾经安过门的洞。从墙洞钻进去，有一大片歪歪斜斜的土屋，似乎还有巷道，草丛里是干了的羊屎和驴粪，一些破碎的酒瓶和一只干瘪翘起的破皮鞋。却没有一个人。小路说：那一男一女就是从这里下去的，他们住在哪儿？我说：你还没忘掉那个光屁股呀?! 黄参谋才告诉我们，这古堡原来是一个关隘，清代曾驻扎过四十多名守兵，后来一直居住着裕固族人，十多年前裕固族人搬到戈壁滩外的沟里了，仍有大量的羊群在文殊山深处，但放牧的都是雇来的汉人，他们每十天半月进山去看看，那一男一女就是去监工的。大家都哦了一声，无言以对。小路趴在堡门洞外的小泉里吱儿吱儿猛喝水，老郑提醒这里水性凉，喝多了坏肚子的，小路拍着肚皮仰躺在地上，说：我在这里当裕固族人呀！老郑说：那可不行，就是给裕固族人当女婿，人家也是有条件的，眼睛小的不要！

已经是太阳如金盆一样悬在了西边的地平线上，戈壁上的草全部沐浴在金黄色的光辉里，我们驱车回返。我打问着那些草都是什么名称，黄参谋说过了五种，自己也再弄不明白，我和宗林就下车去为每一种草拍照，并采下标本。草的叶子各式各样，但没有一种是丰厚的形状，而且枝干坚硬，正感叹人的性格就是命运，而环境又决定了草木的模样，庆仁就在车上锐叫：

鹿！鹿！我先以为他是在叫小路的，抬头看时，我身左二十米的地方竟站着一对小兽。但这不是鹿，是黄羊，黄色皮毛，光洁油亮，小脑袋高昂着，一对眼睛如孩子一样警觉地看着我。这突然的奇遇使我如在梦境，竟发了一个口哨向它们召唤，它们掉头就跑，跑过了一座小沙丘，却又站住，仍是回过头来看，那并排的前蹄正踩在一蓬开了小繁白花的草上，像是踩了一朵云。我们在车上的时候，甚或下了车为草拍照了那么长时间，谁也没有看见到黄羊，而蓦地就出现在面前，犹如从天而降，这令我和宗林都怔住了，以至于手脚无措，当意识到该拍张照片了，相机却怎么也从皮套里取不出来，越急越坏事，相机又掉到地上，终于将镜头对准了它们，又激动得"噢噢"叫，黄羊这次跑去再不回首，极快地消失在远方，和那咕咕涌涌的骆驼草一个颜色了。

见到黄羊，我称之为惊艳，它对于我犹如初次见到了她。黄参谋浩叹他服役十数年了，没有见过黄羊，甚至也未听说过谁看见过，在这连一个苍蝇都碰不上的装甲车坦克演习地，竟出现了黄羊，这说给谁谁都不会信的。他说：或许你是神奇人，你来了瑞兽才出来。我兴奋异常，这倒不是因为他恭维我，而是我想起了她，今日如此吉祥，是上苍在暗示我在西路上能碰着她了！

回到驻地，我没有先去洗澡，关了门就拿扑克算卦，要证实我的预感。扑克打通得非常快！我挥拳在空中打了一下，就去了小路的房子，一下子将他掀翻在床上，我说：咱们吃消夜去！庆仁看着我，说：真是稀罕——是她来了消息了吗？我那时表现得极有控制，知道高兴过早往往与愿违，沉住气是非常重要的，另外，同在天涯路上，我如果太张扬，他们会嫉妒我的。我说：别的你不管，你要去就去，想吃什么就点什么！我们在酒泉街上吃泡炒。饭馆很小，每张桌子都坐满了人，我主动地去占座位，站在一对快吃完的男女身后。这一对男女面对面地坐着，而女的脚却从桌子下伸过来放在男的膝盖上，男的将一块带骨头的肉咬了一口，递给了女的，女的手没有接，脑袋凑近去，嘴噘得老长地咬了一口。然后在一个盘里吃粉条，粉条太长，吃着吃着两人同吃了一根，一头在男的口里，一头在女的口里。我把头仰起来看前边的玻璃门里的厨房，六个厨师手里拿着面团，一齐扯着面片往一口滚沸的大锅里丢。骚情，我想，就那个满是雀斑的脸也值得在公众场合这么肆无忌惮吗？如果她在这里出现，这女子，这条街，这座城怕都没颜色了！

我终于觉得我的了不起了，竟从下午到半夜，没有给她去电话——男人嘛，应该有男人的尊严啊！我们吃完了消夜回坐到了宾馆的院子里。院子里有一个花坛，开放着蒿子梅（又是蒿子梅！）。这个夜晚是中秋节的夜晚，月亮是非常明，但并不圆，我将手机从口袋取出了三次，看机子开着没有，我是怕我不经意间把手机关掉。细心的庆仁小声说：她没有来电话？什么电话，我反问着他，显得平静，心里却说：我现在踏实得很哩，馍馍不吃，馍馍在笼子里存着的。果然电话就在这时响了，我一看显示的号码，给庆仁挤了个眼，幸福地跑到一边，喂，一个熟悉的中听的声音就从天外传过来了。

我知道你会来电话的！你是说今天好日子吗？是中秋节！可这儿的月亮不圆。这里也不圆，报纸上讲了，今年的中秋节月不圆明日月圆哩。这月亮是汉时的月亮。明月当空照，千里共婵娟。这我听不懂了？是吗？听不懂？听不懂就听不懂吧，你现在在哪儿？在敦煌，才洗澡，撩窗帘一看，树梢上一个月亮。那月亮是我。流氓。你等着吧，明日我们去敦煌，你告诉我在哪个宾馆？你寻不着的。那你瞧着吧。

就在这个夜里，我们召开了紧急会议，我提出下一站往敦煌。大家都觉得吃惊，我又说往敦煌。按原定计划，我们直接去乌鲁木齐，然后从乌鲁木齐再到吐鲁番、哈密和敦煌，如果改变行程，就得通知乌鲁木齐的接待人员，又要联系敦煌的接待，而现在已是晚上，那又怎么联系呢？大家对我极有意见，但我固执己见，最后是乞求大家，说不必联系了，去敦煌的吃住由我负责，没人接待就住街头小店，费用我掏。一番讨价还价，最后达成了协议：可以去敦煌，但上午必须去参观酒泉的魏晋画像砖博物馆。

魏晋画像砖博物馆其实是一个大的墓穴，展出的是酒泉地区挖掘的一大批有画像的墓砖。说老实话，我是没心情来看的，准备着到博物馆门口了我就坐在茶摊上喝茶，等着他们就是了。可老郑拉我进去转了一圈，我竟在那里逗留了足足两个小时。一进入墓道，画砖就整齐排列着，而且一个砖一个内容，仿佛进入了一座色彩纷呈的艺术宫殿，令我们惊愕，眩惑，叹为观止。庆仁又激动得说不出话来了，嘴唇颤动着，脑门沁出一层细汗。小路说：大画家，你要哭就哭出声来，别憋着个什么病儿吓我们，我们要走的路还远哩！庆仁默不作声看了一遍，又看了一遍，他终于招手让小路到他跟前来，他一板一眼像讲课一样地说，我告诉你小子吧，中国传统人物画，描绘的多是帝王将相，才子佳人，或佛道鬼神，这些砖画全以魏晋社会的现实为题材的，使当时的犁地、秋收、打场、采桑、养殖以及生产工具、劳动组合、人们的服装、发型、房舍、井饮表现得一览无余。魏晋的时代，佛教是盛行的，却也正值中国的北方军阀混战，人民流离失所，纷纷背井离乡逃往河西走廊来避难，正是饱受了战争之苦的民众，给佛教的蔓延滋生了温床，而墓葬、死人、灵魂等方面很容易和宗教迷信关联在一起。可这里的砖画，几乎找不到一块带有宗教色彩和迷信观念的影子，你明白是什么原因吗？小路说，不明白，小路真的是不明白，再请教庆仁，庆仁却不愿再说，他又问我，我才不去探求那些形而上的问题，我兴趣的是这批画粗笔大墨，随意挥洒，尤其是无数的马的形象。在西安，我临摹的是"昭陵六骏"石刻，是唐三彩马，在武威，我临摹的是木刻和陶烧的凉州大马，以及单足踩燕的铜飞马，而现在面对的则是马阵，十数匹数十匹的，各是各的形态，各是各的神情，剽悍、驯良、勇猛、忠实、漂亮，表现得淋漓尽致！我站在那幅《出行图》前，看并排的五匹马，笔走龙蛇，一气呵成，而马头画成四个，马尾画成五个，感叹着其手法的奇妙，立即就想到她了。可怜的小路没有答复，哀叹自己没有上过大学，又不会绘画，说：求知识难呀！却又站在一旁批评我现场临摹得不好，把马的屁股画成了人臀，把鬃画成了人发。我说是的，我画的是我心中的马，却想，马是有她的影子，她或许就是汉时的马，一路奔跑到了现在。

这个上午，是我和庆仁最有收获的上午，而宗林却倒霉了，因为在墓道里，管理人员不让他摄影，他只好扛着机子在博物馆门外为那些维吾尔人拍照，当他边拍边退时竟从一个土坎上跌了下去，将胳膊和腿碰出血来。我们闻讯从墓道出来为他包扎，他说：那个姑娘太漂亮啦！

午饭后，我们并没有休息，在烘烘的热气里往敦煌去，车上的那只苍蝇又出现了，趴在车棚顶上一动不动。小路又开始作践起了宗林的伤有所值，拉开了精神会餐的序幕，我独自将脸贴在窗上，感受着玻璃的婴儿屁股一般的光滑和细柔。路依然是箭射出一般的直，远处的山、天上的云急速地向身后退去。经过一处山，车靠得那么近，看得清是一层一层石质的，山坡上附着年复一年的苔衣吧，死亡的业已死亡，新生的却是久未有雨又干瘪了，呈现着灰色、绿色、黑色，三色渗合，如在木器上烙画，又如做旧的文物。再往前走，山又似乎被一下子推开，推开的山越推越远，越远越多，像是凝固了的一面海之波。波的左边那一角，算是微波吧，山还是山的模样，小得如坟丘连着一个坟丘，又有点像城市远郊倾倒的垃圾。我渐渐地睡着了——人睡如小死——迷迷糊糊里被车上的笑声惊醒，涎水竟流湿了前胸，忙揩了，便听见庆仁在说一个笑话：有两头牛，一头公牛，一头母牛，犁完地后并没有立即回村，直到天黑下来，公牛先独自回去了，不大一会儿，公牛就又跑了出来，母牛问怎么又来了，公牛说村里来了县上干部了，干部提出要吃牛鞭哩！母牛说，哦，那与我没事，你待着吧，我回去呀。可不一会儿母牛也跑了出来，公牛说，你怎么也跑出来啦？母牛说，干部说啦，吃完牛鞭，晚上还要吹牛×哩！庆仁是不大会说这一类笑话的，但他说了，乐得大伙都扑上去拿拳头砸他。……不知不觉里，夜幕降临了，天空成了灰色，无数的云像剪纸一样贴在上面，开始着变换颜色，由白到淡蓝，由蓝到浅黑，与铸铁一般的山交接，交接处呈一种橘黄。山下的河则愈来愈宽，涸干无水的河滩在发着寡白的光。车灯哗地打亮了像喷出的水银，路面就再也不平坦，一个塄一个塄的，感觉里车是在上一面台阶。把脸扭过来往左手的方向看去，先是一片黑，浑起来，迅速漫开，色气由重到轻，又由轻到重，山顶上的黄色也就暗淡了，天地之间只有电线杆的一根一根黑的线段。

敦煌终于到了，车在大街上兜了几个圈子寻找着住宿的地方，等一切安顿下来，已经是下夜三点了。我借口去厕所，给她拨了电话，她的手机是关着的，快快地从厕所出来，老郑在和小路他们商量着明日的活动，小路就给他在敦煌的朋友挂电话。这些朋友竟以最快的速度赶了来，大声叫喊着去街上吃消夜。"老街上有夜市，彻夜不关门的，你去瞧瞧那卖烤肉的西施，真的是维吾尔族的西施！"我却不愿去，屁股疼，痔疮并没有好，加上一路颠簸，感觉老要有大便，我说我得用热水洗洗，要么明天就趴下不能动了。

他们一走，我掏出硬币在床上掷，默想掷三次，若两次是有图案的一面，我就再为她打一次电话，若两次是字的一面，电话就不打了。硬币掷下去，两次是图案，我再一次拨她的电话，而她的手机仍在关着。这鬼地方，预测不灵的。站在窗前却又想，这种预测是汉人的把戏，不一定适应别的民族的，在这里应该看天上的星座吧。可我是狗看星星一片光明，连北斗星都没寻着。

楼下却清楚着街道，左边的一条巷子，巷口有一根电杆，电杆上并没有电线，或许要拆除而还未拆除吧，有人东倒西歪地走出来，在电杆上看贴着的广告纸片儿。这是个喝醉了酒的人，抬起脚狠劲地踢电线杆，踢不动，又过去将脚往巷墙上踢，一下，又一下，努力地要把肮脏的脚印踩到墙的高处。然后又过来踢一个白天里摆货摊的帆布棚柱，棚上的帆布卧着一只猫，赶忙跳下跑了。右手的那座楼前，有两辆自行车相对骑过去，空空落落的大街上，竟撞上了，同时倒地，同时站起来开始叫骂，声音并不清晰，但口音是汉人。站在大楼旁的一个人，原本在行走，在两辆车子相撞后就站住一直看着，两个人吵得没完没了也觉得无聊了，就向那人诉说而求主持个公道，结果这一个说我是怎么怎么样，他又怎么怎么样，那一个也说我是怎么怎么样，他又怎么怎么样，说毕了，那人倒生了气："我一直在这里看着的，这是打的事情么，你们吵什么?！"我笑了一下，关上了窗，回坐在床上，一只猫不知在什么地方如怨如诉地哭着。

莫高窟永远是行走在沙漠中的人的一个梦吧。据说当年一个和尚经过这里，又饥又渴实在是再也走不动了，他已经做好了死的准备，俯身趴下去，将脸面贴在地上，以免死后被太阳晒裂了脸而死相难看，但他突然听见了仙乐，抬头看去，对面的沙崖上霞光灿烂，于是他来了精神，又往前走，走到了一个镇上。他活下来了，感念是佛救了他的命，便来沙崖上凿窟念佛。从那以后，来这里修行的人越来越多，佛窟也越凿越多，成了一块基地，凡是来西部的人没有不来朝拜的。现在，我来到敦煌，原本是为了一种解脱而来的，万般的烦恼未能一推了之，生命中的尘埃却愈积愈厚了。昨天的夜晚，又是未眠，早起又不能明说去找她，只有随着同伴到莫高窟看壁画。数年前，为了考察中国的舞蹈，我是特意来过一趟的，记住了开凿在砾岩上的那

101

一片石窟里的三千多彩塑和五万平方米的壁画的，甚至知道着二百七十五窟里的交脚弥勒菩萨，四十五窟的西龛佛坛彩塑一铺，一百九十四窟的立式菩萨，二百五十九窟的微笑的菩萨，四十五窟的胁侍菩萨，三百二十八窟的游戏坐菩萨，二百零五窟的断臂菩萨，一百五十八窟的涅槃像，二十五窟的乐舞图，二百二十窟的胡旋舞伎，三百二十窟的华盖四飞天，四十四窟的持琵琶飞天。去莫高窟的路上，我对庆仁说：我想起一首诗了。庆仁问什么诗？我说诗是我的一个文学朋友在青春期时写的："我需要有一杆枪，挨家挨户搜查，寻找出我的老婆！"庆仁说：她到敦煌啦？我说是的，她在敦煌，但我不知在敦煌的什么地方？庆仁说：你这老同志让我感动。我一下子脸红起来。我这么疯狂地寻她，实在与我的年纪不符了，我说：我是有些荒唐。庆仁却说爱是没有年纪限制的，我们也羡慕在西路上有爱的折磨，但来西路却并不是为了这种折磨来的，现在什么都先不去想，好好看莫高窟壁画吧。于是，我打消了坐在茶水亭里等候他们去参观的念头，特意去三百二十三窟观看《张骞出使西域图》，然后就久久立在藏经洞，凝视那个相貌丑陋、行为猥琐的道士王圆篆像。光绪二十六年农历五月二十五日，当王圆篆在十六窟清理甬道积沙时忽然发现"壁裂一孔，仿佛有光，破壁则有小洞，豁然开朗，内藏唐经万卷，古物多名"，这就是惊世骇俗的藏经洞的发现过程。藏经洞的宝物藏了多少年，等待的就是五月二十五日，那么，世上的万事万物也就是这样吗？她与我认识的那天，算得上是藏着三百三十多年，而现在她又藏起来了吗?!

庆仁将她人在敦煌的消息告诉了小路、宗林他们，我们从莫高窟回来便四处寻找，似乎哪里都有着她的气息，但就是没有她的人。宗林开始怀疑消息的真伪，认定了是她诓我，就嘲笑有恋情的人都是聋子、瞎子，脑子里有二两猪的脑子，推搡着我去放松放松吧，或者去洗个澡，或者去让人按摩。小路的朋友则提议去歌舞厅：现在什么年代了，还有害相思而受这么大的累，小姐有的是，要汉人的有汉人，要少数民族的有少数民族，既便宜又放得开，男女之间不就是那么回事吗？我不搭理他们，但我并没有说他们什么，我只说要去你们去吧，让我在这儿坐坐。

我坐在街边的一个花台边上，目光呆滞地观望着来来往往的人。这条街似乎是条老街，门面破旧，摆满了小商品，顾客并不甚多，一棵弯脖子树下，四个男人先是坐在那里喝酒，啤酒瓶子在小桌下已经堆了一堆，接着就开始玩扑克。可能玩的是"红桃四"吧，每玩一次，就结算输赢，钱币都放在桌面上，围观的人越来越多。我坐在花台上，能看见北边那位差不多都是在赢，把百元的票子高高拿起对着空中耀，一边说：这是不是假钞？一边眉眼飞动，对着围观的人说：俗话说钱难挣屎难吃，这屎真的难吃，钱却好挣么。围观的人中有三人站了好久了，突然间同时从腰里取出三副手铐，就当地丢在扑克上，温和地说：玩得好，真的玩得好，自个把自己铐上，去所里一趟吧。玩牌的人都傻了眼，说：我们只是玩玩。那个稍胖的说：是玩玩，并没有别的事呀，就是去罚罚款呀。玩得好，比我们派出所的人玩得好多哩。四个玩扑克的人跟着三个派出所的人走了。我也起身要走，小路嬉皮笑脸地从街的一头向我跑来。

　　小路是要我去见一位小姐的。小姐是在一家歌舞厅，夜里睡得晚，他们去的时候，她还在包厢里睡觉——小姐是夜生动物，白天里要一直睡到下午三点钟——一见面，首先声明她是坐平台的，不出高台，小路说当然只让你坐平台，我有个老板（我第一次被冒充了老板），人好得很，钱也多得很，但就是怕性病和艾滋病，出门住宾馆都是自己带了床单，时时都戴了安全套哩。我就这样被小路拉扯进了歌舞厅。小姐是个极高个子的女子，腿长是长，瘦得却像两根细棍，我一落座，小路却拉闭了门出去了，这令我十分生气，感觉是在把一对野物关在了笼子里。说实在话，如果在我心情好的时候，或者这女孩是我所心仪的，我也会有了兴趣与她攀谈，但这小姐的脸我不敢看，一股浓重的只有洋人身上才有的香水味向我冲来，就认定她是有狐臭的。半个小时里，我不知我在说了些什么，小姐似乎说了一句：你在给我做政治报告吗？我们就全然没话了。

　　回到宾馆，天差不多黑了，而月亮却饱满地升在空中，我开始检点着我对她是不是太那个了，剃头担子一头热而让我羞愧，手机就响起来。懒得去接。手机响过一遍，又响起来。还是不接。仰躺在床上了，手机还在响，才一打开，听见的却是她的声音。

　　你为什么不接电话？谁呀？你说是谁?! 看见月亮了吗，今晚的月亮还是圆的。低头思故乡。你怎么啦，现在在哪儿？你在哪儿？我在阿克塞。阿克塞？我跑来敦煌了你却去阿克塞。

我走的是油线啊！

她说起话来，依旧是那么快活和紧促，她并没有自我解释为什么没有在敦煌等我，也没有说什么让我怦然心跳的话。她怕没有这条神经，我这么猜测，有些生气，但我奇怪的是她却依然会给我电话，是要欲擒故纵呢，还是真的在实施只做好朋友的诺言？她给我讲她怎样去了塔里木，在沙漠公路上已经瞌睡了车还在开，一次竟将车开出路面，歪在沙堆里，亏得来了辆车帮她把车拖了出来。她说她在等待救援时曾经失望了，因为车上只带了三瓶矿泉水，没有馕，也没有饼干。但是到了塔中油田，那里却有了一片花草，花开得十分灿烂，那是工人省下矿泉水浇灌起来的。她那晚上睡在像列车一样的工房里，门窗关得严严的，第二天起来，还是满脸的沙，连被窝里都是沙。她说，她登上了六七层楼房高的钻塔上，她是和钻探工拥抱了的，她的浑身都沾着油污，脸已经大片大片脱皮，红得像猴的屁股，看不得了。在返回时路过了塔里木河畔的胡杨林，她脱光了衣服自拍了十多张照片，是躺在沙浪上拍的，觉得那些沙浪起伏柔和如同女人的胴体，她也是爬在倒下千年不死的胡杨林上拍照，感觉里她是一条蛇。她说，去了塔里木油田，才知道中国正实施西部石油、天然气向东部输送的工程是多么了不起，现在输送管道正向东铺设，将一直铺设到东边沿海地区，或许将来，西头可以接通西亚和中东地区，东头再将输往日本、朝鲜半岛、台湾和东南亚。你考察丝路，丝路的现在和将来将会是油路，可是你并不了解这些，你是缺乏时代精神，缺乏战略眼光。或许你不久会写一本书的，但我估计你只会写丝路的历史和丝路上的自然风光，可那样写，有什么意思呢？

她的批评令我吃惊，你不能不佩服她头脑的锐敏和宏观的把握，我为我的行为羞愧，一时间对她的怨恨转化成了另一种倾慕。我的回应开朗而热情起来，她却在电话里咯咯大笑，说我是可以救药的，应该算个异性知己。

"我之所以从塔里木一出来就决定了走油路，经过了吐哈油田，经过了敦煌油田，又到青海来，我也要写一份油路考察。当然，我是画速写考察的。"

"那你也该等等我，咱们一块儿走油路呀！"

"在一块儿就不那么自在了！"她说，"你想，能自自在在去考察吗？"

她说的是对的，如果我真与她一块儿行走，那就极可能不是考察而是浪漫的旅游了。既然事到如此，我猛地也感到了一种说不清的轻松，我说，好吧，那咱们就互相传播着考察的见闻吧，如果可能，我们每天通一次电话，我说说军线上的情况，你说说油路上的情况，这样，我们等于考察了整个西部。

她的回答是出奇的肯定，但声明了，我得负责她的电话费。

于是，在以后的日子里，她是沿着油线经过了阿克塞县，到冷湖，到花土沟，到格尔木，又从格尔木到德令哈，香日德，荣卡，青海湖，到西宁。我则继续往西，从敦煌到哈密，到吐鲁番到乌鲁木齐到天山。她告诉我，阿克塞县原是建在当金山脚下的，居住着哈萨克族，有一个天然的牧场，后来才搬迁到了大戈壁滩来。而她在翻越当金山时，空气稀薄，头疼得厉害，汽车也害病似的速度极慢。那石头冻得烫手，以前只知道火烧的东西烫手，原来太冷的东西也烫手，她是在山顶停车的时候，抓一块石头去垫车轮，左手的一块皮肉就粘在石头上。路是沿着一条河往山上去，弯来拐去，河水常常就漫了路面，而就在河的下面埋着一条天然气管道，你简直无法想象，在铺设这些管道时怎么就从河下一直铺过了山顶！翻过了山顶就是青海省了，那里有更大的牧场，她是第一次见到这么大的牧场，而牧场不时有筑成的土墙围着，那位从阿克塞搭了她顺车去花土沟的姑娘告诉说那是为了保护牧场：这一片草吃光了，再到另一片牧场去，等那一片又吃光了，这一片的草却就长上来——就这么轮换着。姑娘还自豪地说，这里的羊肉特别好吃，因为羊吃的是冬虫夏草，喝的是矿泉水，拉下的羊粪也该是六味地黄丸。这姑娘尽吹牛，但羊肉确实鲜美，她是在山下一个牧民家里吃了手抓羊肉，她吃了半个羊腿。

我说我到了哈密，参观了哈密回王陵，参观了魔鬼城，这些都是你去过了的地方，但你绝对没有去过左宗棠驻扎的孔雀园。一八八〇年左宗棠率领六万兵马，抬着自己的棺材来的，就是那一次平息了叛乱，收复了这一带疆土的。你也是没有去看那块唐碑的，去了就会知道纪晓岚也是到过哈密。而哈密人提到纪晓岚，都在传说他的亲家将要遭到抄家，——他当然得报信，但又不能太公开，——便在一个小孩手心写了一个少字（少字与小孩手合而为一则是抄字），结果亲家逃脱，他也因此被乾隆帝以泄密罪贬到西域。这些历史上的故事可知可不知也便罢了，你遗憾的，也是肯定没有去过白石头村，这个村是以一块奇异的白石得名，细雨蒙蒙中，这石头像卧着的骆驼，晶莹剔透，宛若白玉。那天，我们在白石头村的一家哈萨克人帐篷里做客，这人家十分殷富，有着从和田买来的丝毡，有着缀嵌了金属箔片的箱子，我们刚一靠在那绣花的靠垫上，主人就端来了炕桌，铺上了桌布，摆上水果、干果和馕，还有冰冻的茶，略有咸味。女主人是个大胖子，她的长袍子下似乎一直藏着两只大绵羊，但她却说了一个故事让我唏嘘不已。她说在很久以前，住在这里的哈萨克部落里一位公主与一位小伙热恋了，上苍对此妒火中烧，派出遮天盖地的蝗虫，顿时树枯了，草黄了，人们惶恐万分。那位小伙抱住一棵古松痛苦地摇晃，没想这棵树忽然变成了绿地。小伙子很是惊喜，又去摇另一棵树，又是一片绿地，小伙便一棵接一棵地摇下去，把自己累死了。公主恸哭不已，泪水滋润了脚下的土地，草儿渐渐复苏，公主流干了泪，流出了血，溘然与世长辞。部落的人将他俩合葬一起，不久，一次闪电雷鸣后，墓地上便生出了这块白石。"那小伙多么会死。"我说，"我不如那小伙。"

她说，她到了冷湖。冷湖在六十年代是闻名全国的油田，也曾是青海石油局前线指挥部，但现在已经废弃了，尕斯库勒湖畔重新发现了油田，前线指挥部也搬到了花土沟。她去的时候，戈壁滩上空落着如山区小县城一样的一片房子，到处是砖头，水泥块，被掀开的屋顶，挖去了窗子的墙壁和发锈的铁皮筒，硬化了的破皮鞋。现在五分之一的房子里还住着人，是油田留守处，因为花土沟油田的工人四个月轮换一次回敦煌的生活基地，过去路不好，得一天赶到冷湖住上一夜，再用一天从冷湖到敦煌，如今路好了，一天可以到达，中午饭却必须在这里吃，否则一整天再也没有吃喝的地方了。她说，她去的时候，正好有一个小车也停在接待站门口，原来有位已经调到了北京的油田老领导来故地重游。这位领导穿得臃臃肿肿，脖子上套着橡皮软圈，他就是当年在这条坑坑洼洼的路上被颠坏了脖子，一累就头脖发肿，也正是患下这病才被调回北京。石油上退休的工人差不多都是返回内地安了家，前十几年，回内地的工人常常发生了这样的事，退休时身体还好好的，一回内地不出三年人就死了。后来考察了，原是十八九、二十岁来到新疆、青海，适应了稀薄的空气，一回到内地氧气增多，肺却又不适应了，所以导致死亡。于是，退休的工人回内地住上一年就又都返到油田，住三个月四个月倘或一年，然后到内地再待一年，再来油田，如此反反复复。对高原油田的感情，是身体的感情，生命的感情。老书记当然也需要来调整适应自己的肺，但他更想着回来再看看，她就同老书记在废弃了的城里转，她给他在曾住过的土屋子里留影，那墙上还留着他的小孩用铅笔写的 1+1=2，有他的老婆和泥用手抹成的土烟囱，而泥抹得不光，上边清晰着手指印。她让他坐在那土门洞照相时，她看见他眼泪流了下来。城区的东北角是一片乱砖地，有一簇杨树已经干枯了，而旁边正好是通往接待站的水管，水管漏水，从一条小沟流下去，老书记弯下腰把漏出的水引着往树下走，他说这是当年唯一的一簇树，是在医院门口的，全靠生活用水浇灌大的，现在树却死了。她就和他一块儿动手引水。她说，从冷湖出发后，她仍是和那个姑娘驱车往花土沟走，这里海拔二千七百米，人说喝空气屁屁，这里连空气也喝不够，人是这样，车也是这样。在茫崖，那里有一个大湖——青海高原上时不时有湖，但都是盐湖，只有这个湖是甜的——六十年代油田工人骑着骆驼来到这里，就在湖边的戈壁滩上搭了凉棚住下了四万人，若站在东边的山崖上，白花花的一片帐篷，人称帐篷城的。她说她站在山崖上往下看，当然那里什么也没有了，但她眼前还是一片白，一辆从敦煌来的车也停在那里，司机或许要小便了，或许看见了她们是女的觉得稀罕，反正就过来搭讪。他是油田上的，他告诉说看见那山下的一排废窑洞吗，窑洞是看见了，有的已塌，有的沙涌了洞口，他说那是当年的油田医院，他的爹就是患了肝硬化死在窑洞里，爹在油田上干了三十年，三十年里来来往往只在三百里方圆跑动，现在爹还埋在那山梁上，每年清明前后，他开车路过这里给爹烧纸。

　　我说，我到了吐鲁番，这个世界上海拔最低的地方，你肯定是领略了它的热度，但你并不一定知道在古时，这里的县官是在大堂上放一口大缸，人坐在水缸里办公的。艾丁湖你也是去过了，我痛苦的是过去那么一面大湖，现在差不多要干涸了，当我驱车去时，看到的是灰蒙蒙一片，那些偶尔出现的盐碱滩，在强烈的阳光照射下，发着炫目的白光。世界上最低的海拔和世界上最高的气温，使我想起了在一本文献上对这里的记载："飞鸟群落河滨，或起飞，即为日气所灼，坠而伤翼。"而同时幻想：如果从吐鲁番向我国东海之滨开一条水平渠道，东海之水就会哗地一下子流过来，将亚洲中心的内陆底盆注满的。我说，我登临了交河故城，那深深嵌入地下的大道，封闭的高墙，迷宫似的庭院，庭院内的窖藏、水井，便觉得当年来过这里的张骞就一直站在我的身边。我说，我给你背诵一首交河诗吧，是唐人写的："白日登山望烽火，黄昏饮马傍交河。行人刁斗风沙暗，公主琵琶幽怨多。野云万里无城郭，雨雪纷纷连大漠。胡雁哀鸣夜夜飞，胡儿眼泪双双落。闻道玉门犹被遮，应将性命逐轻车。年年战骨埋荒外，空见蒲桃入汉家。"我说，高昌、交河的废墟故城和众多的地面地下的文物构成了一部可泣的史书，那吐鲁番地貌又无疑是一幅色彩斑斓的巨型画卷。有人写道：新疆是世界上最大的一座博物馆，那里有无数的馆藏，陈列的物什件件都是艺术品，但却不是为了收藏。那么，我就说说我在火焰山的奇遇吧。去火焰山的那天下午，太阳照射过来，远处的山是蓝的，山下起伏不定的丘壑却是黑的，而丘壑过来则一片白，那不是戈壁，是水流湍急冲刷出的石质的河床，但没有水，流动的是黄的细沙，起着下了雨一样的雾气。而火焰山，全部吸纳了夕阳，我坐在一大片曾经积了水而又干涸的地面上，地表裂开大大小小的却也似乎整齐有序的泥片，你想象那是一个偌大的瓦房顶，是放大了的裂纹瓷，于是，沿北边延绵不绝的山红得像炉中的铁，且从山头竖着下来的沟痕一道一道，密密麻麻，你感觉整个山都在燃烧了。山的背后，就是千佛洞，相传唐僧取经就经过这里，遇见了牛魔王和铁扇公主。我们都是丑人，人员组合和相貌简直可以说与唐僧他们甚为相似。小路长得如猴，又性情活泼，自然是孙悟空，庆仁厚重木讷，算是沙和尚了——他长个大脑袋，又剃得精光，极像个和尚。我和宗林，他若不是猪八戒，便是我为猪八戒了，不，他应该是猪八戒，他能吃能喝，又爱表功。宗林是乐意称他是猪八戒的，因为高老庄就在张掖，而整个西路上，猪八戒的形象出现在许多地方的壁画上，勤劳又俊美。就在我们争争吵吵转过一个山头，山路上迎面过来了一个怪兽，头是大的盘羊，那羊角粗极了，起码四只手也合不拢。羊头就这么走着。走着的是下面的两条腿。我们都吓了一跳！仔细看了，原来是一个人将盘羊头顶在头上，又竟然是个女人。这女人从哪里来，到哪里去，我们不知道，方圆又没有村庄和人家，我们被神秘和恐怖镇住，连小路也不敢前去打问。宗林到底有猪八戒的秉性，近去说：这么漂亮的人让羊头坐在头上？女人嫣然一笑：那你给我拿着吧！宗林果然就接过了羊头，过来对司机说，让那女人搭咱们的车吧。老郑坚决不同意。宗林赌了气就抱着羊头陪着女人走。我们赶忙把宗林拉开，就那么默默地看着那女人走了。我至今仍搞不清那是真人还是别的什么尤物。

　　她说，她到过了尕斯库勒湖，参观了那里的炼油厂和输油管站，到达花土沟已经是傍晚了。天特别地蓝，西边山上一片黑云，裂开一缝，一束束光注下如瀑布。花土沟又是一个小型城市，规模比冷湖要大，搭车的那个姑娘下了车，而她就开车往花土沟里去看世界上最高海拔的油井（是三千七百八十米）。这土沟是五种颜色，而沟是层层叠叠的土墼，如一朵大的牡丹。墼与墼之间的甬道七拐八拐往沟上去，车又如蜂一般在土的花瓣里穿行。到处是磕头机。有一辆大卡车拉着大罐，不能上，似乎倒退着要下滑，工人们就卸下一些罐，大声地吆喝。到了山顶，看万山纵横，一派苍茫。此沟是一九六八年开发的，往山上架线，修路，把井架一件一件往上运，背，拉，拖，山上缺氧，人干一会儿就头疼气闷，让羊驮砖，在羊身上缚六七块砖，一群羊就往山上赶，黑豆一样的羊粪撒得到处都是。最高处风是那么大，头发全立起来，不是一根一丝立，是黏糊糊一片地竖立。在那个破烂的帆布篷里，我遇见了两个工人，而在同他们说话的时候，帐篷外站着五六个工人一直往这边看。招手让他们进来，他们却走了。那个长着"红二团"的女子并不是工人，却是工人家属，她是在山上做饭的，山上的工人二十天一轮换下山，提起现在的条件真是好多了。女子说她是甘肃平凉人，结婚后第一年来油田看望丈夫，帐篷是几个人的大帐篷，没有个地方可以待在一起，结果就在大帐篷外为他们重新搭了小帐篷。但是，一整夜听见外边有人偷听，丈夫竟无论如何做不了爱——爱是要在好环境里做的——越急越不行。天一亮，丈夫就又上山去了，爬在几十米高的井架上操作，贴身穿了棉衣，外边套了皮衣，还是冷得不行，她是将灌着热水的塑料管缚在他身上后再穿上皮衣的。下午收工回来，丈夫是油喷了一身，下山中人冻成硬冰棍，下车是人搬下来的，当天夜里就病了。新婚妻子千里迢迢来探亲，为的就是亲亲热热几回，回去了好给人家生个娃娃，但那一回什么也没有干成。她说，她在下山时半路上碰着一个工人，工人长得酷极了，却一身油污，你只看见他一对眼睛放光，她停下车要为他拍照，他先是一愣，立即将油手套一扔，紧紧握了我的手。她说，你别生气，在那一刻里，如果那人要拥抱我，强暴我，我也是一概不反对的。她说，那天晚上，她累极了，可睡下一个小时后就醒了，心口憋得慌，知道这是高原反应，隔壁房间里一阵阵响动，开门出来看人，原是新来了一个小伙也反应了，人几乎昏迷过去，口里鼻里往外吐沫，是绿沫，我庆幸我只是仅仅睡不着。听说身体越好越是反应强烈，你如果来了，恐怕一点反应也没有了吧。我走出招待所到街上去转，天呀，现在我才知道这么个不足两万人的油城里，夜里灯火通明，通明的是一家一家歌舞厅、桑拿室、按摩房和洗头屋。我去了一家歌舞厅门口，门口有一个摆小摊的妇女在卖纸烟，她竟然把我当成了小姐，问我生意好不好？我说我不是，我这么清纯能是小姐？那妇女说，越不像小姐越是小姐哩！妇女还说，这里大约有五千小姐，看见斜对面那个邮局吗（那是个小得不起眼的邮局）？前天一个小姐给她的家乡姐妹拍电报，电文是：人傻，钱多，速来。我问她这么瞧不起小姐，怎么还在歌舞厅门口摆摊？妇女说，她是敦煌市的下岗工人，丈夫就在油田上，油田四个月一轮换，男人辛辛苦苦干四个月，回去却落个精光，她反正闲得没事，来了一是可以看守自己的男人，肥水不能流入外人田么，二来摆个烟摊，我也能养活自己了。她说，就在她与那妇女说话的时候，歌舞厅门口一个姑娘送一个男人出来，娇声道：张哥你好走哇！男的在那姑娘的屁股上拧了一把，姑娘用拳乱捶：张哥你坏！你坏！她看时，那姑娘竟是她用车捎的那位姑娘！她赶忙低了头不让姑娘看见了她而难堪，其实人家或许并不难堪，这就像在城河沿上散步时猛地经过了一对谈恋爱的男女，不好意思的并不是他们而是我们自己。她说，我那一时里想了，花土沟到敦煌六百公里，是没有班车的，这些小姐是怎么来的呢，都是搭乘了像我这样人——或许在这条路上开车的只有我一个是女性——的车吗?!

我说,从吐鲁番出来,汽车穿过了一片雅丹地貌,又是戈壁,又是盐碱地,在远远的地方,有推土机在那里翻动地面,白花花的土块像堆放着水泥预制板。我下了车去拉屎。我的肚子已经坏了,早上起来一阵屁响,觉得热乎乎的东西出来,忙上厕所,一蹲下就泄清水,而早晨出发到现在,屁股上似乎生了湿疹,奇痒难耐,又总觉得要拉,每每下车,除了噼噼啪啪一阵屁带出些清水来,又什么也拉不出来。没想,庆仁、小路、宗林也都拉了肚子,就一直骂昨天晚上的手抓饭不干净。因为我们都是男性,而那些远处劳作的人也是男性,就肆无忌惮地撅了屁股蹲在那里。但这里依然没有苍蝇。跟随我们的那只西安城的苍蝇它懒得下车。劳作的人见了我们就跑过来,——他们是见人太稀罕了——我们立即就熟如了朋友。那一个戴着白帽子的人告诉我们,他们是碱厂的,这里的碱厂是全国最大的,才建厂的时候,生意非常地好,产品大都销售到东北的一些军工厂,福利当然也就好了,可以天天有肉吃,有酒喝。可后来,俄罗斯那边也发现了碱矿,离东北近,价格又便宜,那些厂家就全进了俄罗斯的货,他们的生意就难做了,每月只二百六十元的工资(原本是二百五十元,嫌不好听,厂长狠了狠心,多发了十元钱)。二百六十元仅仅够吃饭,可不继续干下去,他们又能干什么呢?那汉子给我们摊摊手,笑了一下。这时候就有了音乐声,声音是从那里的一台收放机里传出来的,所有的人都趴在了地上。汉子说:我得去祈祷了。匆匆跑了去。宗教使这些人的精神有了依托,他们趴在地上感谢着主呀,赐给了他们的工作和工资。我说,这天的晚上,我们是住在了一个小镇上,小镇的那棵大桑葚树下男男女女的维吾尔人在唱歌跳舞,我以前只以为维族歌都是欢乐的,没想他们唱得是那样的哀怨苍凉,我们听不懂歌词,但我们被歌声感动,眼睛里竟流出了泪水。也就在这一夜,我是发了火的——我是轻易不发火的,但要火了,却火得可怕——差点抓了茶杯砸向了宗林。因为跳舞的人群中有一位极美丽的姑娘,她的头发金黄(是不是染的我不知道)而两条腿长又笔直,跳起来简直是一头小鹿,宗林和小路就喊喊咻咻说着什么。当舞蹈暂歇的时候,宗林说:你不是爱长腿女人吗,我给你和她照个相吧。我瞪了他一眼，他却还说：我给你叫她过来。姑娘就在邻桌，我知道她已经觉察到我们这边喊喊咻咻是为了什么，但姑娘始终不肯正眼瞧我们，我们已经被她轻看了，若她能听懂汉语，一定是极讨厌了我们。我就发出了恨声，茶杯要砸过去时停住了，一个人生气地离开了那里，先回住处去了。我的房东，一个长得如弥勒佛一样的汉人，却给我讲了许多故事。我说，我讲给你吧，虽然有点黄色。房东说，你知道不知道，疯牛病的原因已经查出来了，原以为问题出在公牛身上，不，是母牛的事。你想想，母牛一日挤三次奶，却一年只给配种一次，那母牛不急疯才怪哩！

　　她说，从花土沟沿铺设的石油输送管道一直走，她来到了格尔木，你无论如何也难以想象出这一路色彩的丰富！先是穿过一带盐碱的不毛之地，你看到的是云的纯白，它在山头上呈现着各种形态，但长时间地一动不动，你就生出对天堂的羡慕。又走，就是柔和的沙丘，沙丘却是山的格局，有清晰的沟渠皱纹，而皱纹里或疏或密长了骆驼草，有米家山水点染法。再走，地面上就不平坦了，出现着密密麻麻的土柱，每一个土柱上都长着一蓬草。这土柱似乎也在长着，愈往前走土柱愈高，有点像塔林了。在内地，死一个人要守一堆土的，这里一株草守一堆土，这当然是风的作用，你却恐怖起来，怀疑那里栖存着从这里经过而倒下的人的灵魂。到了乌图美仁，多好听的名字，天地间一片野芦苇，叶子已经黄了，抽着白的穗，茫茫如五月的麦田，你便明白了古人的诗句"风吹草低见牛羊"一定在这样的草中，但这里没有牛，也没有羊，继续走吧，沙丘又起伏了，竟有十多里地是黑色的沙，而在黑沙滩上时不时就出现一座白沙堆，近去看了，原来这里沙分两种，更细的为白沙，颗粒略大的为黑沙，风吹过来将白的细沙涌成堆，留下的尽是黑的粗沙。沙丘又渐渐没有了，盐碱地上又是野芦苇，野芦苇中开始有了沙柳，沙柳越来越多，形成一大丛一大丛的，橙色、浅红、深红、紫、绿、黄诸色，铺天盖地远去，你从此进入了五彩花田，天下最美的花园中。车开了两个钟头，这花园仍是繁华，并且有了玉白色的沙梁，沙梁蜿蜒如龙，沙柳就缀在梁坡上，像是铺上了一块一块彩色的毛毡。兴致使你走走停停，你发觉有了发红的山，发蓝的山，太阳强烈，有丝丝缕缕的热气往上腾，如燃烧了一般。她说，我现在才明白，这地方的阳光和阳光下的山、地、草是产生油画的，突然感觉我理解那个梵高了，梵高不是疯了，梵高生活的地方一定和眼前的环境一样，他是忠实地画他所见到的景物的。而中国的那些油画家之所以画不好，南方的湿淋淋天气和北方那灰蒙蒙的空气原本是难以把握色彩的，即就是模仿梵高，也仅是故意地将阳光画得扭曲，他们没有来过这里，哪里能知道扭曲的阳光是怎样产生的呢？她说，她是歇在了一个石油管理站里吃的午饭，六百公里的输管线上有着无数的管理站，而这个管理站仅两个人，一男一女，他们是夫妻。荒原上就那么一间房子，房子里就他们两人，他们已住过了五年。他们的粮食、蔬菜和水是从格尔木送来的，当冬天大雪封冻了路，他们就铲雪化水，但常常十天半月一个菜星也见不到。他们的语言几乎已经退化，我问十句，他们能回答一句，只是嘿嘿地笑，一边翻弄着坐在身边的孩子的头，寻着一只虱子了，捏下来放在孩子的手心。孩子差一个月满四岁，能在纸上画画，画沙漠和雪山，不知道绿是什么概念。

我说，我们登上了天山，看着那湛蓝的湖水，我就给你拨电话，但天山顶上没有信号。是的，每见到一处好的风光，我就想让你知道，这如富贵了衣锦回乡，可拨不通电话，有些锦衣夜行的滋味。我们钻进湖边一个山沟，沟里塞满了参天的松，松下就是巨石，石上生拳大的苔斑，树后的洼地里住了一户哈萨克人。我们在哈萨克人家做客，拿了相机见什么拍什么，都觉得兴趣盎然。帐篷的前前后后，这儿一堆巨石，那儿一堆巨石，石上还是苔，但颜色丰富多了，有白色，黄色，铁锈色，你觉得石头发软如面包。一块巨石上竟也生一种树，类似石榴，又不是石榴，枝条折着长，有碎叶，发浅黄。帐篷右前的一丛树与乱石中堆有燃煤，树干上吊着一扇羊，羊是才杀的，羊头和羊皮在草地上，有四只鸡缩在树下，与石头一个色调。帐篷后不远的一丛树下，劈柴围了一个圈，住了六只羊，一走近就咩咩叫，凑在一起，惊恐地看我。再往右，有一个木桩，长绳拴着一头小梅花鹿，长颈长腿。女主人胖得如缸，一直坐在那里往铁钳上串羊肉，男主人瘦小，没有长开，在灶上做饭，一锅煮羊肉，一锅是手抓饭，一锅烧水。女主人一直在发牢骚，说小儿子上学，学校要求学生去捡棉花，不愿去者，必须掏二百元，她不让儿子去，就掏了二百元。在我们家吃饭吧，女主人说，挣下饭钱了给学校交去，这也是为"希望工程"作贡献哩。但我们没吃。女主人当然有

113

些不高兴了，脸上的肉往下坠，腮帮子就堆在肩膀上。我们想买那只小梅花鹿，她不卖，说鹿是逮着的，自逮住了梅花鹿，她的腰疼病不怎么犯了，宗林拿摄像机去拍，她说：不能照的，照一次得付五元钱的。

她说，她的车在乌根郭勒河陷进了河中，这条从昆仑山上流下的河，水量不大，但河床变化无常，油田上往往今年在河上修了一桥，两年后河水改道又修一桥，再二三年又改道了，整个河面竟宽十一公里。她的车陷了三小时后才被过路的车帮着拉了出来，而远处的昆仑山在阳光下金碧辉煌，山峰与山峰之间发白发亮，以为是驻了白云，问帮拖车的司机，司机说那不是云，是沙，风吹着漫上去的。终于到了格尔木，这个河水集中的地方真美。这是一座兵城，也是一座油城，见到的人即使都穿了便衣，但职业的气质明显地表现出来。她说，我当然是要进昆仑山中去看看的。哇，昆仑山不愧是中国最雄伟的山，一般的情况下人见山便想登，这里的山不可登，因为登不上去，望之肃然起敬。她说她在河谷里见到了牧民的迁徙，那是天与地两块大的云团在游动，地上的云团是上千只羊，天上的云也不是云，是羊群走过腾起的尘雾。牧民骑在骆驼上，骆驼前奔跑着两只如狼的狗，我是在那里拍摄的时候狗向我奔来，将我扑倒，它没有咬我，却叼走了我的相机，相机就交给牧民了。牧民玩弄着我的相机，示意着让我去取，而他跳下骆驼用双腿夹住了狗，狗头不动，前蹄使劲刨着地，尾巴在摇，如风中的旗子。

我说，哈，咱们的恋情变成了见闻的交流，爱上升到了事业的共鸣，这是个了不起的奇迹！她说，你得清楚，如果有恋，这是婚外恋啊！我说爱情原来有这么大的力量，我爱你！她说，我喜欢你！我说，我爱你，真的爱你！她说，男人们说这样的话总是容易，这话请留下十年后，我老了丑了再说才是真的。我说，那我多盼你现在就老了丑了，我爱你，你能说一句我也爱你的话吗？她说我不配说，这样对你好，对我也好！我叹气了，只好开始又说我的见闻和思考。我说，丝路上，我走的军线，所到的军营，我发现十个领导八个都是陕西人。想想历史，开辟和打通此路的差不多又都是陕西人，商人更多是陕人，西路军也是。她说，油线上何尝不大多数是陕人呢，我每到一地，接待的人都讲普通话，一听我说秦腔，就全变成秦腔和我说，口口声声喊乡党。给你说件趣事吧，在敦煌的石油生活基地，电视台老播放秦腔戏，那些人数只占少部分的南方人有意见了，但领导都是陕西人，意见提了也不顶用，争取了数年才开增了别的戏种。油田报纸上曾有人写了小文章说家属区还有个秦腔戏自乐班夜夜唱，他听不来秦腔戏算什么艺术，大喊大叫，吵闹得人不得休息。结果一大批老职工告状，去报社闹事。当知道一块儿晨练的一个老头的儿子是报社副主编，就开始骂老头，甚至把老头开除了活动小组，而作者写了三次检讨，此事才得以平息。

五、缺水使我们变成了沙一样的叶子

　　整个河西走廊，宽处不过百十多公里，最窄的仅十多公里，就那么没完没了的蛇屁股一样深长。到了阳关、玉门关，关门是打开了——新疆人称两关之东为口内——新疆是内地的大的后院。

　　走廊和后院是汉武帝修建的，一旦有了走廊和后院，后院的安危就一直影响着整个中国的安危。我们一路往西，沿途的城镇无一不与军事有关，不与安定有关，如静宁，定西，秦安，靖远，会宁，景泰，武威，张掖，永昌，民乐等。在翻过了乌鞘岭，到一个河湾处，两边山峰相峙，互抱处为入口，出口则南山斜出一角为伏虎形，北山直插过来，酷似狼路，这就是北宋时杨家将遭重创的虎狼关。杨家一门忠良，为了国家社稷，征战在西路边塞，最后犯了地名之讳，——虎狼是吃羊（杨）的——剩下十二寡妇。这十二寡妇还再征西，直到了张掖、酒泉一带。而新疆的疏勒，甘肃的武威，现南疆军区和二十一军的某炮旅驻地仍是国民党时期的兵营，也更是清朝的军事防务地，那高大厚重的围墙依然，清兵手植的杨树、榆树已经数人难以合抱，树顶上住着乌鸦，一早一晚呱呱而啼，你会感觉到这声音从远古而来。登临了武威城中的钟楼，举目望去，民屋匍匐在下，皆土坯墙，泥平顶，虽粗糙简陋却朴拙之气在阳光里汹汹升蒸。楼基之厚，梯台之宽，砖块之大，令你心气沉稳，尤其那一口似金似银似铜似铁似石的大钟，相传铸造时其中熔化着活人，所以击之声洪如雷，似有人的呐喊。汉朝给我们的是强盛的形象，强盛形象是由政治、经济、军事、文化来支撑的。现在世界核武器的升级试验，军火购买的竞比，闹得乱乱哄哄，战争永远伴随着人类，武器的精良是战争的根本，过去如此，现在亦如此。作为一个老百姓，虽然国之兴亡匹夫有责，但国家社稷的大事并不是一般人能把握得了，我们在沿途上，听多了关于霍去病的故事，左宗棠的故事，西路红军的故事，以及王震的军垦和数年前部队"维稳"的故事，但于我，却时不时就吟出了于右任在河西走廊留下的名词："多少名王名将，几番回想，白头醉卧沙场。"而眼前就是这样的一块干涸的地方呀！

西部确实干涸了。张骞当年出走西域，报告给汉武帝的是一路土肥草茂，尤其塔里木湖四边的十六个小国。河西走廊当年土肥草茂牛羊成群到什么程度，十六个小国又如何的富饶美丽，史书上未能记载，我也无法想象，但现在河西之地走那么一天，眼见的是戈壁，戈壁，还是戈壁，而塔里木波涛还在，却波涛不再激荡，是沙山沙梁沙沟沙川，昔日城堡一半被沙埋着，一半残骸寂然，那成片成片站着的，倒下的，如白骨的胡杨林，风卷着沙忽东忽西，如漂浮的幽魂。在每一个住过的夜晚——这里的夜都寂寞的——月亮星光特别地亮，守候着城堡或山峰戈壁，黑的世界里就隐隐产生着一种古怪的振动，传递给你的是无处不在的神秘与恐惧。

驱车万里走西部，常常是走十几个小时了，出现一片绿地，绿地或大或小，大的就是一个城镇，小的仅几户人家也是一个村子。草木是非常贱活的，只要有一点水就泛绿，长一簇树，树中树后是一畦一畦的庄稼田。但你立即会发现在几间屋舍的不远处是废弃了的残垣断壁，林子外还有平整的田，畦格依旧，但已经不再种庄稼了——一切在证明着地下水逐渐地缩小，如一个重病的人，心还在跳动，四肢已慢慢麻木而僵硬了。原来是世界上最大最大的平原却成了沙漠戈壁，就可怜地仅存着那么一点水，人就在那儿艰难地生存着。我想起了在盛夏的家乡的河边，常常是河流枯瘦，水退回河中的深槽里，滩边的低洼处就留下那么一潭一潭水，水继续在晒干，潭中的小鱼便越来越稠，中间的身子不动，四边的鱼的尾巴却摇得欢快，最后直在那里，死不瞑目，直到晒成干柴。可怜的这些小绿洲，还能继续绿下去吗？地下的那么点水，在浩瀚的沙漠戈壁的热气里能坚持多少年不蒸干呢？

我站在沙地上，怒目看着天上的太阳，太阳里哪里是有一只赤乌呢，整个儿是一个光的刺猬。我没有一柄弯弓，那个英雄的后羿也早死了。我站着，脸上的汗油往外溢出，感觉到头发开始干燥，蜷曲，快要燃烧了，听见了小路在讲着这里的沙漠、戈壁形成的原因，是喜马拉雅的造山运动成就了世界的最高屋脊，也毁灭了西域的大片绿洲，便一时豪放起来，恨不得将喜马拉雅山一炮炸开，让印度洋的湿润空气吹过来，那么，我就这么站着——头发长成枝条，体毛长成根须——站成一棵树！

人实在是无法征服大自然，大自然却偏偏要让人活着。

在定西的山塬地带，人是吃窖水的，下雨是他们的节日，大人小孩都会站在雨地里浇淋，他们最能体会甘露二字的含义。雨落在田里，田里起着土烟，土尘起来，软下去，庄稼看着十分受活。雨落在村道和打麦场上，是一种浪费，人们就用锄头通引着流水到各家各户挖凿的土窖里。这些窖中的水上面浮动着牛屎羊粪，蜉蝣和蚊虫。他们通常一生洗三次澡，作为净身：一次是出生时，一次是新婚夜，一次是死亡后。一家人洗脸舀半盆水，需要把盆半靠在墙根方能掬起，洗过脸了，将前一天的洗过脸的水合在一起再洗衣，然后沉淀了又去喂高脚牲口和鸡鸭猫狗。我们在一个村子里去转悠，我听见两个妇女在猪圈墙外说话，原来她们约定好了今日去县城逛的，一个来了，另一个却因别的事缠着不能去，那妇女就不悦了：你这不是日弄人吗，我脸都洗了，你却不去了？！在张掖的博物馆，我看到许多汉时的陶罐，都是水壶样，出门带水，已经是人的潜意识，这如同我好吃烟，出门可以把什么都忘掉拿，但装上烟和火柴是永远忘不了的。志书上讲，汉兵在武威的戈壁滩上迷失了方向，不得出来，人杀马而吸其血，马杀完了，人又互相杀之吸血，死后的人都是脖子上有刀口，嘴上有血痂。酒泉，是以霍去病在泉水里倒下御酒让士兵喝而得名，但一老汉讲，民间里世世代代传下来的故事，是十几万人来到这里发现了一泉，都去争饮，结果踩死了无数，而有人饮得过多，当场毙命，霍去病是杀了许多抢水者才维持了秩序，那水如酒一样一人喝三口，从而得酒泉之名。

历史的故事，正史上野史上都记载了，我听到的是玉门油田初开发时渴死了许多勘探人员，他们的坟墓现在还在玉门，每年清明，活着的人去扫墓，除了燃香焚纸，就是背一壶水浇在坟头。我们去了那一片坟地，正好碰上一位老太太往一座坟上浇水，她说她昨晚又梦见他了，他仍然是张着嘴喊渴，"渴死鬼给我托梦哩！"她眼泪扑簌簌流下来，"他给我托了一辈子的梦，从来都是喊渴！"原来坟里埋着的是一位年轻的勘探队的司机，五十年前他们在热恋着，他在一次出车时，半路里汽车抛了锚，结果就困在沙漠里渴死了。发现时人在汽车东边一里多的地方趴着，身下是双手挖开的一个坑，面朝着坑底，满鼻满口是沙，身子却干缩如小儿。她是去了现场，抱着尸体哭了一场，然后去汽车上一揭坐垫，坐垫下还有两军用水壶的水，她又是"啊"的一声就昏了。因为出发前，年轻的恋人让她备水，她是备了三壶的，却想为了能让他节省，将两壶藏在坐垫下，她只说他会发现的，谁知他竟那么老实，喝完了一壶后就活活地渴死。她现在是有了丈夫并有了孙子的人，但几十年来这件事让她灵魂难以安妥，"他死前一定是恨我的，"她说，"恨我只备了一壶水！"见过了这位老太太后，我们在以后的行程里，凡到一地，出发时都得买整箱的矿泉水，唯独一次去看一个烽燧，心想半天就可以返回了，而且沿途也能买到水的，没想路上竟未能买到水，就口渴得吐不出唾沫来，翻了丢弃在车厢角的一堆矿泉水空瓶，企图某个瓶里还残留一口水，但没有，那只苍蝇竟藏在其中。鼻孔越来越往外喷热气，嘴唇上先是有一种分泌物，黏黏的，擦下闻闻，有一股臭味，接着手开始粗糙，毛孔看得明显，而且情绪极坏，叼一支烟去吸想分散注意力，烟蒂吐没吐掉，用手去取，烟蒂上贴着一层皮，血就流下来。我嘴上的血流下来，小路却说：我真想吮了你的血！我原本想要将嘴上的血擦下来抹在他的脸上，但我已没有恶作剧的力气。宗林就开始讲水的故事，企图讲水止渴，我就说现在若有水了，我要喝三大碗的，小路说我得一脸盆哩。老郑却严肃了，叮咛回到驻地，每人先喝半杯水，十分钟后，再喝半杯水，喝得太多太猛是要出事的。他说他在部队时，一次行军拉练，干渴了两天两夜，到了一条河边，有个新兵一见水就疯了，往河里扑，结果扑下去喝是喝够了，却再也没能起来。

没有了水，又长年有风，山上没有了草木，地上也多是没土，坐在车上不断地能看见前边出现着的海市蜃楼，那是戈壁沙漠对水的精神幻化。在一个沙窝子里遇上了几户维吾尔人，都是瘦瘦的，个子挺高，询问着他们这里如此缺水，怎不迁徙到别的地方去？回答是：能长西瓜就能长人。这话使我激动得喊了一声，又赶紧记在了笔记本上。是的，西瓜原本是生长在西部的一种瓜，它在全世界的瓜的品类中是最甜最爽，将地下水吸收着顺着藤蔓而凝聚到地面，西瓜是种出的无数的泉。人或许不能承受更大的幸福，但人却能忍耐任何困苦，生存的艰辛使西部充满了苍凉，苍凉却使人有了悲壮的故事，西部的希望也就在这里。

在柳园去星星峡的路上，干渴使我们从车上都下来，软绵绵仰躺在沙地上看云，云白得像藏民的哈达一样浮在空中，你会明白了西部的所有洞窟壁画为什么总是画有飞天。而山就在身边，好像是遭受了另外的星球的撞击，峰丘无序，这一座是白色的，那一座是黑色的，另一座又是黄色或红色。小路就在离我们不远的地方解裤要尿了，但他却叫喊着尿不出来，火结了。我趴在那里，开始在笔记本上记每天的日记——我的日记都是在路上叼空写的——我写道：如果有水，西部就是世上最美的地方了。刚刚写下这么一句，那座发着黄色的山丘和那座发着黑色的山丘之间出现了一片红光，红光在迅速放射，一层一层的，连续不断。约摸一分钟，红光消失了，出现了波光摇曳的水面，而水面后边是到了山丘旁的另一座山丘，拥拥挤挤着顺丘坡而上的房子，还有一条横着的巷，巷里的房舍似乎向一边倾斜（我以前在陕南山区常见到这种街巷，但倾斜的房舍成百年没有倒塌），一个男人骑着马向巷里走去，马的四蹄很放松，有舞蹈的模样，马粪就从尾巴下掉下来，极有节奏地掉下五堆。一棵树，是一棵桑树，桑叶整齐地如扇形分布在枝干上，树下坐着一个老年的女人。我的感觉里，这老女人已经在树下坐了很久了，她一直顺着树影坐，树下的地上被身子磨蹭出了一个圆圈。水面开始悄无声息地往上涨，涌进了巷口处建在慢坡上的一所房子，门就看着朝里倒下去，接着水又退出来，收缩至慢坡下，而水退出来的时候水头上漂浮着屋子里的椅子、被褥、箱子和一只铁锅。那坐在树影下的老女人没有惊慌，我也没有惊慌，像是看着一场电影——知道那是假的，它只是电影。我站起来拿了相机去拍照。小路看着我，问那有什么拍的？我说，你快看吧，瞧那里有湖！所有的人都往我指点的地方看，看不见什么，就一起看我，小路甚至还用手在我的眼前晃了晃，说：你是不是干得连眼睛也没水了?！庆仁说：这是渴望。

晚上回到了柳园，柳园还在红着天，柳园在晚上八点钟太阳落下山了，太阳的余晖还映得天红。我们在一个小饭馆喝茶吃饭，因为想吃羊肉，店主在后院里将一只羊当场宰杀，我就去找一家摄影部冲洗胶卷。我是自信我在下午看见了奇异的风景，或许，他们真的没有看见，是我看见了（我有这么个特殊功能，常常能看到听到嗅到别人看不到听不到嗅不到的东西），但照片冲出来，上边却什么都没有。这让我非常地丧气，怀疑是不是灵魂又出窍了，或者是干渴得脑子坏了！返回饭馆，清炖羊肉已经摆上了桌，在我们桌的正前方另一张桌前，坐着三个人，中间的那人一直坐着低了头，一件白衫子披在身上，两条胳膊却在衫子下面，而衫子在前边系着扣。后来，三碗拉条子面端来，两边的人把白衫解开，那人的双手原来是戴着铐，左边的人为其开了铐，三人就一阵狼吞虎咽。这是穿便衣的公安长途解押犯人，我们面面相觑了，全不敢高声说话，为了避免是非，又都不再去看。庆仁附过身说：去冲胶卷了？我点点头。他又说：冲出来是白卷？我说：你说得对，那是渴望。

我没有为我的渴望产生的幻景而羞耻，海市蜃楼经常发生，我明明知道可能是海市蜃楼却又以为这一次是真的，这如在梦中发生到一个地方了还在想这不是梦吧的现象。但我在作想这件事的时候，那一根爱的神经又敏感了，她的形象浮现在眼前：一身牛仔服被汗水浸湿了后背，披肩的长发数天未洗，一副墨镜推挂在额上。她这一阵在干什么呢？我曾经对她说过：记着，每天一早醒来你若想起一个人的时候，那就说明你爱上了那个人，你说说，你醒来第一个人想到过谁？她说，想的是我呀！她总是这么气我，我就认真地对她说：你再记着，当你什么时候想到了我，那就是我正在想你！——那么，现在，是十点半，她在想我了。

身后的桌子还坐着两个人在吃羊肉，听得出一个是北京人，一个是上海人。一个说：这里的羊肉不像羊肉，没有膻味。一个说：这就像你，你这个上海人最大的好处是不像个上海人。我笑了一下，便突然间感到一种忧伤，咀嚼着我对她如痴如醉的爱恋，而她为什么总不能做出让我满意的举动，甚或一句哄我的情话也不肯说呢？如果她对我没有感觉，骂我一句打我一掌，拂手而去，再不理睬，也能使我从此心如死灰，可为什么她消失了许久又与我联系上，依然那么漫无边际地交谈，又谈兴盎然，令我死灰复燃呢？是不是她仅仅是喜欢读我的书，我喜欢她的画，是一般只做谈得来的朋友，那么，她就是我的另一种渴望，是我的精神沙漠里的海市吗？

夜里，庆仁又在画起了速写，我们一路上笼络所有人只有三件法宝，一就是宗林为其照相，当然他经常不装胶卷，却骗得被照相者又换新衣又梳头，留下详详细细的地址。二是庆仁画肖像，当然这是为各地接待的负责人。再就是我为一些人算卦了。算卦是不能给那些春风得意的人算，也不能给那些面目狰狞谁也不怕、命也不惜的人算。领导者都算的是仕途上的晋升，女孩子耽于爱情，中年人差不多是情人的关系、孩子的学习和赌博如何，已经黄蜡了脸但衣着整齐的女人们往往你刚说了数句，她就泪流满面，将一肚子苦水全倒给你了。今夜我无心情为人算卦，拉了小路在院子的一株痒痒树下说话，身子在树上蹭蹭，一树的叶子都缩起来，瑟瑟地抖。小路将一包西洋参片给我，说他最担心我的身体，没想一路上我除了小毛病外竟特别精神，是不是因了她的缘故？我说了我吃饭时的想法，他严肃起来，问：你们有过那个吗？我说这怎么可能有？即便我有这种想法，她也是不肯的，她模样是极现代的，在这方面却保守得了得，她说她不能背叛丈夫，我们只做精神上的朋友。小路说，可是，把精神交给你了比把肉体交给你更背叛了她的丈夫。我想了想，这话是对的。小路又问我是什么星座，我说是双鱼星座。"你不是能仅做精神交流的主儿！"他说，"你是精神和肉体都需要的人，如果这样下去，你的内心更痛苦。"我问他那怎么办？他说结束吧。我说：那就结束吧。

可这怎么能结束呢？男人的弱点我是知道的，要永远记着一个女人，就必须与这个女人做爱，如果要彻底忘却一个女人，也就必须与这个女人做爱——我和她是属于哪一种呢？一连数天，我是不拨打她的电话了，当她来了电话，我一看见手机上显示的号码，就立即把手机关掉。世界大得很，何必吊死在一棵树上呢？我在鼓励着自己，也在说服着自己。

人真的如一只蚕，努力地吐丝织茧，茧却围住，又努力地咬破茧壳，把

自己转化为蝶而出来。当城市越来越大，而我的生存空间却越来越小，我的
裤带上少了一大串钥匙，我只能用我的钥匙打开我家门上的锁。签过了各种
各样的表格，将我分解成了一大堆阿拉伯数字。单位要找你去开会，妻子要
找你去买菜，朋友要找你办事，喝酒，玩麻将，你的手机和传呼不停地响，
钻进老鼠窟窿里也能把你揪出来。你烦得把传呼机砸了，关掉了手机，你却
完全变成了瞎子和聋子。一连数天里，我就是这样的瞎子和聋子。变成瞎子
和聋子也好，一切由同伴者安排，他们让我到哪儿去我就到哪儿去，他们让
我干什么我也就干什么。嘉峪关前，看七眼泉的水几近干涸，导游告诉说，
正是有了这七眼泉，嘉峪关才修在了这里，为了保住这泉水，政府曾将雪山
上的水引过来，但泉水仍是难以存住，泉的七眼似乎不是出水口，反倒要成
为泄水口。我说为何不淘呢，我们老家井水不旺了就要淘的，淘一淘水就旺
了。导游说，不但淘，是凿过，可越发涸了。我说，庄子讲"日凿一窍，七
日而混沌死"，莫非它也是混沌？在敦煌的鸣沙山，我十多年前来时沙山下
的月牙泉水位很高，而这次再去，水位却下去了近一人多深，听人介绍，专
家们也是为了保住这一风景，在沙山转弯处修了一个人工湖，企图将水从沙
下渗过去，但这一工程是失败了。在哈密，我是去了一趟吐哈油田基地，基
地负责人很是自豪地陪我参观这个沙漠上建起来的工人生活区。生活区确实
漂亮，高楼，马路，到处的绿草和花坛，甚至还有一个湖的公园。他们说这
里的用水是从雪山上引下来的，为了维持这个生活区，全年的费用就得三亿
四千万元。水对于西部，实在是太金贵了，西部的人类生存史就是一部寻水
和留住水的历史。在吐鲁番，我们专门去参观了坎儿井，坎儿井是维吾尔人
一项最了不起的智慧，而在秦安的汉人，又创造集雨节灌水窖，仅一个叫郝
康村的，两千六百户人家，集雨水窖两千四百多眼，便使干旱的七百七十余
亩地得到灌溉。

　　现在，我将讲讲鄯善的一位牧人的故事了。

　　车子在石子与天际相连的戈壁滩上颠簸，经过了长久的景色单调重复令
人昏昏欲睡的路程，我们来到了一个土包，土包下是黑色的羊圈和土屋，腾
腾的热气将土包全然虚化，土屋就如蒸笼里的一个馒头。主人赶着一群山羊
回来了，羊并没有进圈，而是叫着奔向土屋外的一口井边渴饮井槽里的水，

主人也是趴在井边的一个桶口咕咕嘟嘟一阵，眼见着他的喉结骨一上一下动着，敞了怀的肚皮就凸起来，然后才热情地招呼我们。而招呼我们进屋在炕沿上坐下了，端上来的就是一人一碗的清水。他告诉我们，他的先辈原是在阿勒泰放牧的，后来随着羊群转到了这一带。这一带以前也仍是水草丰美，是放牧的好地方，可在他二十岁的时候，河床干涸了，再也养不起了更多的羊，牧民们开始了种地为生，去了鄯善和哈密绿洲的附近。但他不肯放下羊鞭，他成了唯一的牧人。这牧人倔强，坚信着这里还有水，就请人打了一口十数米深的井，盖好了房子，孤零零地守在这里。他现在养了五百只羊，都是山羊，他说，水太少，马是养不活的，绵羊也养不活，只有山羊和骆驼能站住。他说到的"站"字对我十分震惊，眼前的这位汉子，头小小的，留着胡子，有几分山羊的相貌，而个子很高，长腿有些弯，倒像是骆驼的神气，——山羊和骆驼在这里站住了，凭着一口水井！这汉子也站住了，站住了在这片戈壁滩上唯一独居的牧人。

鄯善的那片戈壁滩上发现了一口井，但是，不是任何戈壁滩上都有井能被发现，人在大自然中实在难以人定胜天，是可怜的，无奈的，只有去屈服，去求得天人合一。所以，我看到的生活在这里的人都是高高的个子，干干瘦瘦的身板，而我仅仅几十天里，人也瘦下去了一圈，屁股小了，肚子也缩了下去，重新在皮带上打眼。在这一点上，人是真不如了草木，瓜是通过细细的藤蔓将地下水吸上来，一个瓜保持了一个凝固的水泉，一串葡萄是将水结聚成一堆颗粒。我曾经读过在新疆生活了一辈子的周涛的一篇文章，他写道："如果你的生活周围没有伟人、高贵的人和有智慧的人怎么办？请不要变得麻木，不要随波逐流，不要放弃向生活学习的机会。因为至少在你生活的周围还有树，会教会你许许多多东西。"列夫·托尔斯泰也说过一句话："我们不但今天生活在这块土地上，而且过去生活着，并且还要永远生活在这里。"西部辽阔，但并不空落，生存环境恶劣，却依然繁衍着人群，而内地年年有人来这里安家落户。我肃然起敬的是那些胡杨林，虽然见到的差不多像硅化木石一样，枯秃，开裂，有洞没皮，它是站着千年不倒，倒下千年不腐的，那些沙柳呢？沙棘呢？骆驼草呢？还有许许多多不知名的野草，它们原本可能也是乔木，长得高高大大，可以做栋梁的，但在这里却变成矮小，一蓬蓬成一疙瘩一疙瘩，叶子密而小。更有了两种草——鬼知道叫什么名字———一种叶子竟全然成了小球状，如是粘上去的沙砾，一种叶子已经再也称不上是叶子了，而是刺，坚硬如针般的棘。我蹲下去，后来就跪下膝盖，将那球状的叶子摘下，也让硬棘像箭头一样扎满了裤腿，而泪水长流。

可以说，就是在孤零零的一口井和一个牧人的戈壁滩上，我再也不敢嘲笑陇西那里的小毛驴了，再也不敢嘲笑河西走廊的女人脸上的"红二团"了，再也不敢嘲笑这里长不大的小黄白菜，麻色的蝴蝶，褐色的蜘蛛和细小的蚊虫。我又开始拨通她的电话，我是那样的平静和自然（令我吃惊的是我的话语又充满了机智和幽默），我竟然给她报告着我从天山下来是去了一次呼图壁县，车如何在一条干涸的河床上奔走了数个小时，又在山窝子里拐来拐去，就是为着去看那里的岩画。看岩画就是为了看原始人画中的性崇拜。我说，人都是符号一样的线刻，在两条细线为腿的中间，有一条线直着戳出来比腿还长，像一根硬棍，棍头又呈三角状。古人的生殖器真就那么大吗？我又联想到了曾在云南见过的女性生殖器的石刻，那是在一个石窟里，两尊佛像之中的上方就刻着那个图案，朝拜者去敬佛时也为女阴图磕头，末了用手去摸，竟将图案摸得黑光油亮。我还联想到了在我的故乡商州，前几年我曾从倒塌的一个石洞口爬进去，里面竟大得出奇，到处是新石器时期人留下的谷子，谷子已腐败成灰，脚踩上去，腾起的尘雾呛得人难以久待，而就在谷灰边有一大堆男性生殖器的石雕。古人的东西那么大，简直令我满脸羞愧。她说，我给你讲一个笑话吧，一对年轻男女在夜里的公园谈恋爱，男的一直拉着女的手，女的却侧过身子有些不好意思，男的就冲动起来，将他的尘根掏出来塞进了女的手里，女的说了一句：谢谢，我不吸烟。我在电话里笑起来，说：好哇，你就这么作践我们男人?! 她说，这就是你们现在生活在内地的汉人。我说难道你不是汉人？她说：我当然不是。这令我大吃一惊，问她是哪个民族的，她却不肯说明，只强调绝不是汉人，而且父母也绝不是同一民族。我是个混杂种吧，你想想，你们汉人能有我对你这么不近人情吗？我说这话怎么讲。她说：像你这样的人，多少美丽的女人围着你，现在的社会么，你想得到谁那还不容易吗？我说，可就是得不到你！她说，我是一个属于另一个男人的人了。我便正经说明，我是希望我们回去之后能见见你的丈夫。我说这话的时候，全然一派真意，以前我们在一起，她是曾提说过她的丈夫，我是强烈反对过她提到她丈夫——一个愚蠢而讨厌的女人才在与别的男人在一起时提说她的丈夫的——但现在我想见见她的丈夫，希望也能与他交上朋友，并当面向他祝福。她在电话里连说了三声谢谢，她说她的丈夫其实很丑，又没有大的本领，但像我这样的男人轻而易举可以得到漂亮女人，她怎么忍心将美不给一个缺美的人而去给美已经很多的人呢？我们在电话里都沉默了许久，几乎同时爆发了笑声，我虽然不同意她对我的评判，但我理解了她的意思。我岔开了这样的话题，询问起她现在在哪儿，才知道她已经在格尔木的石油基地许多天了。她说格尔木的汉译是水流集中的地方，戈壁沙漠上只有水，你就能想象出这里是多么的丰饶和美丽了。她说她去了一次纳赤台，看到了昆仑第一泉的，那真是神泉，日日夜夜咕咕嘟嘟像开莲花一样往上翻涌水波，冬天里热气腾腾，夏天里手伸进去凉得骨疼，她是舀了一壶水，明日去石油管道的另一个热泵站时要送给一位老工人。老工人那里常年需要送水，每次喝水时都要给水磕头，甚至桌上常年供奉着一碗水。听说那老工人害了眼疾，她让他用神泉水去洗洗眼呀。

她问我，你见过原油吗？原油像溶化的沥青，管道爬山越岭，常常就油输不动了，需要热泵站加热，而且还有油锥，如放大的子弹头一样，从管道里通过，打掉粘在管道内壁上的油蜡。她说，前天她是去了一个地方看正铺设新的管道，荒原上几十个男人竟热得一丝不挂在那里劳作，她的突然到来，男人们惊慌一片，都蹲下身去，她没有想到没有女人的世界男人们就是这样的行状吗？"我没有反感他们，"她说，"我背过身去，让他们穿衣，但我的背上如麦芒一样扎，我知道这是他们都在看我，我抖了抖身，抖下去了一层尘土，也感觉把一身的男人的眼珠也抖了下来。那一刻里，我知道了我是女人，更知道了做一个女人的得意和幸福。那个中午，他们都争先恐后地干活，那个脸上有疤的队长对我说，男女混杂，干活不乏，但我们这里没有女人。"她说，她后天就要离开格尔木，往西宁去了，她将经过德令哈，香日德，诺木洪，茶卡，她准备在茶卡待上两天，因为在小学的时候，课本上有过关于茶卡的描绘，说那里有盐山，盐田，连路也是盐铺的。同她一块儿走的是一位塔尔寺来格尔木的喇嘛，与喇嘛一起总感觉是与古人在一起，甚至还有一种感觉，她是了从唐而来的玄奘，或是了从西域往长安的鸠摩罗什。她说到这儿，我突然发了奇想，我说我是在武威拜访了鸠摩罗什曾经待过的寺院的，就产生过以鸠摩罗什为素材写一部戏的冲动，但你更与佛有缘，何不就去了塔尔寺，然后再往甘南的拉卜楞寺，那里有着大德大慧的活佛和庄严奇特的建筑，有着无与伦比的壁画和酥油茶，和千里匍匐磕拜而来的藏民，你是高贵圣洁的，你应该去看看。"你如果到拉卜楞寺，"我强调道，"我们返回来也到拉卜楞寺去，咱们在那儿会合吧！"她说：这可是真的？有她这样的话，我就激动了，大声说：一言为定！

在漫漫的西路上，我们终于约定了见面，这是个庄严的承诺。

这天晚上，我把庆仁的笔墨拿了来，我为她画了一像，上面题记：女人站起来是一棵树，女人趴下去是一匹马，女人坐下来是一尊佛，女人远去了，变成了我的一颗心。推窗看去，夜风习习，黑天里有一颗星，而一只萤火虫自己的光亮照着自己的路一闪一闪飞了过来，但我知道那花坛里的月季花开了，开着红色，那红色是从沙土里收集来的红。

六、带着一块佛石回家

在乌鲁木齐，我们休整了七天。宗林是第一次来，对这座边城的一切都感兴趣，白天出去逛遍了城内所有景点，晚上又出去吃遍夜市上所有的小吃，在那里摄像，常常夜半回来，满床上摊开买来的小花帽，丝围巾，银手镯，铜盘子以及和田玉挂件，英吉沙小刀，就把宾馆的服务员招来试穿试戴，夸奖着衣饰漂亮，也夸奖着女服务员漂亮。这个时候，庆仁肯定要出现了，他原本是老成人，一路上也学得油嘴，每见宗林和女服务员说话，总要提议：握手握手，拥抱拥抱。他故意将握念成弱，拥念成盈，惹得女服务员便咯咯笑，看着他——他个矮头大脸圆，像高古的僧人或日本人——有叫他花和尚的，有叫他朝三暮四郎的，末了却一边骂狂丑，一边当了模特，摆各种姿势让他画。小路的兴趣还在于收集鞋，差不多已经收集到一纸箱子，宝贝似的，扎得严严实实从邮局发寄回去。他感慨他应该收集脚印，但汉以来的脚印让河西走廊收留着，收留成了一条路。"我庆幸我也姓路！"他说。另外，他的兴趣就是买药材了，他说他那东西懒，得补补，买了雪莲，冬虫夏草，鹿茸，甚或一次买回来了一根虎鞭。他说卖主那里有四条虎鞭，他买时旁边有人说了，这是天山虎鞭，厉害得很，研成粉掺在面团里擀了面条，一下到锅里全立栽起来了。我说，是吗，中国现在有多少虎呢，那人一下子有四条鞭，那虎是不是养在他家的床下？小路死死地盯着我，突然用力地拍自己脑门说，你说得有道理，有道理，他娘的我又上当了！

我因为以前来过乌鲁木齐，有一批朋友居住在这个城市，当他们得知我又一次到来，就来看我，约我去逛那些一般人不常去的街巷看旧建筑，访奇异人。于是我在一条已经拆除了一半的小巷里见到了一个老头，他有着一个小四合院，与房地产商的谈判未能达成一致，坚持着不肯搬迁，房地产商就请求政府干预，结果石灰粉写成的"拆"字刷在了院墙上，限定十五天内若不搬迁就强行拆除的布告也贴在门前的杨树上。但他仍是不搬迁。我们去见他的时候，他以为我们是政府里的人，态度蛮横，我们坐在门前的小凳子上，他却说凳子是他家的收走了。后来终于知道我们是外地游客，他则自豪他走遍了全国各地，最好的还是乌鲁木齐。他说，五十年代，乌鲁木齐街上的路还是碎石铺的，他就住在这里了，转场的牧人把羊群赶过来，百十头羊白花花一片，淹没了马路，牧人夏天还穿着皮袍皮裤，表情木讷，样子猥琐，连牧羊犬也一声不吭地低了头，躲着行人。可现在，却要让我搬离这里，听说那个房地产商的父亲就是一个牧人，牧人的儿子现在暴发了，是大老板了，我却像狗一样给那么一块骨头就要撵走了?! 老头子说着说着又激愤起来，我们就不敢再与他交谈，每每逃到了叫二道桥的维族人的市场上去。从一排一排服饰、皮货、水果、药材摊前看过，在我与那个大肚子的维族人讨价还价一张银狐皮时，我的腰被人抱住了。回头一看，是另一个朋友，他埋怨我来了为什么不通知他，他说我是一心想着你的谁知你压根儿把我当了外人。我说你怎么知道我没珍贵你，又怎样在心里想着了我?"那晚上见吧。"他打问了我住的宾馆，就走了，他要去一家医院探望个病人的。

晚上，我的朋友来了，抱着一块石头，石头上阴刻着佛像。这是西藏古格王国城堡里的摩尼石。古格王国在近四百年前神秘地消失了，在那以山建城的残废之墟，至今可看到腐败的箭杆和生锈的镞头、头盔、铠甲和断臂缺腿的干尸，看到色彩鲜亮、构图奇特的壁画，看到在内壁涂上红的颜色的宫殿外一堆一堆摩尼石。这些当然是朋友说的，他是托人开了汽车翻过了五千多米海拔的大山险些把命丢在那里而抱回来的。我好佛也喜石，无意间得到这样的宝贝令我大呼万岁。

我现在得详细记载那天晚上敬佛的情景了——这是一块白石，虽未是玉，但已玉化，椭圆形，石面直径一尺，厚为四指，佛像占满石面，阴刻，

129

线条肯定，佛体态丰满，表情肃穆，坐于莲花。我将石靠立于桌上，焚香磕拜，然后坐在旁边细细端详。我相信这种摩尼石是有神灵的，因为那些虔诚的佛教徒翻山越岭来到古格城堡，为了对佛的崇拜，雇人刻石奉于寺外，那虔诚就一凿一凿琢进了石头，石头就不再是石头而是神灵的化身了。即便是刻了佛像的石头仍还是石头吧，这石头在西域高山之上，在念佛诵经声中，几百年里，它也有精灵在内了。我猜想不出这一块佛石是哪一位藏族的信徒托人刻的，是男的还是女的，刻时是发下了宏愿还是祈祷了什么，石头的哪一处受到过信徒的额颅磕叩，哪一处受到过沾着酥油的手抚摸，但我明白这一块石头在生成的那一刻就决定了今日归于我。当年玄奘西天取经，现在我也是玄奘了，将驮着一尊佛而返回西安。

我有了如莲的喜悦。禁不住地拨通了她的电话（我的举动是佛的指示），我开始给她背诵我曾经读过的一本书上的话：佛法从来没有表示自己垄断真理，也从来没有说发现了什么新的东西。在佛法之中，问题不是如何建立教条，而是如何运用心的科学，透过修行，完成个人的转化（我们都是一辈子做自己转化的人，就像把虫子变成蝴蝶，把种子变成了大树）和对事物究竟本性的认识。

我在给她背诵的时候，她在电话那边一声不吭地听着，末了还是没有声息。喂，喂，我以为电话断了，她嗯了一声，却有了紧促的吸鼻声。我说你怎么啦，你哭了吗？她闷了一会儿，我听见她说：这块佛石是要送给我吗？我当然可以送她。只要肯接受，我什么都可以给她，我说：我要送你。她却在电话那边告诉我：你知道我为什么也来西部吗？沿着油线写生，这是两年前就答应了油田有关部门的邀请的，但我迟迟不能动身。这一次独身而去，原因你应该明白，可并不是企图和你结伴，而是写生，也趁机好好思考些问题。我有许多话要对你讲，每每见了面又难以启口，在格尔木给你写了一封信，写好了却没有发，也不知道该给你发往哪里。这封信就揣在怀里跟我走过了德令哈、香日德和茶卡。这一带是中国最著名的劳改场，在七八十年代，劳改人数曾多达十几万。可以说当时开发青海是军队、石油工人和劳改犯开发的。一路从这里走过，我感觉我也是一名劳改犯了，一位感情上的劳改犯。现在我在西宁，沿了唐蕃古道到的西宁，文成公主从西安是去了西藏，我却顺这条路要往西安去。昨日经过了青海湖，青海湖原来四边有岸岩，野生动物与水面不连接，鸟多到几十万只地聚集在那里，每年的四月来，七月前飞往南方了。我没有看到鸟岛上的风景，但是也有遗留的鸟，那是些为了爱情的，也有生了病的，也有迷失了方位的。我搞不清我是不是遗留下来的一只鸟，是为了爱情遗留的，还是生了病或迷失了方位？我离开了青海湖开足了马达，车在那柏油路上狂奔，当的一声，前玻璃上被一只鸟撞上。把车停下，车窗上有一片血毛四溅的痕迹。我在路上寻着了那只鸟，我谴责着是自己害了那鸟，又猜想那鸟是故意死在我的车玻璃上要让我看的，鸟的小脑袋已经没了，一只翅膀也折了，只是那么一团软绵绵的血毛。我把它埋在了路边的土里，为它落下了一滴泪。到了西宁的今晚，我决定将信焚烧，但你的电话却来了。

天呀，原来她并不是一块玻璃板，我用毛笔写上去的文字一擦就没了，原来我拿的是金刚石，已经在玻璃板上划出了纵纵横横的深渠印儿！我让她把信一定要交给我，她说这不可能，她肯定要在今夜里烧掉，我就反复要求即便是不肯交给我，也得让我听听信的内容呀！她沉默了许久，终于给我念了一遍，我用心地把它记在脑中。

　　我明明知道你是不会给我电话的，但我还是忍不住拨了你的手机。我到底要证明什么？！

　　你是我生命中的偶然，而我因为自己的软弱把自己对于完美的追求和想象加在了你的身上，对你作品的喜爱而爱屋及乌了。

　　我心存太多的不确定，是因为我的虚伪。一切都像梦一样，我的自卑和倔强，让我在真正的爱情里，永远得不到幸福，得不到安宁。

　　你说女人残酷，你以为我这么做就不是自己找楼梯吗？或许我们只是于万水千山中寻求精神的抚慰罢了。生存的巨大压力和迫切的情感需求已让我们面目全非了，寂寞和脆弱又让我们收不住迈动的双脚，我虚弱地妄图在沉入海底前捞几根水草。

　　别留我，让我走吧，我这个任性的不懂事理的孩子。我只想过

131

自己要过的生活，虽然我看不清楚我想过的生活是什么模样。

我不成功，没有成功的生活，但我更渴望追求有尊严的生活；我相信这世上一定有另外一种活法的。我在自己的世界里，快乐、痛苦如一条鱼。

如果你真的爱我，请你让我走开罢，这真爱的光亮已让我不敢睁眼，我自私、残酷、矫情和虚荣。

上帝啊，我总在渴求抚慰，却又总在渴求头脑清醒，在夜与昼的舞台上，我是那天使和魔鬼。

这难道是我的错?!

（跪在床上写，一条腿已麻，摸，没感觉，再摸，一群小小蚂蚁就慢慢地来了。）

听完了信，我说，你往拉卜楞寺吧，我到那儿去找你!

桌子上的旅游地图被我撞落在了地上，打开了，正好是夹有长发的那一面。灯光下，我看见了从西安到安西的古丝路的黑色线路，也看见了几乎与线路并行的但更弯曲的一根长发。

我们决定了三天后返回，但在怎么返回的问题上发生了争执。宗林的意见是坐车，我便反对，因为回头路已不新鲜，又何必颠颠簸簸数天呢?最后就定下来让司机开了车明日去兰州，我们三天后乘飞机在兰州会合，然后再搭车去夏河县的拉卜楞寺。第二天一早，司机要上路的时候，宗林却要同司机一块儿走，他说他在返回的路上再补拍些镜头。这使我和小路很生气，走就走吧，他是在单位当领导当惯了，没有采纳他的意见他就闹分裂了。小路帮他把行李拿上车，说了一句：那车上就你和那只苍蝇喽!我、庆仁、小路和老郑继续留下来休整，他们各自去干自己的事，我在宾馆的医务室让大夫针灸左大腿根的麻痹，然后回坐在房间为佛石焚香，胡乱地拿扑克算卦，胡乱地思想。

对于那封未寄出的信，我琢磨过来琢磨过去，企图寻出我们能相好的希望，但获得的是一丝苦味在口舌之间，于无人的静寂里绽一个笑，身上有了凉意。我也认真地检点，如果她真的接受了我的爱，我能离婚吗？如果把一切又都抛弃，比如，儿女、财产、声誉（必然要起轩然大波），再次空手出走，还能有所作为吗？而她能容纳一个流浪汉吗？如果她肯容纳，又能保证生活在一起就幸福，不再生见异思迁之心吗？我苦闷地倒在床上，想她的拒绝应该是对的，可不能做夫妻日夜斯守，难道也没有一份情人的缘分吗？回忆着与她结识以来每一个细节，她是竭力避免着身体的接触，曾经以此我生过怨恨，丧气她对我没有感觉，但我收不住思念她的心，她也是过一段我不给她联系了她必有电话打过来，这又是为什么呢？如此看来，我们都是有感觉的，她只是经历了更多的感情上的故事，更加了解男人的秉性。我继而又想，或许她不允许发展到情人关系，我能在有了那种关系，失去了神秘和向往还会对她继续真爱吗？我在床上昏昏沉沉地睡着了，我似乎在做梦，我还在祈祷：让我在梦里见到她吧！天空出现了白云，云变成了多种动物在飞奔游浮，我坐着车来到了西安南城门口。哦，这就是南城门口，我已经三十年没有见到了。我是从哪儿来的呢，我记不起来，但知道三十年没有回来了，回来了南城门口城楼没变，那城河里流水依然，而我却老态龙钟了！一步一挪地走过了前边的那个十字路口，路口的一根电线杆还在，我想起了三十年前发生在这里的故事，我是遇见了她的。我坐在电线杆下，回首着往事感慨万千，为没能与她结合而遗憾，轻轻地在说昔日说过的话：我爱你，永远地爱你！一位老太太提着篮子走过来，她已经相当地老了，头发稀落灰白，脸皱得如是一枚核桃，腿呈 O 形，腰也极度地弯下来。老太太或许是往另一条街的超市去买东西，路过了电线杆用手捶打着后背，她可能也累了，要坐在那石台上歇歇，才发现我在旁边坐着，又坚持着往前走了。我看着老太太走过了街道消失在了人群里，下决心要在城里寻到昔日的她。我不知走了多长时间，终于在一座楼前打问到了她的家，一个小伙子说：你是谁，我岳母上街去了，你等一会儿吧。我就蹲在那里吸烟，突然小伙子说回来了回来了，我往楼前的过道看去，走来的竟是我在电线杆下碰着的那个老太太。我"哦"了一声，一口痰憋在喉咙，猛地醒过来，原来我真的是做了一场梦，汗水差不多把衬衣全湿透了。

　　我怎么会做这样的梦呢？醒过来的我没有立即坐起来，再一次把梦回想了一遍。我对于梦的解释一直有两种，一种是预兆，一种是生命存在的另一个形态。那么，做这样的梦是什么意思呢？难道我现在如此痴迷于她，说那么多山盟海誓的话都不可靠吗？在三十年之后见到她连认都不认识吗？

到了第三天，小路却提供了一条消息，说他看了一份报纸，在安西有一座古堡遗址，相传是乾隆皇帝有一日做梦（竟然又是梦！）梦见了一处奇妙的地方，就让人全国寻找，后有人在安西某地发现了一处地貌与梦境酷似，乾隆便认定这是天意让他去新疆巡视的，于是要在那里修一座行宫。但是负责修建行宫的大臣却大肆贪污工程款，偷工减料，行宫修建好后，有人就举报了，乾隆大怒，遂下令将那大臣父子活剥了皮蒙鼓，大小两面鼓就挂在了城堡门口，每逢风日噗噗响动。

有这样的地方，当然惹起了我要去看看的欲望，心想可以此写一篇小说或一出剧的。安排的是当天夜里雇车就出发，参观完无论多晚都得第二天返回，但却在返回一个村子前车子发生了故障，只好半夜投宿在那个村子的一户汉人家。说来也巧，这汉人的原籍竟是陕西，他的父亲是进疆部队就地复员的，他出生在新疆，而他的老婆则是上海当年来插队的知青。他们有一个女儿。女儿是他们的骄傲，一幅巨照就挂在东面的墙上，说她初中毕业后就去了西安，当过一段时装模特，后来在一个公司打工。当那汉人得知我们来自西安，便喋喋不休地问西安南大街那个叫什么春的面馆还在不在；南院门的葫芦头泡馍馆还在不在，他说他三十年没去过西安了。我们说城市大变样了，葫芦头泡馍馆还在，已经是座大楼了，南大街的面馆却没了踪迹，那条街全是高楼大厦。他便嘟囔着："那可是个好饭店，一条街上的面馆都没有辣子，只有那家有辣子！"就招呼我们吃酒。老郑因车出了毛病自感到他有责任，故主人敬他一杯，他必回敬一杯，再要代表我们各人再和主人干一杯，企图把气氛活跃起来，不想越喝越上瘾，喝得自控不住了。我一看这酒将会喝个没完没了，就推脱牙疼起身要走——我不善应酬，也不喜应酬，一路上凡是自己不大情愿了就嚷道牙疼——老郑见状，也替我打圆场，让我先歇下，他们继续喝三吆四地喝下去，我就回了房间，获得了一件心爱之物。

　　房间是房东两口将他们的卧室专门腾出了给我的，墙上挂着一幅旧画：一个高古的凸肚瓶，瓶中插着一束秋菊。用笔粗犷，憨味十足，更绝的是旁边题有两句：旧瓶不厌徐娘老，犹有容光照紫霞。一下子钻进我眼里的是两个字，一个瓶，是我的名字中的一个音，一个娘，是她名字中的一个字。我确实是旧瓶子，她也确实不再年轻。很久以来，我每每想将我俩的名字嵌成诗或联，但终未成功，在这里竟有如此的一幅画和题词在等着我！（每个人来到世上绝不是无缘无故的，你到哪里，遇见何人，说了什么话，办了什么事，皆有定数，一般人只是不留意或留了意不去究竟罢了。）我立即产生了要得到这幅画的欲望，当下又去了客厅，询问房东那幅画的来历，大了胆地提出愿掏钱购买。房东说，那是一个朋友送的，你若看得上眼你拿走吧，我要给他钱，他不要，末了说：你真过意不去，到西安了，你关照关照我的女儿。递给我一个他女儿的手机号。（当我回到了西安后，我是与他女儿联系上了，才知道他的女儿在市里最大的一家夜总会里做坐台小姐，我想对她说什么，却什么也终未说，从此再也没敢联系。）

　　车在第二天下午方修好，黎明前赶回到乌鲁木齐，当天的机票未能订购上，只好在原定日期的第三天飞往了兰州。提前到兰州的宗林和司机还不知我们发生了什么事，急得上了火，耳朵流出脓来。歇息了半天，第四天便往夏河县去。天已经是非常冷了，头一天兰州城里有了一场雨夹雪，在夜里虽晴了，风却刮得厉害，车一出城，路上的雪越走越白。我却困得要命，一直在车上打盹，脑袋叩在窗玻璃上起了一个包。夏河县城与我数年前来过时没有丝毫变化，我们又住到了我曾经住过的宾馆。宾馆服务员正趴在服务台上看书，抬头看了我，似乎愣了一下，就把打开的书翻到了扉页，又看了我一下，微笑起来。我开始登记，她斜着眼看我写下了贾字，就说：果然是贾先生！小路说：是贾先生，叫贾老二。姑娘说：他不是贾平凹？小路说：贾平凹是他哥。姑娘就又翻书，拿起来，竟是我的一本散文集，扉页上有我的照片，原来她看的那本书里正有一篇关于五年前逛夏河的文章。我伏在那里翻看那篇文章，这令我有了一种特殊的感觉，当初的文章是这样写着：

　　昨晚竟然下了小雨，什么时候下的，什么时候又住的，一概不知道。玻璃上还未生出白雾，看得见那水泥街石上斑斑驳驳的白色和黑色，如日光下飘过的云影。街店板门都还未开，但已经有稀稀落落的人走过，那是一只脚，大概是右脚，我注意着的时候，鞋尖已走出玻璃，鞋后跟磨损得一边高一边低。

　　知道是个丁字路口，但现在只是个三角处，路灯杆下蹲着一个妇女。她的衣裤鞋袜一个颜色的黑，却是白帽，身边放着一个矮凳，矮凳上的筐里没有覆盖，是白的蒸馍。已经蹲得很久了，没有卖去，她也不吆喝，甚至动也不动。

　　一辆三轮车从左往右骑，往左可以下坡到河边，这三轮车就蹬得十分费劲。骑车人是拉卜楞寺的喇嘛，或许是拉卜楞寺里的佛学院的学生，光了头，穿着红袍。昨日中午在集市上见到了许多这样装束的年轻人，但都是双手藏在肩上披裹着的红衣里。这一个双手持了车把，精赤赤的半个胳膊露出来，胳膊上没毛，也不粗壮。他的胸前始终有一团热气，白乳色的，像一个不即不离的球。

　　终于对面的杂货铺开门了，铺主蓬头垢面地往台阶上搬瓷罐，搬扫帚，搬一筐红枣，搬卫生纸，搬草绳，草绳捆上有一个用多色玉石装饰了脸面的盘角羊头，挂在了墙上，又进屋去搬……一个长身女人，是铺主的老婆吧，头上插着一柄红塑料梳子，领袖未扣，一边用牙刷在口里搓洗，一边扭了头看搬出的价格牌，想说什么，没有说，过去用脚揩掉了"红糖每斤四元"的"四"字，铺主发了一会儿呆，结果还是进屋取了粉笔，补写下"五"，写得太细，又描写了一遍。

　　从上往下走来的是三个洋人，洋人短袖短裤，肉色赤红，有醉酒的颜色，蓝眼睛四处张望。一张软不塌塌塑料袋儿在路沟沿上潮着，那个女洋人弯下腰看袋儿上的什么字，样子很像一匹马。三个洋人站在了杂货铺前往里看，铺主在微笑着，拿一个依然镶着玉石的人头骨做成的碗比画，洋人摆着手。

　　一个妇人匆匆从卖蒸馍人后边的胡同闪出来，转过三角，走到了洋人身后。妇女是藏民，穿一件厚墩墩的袍，戴银灰色呢绒帽，身子很粗，前袍一角撩起，露出红的里子，袍的下摆压有绿布边儿，半个肩头露出来，里边是白衬衣，袍子似乎随时要溜下去。紧跟着是她的孩子，孩子老撵不上，踩了母亲穿着的运动鞋带儿，母子节奏就不协调了。孩子看了母亲一下，继续走，又踩了带儿，步伐又乱了，母亲咕哝着什么，弯腰系带儿，这时身子就出了玻璃，后腰处系着的红腰带结就拖拉在地上。

世上不走的路也要走三遍，当年离开夏河，我是怎么也想不到还会有再回来的今天。奇妙的是这一次居住的竟就在上一次居住过的房间。我站在玻璃窗前，看到的几乎与五年前相差无几，只是一个是早晨，一个是下午罢了。我拍了拍床，这床是曾睡过我的，那时同眠的是×，现在我却为了她来，世事真是如梦幻一般不可思议。

佛石被摆在了桌上，燃上了一炷香，我就拨她的电话。手机没有开通。驱车满县城去找，转了几个来回，把她可能去的地方都去了，还是没有，我们就分头去各家旅社、宾馆、客栈，旅游点的毡房去找，整整到了半夜，回到宾馆，大家见面都是耸耸肩，摇摇头。莫非她压根儿就没来，或许她来过已经走了?!

女人是不能宠惯的，小路发出感慨；而宗林得出的结论是：你瞧这累不累?!

我能说什么呢，我只好宣布不要再找了。第二天我们参观完拉卜楞寺，我突然感觉应该再去一下牧场，那里有大块草原，草原上有马——一提起马我就情不自禁——咱们再看看马吧。但在牧场，我没有去骑马，而坐在了一个杂货摊点上和摊主拉话。拉着拉着心里跳了一下，便认定她是来过了夏河，而且来过了牧场，我说：这几天来过一个女人吗？高个，长发。摊主问是不是开着小车，像个外国人，走路大踏步的。我立即说是的是的，她来过了?! 摊主说，来过，骑了一个上午的马，她说她是从未骑过马的，但她不要导游在上马时扶她，更不要牵着，骑了马就在草原上奔跑，像是牧人的女儿! 我问她人现在哪儿，回答是：这谁知道，她是向我打问过貂蝉的故乡，我说貂蝉是临洮人，在潘家集村的貂崖沟。我再问她你们还说了些什么，摊主说：问她买一件皮帽子吧，你戴上这皮帽一定漂亮，她说我这长发不漂亮吗，这可是为一个人专门留的长发！就走了。我怅然若失，摊主却不会说话，说了一句：她是你的女儿？这话让我丧气，我恨恨地瞪了一眼，脑子却清醒了：我是老了！但是，我真的是老了吗？

我们的车往回返，经过了临洮。我没有说出去找那貂崖。望着车窗外冰天雪地，作想着貂崖的那个貂蝉。在陕西，人们一直认为貂蝉是陕北米脂人，在甘肃，却是认为貂蝉是临洮的，但是，甘肃人采取了模糊说法，说貂蝉的生身父母无人知晓，八岁上被临洮的一个樵夫收养，长大后心灵手巧，又唱得一口"花儿"，因此名扬四方。一强盗就把她抢去，貂蝉用酒灌醉了强盗逃走，被巡夜的哨兵相救，送到狄道县做了县令的侍女。再后，县令在一次士兵哗变中被杀，她随县令夫人王氏去长安投奔其族史司徒王允，又被王允收为义女。又再后，王允与人合谋，以她作饵，使用美人计杀死了董卓。这个中国历史上著名的美人，曾经以美丽和智慧结束了一个时代，可她最后是被关羽杀掉了，至今并不会在故乡留下什么塔楼庙台。她为什么会去貂崖呢，是倾慕了貂蝉的绝世之美希冀自己更美丽呢，还是感叹美丽和聪明使女人往往命运不济？

来到了临洮县城，在河岸上，我们有幸看到了天下最奇绝的洮河冰珠：河面上一团团一簇簇冰珠，冰珠晶莹圆润，玲珑剔透，酷似珍珠，而且沙沙作响。我们惊呼着停车，全跑到了河边，我捧起一掬，爱怜不已，就用嘴去吞，竟冰凉爽口，未曾咬动便滑入喉下。我们谁也不知道这是怎么回事，河水里会有冰珠？岸边的一个老头一直在看着我们，过来说，洮河上游有九甸峡、野狐峡、海巅峡，峡窄谷深，水流很急，加之落差又大，腾空飞溅的浪花、水珠因受奇寒立即凝为冰珠降落水面，这样，水流经过的深山峡谷多了，河面上就形成了一层冰珠。但是，老头说，民间却一直流传着一个故事，说是有位仙女爱上了一个山里的少年，两人相约在山岩上相会，正谈得兴浓，少年不小心拉散了少女的项链，颗颗珍珠落入洮河，少年着了急，便一跃跳入河中去捞，怎奈水流太急，葬身河中。少女悲痛至极，也就把剩下的珍珠全倒入洮河，自己也跳河自尽了。这一对情人到了天上，玉帝念他们心诚，封了降珠仙女和仙子，从此洮河上面就有了流不完的"珍珠"。

"我宁肯相信传说！"我说，抬起头来，河对岸的路上一辆小车正缓缓开过，在开到那座桥上的时候，车停了，车里走下了一个人来，拿着相机对着河面拍照。我顿时张大了嘴呆在那里，然后双腿发软，跪在地上。我那时的动作是头颅仰天，双手高举，感谢着上天的神灵。庆仁见状，不知我怎么啦，我把他抱住，憋了半天，终于说：庆仁，你瞧瞧那是谁？那是谁?！

满河满沿的水往下流，冰珠层越来越厚，沙沙和铮铮的响声轰天震地，我听见庆仁叫了一声：我的天呀！

草于二〇〇〇年十二月十四日
改于二〇〇一年二月二日

定西笔记

　　哎哗啦啦，祥——｜云起呃，呼雷儿——电——闪。一——霎时
呃，我——过——了呃——万费——千山。

　　这是我在唱秦腔。陕西人把起念作且，把响雷叫呼雷儿，把万水又发音
成万费，同车的小吴也跟着我唱。秦腔是陕西人的戏，却广泛流行于甘肃、
宁夏、青海、新疆，小吴是甘肃定西的，他竟然唱得比我还蛮实。

　　亏了有这个小吴当向导，我们已经在定西地区的县镇上行走十多天了。
看见过山中一座小寺门口有个牌子，写着"天亮开门，天黑关门"，我们这
次行走也是这般老实和自在，白天了，就驾车出发，哪儿有路，便跟着路
走，风去哪儿，便去哪儿，晚上了就回城镇歇下，一切都没有目的，一切都
随心所欲。当我们在车上尽情热闹的时候，车子也极度兴奋，它在西安城里
跟随我了六年，一直哑巴着，我担心着它已经不会说话了，谁知这一路喇叭
不断，像是疯了似的喊叫。

　　在我的认识里，中国是有三块地方很值得行走的，一块是山西的运城和
临汾一带，二是陕西的韩城、合阳、朝邑一带，再就是甘肃陇右了。这三块
地方历史悠久，文化淳厚，都是国家的大德之域，其德刚健而文明，却同样
的命运是它们都长期以来被国人忽略甚至遗忘，现代的经济发展遮蔽了它们
曾经的光荣，当人们无限向往着东南沿海地区的繁华，追逐那些新兴的旅游
胜地的奇异，很少有人再肯光顾这三块地方，去了解别一样的地理环境，和

143

别一样人的生存状态。

我是从农村走出来的，生命里或许有着贫贱的基因吧，我喜欢着这几块地方，陕西韩城、合阳、朝邑一带曾无数次去过，运城、临汾走过了三次，陇右也是去过的，遗憾的只是在天水附近，而天水再往北，仅仅为别的事专程到过一县。已经是很久很久了，我再没有离开西安，每天都似乎忙忙碌碌，忙碌完了却觉得毫无意义。杂事如同手机，烦死了它，又离不得它，被它控制，日子就这么在无聊和不满无聊的苦闷中一天天过去。二〇一〇年十月的一天，我去一个朋友家做客，那是个大家庭，四世同堂，她们都在说着笑着观看电视里的娱乐节目，我瞧见朋友的奶奶一个人却坐在玻璃窗下晒太阳。老奶奶鹤首鸡皮，嘴里并没有吃东西，但一直噏噏动着。她可能看不懂了电视里的内容，孩子们也没有话要和她说，她看着窗台上的猫打盹了，她也开始打盹，一个上午就都在打盹。老太太在打盹里等待着开饭吗，或许在打盹里等待着死亡慢慢到来？那一刻中，我突然便萌生了这次行走的计划。

我对朋友说：咱驾车去陇右吧！

朋友说：你不是去过吗？

我说：咱从天水往北走，到定西去！

朋友说：定西？那是苦焦的地方，你说去定西？！

我说：去不去？

朋友说：那就陪你吧。

说走就走，当天晚上我们便收拾行囊。一切都收拾停当了，我为"行走"二字笑了。过去有"上书房行走"之说，那不是个官衔，是一种资格和权利，可也仅仅能到皇帝的书房走动罢了，而我真好，竟可以愿意到哪儿就是哪儿了。

但是，我并不知道这次到定西地区大面积地行走要干什么。以前去了天水和定西的某个县，任务很明确，也曾经豪情满怀，给人夸耀：一座秦岭，西起定西岷县，东至陕西商州，我是沿山走的，走过了横分中国南北的最大的龙脊；一条渭河，源头在定西渭源，入黄河处是陕西潼关，我是溯河走的，走的是最能代表中国文明的血脉啊！可这次，却和以前不一样了，它是偶然就决定的，决定得连我也有些惊讶：秦先人是从这里东进到陕建立了大秦帝国，我是要来寻根，领略先人的那一份荣耀吗？好像不是。是收集素材，为下一部长篇做准备吗？好像也不是。我在一本古书上读过这样的一句话，"纯粹而不杂，静一而不变，淡而无为，动而以天行，此养神之道也"，那么，我是该养养神了，以行走来养神，换句话说，或者是来换换脑子，或者是来接接地气啊。

* * *

后半夜里进的定西城，定西城里差不多熄了灯火，空空的街道上有人喝醉了酒，拿脚在踢路灯杆。他是一个路灯杆接着一个路灯杆地踢，最后可能是踢疼了脚，坐在地上，任凭我们的车怎样按喇叭他也不起。打问哪儿有旅馆？他哇里哇啦，舌头在嘴里乱搅着，拿手指天。天上是一弯细月，细得像古时妇女头上的银簪。

天明出城，原来城是从山窝子里长出来的么，当然也同任何地方的城一样，是水泥城，但定西城的颜色和周围的环境反差并不大，只显得有些突然。

哎呀，到处都是山呀，已经开车走了几个小时了还在山上。这里的山怎么是这般的模样呢，像是全俯着身子趴下去，没有了山头。每一道梁，大梁和小梁，都是黄褐色，又都是由上而下开裂着沟渠壑缝，开裂得又那么有秩序，高塬地皮原来有着一张褶皱的脸啊，这脸还一直在笑着。

看不到树，也没有石头，坡坎上时不时开着了一种花，是野棉花，白得这儿一簇，那儿几点，感觉是从天上稀里哗啦掉下来了云疙瘩。

其实天上的云很少。

再走，再走，梁下多起来了带状的塬地，塬地却往往残缺，偶尔在那残缺处终于看到一片子树了，猥琐的槐树或榆树的，那就是村庄。村庄里有狗咬，一条狗咬了，全村庄所有的狗都在咬，轰轰隆隆，如雷滚过。村庄后是一台一台梯田，一直铺延到梁畔来，田里已经秋收，掰掉了苞谷穗子，只剩下一片苞谷秆子，早晨的霜太厚，秆子上的叶都蔫着，风吹着也不发出响来。

后来，太阳出来了，定西的太阳和别的地方的太阳不一样，特别有光，光得远处的山、沟、峁和村庄，短时间里都处在了一片恍惚之中。下车拍一张照片吧，立在太阳没照到的地方，冷得那空气里满是刀子，要割下鼻子和耳朵，但只要一站在太阳底下，立即又暖和了。对面屹梁梁上好像站着了一个人，光在身后晕出一片红，身子似乎都要透明了。喊一声过去，声在沟的上空就散了节奏，没了节奏话便成了风。他也喊一声过来，过来的也是风。相互摇摇手，小吴说他要唱呀，小吴学会了我教的那几句秦腔，他却唱开了花儿：

叫——你把我——想倒了哈，骨头哈——想

成——干草了哈，走呢——走——呢，越远了，

不来哈——是由不得——我了哈。

* * *

车不能停，猛地一停，车后边追我们的尘土就扑到车前，立即生出一堆蘑菇云。蘑菇云好容易散了，路边突然有着三间瓦房。前不着村后不靠店的，怎么就有了三间瓦房，一垒六个旧轮胎放在那里，提示着这是为过往车辆补胎充气的。但没有人。屋门敞开，敞开的屋门是一洼黑的洞。一只白狗见了我们不理睬，往门洞里走，走进去也成了黑狗，黑得不见了。瓦房顶上好像扔着些绳子，那不是绳咯，是干枯了的葫芦蔓，檐角上还吊着一个葫芦。瓦房的左边有着一堆土，土堆上插了个木牌，上面写着一个字：男。路对面的土崖下，土块子垒起一截墙，二尺高的，上面放着一页瓦，瓦上也写了一个字：女。想了想，这是给补胎充气人提供的厕所么。

146

* * *

从山梁上往沟道去，左一拐，右一拐，路就考司机了，车倒没事，人却摇得要散架。好的是路边有了柳。从没见过这么粗的柳呀，路东边三棵，路

西边四棵，都是瓮壮的桩，桩上聚一簇细股条子。小吴说，这是左公柳，当年左宗棠征西，沿途就栽这样的柳。可惜见过这七棵，再也没眼福了。但路边却有了一个村子，村口站着一个老者。

老者的相貌高古，让我们疑惑，是不是古人？在定西常能见到这种高古的人，但他们多不愿和生人说话，只是一笑，而且无声，立即就走掉了。这老者也是，明明看见我们要来村子，他就进了巷道，再也没有踪影了。

巷道很窄，还坑坑洼洼不平整。巷道怎么能是这样呢，不要说架子车拉不过去，黑来走路也得把人绊倒。两边的房子也都是土坯墙，是缺少木料的缘故吧，盖得又低又小。想进一些人家里去，看看是不是一进屋门就是大炕，可差不多的院门都挂了锁，即便没锁的，又全关着，怎么拍门环也不见开。

忽地一群麻雀落下来，在巷道里碎声乱吵，忽地再飞起了，像一大片的麻布在空中飘。

当拐进另一条巷道，终于发现了一户院门掩着，门口左右着两块石头，这石头算作是守门狮吗？推门进去，院子里却好大呀，坐着一个老婆子给一个小女娃梳头，捏住了一个什么东西，正骂着让小女娃看，见我们突然进来，忙说：啊达的？我说：定西城里的。她说：噢，怪冷的，晒哈。忙把手里的东西扔了，起来进屋给我们搬凳子。我的朋友问小女娃：你婆在你头捏了个啥，我还以为是虱哩！司机作怪，偏在地上瞅，瞅着了，说：咦，我还以为不是虱哩！小女娃一直噘着嘴，蛮俊的，颧骨上有两团红。

我们并没有坐在那里晒太阳，院里屋里都转着看了，没话找话地和老婆子说。老婆子的脸非常小，慢慢话就多起来，说她家的房子三十年了，打前年就想修，但椽瓦钱不够，儿子儿媳便到西安打工去了，家里剩下她和死老汉带着孙女。说孙女啥都好，让她疼爱得就像从地里刨出了颗胖土豆，只是病多，三天两头不是咳嗽就是肚子疼，所以死老汉一早去西沟岔行门户，没带这碎仔仔，碎仔仔和她置气哈。她说着的时候，小女娃还是噘着嘴，她就在怀里掏，掏了半天掏出了一颗糖，往小女娃嘴里一塞，说：笑一哈。小女娃没有笑，我们倒笑了，问这村里怎么没人呀？她说：是人少了，年轻的都到城里讨生活了，还有老人娃娃们呀！我说：院门都锁着或关着，叫着也没

147

人开。她说：没事么？我说：没事，去看看。她说：那有啥看的？我说：照照相么。老婆子立马让给她和孙女照，然后领着我们在村里敲那些关着院门的人家，嚷嚷开门，开门哈菊娃！院门拉开了一个缝，里边的说：啊婆，啥事？老婆子说：你囚呀，城里人给你照相呀不开门？门却哐地又关严了，里边说：呀呀，让我先洗洗脸哈！

我们先后进了七户人家，家家的院子都大，院墙上全架着苞谷棒子，太阳一照，黄灿灿的。我们说一句：日子好么。主人家的男人在的，男人都会说：好么，好么。他们言语短，手脚无措，总是过去再摸摸苞谷棒子，还抠下一颗在嘴里嚼，然后憨厚地笑。院子里有猪圈，白猪黑猪的，不是哼哼着讨吃，就是吃饱了躺着不动。有鸡，鸡不是散养的，都在鸡舍，鸡舍却是铁丝编的笼，前边只开一个口儿装了食槽，十几个鸡头就伸出来，它们永远在吃，一俯一仰，俯俯仰仰，像是弹着的钢琴上的键，又像是不停点地叩拜。狗和猫是自由的，因为它们能在固定的地方拉屎尿尿，但狗并不忠于职守，我们去后，刚叫一下，主人说：嗨！就不吭声了，蹲在那里专注起猫，猫在厨房顶上来回地走，悠闲而威严。就在男人领着我们到堂屋和厨房去转着看的时候，女人总是在那里不停地收拾，其实院子已经很干净了，而屋里的柜盖呀，桌面呀，窗台呀，擦得起了光亮，尤其是厨房，剩下的一棵葱，切成段儿放在盘子里，油瓶在木橱子上挂着，洗了的碗一个一个反扣着在案板上，还苫了白布。到了柴棚门口，女人说：候一会儿，乱得很！我们说：柴棚里就是乱的地方么！进去后，竟然墙上挂的，地上放的，是各种各样的农具，锄呀，锨呀，镰呀，镢是板镢和牙子镢，犁是犁杖，套绳和铧，还有耱子，耙子，梿枷，筛子，笼头，暗眼，草帘子，磨扛子，木墩子，切草料的镲子，打胡基的础子，用布条缠了沿的背篓、笸篮、簸箕、圆笼。女人用筐子装了些料要往柴棚后的那个草庵去，草庵竟然有毛驴呀，毛驴总想和我们说话，可说了半天，也就是昂哇昂哇一句话。

我们和老婆子走出了第七户院子，老婆子家的狗就在院门口候着，老婆子喜欢地说：接我啦？抱起了狗，狗的尾巴就摇欢得像风中的旗。

出了村子，我的情绪依然很高，对朋友说：

"这才是农村的味啊！"

朋友觉得莫名其妙，说：咹？

我说：什么东西就应该是什么味呀，就像羊肉没了膻味那还算羊肉吗？

朋友说：你这人就怪了，刚进村嫌巷道太窄，嫌房盖得太矮，转了一圈又说这好那好，农村就该是这个味，这不自相矛盾吗？

朋友的话一下子把我噎住了。

我是在二十世纪七十年代从农村到西安的，几十年里，每当看到那些粗笨的农具，那些怪脾气的牲口，那些呛人的炕灶烟味，甚至见到巷道里的瓦砾、柴草，和撒落的牛粪狗屎，就产生出一种兴奋来，也以此来认同我的故乡，希望着农村永远就是这样子。但是，我去过江浙的农村，那里已经没一点儿农村的影子了，即便在陕西，经过十村九庄再也看不到一头牛了，而在这里，农具还这么多，牲畜还这么多，农事保持得如此完整和有秩序！但我也明白我所认同的这种状态代表了落后和贫穷，只能改变它，甚至消亡它，才是中国农村走向富强的出路啊。

我半天再没有说话，天上那一大片麻布又出现了，突然间成百只的麻雀就落在村口到车的那段路面上，它们仍是碎声乱吵，吵得人头痛。

＊　＊　＊

还是黄土梁，还是黄土梁上的路，但今天的路比昨天的窄，窄得一有会车一方就得先停下来。好的是已经半天了，只有我们这辆车，嚷嚷：这是咱们的专道么！可刚转过一道弯，前边就走着了一个牛车。

不会吧，怎么会有牛车？就是牛车。

车是四个轮子上一面大的木板，没帮没栏，前边横着一根长杠，两头牛，牛都老了，头大身子短。牛车上坐着一个人，光着头，耳朵上却戴了个毛烘烘的耳套，猜想是招风耳。

吆车人当然知道一辆小汽车在后边，便把牛车往路边赶。牛似乎不配合，扯一回缰绳挪一步，再扯一回缰绳再挪一步，旁边村庄有拾粪的过来了，吆车人骂了一句：妈的×！一个轮子终于碾到路边的水渠沟，牛车便四十度地倾斜了。

149

我不让司机按喇叭，也不让超，小心牛车翻了，小吴说：没事，二牛抬杠翻不了。

车超过去了，听到牛响响地打了个喷嚏，还听到拾粪的说：汽车能屙粪就好了。

* * *

公路经过一个镇子，镇子上正逢集，公路也就是了街道，两旁摆满了五颜六色的日常百货，还有苞谷土豆，瓜果蔬菜，还有牲畜和农具，也还有了油条摊子，醪糟锅子。人就在中间拥成了疙瘩。这场面在任何农村都见过，却这时我想着了：常常有蚂蚁莫名其妙地聚了堆，那一定是蚂蚁集。集上的人大都是平脸黑棉袄，也有耸鼻深目高颧骨的，戴着白帽。黑与白的颜色里偶尔又有了红，是那些年轻女子的羽绒服，她们爱并排横着走，不停地有东西吃，嘎嘎地笑。

我们的车在人窝里挪不动，喇叭响着，有人让路，有人就是不让。小吴头从车窗伸出来，喊：耳朵聋啦？县长的车！我看见有人撅着屁股在那里挑选笊篱，回过头了看，又在挑选笊篱，还把一把鼻涕顺手抹在了车上，忙按住了小吴，把车窗摇起，说那么多人走着，咱坐在车上，已经特殊了，不敢提自己是领导或警察，这人稠广众中领导和警察是另一类的弱势群体。于是，我们都下了车也去逛集，让司机慢慢把车开到镇东头，然后在那里会合。

我们去问人家的苞谷价小麦价，价钱比陕西的要高，陕西的蒜和生姜都涨价了，这里的倒便宜。感兴趣的是那些荞面，竟然都是苦荞面，一袋一袋摆了那么多，问为什么叫苦荞面，是因为荞麦产量小，收获起来辛苦，就如要在农民二字前边加个苦字的意思吗？他们七嘴八舌地就讲苦荞面不同于荞面，苦荞面味苦，保健作用却强，吃了能防癌，能降血糖，能软化血管，但血脂高的人不能久吃，吃多了血就成清水了。他们说着就动手称了一袋，而且开始算账，我们忙说：不要称不要称，只是问问。他们就生气了：不买你让我们说这么多?! 脸色难看，似乎还骂了一句。骂的是土话，幸亏我们听不懂，就权当他们没骂，赶紧走开，去给那个吃羊杂汤的人照相了。吃羊杂汤的是个老汉，就蹴在卖羊杂汤的锅旁边，他吃得响声很大，帽子都摘了，头上冒热气，对于我们拍照不在意，还摆了个姿势。可把镜头对准了另一个人，那人说：不要拍！我们就不拍了。那人是提了个饭盒买羊杂汤的，饭盒提走了，摊主说：那是镇政府的。

去卖牲口的那儿给牲口拍照吧，牲口有牛有驴有羊和猪，牲口的表情各种各样，有高兴的，有不高兴的，高兴的可能是早已不满意了主人，巴不得另择新家，不高兴的是知道主人要卖掉它呀，尤其是那些猪，额颅上皱出一盘绳的纹，气得在那里又屙又尿。买卖牲口，当然和陕西关中的风俗一样，买者和卖者挎起衣襟，两只手在下面捏码子。这些没啥稀罕的，就去了萝卜和白菜的摊位上，那个卖红萝卜的，手指头也冻得像红萝卜，见了我们，小眼睛一眨一眨，殷勤起来，说：买了土鸡蛋了吗？我们说：没买。他说：不要买，要买到村里去买，前边那几笼鸡蛋说是土鸡蛋，其实不是土鸡蛋。想要买土鸡吗，买土布吗？我们说：你咋老说土东西？他说：你们这穿着一看就是城里人么，城里人怪呀，找老婆要洋气的，穿衣服要洋气的，啥都要洋气哩，吃东西却要土的！我们哈哈大笑，旁边卖豆腐的小伙一直看我们，后来就蹭了过来，小声说：收彩陶吗，我有马家窑的，绝对保真！我说：好好卖你的豆腐！就去了一个卖鞋垫的地摊上挑拣鞋垫。鞋垫都是手工纳的，上边纳着有人的头像和各类花的图案，小吴建议我买那有人头像的，说：这是小人，把小人踩在脚下，就没人害扰你！我选了双有牡丹花的，因为花中还纳有字，一个写着爱你终生，一个写着伴你一世。

集市靠北的一个巷口，人围了一堆在唱歌，以为是县剧团的下乡演出，或是谁家过红白事请了龟兹班，近去看了，原来是唱花儿，一个能唱花儿的歌手被人怂恿着：亮一段吧，亮一段吧。歌手也是唱花儿有瘾，也是歌手生来是人来疯，人多一起哄，就唱起来了。一个人一唱，人窝里又有人喉咙痒，三个五个就跳出来一伙唱了。这集上的人说话我听得懂，一唱花儿就不知道唱的什么词了。让小吴翻译，小吴说唱的是《太平年》：一个鸟儿一个头，两只眼睛明炯炯，两只麻黄爪儿，就墙头站哦太平年，一撮撮尾巴，落后头哦就年太平。

两个小时后，我们和司机在镇东头的柳树下会合，柳树后的土塄坎上，

151

一头牛在那里啃吃着野酸枣刺。我的朋友奇怪牛吃那刺不嫌扎呀？我说你城里人不懂，我故乡有顺口溜，就是：人吃辣子图辣哩，牛吃刺子图扎哩。这时候，手机来了信息，竟是：对联，爱你终生，伴你一世。我说：啊这和我买的鞋垫上的话一样么！司机却在远处说：往下看！我再把信息往下看，竟是：横批，发错人了。

* * *

据说鸠摩罗什去中原时在天水和定西住过一段时间，所以这里的寺庙就多。去漳县的路上，看到一座孤零零的又高又陡的土崖，土崖上有一个古庙，感到不解的是：黄土高原上水土容易流失，这土崖怎么几百年不曾坍塌？那么险峻的，路细得像甩上去的绳，咋能就在上边造了庙？

朋友说他去过陕北佳县的白云观，也是造在山顶上，当地人讲造建的时候砖瓦人运不上去，让羊运，把各村的羊都吆来，一只羊身上捆两块砖或四页瓦，羊就轻而易举地把砖瓦驮上山了。这土崖上的古庙也是羊驮上去的砖瓦吗？不晓得，可这土崖立楞楞的，是羊也站不住啊！

土崖不远处有个几十户的小村，村里却有一个戏楼。戏楼上有四个大字，从左到右念是：响过行云。从右到左念是：云行过响。从左从右念过三遍，到底没弄明白怎么念着正确。后来反应过来，是"响遏行云"吧，把"遏"写成了"过"。

进村去吃午饭，村民很好客，竟有三四个人都让到他们家去，后来一个人就对一个老汉说：我家是兰州的，他家是北京的，你家是西安，西安来的客人就到你家吧。我们觉得奇怪，怎么是兰州的北京的西安的？到了老汉家，老汉才说了缘故，原来这村里大学生多，有在兰州上大学的，有在北京上大学的，他家的儿子在西安上过大学。我们就感叹这么偏僻的小村里竟然还出了这么多大学生，老汉说：娃娃都刻苦，庙里神也灵。我问：是前边土崖上庙里神吗？他说：每年高考，去庙里的人多得很，神知道我们这儿苦焦，给娃娃剥农民皮哩。我夸他比喻得好，老汉便哧哧地笑，他少了一颗门牙，笑着就漏气。可是，当我问起他儿子毕业后分配在西安的什么单位，他的脸苦愁了，说在西安上学的先后有五个娃，有一个考上了公务员，四个还没单位，在晃荡哩，他儿子就是其中一个。县上已经答应这些娃娃一回来就安排工作，但娃娃就是不回来。供养了二十年，只说要享娃娃的福了，至今没用过娃娃一分钱，也不指望了花娃娃的钱，可年龄一天天大了，这么晃荡着咋能娶上媳妇呢？老汉的话，使我们都哑巴了，不知道该给他说什么好，就尴尬地立在那里。还是老汉说了话：不说了不说了，或许咱们说话这阵，我娃寻下工作了，吃饭，吃饭！

这一顿饭吃得没滋味。

离开老汉家的时候，巷道里有五个孩子背着书包跑了过来，这是去上学的，学校离这个村可能还远。小吴说：这五个学生里说不定也出几个大学生哩！而我却想到另一件事：越是贫困的农村越是拼死拼活地供养着孩子们上大学，终于有了大学生，它耗尽了一个家，也耗尽了一个地方，而大学生百分之九十再不回到当地，一年一年，一批一批，农村的人才、财物就这样被掏空着，再掏空着……

又经过了戏楼，戏楼下的一排碌碡上坐着几个人在晒太阳，一杆旱烟锅，你吃完一锅子了，装了烟末轮到我吃，我吃完一锅子了装了烟末再轮给他吃，烟锅嘴子水淋淋的。听见他们在说马，说马是世上最倒霉最没出息的动物，它和驴交配，生下孩子了却不像它，也不叫它的姓氏。

朋友悄声问我：那马和驴的孩子是啥？

我说：是骡子！

* * *

第五天的那个中午，本来可以在一个有桥的镇子上吃饭，司机说到下一个村子吃饭吧，但再没遇到村子，大家就饥肠辘辘，看太阳像一摊蛋饼贴在天上，蛋饼掉下来多好，而蛋饼似乎一直在对面那条梁的上空，即使能掉下来，也掉不到我们这边来。车继续往前开，转过一个斜弯子，一个人便在那一片掰了苞谷棒的秆子里，突然发现那个人是两脑袋。车是一闪而过的，朋友和小吴坐在后座并没在意，我在副驾驶座上却听见了风里的说话：把舌头

153

给我！舌头给我！司机说：咦，人吃人哩！扭头要看，我说：看你的路！司机便了，却说他肚子寡了，想吃羊。

司机得知要来定西，他就说过，这下可以放开肚皮吃羊肉了。在他的意识里，黄土高原上是走到哪儿都会有羊肉吃的，可十多天里，我们没有吃到羊肉，甚至所到之处也没见到放羊的，难道这里就压根没羊？

同车的还有一个当地抱着娃娃的妇女，她是半路上搭的我们顺车，她说：黄土梁上不爱惦羊咯。

羊谁不爱惦呀，人爱惦着，豹子和狼也爱惦着，怎么是黄土山梁就不爱惦呢？

妇女说：羊是山梁上的虱咯。

我一时没醒开她的话，问是政府禁止放羊了？她说是不让放了，都圈养的。我终于明白了，羊在山梁上吃草总是掘根，容易破坏植被，水土流失，人身上如果有一两个虱子，人就变形，浑身的不舒服，山梁上有了吃草的羊，羊也就是山梁上的虱子了。这妇女比喻得这么好，我就感叹起来，但我不能夸她，便夸她怀里的孩子精灵！妇女说：是精灵，别的娃娃出生七天才睁眼，这娃娃一落下草就瞅灯！

* * *

在安定、陇西、通渭甚或渭源，经过了多少村庄，村庄里走进过多少人家，说得最多的就是太阳和水。太阳高挂在天上，水在地上流动，这里的人想着办法要把它们捉到家来，这就是太阳灶和水窖。

地处高原，冬天里那个冷真是冷得酷，酷冷，尤其一有风，半空里就像飞着无数的刀子。竟然石头也能咬手，你只要摸一下石头，手能脱一层皮。人就盼着太阳出来，太阳一出来，老的少的，甚或猫呀狗呀都不在屋里待，全要晒暖暖。青藏高原的上空云是美丽的，赠你一朵云吧，藏人就制作出了哈达，而定西的冬天里太阳是最好的东西，怎样能把太阳留在自家呢，太阳灶就在家家的院子里安装了。太阳灶其实很简单，只是一个像笸篮大的铁盘，里面嵌满了玻璃镜片，它就热烘烘起来，如果想要热水，只需在盘上伸出一个铁棍，棍头上绕出一个圈儿，放上一壶水，不大一会儿水就咕咕嘟嘟滚开了。夏日里，定西高原上多种有向日葵，向日葵一整天都是仰脸扭脖跟着太阳转，冬季里的太阳灶边，差不多都坐着人，男人们或是喝茶说话，女人们或是做针线，常常是大人都去干别的活了，孩子们仍在那里的小木桌上做作业，脚下就是卧着的眼睛成了一条线的小猫小狗。

而水窖呢？

这里是极度缺水的，年降水量仅在四十毫米，而且集中在六月至九月，也就是下两三次雨。地方志讲，历史上的定西仍是富饶的，当年的伯夷叔齐不愿做皇，又耻食周粟，就是沿着渭河岸边的泽水密林到首阳山隐居的。天气的变化，使定西逐渐缺水而改变了地理环境。我曾写过一篇天气的文章，认为天气就是天意，天意要兴盛一个国家就风调雨顺五谷丰登，天意要灭亡一个王朝就连年干旱或洪水滔天，而天意要成就中国的黄土高原，定西便只有缺雨。黄土高原曼延到陕西的北部，那里也是严重缺雨。我曾在铜川的一些村子待过，眼见着村里人洗脸，却是一瓢水在瓦盆里，瓦盆必须侧靠着墙根才能把水掬起来抹到脸上，一家大小排着洗，洗着洗着水就没了，最后的人只能用湿毛巾擦擦眼。如果瓦盆里还有水，那就积攒到大瓦盆里，积攒三四天了，用来洗衣服，洗完了衣服沉淀了，清的喂鸡喂猪，浊的浇地里的蒜和葱。而三里五里，甚或十里的某一个沟底有了一眼泉，泉边都修个龙王庙，水细得像小孩在尿，来接水的桶、盆、缸、壶每天排十几米长的队。铜川缺水，铜川还沟底里偶尔有泉，定西的沟里绝对没有泉，在三月到九月的日子里，天上突然有了乌云，乌云从山梁那边过来，所有的人都举头向天上望，那真正是渴望，望见乌云变成各种形状，是山川模样，是动物模样，飘浮到头顶上了，却常常能掉下来几颗雨点就又什么都没有了。他们说：掉了一颗雨星子。这话没夸张，确实是一颗雨星子，这颗雨星子最好能砸着自己的脑袋，或者，能让自己眼瞧着砸在地上，咻地冒出一股土烟。

于是，定西人就创造了水窖。

155

在地头上，我们随时都能看到水窖，那是在下雨天将沟沟岔岔流下来的水引导储入的，这些水可以用来灌溉。定西的土地其实很老实，也乖，只要给灌溉一点儿水，苞谷棒子也就长得像牛犄角。而每户人家的吃呀喝呀洗呀涮呀的生活用水，则是在房前屋后建有水窖。水窖的大小和多少，是家庭富裕日子滋润的象征，这如城里人的住房和汽车一样。我打开过一户人家的水窖帮着汲水，那像打开了一个金银库，阳光从水房的窗子射进来，正好射在水面上，水呈放着光亮，光亮又反照在水房墙上，竟有了七彩的晕辉。我用瓢舀了一下，惊讶着水是那样清洁。主人说下雨时收了水到窖后，水是灰的浊的，要沉淀了，捞去水面上的树叶草末，鸡屎羊粪，这水就可以长年饮用了。我说：窖里的水是固定的死水，杂质即使沉淀后不是仍会生成一种臭味吗？他们说：黄土窖没味道。我说：黄土窖没味道？这就怪了！他们说：哈，就这么怪！

上天造物，它就要给物生存的理由和条件，在水边的吃水里的东西，在山上的吃山里的东西，如果定西缺水，做了水窖水又容易腐败，哪里还会有人去居住呢？

现在我已经完全地知道怎样建水窖了。那是选好了平台，选平台当然要讲究风水，要选黄道吉日，要祭奠神灵，然后垂直往下挖，挖出一米宽五米深了，洞口便向外延伸，形成窖脖。再向下挖，挖八米，就是窖身。窖底一定得是凸形。挖成的窖整个形状口小底大，就像是热水瓶的瓶胆。下来，技术含量就高了，得在窖身的四壁上钻孔，一排一排均匀地钻，钻出五十厘米深，这工作叫布麻眼。一个窖差不多要布三千个麻眼。接着，用和好的胶泥做成泥角或者泥饼，泥角钉进麻眼，泥饼贴在麻眼外露出的泥角端，泥饼一个挨着一个地镶嵌，就像是铠甲一样把窖身包裹起来。对了，胶泥特讲究，先把泥泡好，窝好，用锨搅好，用脚反复踩好，用镢刀背用力捶打好，直到将胶泥和调得如揉出的面团一样有了筋丝，能拉开又拉不断，才能使用。糊好了窖身，还得木锤子捶打，一寸不留空地捶打，连续捶打上一个月，最后最后了，再用斧头脑儿又捶打一遍，这才是一个窖完工了。完工了的水窖都要在窖上盖个小水房，安置龙王神龛。窖有窖盖，盖上有锁，水房门也上锁，那是任何外人都不能随便去的地方。

别的地方的农民一生得完成三件大事，一是给儿女结婚，二是盖一院房子，三是为老人送终。定西的农民除了这三件大事，还多了一件，就是打水窖。

* * *

从山梁下来到了河川道，河川道也就是渭河川道，立马就有了树。如夏天的白雨不过犁沟一样，一道渭河，北岸黄土塬梁上光秃秃的，南岸就有树了，就这么决然。树当然还只是榆树，槐树，桐树，小叶子杨树，但只要有树，河南的人就瞧不起了河北的人，河北的女子能嫁到河南，那就是寻到好家了。

一个叫半阴的村子，是在从塬上刚刚下来就遇到的村子，可以说，这算我见到树最多的村子了。树都不大，出地就分权，枝干好像有着亲情或是恋情与偷情，相互纠缠着往上长。从树中间钻不过去的，就蹾下来，看到的是黄宾虹的画，纷乱的模糊的一片黑色线条哈。再往远处看，更多的树，树中忽隐忽现着屋舍，全是些石灰搪抹过的墙，长的，方的，三角的，又是吴冠中的画了，白和黑的色块。村口有一条水渠，渠可能久年未修，瘦成小溪，里边竟然还有鱼。柳叶子细的鱼，如浮在空中，是柳宗元《小石潭记》中描写的那种。被水渠领着走过去，又一丛杂树中有一间木屋，还是个水磨坊呀。多少年里都没见到过这种水磨坊了，水磨坊里的一切陈设使我回忆起了我少年时在故乡当磨倌儿的情景。啊这吊起的石磨，上扇不动，下扇动，如有些人咬嚼和说话的模样。啊这筐篮，啊这落满灰尘变粗的电线，啊这原木做成的窗子，窗上的蜘蛛网，啊这低低的随时可能碰着头的支梁。出了磨坊去看水轮，水轮静静地竖在那里，两边石壁上绿苔重重，而旁边则又是一片乱树，有一棵横卧过来，开满了白花，以为是野棉花，可野棉花怎么会长成树呢，近去看了，原来是毛柳，毛柳的絮竟有这么大这么白呀。

从水磨坊出来，走了几家，家家依然是养了驴、猪、狗、猫、鸡，这些动物都在门前土场上，见了我们就微笑，表情亲近，只有狗多话，汪汪了两句，见没人回应，也卧下来不动了。

157

* * *

首阳山，就是伯夷、叔齐待过的那座山，山的名字多好，首先见到阳光的山呀。我们去看伯夷、叔齐，伯夷、叔齐就睡在两个墓堆里。这两个墓堆相距不远，墓堆上都有树，据说树上的鸟半夜里常说话。而从对面的山上往这边看，看到的是人形的首阳山怀抱了两个婴儿。

两个墓堆前有一个庙。庙右是一片黑松林子，太阳还红着，它那儿就黑乎乎的。庙左的林子树杂，十月里树已落叶，一尽的苍灰线条里不时地有白道，白道往出跳，那是桦木。庙不大，塑着二位先贤的泥像，皆瘦骨嶙峋。还有一个更瘦的，是个看庙人，蓬头垢面，衣衫破旧，就住在庙右前的一间小屋里。小屋三年前着了火，屋顶塌了，现在上面苫了柴草还继续住，进去看看，黑得是夜，划了火柴才看清四壁被大火烧熏得如涂了漆，一床破被，一口铁锅，再无别的。问他这怎么生活呀，他好像不爱听，竟然领我又到庙里，我才发现庙后墙角还有一个小柜，他打开了，取出六包商店里常见的那种挂面，还有半口袋核桃，他说：这生活不好吗?!

从庙里出来，顺着庙前的斜坡走下。斜坡是修了路，还铺着砖，但生满苔，苔虽发黑，仍湿滑得难以开步。

首阳山是当地政府做了旅游景点的，可能是来的人太少，我们一去，不远处的村人也就来看稀罕。问起那个看庙人怎么是那般形状，他们说那是个流浪汉，私自来这里要看庙的。并且说，村里人都在说这看庙人原是有家有舍的，为了什么冤枉事上访了几十年，家破人亡了还解决不了，就脑子出了毛病，也从此不上访了才来这里的。上访的事全国各地都有，已经有一种职业叫上访专业户，也还有了一种机构叫上访办，上访是现在基层政府最头痛的事啊。因此，大家就说起产生上访和上访难、难解决的各种原因，说着说着激愤了，就都在激愤，激愤世风日下。

我突然想，我们现在说起孔子的时代，认为孔子的时代不错吧，百花齐放、百家争鸣的，可孔子在当时也哀叹世风日下，要复周礼；而且，伯夷、叔齐就是商末周初人，伯夷、叔齐竟然也在说：今天下暗，周德衰。那么，最理想的世风是什么呢，人类是不是都不满意自己所处的社会呢？

以前真不知道定西地区还是中国西部中药材集中产地，更没有想到它还产盐，井盐的历史竟然比四川的自贡还要早。

　　在各县行走，但凡进到农户人家，差不多的屋子里、院子里，都能看到在晒着药材。先是并没在意，后来到了岷县，城街上随处可见中药材货栈，问起是怎么回事，一位长着白胡子的老者说：你请我喝酒，我告诉你。我们那个下午就在酒馆里喝酒，老者就说起了岷县的历史。岷县之所以在这里设县城，是这里为中药材的集散地，岷县城历来都叫作药城。乘着酒兴，老者竟领着我们去了商贸中心的那条街，那里有更多的宾馆和酒店，全住着从陕西、四川、河南、湖北来的药商，来拉货的车辆排着长队在那里等候。从商贸中心街出来，又到别的街上访问那些私人药铺和一些一两间门面挂着牌子的中医大夫，他们几乎都是在一边行医，一边收购，加工各种水蜜丸散。

　　我以前对中药材知之甚少，岷县使我们产生了浓厚的兴趣，就多住了一天，了解到岷县的中药材有二百五十多种，主要的是当归。当归人称"十方九归"，是中药里最常用的药材，也称为"妇科中的人参"；它属于伞形科多年生草本植物，药用部分为根，根头称归首，分枝称归身，须根称归尾，加工出为原来归、常行归、通底归、箱归、胡首归。这里的土地里没有什么矿藏，长庄稼不行，长果蔬不行，农民的日常花销，比如油盐酱醋，比如针头线脑，比如买种子买农药、盖房、给儿子娶媳妇、送终老人，比如供孩子上学呀，一家大小生病进医院呀，除了出外打工赚钱外，如果在家里，那就得种当归。

　　从岷县回到定西城，我还在琢磨当归这个词，这么好的词怎么就用在一种药材上呢？查《药学辞典》，上边说：当归因能调气养血，使气血各有所归。《本草纲目》中说：为女人要药，有思夫之意，故有当归之名。《三国志·姜维传》里也有这样的故事，说姜维从诸葛亮后，与母分离，其母思儿心切，去信就写了两字：当归。如今，当归仍是苦东西，却让定西农民得到了甜头，当归，当归，真成了农家宽裕的归处。

　　说到盐的事，是我们在漳县才知道的。

　　那一天的太阳非常好，路过一个镇子，汽车出了毛病，司机停了车修理，我突然看见路边有一座庙，结构简陋，但庙台阶很高，一个老汉就坐在台阶上吃烟，见我走近，烟锅嘴儿在胳肢窝戳着擦了擦，递着说：吃呀不？我吃不了旱烟，倒递给他一根纸烟，他说：你那烟没劲咯。却接了，别在耳朵上。我问：这是娘娘庙还是龙王庙？他说：盐神庙。还有盐神庙呀，盐神是个什么样子？就进庙去看，庙里却并没有神像，竟当殿一个古盐井，旁边墙上画着熬盐的画，还有一篇祭文。

祭文是这样写的：漳有盐井，郡邑赖之。宝井汲玉，便民裕国。脉长卤浓，涌溢千年。今当疏浚，保其成功。盐井生民，感念神灵。

看来，这庙不应是盐神庙，是盐井庙，而且是先有盐井，后在盐井上盖的庙。我趴下看盐井，井壁上卤化如石，敲之像是敲磬，里边什么也看不清，只是幽幽地泛着光亮。

不看到这盐井，似乎就没想起过盐，因为每顿吃饭都放盐，盐是生活必需品，反倒疏忽它的重要性了，这如不停地呼吸，却并不觉得呼吸一样啊。我们便决定在镇子多待些日子，听听这里关于盐的故事。

这个镇子叫盐井镇，镇上人说：除了古老的两口盐井，即使是别的井，井水打出来做饭，也是从不再调盐的，如果把萝卜埋入水中一个月取出，切丝儿便是咸菜。这里的女人牙白，不用牙膏刷牙牙也白，而老年人没有老年斑。有一种盐是盐锅底裂缝时渗出的盐汁滴在火上成盐晶，盐晶一层层叠摞成人形的，叫盐娃娃。盐娃娃对腹胀胃病有神奇疗效，所以镇上患胃癌的人极少。

我在面馆里见到一个老人，有八十岁吧，他正吃一碗捞面，面前放着一碟盐，夹一筷子面就在盐碟上蘸一下。我目瞪口呆，说这样多吃盐不好。他说他一辈子都这样呀，血压正常，身板刚强。记得有一年在青藏高原，碰着一个藏族老太太，身体非常健康，她说她九十岁了，从没吃过蔬菜，就是吃牛羊肉，吃青稞面，喝奶喝茶喝酒。真是一方水土养一方人啊！我们老家人爱吃辣子，特能吃者人称辣子虫，这老者是不是盐虫呢，可盐里从来不生虫呀。

翻阅镇上的志书，盐井镇在远古时是陶罐瓦缶水制盐，先秦一直到一九八〇年是以铁锅熬盐，一九八〇年到一九九〇年之间是平板锅熬盐，从一九九〇年起，才是真空蒸发罐制盐。旧法烧熬的盐，上品为火盐，火盐是将煮出的盐倒入模具以火焙干，状如砖块，用于远销。中品为结盐，不经火焙，水分较多，状若银锭，销于近处。下品为水盐，是熬出后直接盛在盆里罐里，供当地人吃。志书里有一篇描写当年盐井镇繁华的文字，说镇里六条街道从半山通向漳河边，五大专业市场又从河滩伸进街坊：柴草市吞吐大量燃料，人市流动各类能工巧匠，旅店迎送商贾贩卒，商市进出日杂食品，盐市批发各作坊盐品。豫西的货担，晋北的驼队，陕南的马帮，带来了兰州的水烟，靖远的瓷器，关中的土布，湖北的砖茶。晚上，井台上水车隆隆，灯火灼灼；作坊里炉火熊熊，烟气腾腾。街巷驼铃声、马蹄声、叫卖声、弹唱声，不绝于耳。围绕盐业，五行八作相继兴起，三教九流充显身手，行医、教武，说书、卖唱，求神问卦，开设赌场……

哦，镇上人还给我说了盐坊里的绞手、抬手、烧手和装烟客的事。绞手是在井房里的汲水工，抬手是把盐水抬到各个灶上的送水工，烧手是盐锅的烧火工。而装烟客呢，是以给人点烟为业，手执四尺长的烟锅子整天在各作坊转悠，盐匠们操作在水汽浓重的锅边，双手不得半会儿闲，想过烟瘾了，使一个眼色，装烟客就把烟嘴儿伸进盐匠的唇间，那头随即引燃烟锅。事毕，盐匠顺手抄一搅板水盐抛进装烟客的提篮，装烟客立马便跑到街上卖了零钱了。

说这话的是一个年轻人，说得眉飞色舞，还正说着，远处有人喊：老三老三，事办得咋样吗？年轻人就跑过去说话。旁边的几个妇女说：他能说吧？我说：能说。她们说：他爷当年就是装烟客哈。我问那年轻人现在是干啥的，她们说：啃街道的。什么叫啃街道的呢？她们才告诉我，当地把围绕街市小打小闹讨生活的人称为"啃街道"的，这老三继承了他爷的秉性，但现在没有装烟客这活了，他就给人要账为生。

盐井镇的盐数百年都有一个名字叫"漳贵宝"，肯定是庄户人家起的，起得像个人名。如今的真空盐厂是现代化企业，年产量胜过了过去百年，产品叫"堆银"，这好像是哪个文化人给起的名，但"堆银"没"漳贵宝"有意思。

* * *

定西的房子，讲究"两檐水"。两檐水用的是五檩四椽，有的还出檐，在堂屋外形成一条走廊。屋顶一律坐脊覆瓦，但很少雕饰。胯墙与背墙多用土坯砌起,而前墙和隔墙则以木板装成。堂屋正门一般是四扇的"股子门",也有两扇"一片玉"的。窗户有"大方窗""虎张口""三挂镜""子母窗"等,贴窗花的少见,五月端午围插的艾却不动,一直要到来年的五月端午。不管新庄子还是老庄子,人家的院子都非常大,院墙都非常高,院墙里长出一些树来,或栽着蔷薇和牡丹,高大成架,透露着院子里的消息。

定西的房子谈不上豪华和阔气,但也绝不简陋,受条件所限,用料都难贵重,做工一定细致,光瞧瞧屋后墙砖缝里抹的灰浆的严实和山墙根炕洞口砖棱的工整,以及挡口板的合苴,就能体会到他们造屋的认真和用心。

农民的一生,最要紧的工作就是盖房子。如果某一家已经有一院房子,它就给子孙留下了一份光荣,作为子孙在长大成人后仍要再盖一院房子,显示自己活着的意义,再传给他们的后代。土木结构的房子,当然只能使用四十年,而也提供了一辈一辈人锲而不舍盖房子的必要性和重要性,这个过程也就是光前裕后。

一家一户的兴旺发达,靠的是子孙繁衍,也靠的是不断地翻修建造房子。在福建的一个山村,我见过一棵榕树发展成了一片子小树林的景观,而在漳县,常有着一个村庄只有一个姓氏的情况,使我由此有了一个姑娘可能就创造了一个民族的想象。在离定西不远的一个镇子上,有一户人家,兄弟四人,其子女九个,孙子辈又十六个,其三辈人中有十二人参军,分别有空军海军陆军,兄弟四人的父亲还活着,已经四世同堂,大重孙也结了婚,很快五世同堂,村里人便称这老者是"兵种"。老"兵种"人丁旺盛,而且他家的老房子也异常结实,也是我在定西见到的最好的房子,五间式结构,一砖到顶,屋脊虽多残破,仍可看到许多精美的水纹、花纹和人物走兽的雕饰。他家还养着一只猫,按说,猫的寿命也就是十二年,他家的猫竟到他家已经二十年,现在仍能追鼠。

但我也听到这样一个故事。一个人,姓李,结婚后小两口盖了一厅两室的三间式房子,房子盖后一年,老婆就病死了,他没有再娶,而抱养了一个孩子。在他五十四岁的时候,中了风,虽生活能自理,但从此干不了农活。儿子对他不孝,他逢人就说他养了个狼在家了,他将来要死,绝不会将这房子留给逆子。儿子在屋里待不住,就出外打工了,逢年过节也不回来。有一年一个老中医在村里行医，见他日子难过，留给他了个治烧伤的偏方，他就在家自制膏药，还在门口挂了个专治烧伤的牌子。第三年腊月的一个晚上，他家起了火，等村人赶去救火，房子已经烧塌了，灰堆刨出他，人也焦了，焦成了一疙瘩。事后，村人都在议论，有说是电褥子出了毛病引起火灾的，有说是他吃烟引起火灾的，有说他是不想活了把房子点着烧死自己的。当然这事没有证据也没人追究，就草草把他埋了，只是遗憾那房子了，说没就没了，也绝了那治烧伤的偏方。

在乡下看屋舍，我现在最害怕看到两种情况，一是老传统的房子拆了，盖那种水泥预制板的四方块，似乎在时兴了，要和城里人一样了，但冬不保暖，夏不防晒，更是因建墙没有钢筋，地震时一摇，四壁散开，整个屋顶的水泥板就平平整整压下来，连老鼠都砸死了。二是主要公路沿途的村子，地方政府要形象要政绩，要求朝着公路的墙一律搪上白灰，甚是鲜亮，可侧墙或村子里边的房墙仍是破败灰黑。

所幸的是在定西，这样的景象，还没有看到。

* * *

西安的古董市场上，这些年兴石刻，最抢手的石刻是那些拴马桩、牛槽、磨扇和碾盘。在几乎所有的花园小区里，开发商要有文化，都喜欢用这些东西去点缀环境。我每每去这些小区观赏，观赏完了，却又感叹，农耕文明在我们这一代人手中逐渐要消亡了，感情就非常复杂。定西虽然也在以破坏旧有的生活方式在变化着，但变化的程度还不至于那么猛烈，农家仍是养牛、养驴，磨子碾子更是村村都有。他们依然讲究着村子的风水，当得知那些城里来的文物贩子谋算着村口的大石狮，就组织人手，日夜巡查，严加提防。村里的那些大树，也绝不允砍伐，也通知各家各户，即便是门前屋后甚或自家院子里的老树，也一律禁止出售给城里来的树贩子，给多少钱也不准卖。

在一个黄昏，我们的车经过一个小村，停下来到一户人家去讨水喝。巷道里传来一阵喤喤喤的响声，这响声我在小时候的老家听过，便见两头毛驴

163

走了过来，脖子上挂着铃铛，我立即大呼小叫，喊着我的朋友和司机：快来看呀，快来看呀！但朋友和司机跑近来，两头毛驴却走过巷道不见了。而在巷道那个拐弯处，有一个磨台，一个老汉正坐在磨台上"专"磨扇。司机是从小在西安城里长大的，他说：这做啥的？我说：专磨子哩。他说：啥是专磨子？我说你咋啥都不懂，磨子磨得槽纹浅了，需要重新凿凿，这种活就叫"专"。于是，我近去和那老汉套近乎。

啊叔，专磨子哩？

啊哈。

村里还有几个磨子？

七个磨子一个碾子哈。

这个磨子这么大呀？

村口的才大。

村口的磨子才大？

风水哈。

啥个风水？

村东口的碾子是青龙，村西口的磨子是白虎哈。

磨台下放着他的工具筐，里边是八磅锤、楔子、钢钎、手锤、錾头。他说，"专"磨子是小活，他主要是做平轮水磨、立轮水磨、人力磨、碌碡、碾磙子碾盘、做豆腐的拐磨、立房用的柱顶石、打胡基用的圆杵子、打墙用的尖杵子，还有门墩、捣辣子的石窝、安大门的减基石。

最后，我问他这村里有几个像他这样的石匠？他说方圆这六个村子里，就只有他和他儿子了，儿子年初也不干了，去天水一家公司给人家当保安了。

* * *

小吴见我爱在村镇里乱钻，碰着什么都觉得稀罕，他说：我带你去看草房子！草房子有什么看的？他说：是一个村子都是草房子！在陕西，我到过一个叫陈炉的镇子，镇子里的屋墙呀，院子呀，街道呀，都是废陶钵和陶瓷垒的砌的，太阳一照，到处发亮，呐喊一声，整个镇子都嗡嗡作响。也到过洛南县一个山寨看那里的石板，石板薄得只有一指厚，却大到如柜盖如桌面，所有的房子以石板做瓦，晴天里，屋里处处透光，下雨天却一滴不漏。现在，定西还有一个村子的草房子，那又是什么景象呢？我说：是吗，那去看看。

因为要去的村子远，当晚没有回县城，就住在镇上。镇长说：城里人讲卫生，给你安排到工作干部家住吧。我住的是个县法院审判员的家，审判员是一礼拜才从县城回来一次。去了后果然人也体面，屋也整洁，他媳妇拿了床新被子在公公的土炕上铺了个被筒，自己就进了她的小屋把门关了。土炕上，我的被筒是新的，那老头的被子却是土布，或许还干净，颜色却像土布袋一样。老头话不多，我们总说不投机，我就打哈欠，他说：你困了，早点儿睡哈。我睡下了，他拉灭了电线绳，我只说他也睡下了，他却靠在炕的背墙上吃烟。可能是为了省电，也可能是省火柴，他点着了小煤油灯，一锅烟吃完了，又装上一锅凑在灯芯上吸，灯芯如豆，他一吸，光影就在墙上晃动。我翻了个身，他说：我影响你啦？我说：没事，你吃你的。他说：就好这一口，瞎毛病哈，吃完这锅就睡。我终不知道我是在什么时候睡着的，等到再醒过来，天麻麻亮，老头竟又在炕那头，靠在背墙上吃烟，还不仅仅是吃烟，小煤油灯边放了个小电丝炉，小电丝炉上坐了个小瓷缸在煮什么。我翻身坐起来，他说：又影响你啦？我说：你煮的啥？他说：熬口茶。他真的是在熬茶，茶叶是发黑的花茶，泡得涨出了小瓷缸，但还在咕嘟嘟响。我说：要熬干啦？！他端起小瓷缸往一个盅子里倒，说：还没吊线。把盅子里的茶水又倒进小瓷缸，继续熬。熬得最后仅仅只倒出了一盅，他说：你喝吧。我不想喝，也不敢喝，这哪里还是茶水呀，是黑乎乎的汤么。他告诉我，他们这儿上了年纪的人都喝这茶，喝上瘾了，睁开眼坐在炕上就得熬。他端起盅子喝的时候，并不是品，而是一下子倒进口，眼闭上了，脸缩得很小，满是皱纹，像个发蔫的茄子。他说：不喝这一下，头疼哈。

吃过早饭，我们往草房子村去。在沟道里开了半天车后开始翻一座山，山路就像拧螺丝，一圈一圈往上盘，到山顶了又松螺丝一样下山，而且路越来越窄，里边高，外边低，我一直叮咛小心石头，如果碰上路面石头，车一跳，滚下去连尸首都寻不到了。终于到了沟底，转了三个弯，就出现一个村子，村子果然都是草房。车还在山顶的时候，天是阴了的，沟底里显得更暗，一出车，那个冷呀，身子就如同了馕包，被无数的针扎着，咻咻地往外漏气。可能是别的树都冻得长不了，这里只长紫杉，紫杉竟然是合群的，要长就整整齐齐长在山根，然后一排一排沿着坡坎再长上去，绝没有单个的，树干也不歪七扭八。村子并不紧凑，房屋建筑无序，没有巷道，门窗有朝东开的，有朝南开的，其间的空地上都有篱笆。篱笆好像已弃用，好像还在用着，杂乱的木桩木棍歪在那里。地很湿，也很滑，到处乱石和杂草中间，尽是牛粪，我们跳跃着走过去，还是每人的鞋上都踩上了。草房都不大，有三间的，有两间的，有的甚至是方形。所有的墙没有墙皮，还是木板夹起的石渣土杵的，屋顶用树枝编了，涂上泥巴，上边苫着厚厚的茅草，茅草已经发黑，但还平整。瞧着一户人家走近去，才说：有人吗？门前的木桩上拴着一只狗，狗就回答了：汪汪汪汪。狗也适应着冷天气，毛非常长。于是望见旁边坡上散落着的那些牦牛，想：牦牛以前肯定也是牛，为了御寒而长了毛，就成了牦牛了。进了屋，屋里和屋外一样冷，分外间和里间，外间放着一个大柜，柜边堆着十几个麻袋，用草帘盖着，用手去戳戳，似乎是苞谷、青稞和土豆什么的。里间是一面大炕，炕边一个火炉，炉上一个锅正做饭。我赶紧在火炉上烤手，顺便揭开锅盖，里边蒸着一锅土豆，还没有熟。两个小女孩长得非常俊，高鼻梁，大眼睛，衣着单薄，看样子不觉得冷，我们一进屋她们就鸟一样飞出去，过一会儿又悄无声地扒在门框朝里看我们，我们再一招手，又忽地跑开了，似乎这个家是我们的家。老太太一头白发，白得很干净，和我们说话，说她姓白，七十五岁了，儿子儿媳到新疆收棉花去了，她在家里经管两个孙女，孙女不听话。说着就冲着门外喊：给炕里添些火去，咳，添火去哈！便见两个孩子提了一笼干牛粪往屋的山墙那儿跑，山墙那儿是炕洞口。在蒙藏地区是烧干牛粪的，这儿也烧干牛粪，使我觉得好奇，跑近去看她们怎么烧。一个小女孩儿就附在另一个小女孩儿耳边说什么，两个人咯咯地就笑起来。我说：笑啥哩？她们说：笑你哩。我说笑我啥哩？她们说：笑你那么老了还是学生。我说：怎么就看我是学生？她们说：你口袋里插着笔。我说：认识这是笔？小一点儿的小孩说：我是学生。大一点儿的女孩说：我是学生，她不是学生。我问她：你上几年级？她说：一年级。我问：学校在哪儿？她说：从沟里往下走，走七里路就到了。我说：七里路?！谁陪你？小一点儿的女孩立即说：我陪哩。我摸着两个孩子的头，再没有说话，我的上衣口袋里插着的仅仅是支签字笔，拔下来就给了她们，她们却争夺起来，我赶紧喊我的朋友，让他把他的笔也拿过来。这期间，狗在不停地叫，但有气无力。

这可能是我们这次行走见到的最贫困的山民，住在这里，他们与外边隔绝了，虽然距县城也只是一百七八十里吧，世界发生了什么，中国发生了什么，甚至县城里发生了什么，他们都不理会，一切与他们似乎没关系。如果没有小吴带领，我们恐怕也不知道他们能在这里生活，就这样生活着。

原以为有个草房子村可以看到奇特的景象，没想来了以后使自己的心情极度败坏。我问小吴：这是什么村？小吴说：村名不知道，因为有草房子就都叫草房子村。再问：这山是什么山？小吴说：遮阳山。我说：山名不好。小吴见我脾气糟糕了，解释说这地方偏僻，你如果让政府接待，谁也不肯带你来的，以前北京来了几个画家，让我带了来，画家见了这草房很兴奋，见了这里的人很兴奋，拍了好多照片呢。我说：画家爱画破房子，给他个破房子他住不住？画家爱画丑人，给他个丑女人他娶不娶?！

这一夜，我们回到了县城宾馆，打开电视，多是城市红男绿女在做娱乐节目，我的思绪又到了草房子村，就把电视关了，早早睡觉，却怎么也睡不着。

过道里，突然有了咋呼声，是小吴在和什么人说话了：

啊王主任！

啊你怎么在这儿，几时来的？

来几天了，陪人下来的。

哪个领导来了？

是……

啊，他来了！县委县政府领导知道了吗？

他不让打招呼，悄悄来的，你可不要给人说呀！

今去哪儿了？

167

到遮阳山有草房子的那个村子，哎，你知道那村子叫什么名字？

你怎么领他去那儿？得让他看看咱们的好地方呀！

他不是记者。

* * *

到了渭源里，当然去看看渭河源头了。

顺着一条沟往里走，沟两边的山越来越高，满是蒿、艾、蕨、荆，全部枯萎，发着黑色，像石头上经年的苔。沟里的河水不大，河滩却宽，隔几里一个村子，粗高的杨树不少，其间是横七竖八的房子和麦草垛，也是黑色。有人吆着牛犁地，牛还是黑的，只有鼻脸洼白，翻出的土似乎也不是了黄土，是黑土。扶犁的人穿着臃臃肿肿的黑棉裤棉袄，脸上眉目不分，而站在地头的妇女头上裹着红头巾，尖锥锥地叫喊着她的儿子。

还在深入，沟就窄起来，路已被逼到了沟梁上。到处有了沙棘树，一树的尖刺里结着红果。还有一种蒿，仅仅生出个籽荚，籽荚也是箭头一样，走过去，乱箭就射满裤子。再是不断地看见很粗很糙的杨树，从根就开始长须枝，而且还被藤蔓纠缠，虽然都干枯了，隆起成架，树就不成了树，是一座一座的木塔。到了迎面是最高的那个峰了，沟分成三股，荒草荆棘更塞拥其间，时隐时现着水流的亮光。已经无法前行了，去问不远处的一个人，这人手里提着一把砍刀，好像是要砍些柴火，并没见砍下什么荆棘树枝，一直站着默默地看我们，以为是傻子，一问他话，他却立即活泛了。

问：渭河源头在哪儿？

答：这就是哈。

问：这就是？渭河就生在这儿?!

答：是三眼泉，泉还得往里走，但走不进去。

是走不进去。没想那人却说：走不进去，就到龙王庙拜拜哈。我们这才发现半山腰有座庙，那人就领我们爬上去。庙前的场子上尽是荒草，荒草旋着涡倒伏着，像是风的大脚才踏过。庙里没有龙王像，但有香炉，也有个功德箱。那人给我们讲三眼泉，一个叫遗鞭泉，一个叫禹仰泉，一个叫吐云泉。因为冷，就尿多，我跑到庙后的避背处方便，回来他已讲了禹仰泉，便只听到了遗鞭泉和吐云泉的传说。

当年唐李世民率军西征，到了山沟最边的泉饮水时，不小心将马鞭遗落泉中，再捞马鞭已没了踪影。班师回朝到长安，发现马鞭在渭河里漂着，才知晓渭河除了明流，还有暗流。这个泉从此叫遗鞭泉。

吐云泉在三条沟中间的沟里，天一旱，山下的人都来泉里求雨。有一年求雨的人散去，一个叫花子来偷喝了供酒醉在泉边的草丛里，突然见泉里钻出一个白胡子老人，坐在石头上吃烟。吐一口烟，天上有一片云，再吐再有，一时浓云密布，大雨滂沱。

听完了故事，我们要走，那人却说：不给龙王烧烧香吗？问哪儿有香，他从功德箱后竟取出了一把香，说一把香十元。烧完了香，才明白那人是看庙的。

* * *

现在，我该说说定西的吃食了。

在别的人眼里，起码我同车的朋友、司机，都不觉得定西的饭好，他们抱怨走到各县各村，上顿是酸面，下顿是酸面，顿顿都有蒸土豆和咸白菜。但我爱吃定西的饭。每到一处，问吃什么饭，我都是：酸面吧，炝些葱花，辣子汪些，蒸盘土豆。吃的时候，狼吞虎咽，满头大汗。朋友就讥笑我：唉，凤凰之所以高贵，非醴泉不饮，非练实不食，你贱命啊！我是贱命，在陕南山村生活了十九年后进的西安城，小时候稀汤寡水的饭菜吃惯了，从此胃有记忆，蓄存了感情嘛。酸面其实和我老家的浆水糊涂面差不多，都有浆水菜，却煮土豆片或豆腐条，都不用味精和酱油，只不过酸面的面条多是苦荞面做的，而土豆比我老家的土豆更干更面。

第一顿的定西饭就是酸面和蒸土豆了，以我的经验，当然先吃酸面，吃过两碗了才去吃土豆的。没想到拳大的一个土豆掰开来，里边竟干面如沙，如吃栗子。我是一手拿着让嘴吃，一手就在下边接着掉下来的碎散渣，然后就噎得脖子伸直，必须要喝汤喝水。土豆是定西的主要食物，又如此好吃，这是有原因的：一是这里的日照时间长，缺水，自然环境决定了它的质量；二是这更是上天的安排。按说，定西压根就不宜于人类生存，而既然人生存在了这里，它必然要给人提供食物。在中国，有两样食物可以当作神物的，一是红薯，一是土豆。如果没有这两样食物，中国人在二十世纪六十年代七十年代即可死去一半。在定西，大多的地只能种土豆。当收获的时候，一面坡一面坡的土豆刨出来堆在地头，它和土地一个颜色，人们挑担背篓地把它运回去，你感觉那是把土疙瘩运回去了。在我们走过的村庄里，家家都有地窖，储藏着几千斤甚或上万斤土豆，一年四季吃土豆，有的家庭竟然一天三顿纯吃土豆。家里有老人过世的，还未满三年，他们每顿饭都要给灵牌前献饭，献的就是土豆。而曾经去过一家，中堂的柜上献的竟是生土豆。问怎么献的是生土豆，他们说家里老人已过世三年了，已不给先人献饭，这是敬神哩。他们把土豆当作了神，给神上香跪头地供奉。

　　第一次见小吴，请他为我们做向导，他在挎包里装了牙刷牙膏，装了纸烟和打火机就跟着我们走了。走出了院门，已经上了车，他又跑回家。我们不知道他遗忘什么东西了，再返回车上，他的挎包里鼓鼓囊囊，翻开一看，竟然是六七个土豆。他说定西人出门，习惯要带些土豆的，万一走到什么地方，前不着村后不着店，就可以就地烧土豆吃了。虽然我们在外，并没有在野地里烧土豆，却亲眼见到有烧土豆的。那是在一个下午，车驶过一个梁凹，见几个孩子狼一样从路上往地里的一个埂上跑，到了埂前就刨一个土堆，竟然刨出了土豆，红口白牙地吃起来。我们觉得好奇，停了车跑近去。原来他们一个半小时前要到梁后的镇子去买东西，就先在这里把地埂的干圾子挖开，垒成空心圆堆，留个火门，用柴烧，烧到圾子都红了，把火门里的灰掏出来，再用一块圾子堵严火门，然后在顶端开口，把口袋里的土豆放进去，再把红圾子往里放几块，一层土豆一层烧红的圾子，又再把剩余的热圾子打细盖在上面，用湿土捂上，从镇上买了东西回来，挖开土堆，土豆也就熟了。这几个孩子都是圆头圆脸，小鼻小眼，长的就像个土豆，但争着吵着吃烧成的土豆，让我觉得是那么美好和可爱。

　　但是，我在渭源县一个村干部家，看到了墙上镜框中的一张照片，唏嘘了半天。那是摄于二十世纪七十年代的照片，拍摄的是公社社员农业学大寨在梯田工地上吃午饭的场面：一条几十米长的塑料布铺在地上，上面摆的是蒸熟的土豆，两边或坐或蹲了百十多人都在吃土豆。这些人形容枯瘦，衣衫破旧，可能是摄影师当时在吆喝：都往这儿瞅，瞅镜头！所有的吃者都腮帮鼓凸，两眼圆睁。

改革开放几十年后，中国绝大多地区从政治上、经济上、文化上都发生了变化，江南一带以商业的繁荣已看不出城乡差别，陕北也因油田煤矿而迅速富裕，定西，生存却依然主要靠土豆。过去是土豆、酸面、咸菜吃不饱，现在是这些东西能吃饱了，有剩余的了。但如何再发展？地下没有矿产，地上高寒缺水，恐怕还得在土豆上做文章。在渭源，我参观了土豆脱毒基地中心，那里进行着关于土豆的一系列科研，土豆在质量上、产量上大幅度提高。各届政府下大力气在生产、加工、销售上制定政策，实施举措，已经使定西土豆声名远播，全国各地的客商纷纷前来订货。我曾问过好多人：仅靠土豆能行吗？他们说：靠山吃山，靠水吃水么。一斤苹果能卖出几斤粮食的价钱，你知道今年一斤土豆能顶几斤苹果的价？我说：多少？他们揸起了四个指头，说：呀呀，四斤哈！

*　*　*

山梁下的河湾有一片楼房，楼层不高，也就两层或者三层，不知是什么企业的生产地还是新农村的示范点，而从山梁往河湾去的岔道口，竖了一堵新砌的墙，墙上有好多标语，其中一条是：昂首向天鱼亦龙。

*　*　*

车在一条川道的土路上往前跑，车后的土雾就像拖着个降落伞，车要猛一刹住，土雾又冲到了前边，前边的路就什么也看不清了。有趣的是，车在雾气狼烟地往前跑，天上的一堆云也往前跑，疑心这是云在嘲弄土气，果然中午饭时到了一个镇子，尘埃落定，云也散了。

这个镇子是我这次出行见到的最大镇子，五百户，两千多人口，巷道很深，而且有几条。从东边的那条巷进去，好多家院门口都有人端碗蹲着吃饭，有的是酸面，有的是面前放着一碟盐，蘸着吃土豆，见了我们，都笑笑的，欠起身，说：吃哈？那棵已枯了半边的柳树下，走来一个老汉和一个小伙，老汉捎着锨，小伙穿着西服，手里握了个手机，可能是父子，可能小伙从西安或兰州打工回来不久，两人说着什么话，老汉就躁了，骂道：你们老板一年赚二百万？你放屁呀，咋能赚二百万？！小伙还要犟嘴，抬头瞧见我们经过，没再言传。

寻着了村长，村长是个黑脸大汉，正朝一户院门里的人怒吼，指责猪屙在门口路上这么几堆，也不清扫，是长着眼睛出气哩看不见，还是手上脚上生了连疮了拾掇不了？！院门里立即跑出个拿了锨和笤帚的妇女。他好像还气着，拿眼往巷头看，巷头一只狗碎步往过跑，突然停住，掉头又跑回去了。小吴认识村长，把我们做了介绍，他把我们从头到脚注视了一番，很快脸上就活泛了，说：噢噢，先吃呀还是先转哈？我说：我们四个人的，你锅里饭够吃吗？他一挥手，说：那先转！扭头给清理猪屎的妇女说：去，给你嫂子说去，擀面，擀四个人的面！

这村长其实是个蛮热情的人，他领我们出这家进那家，说他们村很有名哩，来过好多记者，报纸上写过大半版的表扬文章。表扬也好，不表扬也好，日子是给自己过的，他这个村长把村子弄成个富裕村就行了。现在村子里有两项指标是全县最高的，一是学生多，几乎一半人家出过大学生，毕业了都在兰州、天水和县上工作；二是搞翻砂的人多，东头三家，西头四家，北头两家，南头还有五六家，主要是造锅，造火盆，最大的锅能做二百人的饭。

村长说的属实情，顺便问过七八户人家，都有孩子大学毕业后在城里干事。一个老太太拍着罩在棉袄上的新衫子说：这是今年娃给买的衣服哈，我说买啥呀，农村里穿啥还不是一样哈，可娃偏要买，给我买了衫子，给老汉买了条裤子！院子里在火盆上生火的老汉果真穿了件西式裤，说：这裤子不好，只能单面子穿。而去了几个翻砂户，院子里却是大大小小的锅坯，大棚里都是销铜炉，有砸炭末的石臼窝子，有烧炉时六七人才能拉得动的大风箱。但神龛里所敬的神不一样，有敬的是雷火神，有敬的是土地神，有的棚墙上贴着毛主席像。好奇了那一摞一摞铸造好了的各类锅，问一个能卖多少钱，他们好像都忌讳什么，不回答，只拿指头叩着锅，说：你瞧哈，没一个沙眼！小吴拉我到旁边，低声说：他们各家都竞争哩，有的把价压得低，怕别的人家有意见，就口里没实话。

后来在村长家吃饭，当然除了酸面外仍是蒸土豆，吃得坐在那里一时都不得起来。村长家的院子更大，他既种药材又搞翻砂，台阶上堆了几大堆挖出的当归和黄芪，而翻砂的工人就雇了四五个，一个在清理销铜锅，两个在修整着锅坯，一个在那儿砸炭末，一个在把炭末水往晾干的锅坯上涂，无论我们吃饭或者说话，他们全不理会，安静地干自己的活。因为又吃好了，我的情绪很高，就夸说着村长你是不是村里最富的，村长哈哈大笑，说：打铁就得自己硬呀，当村长的都不富还怎样带动别人?! 他高兴了，就喊叫着老婆从屋里取个铜火盆要送我，我说：啊谢谢，可我不烤火，要火盆没用。他说：这火盆不是烤火的，我们这儿兴家里摆个火盆就是好光景哈！这火盆特大，铜铸的，纹饰精美，灿灿发光，确实是件象征富贵的好东西，但我怎么能要呢，我没要。

我们站在院子里的太阳下照相，村长和我照了，还要他老婆也和我照，他老婆刚才还在院子里收拾碗筷，却半天不知人在哪儿了。村长又喊了几声，老婆从屋里出来了，她换了身新衣服，脸上还敷了些粉，她照了三次，第一次说她眼睛可能闭了，第二次说她没站好，第三次照完了，说：我不上相哈！

* * *

经过一地，看见两座山长得一模一样，隔着一条小沟，相向而坐，山头上又都隐隐约约有着红墙和琉璃瓦的翘檐儿。问路人这山上是什么庙，回答左边是观，住着一老道，右边是寺，住着一老尼。想上去看看，但上山的路却都在后边，就进沟往里走。

173

沟很窄，光线幽暗，怀疑两山是硬被推开的。山壁上，沟里的石头，连同石头与石头之间长出的树，都生了苔藓，苔藓是黑的，白的，也有铁锈色。有一种鸟，不知道站在哪里，清脆地叫：嘀哩嘀哩。小吴说那是嘀哩鸟，就会自己呼自己名字。脚底下湿汪汪的，司机趔趄一下，我说：小心滑倒！还未说完，我先滑倒了，才发现路上也全是苔藓，很小很小米粒一般的苔藓。

进去约一里，竟是一平阔地，两山连接为一体，形成环状，整个沟谷变为一个宫。宫里生长着各种草木，都不高，却千姿百态，能想象若是春天和夏天，这里将是何等的欣欣向荣，万象盎然。

原本进来是要去寺观的，仰头看两边的山头，寺观都修在峰尖崖沿，路如绳索直垂下来，一时倒没了攀登的欲望，我们就只在宫里待着。

直待了近两个小时吧，朋友说：都快成婴儿啦！大家笑笑，才顺原路返回。

*　　*　　*

一棵两个人才能搂得住的柳树就在村口，这个村里在杀一头驴。

其实，杀驴杀的是驴的鞭。

那头公驴被拉出了棚，它并不知道它将要死，见院子里突然有了许多人，说说笑笑的热闹，还高兴地喊了一下。它的喊是在打招呼，竟把一个小丫头吓得后退了几步，它也就笑了，嘴唇掀开来，龇着大牙。

这时候，从隔壁院子里也拉来了一条母驴，母驴是个俊驴，细长腿，大肥臀，嘴里还一直嘟囔着什么，似乎不愿意，被拉着绕公驴转了一圈，又转了一圈，臀上的肉就哆儿哆儿地颤。

公驴在那时不掀嘴唇笑了，整个身子激灵地抖了一下，耳朵就耸起来，鼻孔里呼呼喷气。它要往母驴近前扑，但被人紧紧地拉着，扑不过去，肚子下的鞭忽地出来了，戳着如棍。

一个人从堂屋里出来，好像才喝了酒，脖子梗着，还能看到那暴起的血管，在嚷：都闪开，闪开！一手在身前，一手在身后，在身后的手里握着一个杆子，杆子上安了月形的铲刀，太阳照在铲刀上，溅着一片子光。看热闹的人当然就闪开了，一些年轻的女子转身往院门口跑，偏被几个小伙拦住，说：嗨跑啥咯！女子说：杀了你！握铲刀的人已经走到了公驴的身后，他全神贯注，十分地庄严，院子里就立即也安静了，只听到公驴还在喷气，喷出的气像一团一团的烟。公驴不停地动，握铲刀的人也在动，动着碎步，突然，一条腿在地上蹬住了，一条腿一个跨步，嗨的一声，铲刀冲出去又收回来，他就站住不动了。这一连串的动作太快，人们还没看清是怎么回事，地上已经有了一根肉棍，肉棍在蹦跶着。

公驴这时候才叫起来，叫声惨烈，拉公驴的是两个人，一个人丢了手就去捡肉棍，捡了两回，两回都从手里蹦脱了。

* * *

定西的许多村子不叫村，叫庄，也有叫堡的。叫堡的都是在村子不远处，或山上或半坡里，有个小小的城堡。这些城堡差不多修筑于清末民初，土夯墙，又高又厚，有堡门，堡子里还常有小庙。那时期，一旦军阀混战的散兵路过，或是有了土匪强盗，钟声一响，村子里的人就往堡子里搬，并选出堡头，组织自卫，时间有两天三天的，也有三月半年的。现在，这些堡子还在，但都废了，我们去看过几个，要么堡子里什么都没有了，只留着小庙，要么小庙也坍塌了，只有几棵松柏。

在看完五个堡子的那个下午，我有些感冒，住在一户人家的热炕上发汗，那炕非常热，坐一会儿就得侧侧身子，人越发四肢无力。原计划要去北边的裴家堡的，这家主人是个教师，说他家有本县上编的文史册子，上面有一篇写裴家堡故事的，看看就不用去了。我让把册子拿来看，没想到那篇纪实文章让我读得胆战心惊，感冒更加严重，竟在这户人家住了一夜。

这篇文章是汪玉平、裴小鹏写的，我在此有删减地抄录如下。

中华民国十九年农历五月初二，马廷贤部在冯玉祥部的追剿下西进。二百多人经过裴家庄时，怕遭到村民的伏击，还向堡子方向喊：不要开枪，我们是过路的。当时正值农忙，村民都在地里忙活，堡子里只些老人和孩子，敌前锋部队顺利通过了裴家庄。不久，敌后续部队六七十人在一个姓杨的营长带领下到达裴家庄，却冲进堡子抢了一些枪、面粉和油就下了山，对堡子里的老人和孩子并未伤害。

在堡子附近山坡地里干活的村民，看到敌马队出了堡子，就大喊：土匪抢走东西了……堡头裴忙存和裴怀二，还有一些村民，赶快跑回堡子。此时敌人下山后正向西行进，裴忙存和裴怀二迅速地把西南的一门狗娃儿（土炮）装上弹药，朝着敌马队开了一炮。炮声一响，敌马队中一人从马上栽了下来，惊慌失措的敌人把落马者抬上马背，急忙向西驰去。

正西进的马廷贤在得知他的部下被打死，立即召集会，会上有人主张攻打堡子，有人主张继续西进，而死的就是杨营长，杨营长的女人又哭又闹要给丈夫报仇，部队就折过头来攻打堡子。

堡子里的人一见，把魁星楼前的大钟敲得震声响，在村子和地里干活的村民听见钟声相继都跑回堡子。在堡头的组织下，村民们赶快用口袋装上土，把堡门牢牢地堵住，堡墙上的五门狗娃儿炮和一些没被抢走的火枪，都备足了弹药，长矛、大刀和平时干活的工具，此时都成了护堡的战斗武器。

从堡子里看到敌人在做晚饭，估计晚饭后敌人就来进攻，堡头们也吩咐各家各户赶快做饭。由于村民进堡时走得忙，在村里住的人没把灶具带上来，一听说做饭，这才缺这少那，相互间借用，女人们一边带着孩子，一边生火做饭，不懂事的娃娃一下子聚在一起，在院子里嬉戏打闹。

夕阳下山后，敌人开始行动，一部分仍留在村里，大部分人马沿山坡向堡子行进。在堡墙上观察的人一下子紧张起来，喊：土匪上来了，土匪上来了！一些还没吃饭的村民，放下筷碗，拿起了武器，在堡子周围严阵以待。

敌人骑着马，身上背着枪，手里拿着马刀，后面还有十几个人抬着梯子，当他们来到堡门前停下，向堡子里喊话，向堡子里要面粉和油。几个堡头商议只要敌人能够退兵，这个条件可以接受。不一会儿，从各户收集来的几袋面粉和十多斤清油从堡墙上吊了下去。过了一会儿，敌人又对着堡子里人喊：我们团长说了，你们打死了我们营长，把凶手交出来，再放下两个女人给我们做饭，不然就踏平你们堡子。

堡头和堡里的男人们当然不能把自己的女人和同胞交给敌人，断然拒绝了要求，在一阵叫骂声中，双方开了火。一时间枪声不断，炮声轰鸣。在后堡前墙上还击的裴老五被敌人击中，从堡墙上摔了下去，当时就死了。正在双方激战的时候，刚才晴朗的天空，忽然电闪雷鸣，狂风席卷着尘土直冲向天空。霎时，瓢泼大雨将进攻的敌人打得晕头转向，一个个从山坡上滑了下去，撤回了村庄。

敌人撤退后，堡头把裴老五被打死的事暂时封锁，怕引起村民的慌乱，组织青壮年守在堡墙上注视着敌人的动静，妇女儿童和老年人拥挤在各自的草房里，惊恐不安地度过了一夜。第二天吃早饭时，裴老五的母亲叫老五吃饭，这才知道儿子已经死了，她没有掉一滴眼泪，亲自安排儿子的丧事。而裴俊华的爷爷向堡头提出，要带自己的一家人出堡去，堡头不同意。因为昨天下午大家在一起商量过不能分散。裴老汉再三要求，堡头们认为，既然屁股上有疮不能守堡，留下来也帮不上忙，就把他一家八口人从墙上用绳放了下去。

事后裴俊华给人讲，他爷爷当时一定要离开堡子是有原因的，在这之前，他家里来了个道士，吃了饭临走时给了他爷爷一张画的符，说不久裴家庄要发生灾难，到时就把符烧了，放在碗里吃了，然后要离开村子，就能避灾。所以，他爷爷的举动让堡头和村民们感到不愉快，却也保全了他们一家。

到了太阳一竿高的时候，敌人全都离开村子，并没有走昨天的路从裴家沟口进入，而是从左侧的红崖沟进入，绕到堡后的蜡山嘴，准备从背后向堡子攻击。蜡山嘴离堡子很近，站在上面居高临下，能俯视到整个堡子的情况。堡子里的村民及时调整各炮位的方向和守护人员的配备。不久，敌人的炮弹一发发落在堡里，密集的子弹不断把堡里守护的人打下堡墙。战斗持续到中午，守护人大部分或死或伤，裴忆存、裴怀二、裴恒川及裴宝华的三叔、四叔相继战死，裴善琴的父亲冒着敌人不断射来的子弹，跪在土炮前装弹药，被子弹打穿两颊。后来亲戚收尸时，他仍保持着装弹的姿势。

昨晚的那场雨，阻挡了敌人的进攻，也使存放在庙里的火药受了潮不能使用，枪炮逐渐失去了战斗作用。敌人从东西两侧，顺着梯子爬上堡墙，被堡里尚存的守护者用大刀、长矛、铁榲枷打下去。如此使十多个爬上来的敌人从堡墙上滚下山坡。此时，堡里所有能搬动的东西都用来打击敌人，连猪吃食的槽也当作武器扔了下去。敌人改变了进攻方式，爬在梯子最前边的一个，都拿着盒子手枪，接近墙头时用手枪朝堡内乱射，使堡里人不能接近堡墙。堡里已没有几个能够战斗的人了，敌人很快从堡墙爬了进来，打开堡门，见人就砍，能够爬起来的村民与敌人进行白刃战。裴麻子用马刀砍伤了好几个敌人，被大门拥进来的敌人围在当中乱刀砍死。堡头裴殿瑞的父亲被敌人绑在庙里柱子上，身上浇上油，被活活烧死。一个不到十岁的男孩儿，跑到堡墙上要往外跳，被迫上来的敌人一马刀从屁股捅进去，摔下了墙。两个年轻人逃出堡子，一个还带着狗，藏在山洞，连人带狗被打死。另一个叫裴七十一，他一直跑到离堡子一里多远的红土柯寨地，被一个追上来的敌人开膛破肚。

堡子里已看不到活人，他们就放火烧房子。庙的正殿里有存放的火药，很快正殿起了火，殿里三大菩萨像和东殿的三个神像在大火中消失。几个敌兵冲进西殿，把九天圣母的头发拉散，上衣扯开到胸前，点了几次都没点着，就慌忙离开堡子。

敌人攻进堡子时，年轻力壮的村民都已战死，堡里占多一半的老人、妇女、儿童成了他们屠杀的对象。裴小鹏的二奶被一刀砍死，她倒下时，身子护住了儿子裴建璟，裴建璟活了下来。他的奶奶怀里抱着六岁的女儿菊娃，头上被砍了一刀，硬是护住了菊娃。裴随斗和他妈被敌人追杀，他妈为护裴随斗，胳膊被砍掉，裴随斗去救他妈，脸上挨了一刀。

现年八十六岁的裴金对，当时八岁，她回忆说：初三土匪从后山打枪打炮，男人们都到后堡去了，我妈怀里抱着我，背着我哥裴老二，还有我的两个嫂子，躲到淑英奶奶放柴的庵房里。圈里有一根杠子，我妈坐在杠子中间，两个嫂子坐在两边，怀里都抱着娃娃。忽然打来一炮，坐中间的我没事，两边的两个嫂子一声没吭倒在炕上死了。我二嫂伤在胸脯上，娃娃半个脸上的肉翻过来。我大嫂伤在小肚子上，一直叫肚子疼，当天就死了。我大和我哥都到后堡去守堡，我哥刚往墙上爬，被土匪一把抱住，扔在着了火的正殿。土匪走了他才从火里跑出来，腿被扭伤了。我大肩被打伤了，活到初十就死了。求浪的大叫裴昌生，当时只有七岁，土匪没拉住，他丛堡墙上跳下去，滚到山坡下沟里活了下来。裴对泉从东堡墙上跳下去，土匪几枪没打上。后堡的人杀完了，房子大部分被火点着，土匪开始往外撤，有几个看到我们，向我妈要白元，我妈把头上的一支银簪子给了，有一个土匪站在堡墙上喊：女人和娃娃再不要杀了。土匪就走了。土匪走后，我们到后堡，满地都是死人，墙根下有两堆人，有的还在呻唤。死的人太多，没有棺材，大多数都被软填了。我家打开了一个柜子和门板把我的两个嫂子埋了。到初四下午死人基本上都入了土，没有被杀死的娃娃，都被别村的亲戚接走了。堡子里只有我妈领着我、我二哥的两岁儿子裴映冬。到了初十我大死了，我妈领我们离开堡子，临走时，我妈挖出了埋在院子里的一罐甜胚子，在地里埋了几天，挖出来还甜得很。

* * *

受裴家堡祸难的影响，几天里情绪缓不过来。司机说：瞧你这人，那是八十年前的事了，还有啥放不下的?! 是八十年前事，如果还有什么史料，清代的、明代的、宋代的，甚至秦代，这里战事频繁、烽烟弥漫，不管谁赢谁输，老百姓的苦难不知又是何等的惨烈，这些当然都岁月如烟如风地过去了，我想的是，定西为什么就叫定西呢？它是中国西北上，历来称作边关，是历代历朝都希望它安定吧，它安定了，中国也就安定了。现在，在整个中

179

国的版图上，定西可以说是安定的，安定得似乎让人忘记了它，忘记了它曾经不安定。虽然，它也是国内没有充分开发的地区之一，这可以说还是好事，使它保持了它固有的东西，包括地理环境，包括人们的生活方式，风土人情，包括没有在过度开发中拉大的贫富差距，也包括它的落后。但是，毕竟贫穷使人凶狠，富裕使人温柔，当我们需要定西安静平稳而定西的富裕远远还滞后于全国水平的时候，整个中国还应该为定西做些什么呢？怎样才能使定西更富裕更公正更和谐美好呢？

＊　＊　＊

在定西的各个县镇，无论走到哪一户人家，你感到吃惊的是都那么喜欢字画。只要一谈起字画，他们就睁大眼睛，也不再木讷，给你说起他家墙上的字画是什么人的，哪一年请回来的，村里谁家的字画最好，这个县上甚至定西城天水城兰州城书画家谁谁曾经来过，在谁家屋里吃过饭，还在谁家里写过字。说过了，还怕你不信，须要领着去别的人家里看字画。有日子过得滋润的，也有日子过得狼狈的，但不论是新盖的房还是已经破败的房，房里都挂着字画。我在通渭的一户人家里，看到上房的中堂上的一幅字写得并不如挂在厦子房里的字好，建议调换一下，主人说：厦子房的字好是好，可写字的那人品行差，而且还是个跛子哈。原来，他们还特讲究书画家的德行、职位和相貌的，德行高的有职位的身体端正健康的书画家作品挂在上房中堂，那要在大年初一的早晨给上香的。

这让我不禁大发感慨，目下国内字画的行情见涨，但十之八九是为升迁、为就业、为调动、为货款、为上学给大大小小的领导送，字画成了腐败的一方面，还有十分之一二为个人收藏，收藏着随时准备倒卖。而定西人爱字画，当然少不了有行贿和倒贩的，却绝大多数是人人都爱，是真爱，买了就挂在自己家里，觉得那就是文化，就是喜庆，就是贵气和体面，能教育家人知情达理，能启发孩子们好好念书。

除了中堂上必须挂有字画外，定西人还有一点，就是讲究在中堂的柜盖正中摆放或多或少的宝卷。

　　我在头几天里时常听说宝卷长宝卷短的，当时还不知是什么意思，也没在意。后来在一个叫清水的村里，去一户人家，老太太招呼我们坐了，忙把屋里剥苞谷颗的笸篮挪开，把猫食碗拿到了屋外台阶上，就开始用鸡毛掸子拂柜盖，拂着拂着把柜盖正中的一沓旧书小心翼翼地拿起来，用嘴吹上边的灰尘，又小心翼翼地原样放好。我好奇地问：那是什么呀？老太太说：宝卷。便埋怨儿媳妇邋遢，屋子这么脏的，让客人咋待呀？！

　　又说宝卷，啊宝卷原来是一些旧书！在我的经验里，"文革"期间人们要把毛主席的著作放在中堂的柜盖上的，莫非这里还依旧着那时的规矩？我说：宝卷？是毛主席的红宝书吗？老太太说：我不认得字。我近去看了，是有一本毛主席的书，但更多的是一些手抄本，有一些佛经，有《道德经》，有《治家格言》，有《论语》，有《弟子规》，还有《劝善歌》和《中医偏方集锦》。

　　我和老太太说了这样一段话：

　　就这些书呀？

　　不是书，是宝卷。

　　啊是宝卷，你家咋这么多宝卷？

　　家家都有，我家的多哈。

　　谁念哩？

　　我老汉能念。

　　你老汉呢？

　　走了哈。

　　走哪儿了？

　　嘿嘿，走了就是走了哈。

　　去县城了？

　　死了！

　　噢。

　　你们城里人听不懂哈。

　　噢噢，那你还一直要在这儿放宝卷？

　　镇宅哈。

181

离开的时候，我要求能和老太太照个相，老太太在头上脚上收拾起来，院子里的太阳亮灿灿的，我便在院子里放好了一只凳子。她出来了，却抱着她家的狗，狗是白狗，像一堆棉花，她说她老汉死的那年养的这狗，她总觉得这狗就是老汉变了个形儿来陪她的，尤其狗转身往后看的那个样子，和她老汉生前的神气，似模似样。我尊重着老太太抱着狗照相，可她看见我放的条凳，却一下子变了脸，说：快把凳子挪开！我说：你坐着，我站旁边。她挪开了凳子，说凳子放的地方不对，你没看见那里有块砖吗?！后来我才知道，放砖的地方是有土地神的，绝对不能在那上面坐或者站。照完了相，又走了几家，几乎家家院子中间都有一块地方放着砖或放着一盆花。问了土地神是如何安放在那下边的，他们告诉说：挖一个坑，坑里埋个罐子，罐子里有五色粮食，粮食里有个石刻的或木雕的土地神像，然后封好，地面上做个标志，这土地神就护了。

离开了这个村子，我们一路还在议论着宝卷镇宅、土地神护院的事，司机就嘲笑起定西人的旧规程，说：啥年代了，还愚昧这个呀！司机是从小在西安长大的，他不了解农村。我说这不应算是愚昧，中国农村几千年来，环境恶劣，物质贫乏，再加上战乱频繁，苦难那么多而能延续下来，社会靠什么维持，仅仅是行政管理吗，金钱吗，法律吗，它更要紧的还是人伦道德、宗教信仰啊。司机说：可宝卷摆在那里，土地神埋在那里，只是个仪式么。我说：是仪式，有仪式就好呀！为什么要每天在天安门前升国旗，为什么一开大会首先要唱国歌，为什么生了小孩要过满月，为什么老人去世要七天祭祀？再给你举个例子吧，现在每年全国开人大会政协会，花那么多钱费那么长时间去北京听几个报告，报告完全可以发到各地让人阅读么，为什么偏要去北京，它就体现了国家感、庄严感啊！

*　*　*

在漳县、岷县发现村民家中的宝卷后，我们对宝卷产生了兴趣。老太太家的宝卷，以及那个村子里别的人家中的宝卷，都是一些我们知道的儒、释、道方面的经典，而定西历史上是佛道兴盛过的地方，又出过许多大儒，又是有孙思邈呀，李白呀，李贺呀许多遗迹，那么，还有没有一些我们没见过的经典古籍呢？于是，我们每到一处，都要打听，就听到了一个关于宝卷的故事。

一九九二年七月五日，有人在遮阳山东溪寒峡的一个洞口石壁上发现了"石室"二字，不知何人何时所刻。进入洞后，在洞底又发现了一木棺，吓得没敢打开。消息传出，漳县文化馆干部赶来查看，认定"石室"二字为北宋大诗人、监察御史张舜民题刻，进洞后又证实那不是木棺，是一木箱，木箱里存放着一大批古代书籍，这些书籍经清理，为古代佛经宝卷手抄本，因受潮粘连严重，能辨认出的经名有八部：《佛说大乘通玄法华真经》《法舡普渡地华结果尊经》《佛说赴命皈根还乡宝卷》《还宗佛法身出细普贤经》《正信除疑无修证自在宝卷》《叹世无为宝卷》《古佛天真考证龙华宝经》《普静如来钥匙宝卷》。

后据当地人提供线索，几经曲折，找到这批藏经的原主，原来这些经卷一是他们家历代相传保留下来的，二是民国初年从岷县一地抄录来的。一九五八年时，他拣其中破烂的一套上交了乡政府，而把抄写工整装帧讲究的一套在后半夜藏入东溪山顶上的鸦儿洞。事后又觉得有人好像发现藏经，不久又和女儿偷偷把这些经卷转移到了东溪寒峡的一个山洞里。当初，他并没注意到洞口岩壁上有"石室"二字，而这一疏忽，竟然正暗合了一句老话：石室藏经。

我们曾去漳县政协想见见这批宝卷，可惜那天是星期天，政协机关没人，未能见到。后又去拜见了一位文化馆的退休干部，从他口中得知，仅漳县在山洞里发现的宝卷就有四十余部，都是新中国成立后，尤其是"文革"中群众偷偷保藏的。有北京、天津来的专家鉴定过，确认其中九部系国内外从未见于著录及公私收藏的孤本。

*   *   *

183

再一次返回到定西城，小吴说：明日请你们吃饭吧。

但还是夜里的三点，小吴就把我们全叫醒了，催促着要去饭馆。我说：

你神经病呀，这时候吃什么饭？他说：早饭。我说：什么早饭？他说：牛肉汤。我说：这就是你请客？！小吴说：牦牛骨头汤呀！

小吴为了表明他请我们喝牦牛汤是多么真诚，而牦牛骨头汤又是多么美味和有营养，就讲了这是岷县最具特色的饭食，岷县与藏族聚居区接壤，其实也是汉、回、藏、羌民族杂居区，这种汤煮法特别讲究，要从下午四点开始煮，一直到第二天早上四点方能煮好哩。

受着诱惑，我们赶到了那家餐馆，真是没有想到，餐馆门口竟排上了长长的队。队列中有年轻人，更多的是老头老太太，似乎还都熟悉，互相招呼，说说笑笑。一打问，才知道这些老年人常年来喝，喝上了瘾。

但当牦毛骨头汤端上桌后，我们都喝不了，膻味太重。

＊　＊　＊

小吴能请我们吃饭，有一个原因，是他知道我们该返回西安了，虽然那顿早饭并没有吃好，他还是特意找了一家酸面馆再次请了我们。就在这次饭桌上，我们在商量着怎么个返回法，是北上兰州，从兰州返回呢，还是从漳县经武山、天水，然后返回。小吴说：第二条路线是正确的，顺路可以去看看贵清山。我说：贵清山是什么山？小吴说：你不知道贵清山？！那可是个好地方，不但是定西名山，甘肃名山，陕西恐怕也没有哈！司机说：有华山好？小吴说：好。司机说：有太白山好？小吴说：好。司机一挥手，说：不可能！气得小吴脸都变了。我忙打圆场，说了个故事，这故事是我单位的一个作家写了一篇文章发在《西安晚报》上，其中有一句：我妈是世界上擀面最好吃的人。没想当天就有读者给他打电话：你妈怎么能是世界上擀面最好吃的人呢，擀面最好吃的是我妈！

我们最后还是选择了第二条路线，从定西再去漳县，从漳县到武山县的半路上，拐上了去贵清山的一条黄土梁。

梁叫番桥梁，名字很好听，但路实在太窄，还曲折不已。沿途有许多村庄，一簇树，几十间瓦房，不是卧在洼地里就是趴在半坡上。偶尔见有人骑在毛驴上，驴很小，人却高大，两只脚几乎就撒拉在地上，但他表情庄重，见我们停了车给他拍照，竟不说一句话，也不笑。约摸一小时后，路两边有了小叶杨，一种叶子呈白色的杨，极其白，似乎有粉，一种叶子呈黄色，金子一样的黄。那天正好是立冬日，太阳还是明亮，白的叶子和黄的叶子落在地上，车一行过，飞翻跳跃着无数的碎金碎银。再过了几十里吧，路拐入另一条梁上，能隐约看到远远的有寺院，地势也是越来越高，而梁两边的坡上没有了树，也没石头，一片一片大小不等的田地有的种了冬麦，是绿的，没有种冬麦的耕过了歇着，准备将来种土豆，便只是赭色，整个的坡塬状如巨大无比的百衲衣从贵清山方向的高地直铺了过来。

到了高地，突然间眼前出现一个大河谷，天地变化，霎时觉得是驾了巨鹏从天而降，按住了云头俯瞰着人间。谷地里林木黝黑，成片状，成带状，顺着高高低低的峰峦向后蜿蜒，有云卧在其间，云白得像一堆堆棉花垛子。黄土高原上看惯了沟壑岇台，猛然见这片峡谷山林，真有些不知所措，以为是幻觉，是异想，异想天开。车随着路往峡谷开，连续的绕弯和打折，一搂粗的、两搂粗的紫杉擦身而过，无数垂落下来的藤萝就覆盖了车前玻璃。我和我的朋友大呼小叫要车停下，小吴说：不停不停，绕着谷往后山开，直接到三峰。

不知怎么在谷底里拐来拐去，也不知怎么又在盘旋而上，一尽在恍惚里，车就到了黄土梁上。这里的黄土梁和所有的黄土梁一样，起起伏伏，能望到天边。一个大转弯后，车停在了偌大的土场上，小吴说：到山顶了！

这是山顶？我疑惑不已，山顶怎么和黄土梁连在一起，贵清山原来仅是梁塬的沟壑吗？但定西任何地方的沟壑都是土层，这里却是石质，从谷底往上看着全是奇峰林立，嵯峨险峻啊！这时候我才明白，世上有的东西是测高的，有的东西是探深的，山可以在地面上往天空长，山也可以从谷下往地面长。贵清山它是一座地面下的山。

在土场上，四周即是紫杉，一棵紧密着一棵，高大得仰头望不到顶尖，倒怀疑这个土场硬是在紫杉林中开辟出来的。土场上太阳白花花的，紫杉林里仍是苍郁，好像那里永远是夜，而黑白分界刀割一样整齐，我站在分界线上，一半的身子暖和，一半的身子寒凉。

沿着一条漫下山路往前走，其实已经走在山峰上，靠着一棵树说：

拍个照吧！一低头，树后便是万丈深渊，吓得老老实实从路中间走，害怕着有风，走过了百来米吧，路断了，是这个峰和另一个峰架着了一座木桥。从木桥上想极快地跑过去，因为担心桥会塌，却腿哆嗦着只能一步一步挪，小吴喊：不要往下看，不要往下看！是不敢看了，终于过了桥，死死抓住桥头的铁索，往下仅看了一眼，刀劈一般的直立，崖壁上直着斜着长着杉，有鸟在锐叫，有树叶无声地飘落，立时头晕，出了一身冷汗。好的是进了一道长廊，廊栏护着，这就到了中峰。到了中峰，却思想了一个问题：在黄土梁上，土那么厚，难得见树木，即使有，也仅是些小叶杨、槐和榆，却不成林，出地便为灌丛，而紫杉却在峭壁悬崖上生长，长成如此大木?! 古书上讲，中国地势东南低而西北高，天下水聚东南，东南富庶，人多聪慧，易出俊贤，西北瘠贫高寒，人多蠢笨，但出圣人。那么，这里的紫杉就够得上是圣树了。

中峰阔大，就建有庙宇，到处是石碑，还有一些平房和菜地。有三个道姑正在吃饭，饭依然是蒸土豆，见了我们老远就说：吃呀不，锅里有哈。我没有客气，去拿了两个土豆，一边吃一边四处走动。在别的佛寺道观里，常见到一些奇奇怪怪的花木，这里没有花丛，树都长得凛然伟岸。到左边崖沿上去看，峡谷对面云腾雾罩，只有一排峰尖，如锯齿，似乎凭空浮着，感觉是海市蜃楼的景象，或者是画上去的。到右边崖沿去，那里的峡谷更深，云雾填满，丢一块石头下去，半天才听到咕咚声。走过来的道姑说：早上还打电哩，一打电，谷底里呼隆隆响，像过火车。再到前边的崖沿，能看到另一座峰，比中峰小，几乎是一个锥体，锥尖上竟然就一个庙，庙小得如一个人蹴在那里。

从来没见过这般奇怪的庙，要近去看，路又断了，连接的还是一桥，这桥完全是几根木头搭成的，亏得桥上有廊，不至于让你看到外边。

过了桥到庙上，庙墙就齐着峰沿，峰沿上长满了树，一直手抱着树绕着庙下的一个斜道到了庙后边，小吴说从这儿还可以直下到峡谷里，峡谷里有神笔峰，你想不想看？我当然想看，但小吴又说从这里下去要过转树砭，即一棵大树立在路上，必须抱着树转一圈方能下去，我立即不敢下了，说还是从原路回到谷底再进峡里看神笔峰吧。

折回中峰，听道姑说山上事，她爱说话，说了峡谷十里，说了紫杉林二百亩，说了山上曾经的和尚和道士，说了她们三个是哪一年出家的，每日的法事如何做，怎样的吃喝。让我印象最深的，从此再不能忘的倒是两件事。

一是这里三峰环翠，西峰刚直，南峰峻急，中峰体秀身圆，土石和美，并且左有青龙蜿蜒，右有白虎低沉，前有朱雀欲飞，后有玄武伏降，本应存有王气，要出大人物的。然而，寺院道观并没建在面山枕山、左右临水的山脉重心位置，而选于天地交会最利升仙的山峰凸点上，因此，这里一直安稳，与其说寺观是选中了这里的山水所建，不如说正是建造了寺观才保护了山的峻美、树的茂密。

二是每年农历四月初一至初八，是浴佛庙会，根据"佛生时龙喷香雨浴佛身"之说，以各种名香浸洗佛像，而平常山上很难下雨，庙会前却必有一场雨，庙会后也必有一场雨，竟然几百年来从未延误过。

最后，我们下到峡谷去看神笔峰。神笔峰果然端直插天，大家都嚷嚷着让我好好写篇文章，记下此时此景，我一时脑子里翻涌着许多前人诗句，什么满身黑痕多、独立在人间，什么众鹰盘旋、落霞堆地，什么松上云从容、涧底水急湍，但觉得没一句能准确地描写这神笔峰的神采和看到神笔峰的心境，我说：大收藏家是以眼收藏的，今日看到神笔峰了，我也就拥有了神笔峰。

要离开贵清山了，小吴又和我们戏嘴了。

没哄吧？

没哄。

好吧？

好。

哈这就对了！

问你一句？

问。

为啥这么多天你不早早说来贵清山？

一路上都是黄土塬梁的，最后要给你们个惊喜哈，祖国山河可爱，定西不能排外么，离开定西的时候看看贵清山，给你们留个好印象哈！

没来贵清山，定西已经留下好印象了呀。

那来了贵清山呢？

定西有贵清，清贵乃定西。

二〇一〇年十二月二十九日写毕
二〇一一年五月十一日改毕

江浙日记

前边的话

　　四十年间，我曾作过无数次的日记，但每次记到十天左右，便生懒惰，愈记愈少，最后到了每日只写"无事"，自己厌烦自己，就作罢了。公元一九九六年初，也即是农历乙亥年的冬日，受中宣部、中国作协安排赴江浙生活，下定了决心要作日记，为这一段日月留下资料，一是将来易于做汇报，二是随时录下感受，既可练手，又可静心。庙里的和尚敲木鱼，除了传递信息，那一声一声的"笃笃"里，也好一心念佛，不生他想吧。

作者

江苏日记

一月十二日

早晨起来，天下起了雪。下起了雪好！入冬一直干旱，西安病毒性感冒流行，差不多家里都有一个两个病倒的；虽然千注意万谨慎的，屋里还熏了醋，母亲还是卧床数日，不进汤水，挂了三天吊针，病情也刚刚好转，昨夜还听到她的咳嗽声，这雪一下，我就可以放心去了。披衣过来，母亲和陈每已在厨房包饺子，陈每的右眼上还沾着一些面粉，看见我，上齿咬着一点儿下唇，默默地笑。家乡的风俗，由母亲带进城来，也成了我家的风俗：出远门要吃饺子，意在囫囫囵囵地走，无牵无挂。

可我怎能无牵无挂呢？数月里等待北京的消息，只说今冬是要免了，几日前忽接到作协张锲的电话，要我务必十三日前到京，这几天忙乱地料理单位上、家庭里以及许许多多社会和写作方面的杂事，人累得几乎要趴下来。一切该放下的都放下了，不该放下的也得放下，但最后仍揪心的是母亲的病。

母亲把煮好的饺子端给我，她就坐在对面看着我吃。母亲从来是不理会大事而只管小事，我吃饱了她仍还是要我再吃，我又吃了一颗，说："今早感觉身上轻省吗？"她说："头不重了……这雪一下，要全好了！"我告诉母亲：我不能陪她去医院镶牙了，但已经安排好了人，现在满口没牙，多吃些软东西，饭后活动活动可以增进消化。家里有暖气，出门进门注意增减衣服，防备再染感冒。用煤气要特别小心，每次检查关了总闸没有。热水器里要勤加水。来任何人不要轻易开门，隔着防盗门就说我出差去了，有什么事让二三十天后再来。身体一有什么不舒服，就去楼下找我的同学，他会打电话叫医生的。母亲只是点头，眼睛似乎有些潮。陈每就忙在一旁打趣，尽量活跃气氛。她的父亲才去世十天，我又吩咐除了陪她母亲外，有空也过来陪陪我母亲说话。母亲说："天寒地冻的，你能不能不去……"陈每说："你儿现在是朝廷命官嘛，他能不去?!"母亲摇着头，就去佛像前烧香，口里叽叽咕咕不知说些什么。

我对陈每说："什么朝廷命官，你别瞎说!"陈每说："不是朝廷命官了，那就是'毛主席的战士最听党的话，哪里需要到哪里去，打起背包就出发'!"正笑着，门被敲响，进来的是一些同学和邻居。他们是看了今早的报纸，知道我今日要去江浙，特来送行的。报纸上怎么写的，我不知道，但昨日上午，市宣传部举行了一个小小欢送会，崔林涛书记及政府、人大、政协、省宣传部、省文联、省作协的领导都参加了。崔书记是我的朋友，多年来一直关心着我的生活、身体和创作，他又在会上讲了长长的一席话，热情洋溢，又语重心长。我感激着这些领导，也感慨着这种待遇。到昨天晚上，一拨一拨文学朋友来看我，他们要为我举行个送别晚宴什么的，我拒绝了，只把照顾母亲的事一一托付他们。现在，我借居于西北大学的这间小小房间里，留校任教的同学和邻居坐得满满当当，七嘴八舌地询问和叮咛，他们担心的是我的身体，是我的饮食习惯和语言障碍。有人就笑着说："活该你写《废都》《白夜》，这下好了，发配那么远的……"这话难听，未等他说完，我挥手就说："这你胡说!"生活是创作的最基本的条件，在西北待得久了，去江南看看，岂不是难得的幸事，就说发配，哪有发配到天下最先进最富裕的地方去?!陈每便说："有个故事，说过去一个人不吃肉，部下犯了事，他的惩罚就是让吃肉。——如果真是这样，我天天盼着受罚哩!"大家都笑了起来。末了，他们帮我收拾了行李，临走时，说："祝一路顺风!"陈每又说："坐飞机不能说顺风的。"大家便说："一路顺利!"笑笑去了。

四点的飞机，两点离家往机场，同行的宋丛敏一进门说走，母亲就穿外套，戴帽子，要送我。老宋赶紧挡住，说外边风大雪大，不要送了，我也随手把门拉闭，匆匆下楼而去。

单位的车停在楼下，雪淋得人眼睛睁不开。

到北京，北京竟无雪。作协书记处高洪波以及翟泰丰和秘书王海燕、张锲的秘书秦友苏等在机场迎接。洪波是旧友，数年不见，格外热乎，但他又粗又高，站得太近，我就自惭形秽了。那一年开政协会与冯骥才照相，照片如一幅漫画，便有人指点，与高个儿人一起，一定得保持距离。今夜从候机室到停车处，我和洪波就是隔着走的。这么走着，自己也觉得好笑，灯影处里"嗨"的一声，老宋还问："你怎么啦？"我说："拿破仑是一米五吧？"老宋莫名其妙。车是径直开往和敬公主府的，这里做了中纪委招待所。数年前来京住过一次，今又来住，只是想与那公主有缘呢，公主是什么模样无法想象，个头儿估计不会是多么高的。府宅深广，知道住宿楼是在后院，进去楼却拆了，月明星稀之下，楼前的那棵老棠梨树还在，不禁生一份伤感出来。树一老便有精灵的，仰头默默地向它问候，一片枯叶便落下来。接待吃饭的还有三人，其中一位叫赵翼如的，当年在南京见过，依旧同约，去白魁老号，吃一种豆腐，基本上是豆渣做的，少见又味美。饭价也颇可观，老宋暗中咋舌，我悄声说："不贵，除了菜，这店名也该值五十元，店里仅开这一桌，幽静值五十元，有老朋友相聚值五十元……"老宋笑道："还有秀色……"我没有接话，问赵翼如，南京方面的气候如何？赵一一答了，却担心我去江浙语言不通，我请她说一句老家话，她说了，一堆莺歌燕语，我听懂了两个字，她竟说：这两个字你也听错了！

一月十三日

一早，张锲来和敬府接我去文采阁。他明显有些老了，但样子更像了毛泽东。这次南行，是中宣部副部长、中国作协党组书记翟泰丰的点子，具体与我联系的是张锲。车驶到文采阁，翟泰丰、王巨才、施勇祥等作协领导已在那里等候多时，还有《文艺报》的记者贺绍俊。受领导的接见，也是南行前的送行吧，各位领导都讲了话。翟部长大致讲了三层内容：一是充分肯定了我和我的创作；二是对这次江浙之行和今后我的写作寄予厚望；三是下去开拓视野，自己总结自己。这是我第二次见到他。社会上早有传言，说这位领导是工作狂，两次见面突出的印象是精力过人，思维敏捷，办事果断。不知怎么，见到他总想起那个马拉多纳。为安排这次南行，他费了许多心血，亲自打电话、写信给江浙的地方领导，又写长信给我，使我在《废都》之后漫长的孤独苦闷中，深感到一种暖意。但我口笨，竟无以说出一套感谢话来，在这样的场合里只显出一副呆相。会后正要吃饭的时候，翟却接到电话，部里要开会，便匆匆离去。这似乎使我觉得有些过意不去，张锲说："这是常事。"席间大家谈说起翟的工作作风和作协领导班子的生活节奏，简直使我大吃一惊。他们忙得几乎没个在家的半晌，王巨才书记出差途中接到通知来京上任，一干半年了还未回原籍省城去看看家人。官做到这个位分上，其累也是寻常人难以想象和相信的。饭菜很丰盛，"文采酥"也极好吃，我多吃了几块，张锲说："给你带些晚上吃。"我说："撑得这么饱，晚上也用不着吃饭了！"张锲说："北京还有什么事，下午抓紧办，明日上午我陪你们去南京！"我万没想到他会陪我去江南，一时倒愣了。张锲说："得把你在那儿安排好才放心嘛！"

下午无事，在小院里看一棵老桐树。北京城里有许多这样的老树，我把它们视作老者，背靠上它，顺着树干往上看，干硬的枝丫在墙头屋檐上高指天空。后来打电话想趁机讨要《白夜》的稿费。电话打不通，老宋取笑我怎么老是拿不到钱，《白夜》又出现两种盗版本。对这类事，我已经愤怒得没愤怒了。

黄昏，李廷华夫妇得知消息来看望，硬要接我们去他的住所。李是陕西人，来京临时在《书法》杂志社做事，借居于东四头条胡同中的旧宅院。宅院明显是昔日的大户人家，但全然败坏了，偌大的厅房西厢里，唯有一床、一桌、一凳，和一炉一壶，格子门窗厚厚地糊着纸，一角在风中嘶响，煤炉火旺，烤着焦黄的烧饼。但李氏夫妇十分乐观，大谈人到四十多岁的苦难，和在苦难中的乐趣，便在炉上用炒瓢煮面条，用碗喝白酒，又拿出写就的古体诗念了我听。念到"疗饥自有三文治，遣兴莫如二锅头"，我说："好！"在豪华京城的一条窄胡同里，在待拆的旧宅院里的冬季，四十多岁的夫妇夜

195

夜以纸堵窗，拥炉而坐，吃挂面，作诗文，享受的是人生的另一番境界，无疑对我是极大的感染。是的，廷华兄，幸福完全是一种感觉，换一副心态对待人生，就有融融之乐。

告别时，夜已深沉，和廷华去蹲胡同里的公厕。厕房极小，冷风森森，得一手抓着裤子，一手伸直了去撑那一扇小门。廷华说："每天早晨，这里就排队了，我在这儿结识了几个胡同里的朋友。"我嘿嘿地笑，他说："你别小看这地方，北京人蹲茅坑谈的也是朝廷的事，联合国的事！"

一月十四日

下午飞到南京，住西康宾馆。一路车外闪过无数白面长身女子，到宾馆很快见到苏童、叶兆言、赵本夫、周梅森、储福金、黄蓓佳、范小青等一批当地作家，江南真是出才子出佳人的地方啊！正好南京翌日要召开报告文学《张家港人》研讨会，北京上海来的名家很多，江苏文联作协的领导又都在，宴会是十分热闹的，欢声笑语，敬酒不绝。凡是人多的地方，我向来伏低伏小，极不愿应酬也不会应酬，唯是吃菜，吃罢菜吸烟。张锲一定瞧我太呆板，两次说："平凹你给大家敬敬酒嘛。"第一次要敬时，旁边有人敬大家，对每一个都说一段话，说得得体又中听，我便作罢了。第二次才终于端起酒杯，只是笑着给各位碰了一下，说句"谢谢"，便不知再说些什么。有记者一边拍照，总要我笑笑，但我没有笑，我恨我不会笑。张锲就拉着我给江苏省委宣传部的同志、文联作协的领导，以及张家港市的领导一一介绍我来的目的，望他们关照。他是了解我的生性的，怕我的老实和生硬在陌生地有为难处，时时呵护。我一面在心里感激他，一面深恨自己的没出息。我是太敬畏一切人了，当年柳青说过他是挑了鸡蛋篮子上大街，不是要挤别人，只怕别人挤了自己，陕西人的德性就是这样吗？当地的行政领导当然十分客气，说他们会照顾好的，给我笑笑，我也给他们笑笑（记者又在拍照，我又不会笑了）。一顿饭就这么吃过去了。

天竟又落起雪来，雪落地不驻，即时化水。和老宋步行西康园前院，说起席桌上的尴尬，便让雪淋湿着脖脸，忽想起"我醉欲眠卿且去，明朝有意抱琴来"，相视一笑，又一笑，仰头大笑回到后楼。回到后楼房间，却又无聊，翻看《张家港人》一文。看过一半，拉开后窗，窗外恰是一处小花园。风雪之中，花皆残败，三棵黑松萧然，一堆太湖石，一片水塘，雪落下无影无声地无纹痕泛起。有一穿红衣的女子在塘边的冬青丛边伸舌接雪，一仰头瞧见我，忙闭了嘴，却又装着对雪无所谓的样子，慢慢往左走，就走出窗框了。

一伙作家来房间看望，此时倒放松，说一回，笑一回，留一房子烟雾，各自散去。关门洗澡，打开了行李箱，才发现在家整理好的电话通讯本忘记带了。更糟心的是拿了电须刀器，而没拿充电绳，一日不刮脸将面目全非的，何况又是"满头是脸，满脸是头"模样。老宋说："瞧瞧，没个女人照应，就丢三落四！"洗漱用品是陈每给收拾的，她不刮脸，当然不知道还有个充电绳儿。箱子里的烟却装了四条，拆开一条是假的，又拆一条，还是假的，气倒没有了，只是笑：假烟假酒假（贾）平凹嘛！

一月十五日

昨晚睡前读完了《张家港人》，为的是对张家港有个大致了解，也准备今日开研讨会，如果让发言，也有个说头。但张锲来说，与会议负责人商量过了，怕我参加会议，可能记者们要采访，势必冲淡会议，建议今日让储福金陪我和老宋去城中各处走走。行的。九点钟储福金带了车来，我们直奔中山陵。

江南的冷竟是这般的阴险，站在有风的地方浑身打战，躲到避雨的地方，骨头里还疼。我是向来怕风怕冷怕光怕动的（西安的朋友总作践我害有林彪病），一到中山陵，人已瘦去许多，只显得夹大衣空洞，瑟瑟如雨中鸡。储福金要脱一件毛衣给我，我坚拒，只将他的一条彩色围巾裹了脖项。中山陵以前来过，已不觉新奇，虽有气势，终不能比乾陵，武则天那个女人有豪气，死后将陵墓横在关中平原上，几十里外便能看得见一个女人形仰躺在

197

天地之间。中山碑很高，可以与黄河东岸司马光陵前的碑子一比，但都写了字，还是没乾陵上无字碑的派头。中山陵侧有灵谷寺，却是好去处，进了山门，一条路上干净无泥，道旁松上落了雪，雪又不大，银里幽幽透出绿来，柔柔可爱。无梁殿其实是陕北窑洞式的建筑，江南人少见就觉稀罕了，若见过甘南藏区的拉卜楞寺和新疆喀什的香妃墓大殿，这里就是大巫前的小巫了。出了寺，储福金说：看不看塔，寺后有个塔的。我说天下塔都一样，不看了。话刚出口，一声呐喊如雷一般轰然碾过林子，吓得我忙噤了口。储福金说，这里有人登临塔上大呼小叫了。我乖乖往殿后望去，未望见塔顶，却想：那呐喊人一定寂寞，就制造声音。人的生命，其实是追求声音的存在的，做婴儿要哭，做老人要唠叨，甚至夜间犬吠，老鼠磨牙，苍蝇蚊子嗡嗡……但是，在塔上呐喊的人儿又何必呢，沉静的山谷里，这里不是已经有这座寺，寺里的神灵不是中介着让人与天地对应交流了吗？

午时到城中吃饭，储福金问吃什么，我说："小吃。"小人物小食品么。结果六人两车走散，我坐的那辆车停驻在一座石桥头，司机去寻另一辆车上的储福金他们。没想这桥竟是半月桥，桥头一楼，脊檐破旧，漆染剥脱，上书：李香君旧居。曾两次匆匆过南京，总恨无缘见秦淮河，没想却置身香君楼前，恍惚若梦中。我说："这就是秦淮河？这就是秦淮河?！"天白不能见灯影，落雪又未闻桨声，一河清水活活而动。遂想起当年侯朝宗，一顶文士帽，一袭长袍衫，骑驴携书来下江南会才子，却得一佳人，发动了一出美丽故事，一时竟也百感交集，仰天浩叹！我久久地立于桥上，望那河水小楼。时在午后，又逢阴雪，月是不会来的，河岸也不是开桃花的季节。侯郎昔日南来是不是有过这阴冷天气，但阁楼歪歪斜斜依然存在，那个李香君却再也没有了。

我从桥上又一次折身过去，立于楼阁门前往里张望，门里有卖胶卷的柜台，坐一女子，阔额长眉，抬头用普通话问我："买胶卷不？"一连问了三句。

后来，去"秦淮人家宾馆"吃饭，门里轰地拥出一群小女子，忙正经上二楼，目不敢旁视。二楼上红柱彩屏，无数灯笼，如喜庆之堂。小女子侍应更多，一律粉红斜襟紧身镶边小袄儿，梳明式丫鬟发髻。歌舞在席桌之前穿行表演，软语轻音，好听而不辨名目。一侍应前来送茶，见襟下挂有一菱形小牌，遂问："是玉佩吗？"答说："塑料的。"倒恨自己多嘴，又怨侍应不该实说，坏我遐想。所食小吃，每人一漆木小盘，每次上三样，上六次，一十八道品类，尽是小碟小碗小罐小瓯的。吃毕，喜欢上了漆木小盘，说："这漆木花盘真不多见了！"翻过来再瞧，却也是塑料的。

一月十六日

一早离开南京往张家港市。行程三小时，沿途屋舍不绝，却粉墙蓝瓦，崭新如洗。江南水乡，二十世纪五十年代尽是草屋，六十年代换了瓦房，七十年代扩修走廊，八十年代就盖了楼房，但楼房简易，到九十年代则讲究了式样，且里外都装饰了。北方的乡下，即使富起来，盖了两层三层的小楼，仍注重营造院门楼，雕石镂砖的，还要在门框上装匾，写上"耕读之家""山明水秀""紫阳光照"之类，古风依存。这里却西洋起来了，但又不脱尽土气，一个村落一簇屋舍，同一样的结构设计，在粉白色的两层水泥楼上架人字形老式瓦房顶，犹如西装却戴了瓜皮帽。秦淮河上的那些高低错落、钩心斗角的建筑风格已经殆失，唯喜欢在瓦房顶两端的背处保留细小而直翘的角，又如瓜皮帽外一根参着的小辫儿，显得滑稽有趣。中国人讲究造屋，芸芸众生一辈子有出息没出息就看能不能造屋或造怎样的屋，所以，沿途仅看村镇人家房子外观，便惊叹江南之富非西北人所比。有释易的一本书上讲："以人才论，圣贤通生在西北一边，以山高耸秀，出于天外故也。以财赋论，通在东南，以水聚湖海故也。以炎凉论，天地严凝之气，始于西南，感于西北；天地温厚之气，始于东北，而盛于东南。严凝之气，其气凉，故多生圣贤。温厚之气，其气炎，故多生富贵。以情性论，西北人多直实，多刚多蠢，下得死心，所以圣贤多也。东南人多尖秀，多柔多巧，下不得死心，所以圣贤少也。"江南自古富裕，现今国家改革，发达已与西北地方拉开档次，数年前与一外国作家交谈"乡土文学"，其乡土概念截然不同，他们说"乡土"指回归自然，当然我颇为不解，今观江南乡下，始有觉悟。

午时到达张家港市，洗漱，吃饭，稍作喘息，即开始集体参观。张家港市的参观极讲究时间，每人发有参观路线表，上写：

沙洲宾馆（2：00 出发）——中港（2：05—2：15）——大菜巷（2：20—2：35）——沙洲工学院（2：40—2：45）——精纺城（2：55—3：10）——梁丰中学（3：25—3：45）——市府大院（3：50）——国贸宾馆（3：50—4：05）——园艺场（4：10—4：30）——集贸市场（4:34—4:55）——沙洲宾馆（5:00 晚餐，小憩）——步行街（7：20—8：15）——沙洲宾馆。

所到之处，只能是匆匆而过，但印象极其美好。饥渴之人，遇到饭食，第一碗狼吞虎咽，第二碗第三碗才是品味，这就是我产生要多在此待些日子的念头。我尽量收集各处的介绍材料，多眼，多嘴，成了导游者的尾巴。张锲问我："怎么样？"我说了想法，张锲说："你情绪这般好，我就放心了！"他这话倒让我感动。他又说："明日再参观半天，我领你去昆山，与那里的领导接上头了，我就该回京去，你要再来，就可随便往来。"晚饭中，他又将我多次介绍给宣传部的领导，已经说定从昆山回来，就住市党校。下乡生活，当然不能住宾馆，这道理我知道，但我害怕党校那儿没暖气，这里的冷确实让我受不了。话到口边，没有再说。

晚上，翻看了一些资料，和老宋谈对张家港的印象，情绪激动，不觉已过十一点，忽觉肚饥，就想起了母亲。在家常熬夜，有吃夜宵的习惯，总是母亲为我下一碗酸汤辣子面的。便给母亲打电话，母亲接着，问家里没事吧，她说："好着哩，你放心。"问："这么晚了还没睡呀？"她说："我在看电视。"再问陈每在不？她说："她爸明日'三七'，她回那边去了。"家里就母亲一人。我在家的时候，母亲是十点就睡觉的，她不识字，从乡下到城里又无人可以说话，天一黑她坐床看电视，我忙写作或在客厅陪客，去卧室时总见她已靠在床头打盹儿。我把电视一关，她就醒来了，笑笑，要说："电视里的事我解不下，一坐到电视前就眯瞪，去睡却睡不着。你忙完了没？完了咱码牌吧。"母亲唯一消遣的是码纸牌，我虽觉得那游戏没意思，但每日陪她

一会儿。今夜，空空的房子里只是母亲一人，她一定是又睡不着了起来开的
电视的，或许她依旧在打盹儿，电话铃惊醒了她，才明白自己还是在看着电
视的。

一月十七日

上午继续参观，依然是冷，将所带的衣服全部穿在身上，愈发身短腰
粗，不成个形状。肝部数天里不适，脸有些浮胀。今日跑动的是南沙镇、东
山小区、永嘉码头、保税区、沙钢润忠公司、鹿北丰产方、塘桥镇。我先是
坐在后边的大车上，半路张锲将我叫下来，同他坐到小车上，可以听宣传
部李副部长讲叙好多张家港的故事。张家港富已不必说，但怎么就富起来
的呢？江南人的思维超前这是极重要的。农村只能以发展企业摆脱贫困；这
观念他们在二十世纪七十年代就产生了，偷偷地干，瞒着外边，有什么领导
来，工人放假，厂房关闭。待全国倡导了办乡镇企业，他们一下子全冒了出
来，很快占领了市场。现在各地发展乡镇企业，张家港却已更新机器，扩大
规模，重点发展招商引资，使管理水平和产品质量的档次，完全达到国家
级大型企业的水准。这些是墨守成规的西北人能想和敢想的吗？一位镇干部
讲：事情就怕你干不成，事干成了就会承认你！西北人不是在改革之中胆子
更大一些，步子更快一些，而是等上边，往往上边说到十，下边干到七，一
旦上边要限制什么了，说到七，下边则干到十，一切都是要自己不犯错误，
出发点不是在干出事业，只怕自己官职保不住。存大志，干大事，这里的农
民已脱农民习气，所到之处，镇镇竞争，村村竞争，无萎靡之风。有一个现
象十分有意思，即，在南方沿海地区和中西部地区，夜总会、歌舞厅甚多，
尤其越贫困的中小城市，这种设施更多，这里却少见。

见到相当多的干部、群众，能听到这么两句话："有经济地位，就有政治
地位。""在位子就要捞票子，捞不来票子退位子。"直奔经济工作的主题。中
西部一些地区哪一个领导敢这么说？可以翻开这些地区的任何一份文件、报
告，听听任何一位领导的大会讲话，敢肯定讲，往往是一堆一堆空话套话之

后才说到经济的。

中国是农业大国，文化基本上是村社文化。中西部有相当多的国家级大型企业，工人阶级原本是先进的阶级，但现在大型企业多不景气。据我所知，这些企业几十年来在那里，已形成了一整套的小社会体系，工人可以不出厂区，在那里几代人一起生活、生产、消费，早已沦入新的一种村社文化之淖塘里。张家港的企业多是新生的，每一个企业在开始都是极简陋的工作条件，极简单的管理机构，一步步滚雪球似的发展。中西部呢，只要一沾国营集体性质的企业，要办一项事，先是得有办公楼，得设置这样室那样科，得有家属区，哪里还有盈利和盈利了扩大生产？

一边参观，一边思想到中西部的现象，说给老宋时，似乎满脸涨红，很是气愤。老宋说："好像你有治国之才！你当的西安市文联主席，一年倒去不了单位几次！"我嗤地笑了，说："总统不一定就是个好村长！"脑子却又在想，中西部经济搞不上去，不是说那里的干部都是庸才，那里仍有出类拔萃的人物，仍有雄心勃勃想成就事业的英才，但往往你放开大干时，受牵限的太多，有来自主管部门的，有来自同僚部门的，烈火不停地被冷水浇灭，人也就没劲了，恶性循环，人人只有混着下去，似乎什么都抓，什么也抓不起，做一个平安为好的维持会长罢了。那么，张家港的领导是怎么干的，为什么能得心应手，在时下中国法制并未健全的时候？

有幸的是，午饭中见到了秦振华书记。秦出身农家，没有多少文化，是典型的工农式干部。快六十岁了，不见老态，发际极高，前额阔大，似有豹相。言语紧急，做大动作，滔滔而言。他的话我一句也听不懂，但那气势能煽动我。我喜欢这人。

工农式的干部我经见得多，往往有这样那样的毛病，但大多相当可爱。世上的女人易出现两极人物，农民更是如此。江苏这一带有许多干出大业的村、县、市，领头人都是农民。农民在一般的观念里是保守、小气、自私，但农民往往没负担，敢于冲出束缚，一旦出头，叱咤风云，不可一世。现时改革开放，社会主义初级阶段允许一切兼容，农民就以各自的形态出现，采用不同方式创业。河南南街村是一套治业办法，江阴华西村是一套治业办法，无锡西塘村是一套治业办法，秦振华又是秦振华的一套。如果细细研究，这里边有些是各种因素的集合体，有现代的，也有封建的，有民主的，也有专制的，有西方的管理体制，也有中国儒家的仁亲之术。一个国家的发展，得有国际大环境气候，一个地区的发展，也得有国家小环境气候。邓小平的伟大，是他开创了新的治国政策，使这些农民人物充分发挥了想象力和创造力。发展是硬道理，逮住老鼠为好猫，已不论是黑色白色。一些人对这种现象似乎很不惯，那是局限于一时一地的问题，缺乏天下目光，不站在治国位置上思考。毛泽东的一首《雪》，令所有作诗填词人惊叹，家雀哪里有鸿鹄之志啊！

下午，《文学报》的郦国义、徐福生，与《新民晚报》项伟回上海，南京方面的作家、编辑及有关人回宁。张锲、王光伟、周桐淦等同我和老宋去昆山市。临走，郦国义叮咛老宋写写我的情况给《文学报》，老宋告知我，我谢绝了。来江南之事再不要做文章，我不希望做新闻人物，作家只对应作品，别的毫无意思。天又降雪，司机说，多年不见下这么大的雪了。

一月十八日

昆山也是县改的市，但是老城，老城而新，比张家港市繁华，文化味也浓厚。昆山的领导人为知识型，有上海味，形容文质彬彬，谈吐温文尔雅，另一番景象。昆山人多不服张家港，苏南地区市与市竞争十分激烈，这是可以理解的，何况昆山也是全国的名市，一样富裕。据说昆山的外资企业发展得很好，手里有大批的钱，城建就改造得好。

因为张锲回京的飞机是下午三时，一早大家浏览市容，便同去周庄。昆山有可以炫耀的"城市广场"，如大连的"国际大厦"，这是年轻的领导人的新式思维所致，一般的中小城市难以做此动作。国际上评价新加坡的李光耀：小国家，大总理。"城市广场"和"国际大厦"的修建，也足以体现两市领导人的气派。昆山的副市长徐崇嘉说："城市从市容来讲，需要一个广场，我们的广场建起来，象征着一个农业小县过渡到了一个现代化城市。"这广场确实气派，有水有桥外，一尽草坪，而广场边的办公大楼极其雄伟，将市委、市府、人大、政协等部门集中一起，这也是别处不能做到的。我们的车停在那里，大家跳下来拍照，雪正下得大，不想市电视台得到消息，早有人扛了机器在那里等候。摄像机只是绕着我转，使我受窘，忙摇手，让去采访张锲。草坪外一片水磨石地面，上覆有冰雪，下却消化，我企图从上面通过，才说句："这有天安门广场的味嘛！"话未尽，脚下打滑，三次要倒，三次努力平衡，慌忙中四肢乱抓胡蹬，终啪地仰面倒在雪水里，大衣尽湿，水灌了袖口，大拇指紫青已不能动。大家急去拉扶，一脸的狼狈，却说："江山如此多娇，引无数英雄竟折腰！"

周庄，水乡古镇。一入其内，便见小桥，桥是石板所拱，桥缝里竟生枸杞，胳膊粗细，一派古意。街没街，流水代之，幽幽似死水，但白亮鲜活。人家的屋舍短小，构造精巧，沿水而筑，随高下弯曲之势赋形，台阶即河岸，有码头，有缆船石，敞窗上有斜搭的晾衣竿，竿下有垂着的吊水的桶。从石驳岸上悠悠地走，屋檐上的雪开始融消，水扯了线地滴，你的思绪也线一般地扯，扯出了清代明朝的诗来，一时自己怅然若失，不知今夕何年。接待的是年轻的镇长，他领我们看沈厅、张厅，两处极考究的古宅，解说什么叫水墙门，什么叫河埠、墙门楼、茶厅、正厅、大堂楼、小堂楼、过街楼、过道阁，正厅前的轩廊有多深，旁边的备弄有几个壁龛，屋后怎样为两坡硬山顶，除天檩至七檩为单屋顶棚，其余又如何为双屋顶棚，穿屋而过的小河可叫"箸泾"，敞窗下的木棱式拉杆便称"美人靠"，这一切一切的结构则可是"轿从前门进，船自家中过"了。参观了沈、张二厅，我们就跑着看那十座石桥，难忘的是那南北市河和银子浜交汇十字处的联袂双桥，桥面一横一竖，桥洞一方一圆，宛如钥匙。再是那富安桥，桥头的楼，有五块石头采自陕西安康，石质坚实，颜色深赭，一块在桥东做栏杆，一块做桥阶，三块铺在西桥埭，最是那贞丰桥，桥西侧，有一"迷楼"，曾是"南社"柳亚子、叶楚伧、费公直等人诗酒聚会之处。周庄人现不愿说"迷楼"当年风流事，但进得楼去，上到二层，四壁墙上却悬挂着这些文人昔时写就的诗文，分明有着寡妇店里的酒美、阿金的秀色可餐的内容。诗酒会友，纵情谈笑，文人毕竟是文人，抒的真性灵，写的美文字，事过境迁，虽然墙粉脱落，油漆斑驳，却长留着一段长长的遐想给后人了。

连日来，张锲已十分疲劳，他是领导，什么行动他都领队，应酬最多，说话最多，又马不停蹄参观访问，游完周庄，看着步履却不整了。在一家饭店吃过万三蹄肉、韭菜白蚬、水晶虾、三味圆和莼丝鲈脍，便与我们告别。他又是嘱咐了一番，末了对老宋说："平凹就交给你了，你要照顾好啊！"我不觉一时伤感，眼里热潮，忙别过脸，恰雪大如撕棉，可以掩饰。

张锲往东，我们往西，两个半小时沉默不语到了张家港。在市委大院寻到宣传部，由新闻科长卢润良接待，安排住进市党校。房间奇冷，幸有空调，打开多时，身上始有暖意。看窗外，天已经黑下来了。

一月十九日

卢科长七点准时来敲门。这位张家港的"第一笔"，穿一件黑呢外套，长目突颧，言语不多，办事踏实。人是有气味的，有的人无冤无仇的却一见反感，有的人则气味相投，昨日下午交识了卢科长，就感觉我们能合作。在张家港期间将一切由他作陪。我们大致做了计划：一是尽量收集各个方面资料；二是去不作为集体参观点的一些村镇，深入到村民家中；三是具体接触一些市、镇各方面的人物；四是听卢本人随便介绍。

这一天，我们三人上街闲逛，想走到哪儿是哪儿，就去了居民区，过小巷，穿通一家菜场，看小吃点，到公共厕所，进书店，瞧报摊，与清洁工交谈。一路信步，见什么问什么，巷巷道道，圪圪塄塄，直转到天黑，人已冰棍似的冷。

张家港的卫生程度，确实无可非议，在偌大的中国简直是个神话。所到之处未见垃圾、污水和乱七八糟堆积物。在一个小巷里，我瞧见一个行走的老头儿从地上捡起了一片废纸，转身去一个古亭似的一间小屋前，将纸片从窗口扔进去，然后继续走他的路。我也走近那小屋，小屋原是垃圾站，里边放着一个大垃圾箱。天冷，当然没见有苍蝇。老卢讲，热天也没苍蝇的。去年夏天秦书记在沙洲宾馆陪客，突然发现一只苍蝇，立即给主管城建的副书记顾泽芬打电话："沙洲宾馆发现了一只苍蝇，请你重视一下，查查苍蝇的滋

205

生地。"如今狼是没有了，要看狼得上动物园去，张家港的孩子们以后要认识苍蝇，可能也得去苍蝇标本室呢。

我和老宋都是烟鬼，往常一晌得吸一盒的，今下午竟不敢抽。去一家邮局，过道的角落放着一个垃圾桶什么的，我说："这里可以吸吧？"烟掏出来，想了想，还是装进兜了。我庆贺我竟能抗过一个下午，但一回宿舍，却连吸了三支，自己也恨自己没出息。老宋说："在张家港住上一月，烟瘾绝对就戒了。"我想是的。

张家港的市民如此洁净，靠的是什么？去居民区看了居民守则，那里实行居民新风户牌制度，家家评比新风户，评比的一条便是卫生，若未评上，免挂新风户牌，就要取消一切补贴，如医疗补贴、蔬菜补贴、教育补贴等等，若三次摘牌，对不起，停电断水。新加坡实行有鞭挞，也是一套严之有效的法规，而这些法规长久执行，居民就习惯成自然地遵守和维护起城市的卫生条约，文明起来了。

张家港的市树是香樟，大街小巷都栽有这种树。香樟是名贵树木，恐怕只有张家港敢以此树做市树的。据说，公安局大门口有两棵较大的香樟，改建路面时，有人以妨碍出入而要砍掉，秦振华亲自干涉：不能砍，要砍得我同意！张扬大道上装什么灯，秦振华也要过问，选定北京机场高速路上的灯的式样。一个市委书记除了抓大事，也管到了一只苍蝇、一棵树、一盏路灯，实在是少见。

张家港短短的几年里建设成这样，它提示给中国的最重要的一条，即是一种精神。他们满到处也在写着他们的口号：团结拼搏，负重奋进，自加压力，敢争第一。这是一股清正之气，是一种扎扎实实，有别于中国一九五八年的"大跃进"。

经济抓上来，人自然追求文明。领导层真正公仆式地为这个城市辛勤工作，群众就会齐心协力跟着来。我问老卢：这里社会治安如何？回答是，一切平安无事。当然有警察，公安力量甚至还比别处强，主要是防止外地流窜作案的。

一月二十日

遇到中央党校赵教授，她是研究当代社会问题的，我们便结伴而行，去杨舍镇。杨舍镇的办公楼一般，在陈旧的会议室里与镇上领导交谈了半天，就去农民家。其中一家居上下两层小楼，使用面积二百五十余平方米，且装饰得富丽堂皇。赵教授大呼小叫：北京城里部长也住不上这么阔的！屋主却说："我这家算不了什么，在村里仅是中等水平吧。"赵教授遂问我居住如何？我说两室一厅四十三平方米，还是借居的。一想到自己的住房，我就蔫儿了，一小间是七十岁的母亲住的，除一张小桌外，堆满了杂物；一间稍大，安我的床，安我的桌，讲究着安一排低柜放电视机录放机，仅仅再放下两个小得可怜的书架，衣服就一沓一沓堆在床头。客厅见天要接待各路来客，沙发得有的，茶几得有的，那就只留下仅容一人通过的空地。厨房里的窗台堆放着我的书，案板除了擀面切菜，铺上毛毯即是书画桌。

因母亲在，弟妹便常来，晚上睡不下，我只好出去寻人打麻将，一打通宵，打着打着一想房子就来气，便要输得一塌糊涂。我给赵教授诉苦，诉着诉着倒笑了，说："古句说'普天之下，莫非王土'，这是指王的，如果记者称无冕之王，作家也算是吧，那也该是普天之下都是咱的了。再说，人睡着了，还不都是仅占一尺宽的地方吗？"老宋就笑我阿Q。

最后去的一家，是小河坝村。一进门，一个女孩儿就喊："爸！爸——！"楼上有应声，循梯而上，梯扶手上才刷了油漆，墙上的彩色图案还未干，小小心心走上去，那个叫葛金才的提着一支毛笔从一间小屋出来，他是正在那里作画呢。这是位在村企业上班的农民，下班回来竟喜欢绘画，工笔画是十分地到家，画纸上老虎才成形了头，神气毕现，似乎破纸欲出。此人腼腆，交谈时直挠头，所说什么我听不懂，却由小女儿翻译。

曾在别的地方参观过许多富了的农家，房子也大，装修也好，但摆设零乱，一看就是农民住所。这里所到之户，都极讲究，与大都市人家没有两样。

现今中西部和东南一带差距颇大，而中西部的城乡差距又颇大，这里城乡一致，穷富无较大区别，故安居乐业，社会稳定，禁不住为中西部犯愁。

可以说，在那些贫困落后的地方，我们都是有罪的人，都应该有一种忏悔意识。对待"文化大革命"是这样，面对当今现实也是这样。张家港依然在中国，能这样迅速改变面貌，是有秦振华一批人，他们首先以自廉自清而破"网"而出，当然广大群众就会热烈拥护，跟着一起干。而他首先是面对着农民，改造和引导，以很高权威行令。

在小河坝遇上的村长助理，读过我好多书，后应要求在村娱乐室写字，接待的一位女子也认出了我，她也是我的读者，并遗憾她的一个朋友不在："我朋友是一个'贾迷'！"在这样的村子里有我的读者，我感到欣慰。

返回住处，给女儿电话，因走时匆忙，未能给她招呼。孩子上高中，正关键的时候，作为父亲很少能照看到她，使我心里隐隐作痛。西安也落了雪，上苍保佑她骑车安全，学习能有进步。

一月二十一日

雪。又起了风。房子里的温度低了许多。数天来腿杆子发痒，洗了澡仍是痒，又未见长什么疹子，怀疑是不是气候不适所致？换下了衬衣衬裤，水凉又懒得去洗。昨晚吃饭时明显吃得少了，给厨房管理员说想吃些馒头，今早去时，端上来却是包子。老宋问有没有不包馅儿的，人家说：哦，你要吃大包子呀！原来这里把馒头叫包子，把包子叫馒头。南北人饮食是这样不同！按五行说，南为火，北属水，但北人刚南人柔，而且北人喜食麦面，麦为阴性生殖器形状，南人喜食大米，米为阳性生殖器形状，是一方水土养一方人与物，人与物又相济吗？不明白的是江南这般潮湿，为什么这里人什么食品里都放糖不放辣？我们每顿饭都提出要辣子，大嚼尖椒的时候旁边的人都惊得龇牙咧嘴。对于饭菜，老宋的口比我粗，他说我不是美食家。其实什么都能吃，吃又吃得饱的人并不是美食家。美食家是在特定的饭菜里特别讲究色、形、味。比如我喜食面，但面食几十种，爱吃宽片面，不爱吃细条面；爱吃炝锅宽片面，不爱吃捞面；爱吃素菜炝锅宽片面，不爱吃肉臊子和炸酱面。老宋就笑起来，说我是穷讲究，一生烟钱比茶钱花得多，茶钱比衣服钱花得多，衣服钱比吃饭钱花得多。他又开始讲中国八大菜系，一样的鲤鱼，川菜怎么做，粤菜怎么做，鲁菜怎么做，淮扬菜又怎么做。我就批判道，中国人在食上花样太多，才导致了中国人的胃口退化，小孩子得了厌食症，大人才变着花样哄诱着给吃，越是这般，越是厌食。中国的食文化是一种罪恶，中国人常常恨自己体格不健，抗衡性的体育竞赛比不过洋人，根子就在吃上。这个早上，因为没有吃好，两人却为吃闲聊了半天，直到卢科长来，争辩才告结束。

老卢抱了一大堆资料，我们开始吃书。我细细地翻阅一本张家港的《文明市民守则》。类似的守则可能别处也有，但往往贯彻不力，流于形式。人们习惯了走形式，这种恶习已经严重地危害着各项工作，更严重地涣散了人心。张家港人成功在于大事小事都贯彻法规政策，取信于民。据老卢说，市上开千人大会，宣布几点开会，谁也不能迟到，曾经有老领导迟到过，这老领导就当众做检讨。

党校两位校长来看望，送"东渡"烟两条。

东渡，指鉴真和尚去日本传授佛法的历史事件。鉴真曾五次渡海，均未成功，有一次甚至被风吹船到海南岛，第六次于张家港的黄泗浦扬帆启碇，方取得了成功。于是，张家港成为象征成功的地方，故当地产有"东渡"烟、"东渡"酒。张家港人经济头脑发达，产这种香烟，价钱颇为昂贵，且全市境内大多出售这种烟，而别的香烟品种很少。品尝着烟，忽然发笑，想起我在西安的住处，正好是鉴真受具足戒旧址，而今又到他东渡之地，觉得十分吉祥。

翻一份资料，得知此地称作江尾海头，便提出让老卢几时领去看看。老卢说，那是以前的事了，现在到哪儿看去？我又说，新庄里村在哪儿？老卢问：你怎么知道新庄里？我说昨日在院子听人闲话，说到那儿有过美人鱼，常游到海滩边，坐在礁石上，以胸鳍抱了幼仔授乳。老卢就哈哈笑，说：这是民间传说，我以前也听到过。那其实是海豚，新庄里村就出土过宽吻海豚头骨化石的。可领你去新庄里村，你在那儿也见不到海的，哪里还有美人鱼？老卢的话当然是正确的，但我脑海里总出现一个有着鱼尾的美妇人在礁石上露出白胸抱儿吃奶的图像，甚至就又是洛河上甄妃远去的影子，挥也挥不去的。

午饭后，冒雪往塘桥镇采访。

塘桥镇自古以来就是富地方，田土肥沃，天雨及时，但这里人的工商贸易意识又十分强烈，一九七九年以前乡镇企业就有大的发展，近几年步步台阶，乡镇企业已上规模，上档次，着眼外资。张家港的各镇党委书记或镇长均是镇企业集团的董事长或总经理，但他们是不拿企业工资，仍领取行政干部工资。且允许村民搞个体，绝不准一家两制，即有人搞个体有人在集体企业中。我们去的时候，几个主要领导人已去外地谈生意了，接待的是一常委叫裘嘉云的。小伙子十分精悍。因政府大楼内不能吸烟，我们到村宾馆房间说话，他的手机就连续鸣叫，他得不停地用本地话讲什么，然后再用普通话和我们交谈。随后，由他领着去村民家，专门去看看各类家庭，所到之处，无不令人叹美。又去了镇文化站，那里文化设施俱全，且村民娱乐全都免费。重点参观了围棋室。塘桥镇是中国围棋之乡，全镇两万多人，竟五千人能下围棋。在一家遇年轻夫妇，都是大学毕业，现为镇企业中技术员，也都喜欢文学，对我去他家十分高兴。镇落比市区相对集中，正是下班时间，街上多是女子，一问都是外来打工妹，就有一个着红呢大衣的和我擦肩而过了，愣了愣，又返过来问我是不是姓贾，我知道又遇上一个读者了，点头说是，她就跳起来，说她读过我的书，能不能给签个名，就要跑回宿舍取书。我说我还有事，怕等不及的，她想了想，就掏了手帕让在上边签名。晚饭在村宾馆吃，服务员也认出了我，絮叨她们读过我什么书什么书，又是签名，又是合影。这一路处处有读者，倒让我惭愧，恨自己写得少，也没有写出什么更好的东西。

苏南经济发达，却又读书人多，这是我意料之外的。

据我了解，在陕西各县，大凡读了大学的，难有几个愿回原籍，乡镇企业因缺乏技术人员、管理人员，往往只能从事有地方特色的、手工的、鸡零狗碎的项目，难以上规模上档次，以致恶性循环。张家港是全国第一个县级市办大学的，目标就是为乡镇企业输送人才，我上边提到的那一对年轻夫妇，就是大学毕业后已分配到上海，又返回到塘桥镇的。企业的现代化，又吸引了外地人才纷纷聚来。据介绍，这里外来的大学生、研究生很多，甚至有博士生也从上海、南京来就业。裘嘉云的谈吐风趣，他是熟悉我的作品的，时不时就说出书中的情节和人物，我尽量避开谈文学，让他谈塘桥。从数年间的塘桥发展看，张家港人已摆脱了说空话，发展是第一位，他们选用干部就是要位子就得捞票子，捞不来票子退位子。坚守一个主意，有经济地位就有政治地位，没发展什么都不是，发展了什么都是。而抓经济，又是以政府来抓，集体来抓，人人收入大致平衡，故社会稳定，人的文明程度相应提高。

有一种说法：南方的文人北方的将，陕西的黄土埋皇上。江南之地当然出才子佳人，但奇怪的是倒出大英雄，自古以来产生了多少显赫角色！那个朱元璋在南京建都，也是个农民，成就了大业。朱元璋值得再研究，此人遗传给后人的有哪些东西？在华西村，在张家港，接触一般基层干部，所谈之语言，常有二十世纪五十年代至七十年代的毛泽东时期的痕迹，但他们就靠这些提心劲，凝聚着民众力量。毛泽东也是农民出身。中国又历来是农业大国。农民性格里除了习惯说的落后、保守、自私之外，还有什么成分？怎样把握中国特色？这些问题值得沉思，可以说得明白，也可以不言传而意会。人治当然不如法治，而时下中国，还得从人治过渡到法治吧。无论如何，将军济济，于民无福，企业家辈出，必然社会富强。

苏南一带，极少见到教堂和庙宇。

一月二十二日

无雪却是雨，往华西村去。实在没想到，张家港到华西村坐车仅一刻钟时间！

进村便是一个大的广场，三面看台，一面的一边是凤凰楼，一边是龙头馆，龙凤呈祥，中间的大戏台称作龙凤阁的。仰头能见远处的十七层塔形华西大楼。这里的颜色大红大绿，十分吉庆，如到了什么游乐的地方。广场角有一处房子，挂着接待站字样，进去接洽，一位副村长和接待站的吴芳已等候多时。从屋内顺楼梯而上，竟到龙头内的歌舞厅里。华西村不禁止吸烟。

我们坐在厅里交谈，吴芳的口才极好。后叫陈旭的小伙儿又携来一卷材料。他们早知道我要来的。我说明了原先中宣部和中国作协安排我挂职长住华西，后又决定在江浙跑动的原因与经过，便笑着对老宋和同去的中央党校的赵教授说："要不，我也是华西人，你们来我就做导游了！"吴仁宝不在村，无缘见面，副村长陪了一会儿，村委会又有会，电话催去了，两个年轻人就陪我们参观。先后看了村容，再去"农民公园"、"世界园"旅游点、华西大楼、村民住宅、村区长廊等，一边走一边提问，大致了解了华西村历史、人口、收入、村班子组成、村区建设。可以说，在华西令我特别兴奋，引发了我许多深思。黄昏返回时，脑子里还是萦绕着那些问题，夜里写下观感。

一、华西村是中国首富村，无论怎么富，却保持着农村的特点，仅从村中一些设施建筑，处处无不渗透农民的思维。导游的两位年轻人，一口一个"老书记说""老书记认为"，自自然然，又充满自豪，可见吴仁宝的权威是很高的，这种权威建立在村民的完全信赖上。这里的一切规划，包括在哪儿栽树，栽什么树，都是吴仁宝的点子和要求，吴仁宝的意志得到完全的体现。吴仁宝虽未见到，但在张家港时就听到关于他的许多传闻，比如，他总结华西是"不土不洋，不城不乡"，他用人之道是"大材小用，小材大用"，他为儿子起名，名字里分别要用老一辈国家领导人的名字中的一个字。他是有他的特有的农民思想，且较有体系，是一个相当不简单的人物。

二、"农民公园"大致景点有"议事厅"、"桃园结义"、"三顾茅庐"、"生肖亭"、"鹊桥会"、"建业窟"、"二十四孝亭"和"寿苑"。这个公园作为村民休息地是次要的，重要的在于教育村民。吴仁宝理解干大事就得团结，团结如桃园结义，治村乃同治国，刘玄德定都之后，北让曹操占天时，南让孙权占地利，他占人和，西和诸戎，南抚彝越，外结孙权，内修政理，先成鼎足，后图中原。实现华西目标靠什么？就得顺应大局，先是坚持靠思想教育，靠党的政策，靠干部带头，再是靠"一个中心，两个基本点"，靠实事求是，靠"自己有错自己改"，后再靠正确决策，靠科学管理，靠整体提高。这里有吴仁宝的精明性和适应性。"鹊桥会"是男耕女织的传统耕作生活的缩影，吴仁宝推崇这种生活境界，他意不在什么爱情的顺利和挫折，只看重牛郎，牛郎也可以找天上的神仙，牛郎也可以升天。而牛塑像最大，又取意于纪念牛，不要忘了农民的根本。二十四孝，别的地方是不宣传了，华西却造亭塑像。"寿苑"是水中曲桥，第一亭就是花甲亭，桥曲最多，下来是古稀亭、喜耋亭、庆耋亭、期颐亭，然后前面不再架桥，转身而回，取返老还童意。这又是农民对生活的理想。有意思的是，既然以人生道路建桥安亭，开首一亭却是花甲亭。我问吴芳：吴书记今年多大了？吴芳说："六十七了。"华西大楼原准备盖一般性大厦，吴仁宝认为你盖二十层，可能外地也有盖三十层的，那就不稀罕，他要的是第一，便修成塔形，既实用，又有传统性的修庙建塔的纪念意义。村中的长廊纵横几条，相当气派，样式类如颐和园的长廊，令我想到了阿房宫。一切建筑都大红大绿，但塔式大楼十七层内，所有的柱子、门框、窗框，皆金黄色，有皇宫气象。华西村环境卫生比张家港差，吴仁宝并不在意，据说别人问起，他说：要那么干净做啥？！

三、中国是农业国，第一次社会变革，知识分子最先觉悟，但最早起来干的却是农民。安徽的农民第一个起来分田搞承包责任制，乡镇企业还不允许时，张家港的杨舍镇偷着干，华西村偷着干，上边有领导来，关厂门隐蔽。这些农民，若有大志，绝不循规蹈矩，虽不能去治国，但一定要将本土，即在他的权力所在之地治理出样来。农民政治家在成就大业中，吃苦，敢为，有狠劲而颇具心计。

四、历史上各朝各代，江南均有"巨富""大户"，有传统的聚财敛富经营之法。现江南借地理、政策、现代管理之优势，同样出现"巨富"，只是不在个人，而以村、镇形式。但虽以村镇集体富裕，而领头人满足的是成就感。这些村镇细究起来，大多还是以氏族为纲系。现在社会，以个人暴富，往往难以长久，以集体富裕，国家保护，社会亦不产生嫉恨或侵害。事实上，领头人也都有政治地位，挂职了地委或省委，或是全国党代会代表、人大代表、全国劳模等。值得思考的还有一个问题，一个农民在本地本土贡献赫然，形成绝对权威，又易出现传统的封建方面恶习。昆山周庄在明代有个叫沈万三的，当时号称"江南首富"，朱元璋定都南京，他助筑都城三分之一，但他又提出犒军，朱元璋则怒了，说：匹夫犒天下之军乱民也，宜诛之。后谏曰：不祥之民，天将诛之，陛下何诛焉！才放过沈万三一命，发云南充

213

军。沈万三是农民，朱元璋建立的是封建政权，他更是农民，农民最懂得农民。

五、华西"农民公园"有两个景点，别有他意。一是"桃园结义"，塑像为一棵桃树上，张飞立于树上部，关羽蹲于树中间，刘备双足踏地，抚膝安坐树底。村人说：当年张飞提出，树做证，谁爬高，谁为长，说完一蹿到顶，关羽蹲中间，刘备坐树根。二是"生肖亭"，十二个动物列位一圈，圈外有一猫。说明是：猫发起点生肖，但猫忘了自己，猫也乐意当帐指挥。这些塑像内容和形式是吴仁宝的点子，制作者是村中工匠。吴仁宝的意思或者是要说做人要有根基，要以农业为基础，要先群众后自己，等等，却是不是也表现了他作为村中老大身份的一种自得自信呢？离开华西村时，偶然得一消息，说华西村的接班人为吴仁宝侄子吴协东，又听同行人讲，有名的无锡西塘村也是如此，而一些有名的富村也有这种现象，不禁又生出许多感慨。

昨夜南京方面来电话，是中国作协要求查问这边的行踪，今早刚起床，秦友苏即来电话，老宋一一做了汇报。

刚才给家电话，询问母亲状况，一切还好，说到这里吃饭了，母亲说："这些日子了，还没吃到面呀！"就又问几时回家，叫苦地天天在盼着。陈每亦来电话，说了一大摊难事，都得等我回去解决。未了，知这边晚上寂寞，叮咛要注意调节，譬如夜里去逛逛夜市呀，去歌舞厅呀的。唉，天这么冷的，往哪儿去了？老宋买了一副扑克，但两人又玩不成。

一月二十三日

看天气预报，雨雪还得持续到月底。已有些感冒，趁早吃强力银翘四片。厨房为了满足我们的口味，特去街上买了拉面来下，但面下得太软，又无什么调料，难以下咽。人家一片苦心，只是不会操作，万不可晾好人，我强吃了半碗，老宋吃一碗半。

午去南通，摆渡长江。我老家在丹江边，丹江入汉水再入长江，全然没想到这里江阔八里，水波连天。时雪雨迷蒙，望不清彼岸，依船舷下望，混浊水面，摇曳片片，如削面团，触景感怀，想坎坎坷坷半生，事不成事，家不为家，更是一颗心揪心这个，放不下那个，自己倒落得恓恓惶惶，不禁心事浩渺，顿觉苍凉。

　　登岸见南通港务局邹美祥等三人已在等候，才知老卢早已通知他们，遂受其安排，参观了码头，走游街市，于一家白宫酒店吃饭。南通是古城，为苏北富地，但明显差于张家港。而所到之处，皆遇着我的读者，见面备说对《浮躁》《废都》《白夜》的见解，有得知者，疾跑回家取所藏的我十余种书来签名，并恳求书法，故在酒店书写十余幅。

　　原来来南通看看，感受苏北的状况，不料谈说间有人提及本地有狼山，有水绘园，问了狼山有寺院，是南通一旅游景点，并不在意，说到水绘园为明末冒辟疆和董小宛的旧居，颇多向往，就改变速回张家港的主意，驱车往百里路外的如皋去。

　　水绘园在如皋市北，如皋意为"到高地"，明清时极为繁华，"士之渡江而北，渡河而南者，无不以如皋为归"。冒辟疆伤于国事，绝意仕途，携秦淮名妓董小宛回住老家筑水绘园游筋啸咏，才子佳人知己，留下无限佳话。其实，此地两人居住并不长，董小宛才艺双绝，却红颜寿短，二十八岁而逝。冒辟疆作《梅影庵忆语》风传一时。他则寿至八十三载，于董小宛后又娶二妻，晚年在狼山一带卖字画为生。相传他曾在树上架床夜眠，意在上不顶清朝天，下不着清朝地，现水绘园还挂他一条幅手迹，落款"巢民"。游园讲解是位姓石的小姐，喜好文学，讲解十分有激情。她知道我曾写过冒辟疆的事，当文化馆的一位摄影师送我一张董小宛的昔年绘像照片时，她说："你的唐宛儿老以董小宛自比，恐怕唐宛儿没见过董小宛的绘像，你也没见过吧？今日送你一张，说不定董小宛要认你也是活着的冒辟疆的！"众人大笑。末了，她从怀里掏一本《白夜》求签名。参观毕，天已黑，文化局长得知，邀去吃饭，恰市里召开文化会，摆席两桌。席间，俱来叙酒，必言及读过我的什么什么书，虽多为寒暄，但此地读书人多不假，且读书均有各自见解亦不同于外地。

　　参观水绘园时，忽想起欠文债一事，是离开西安前答应了为作家孙琪一书作序的，因走时匆忙，未能作成，来江苏每日早出晚归，竟忘了此事。今夜便不单独说记水绘园情景，意欲序里提及，不想冲动即起，略作构想，将序粗粗的框架写下，待回去后重抄给孙琪了。

序文如下——

西安城里，孙琪家是老户，住仄巷旧宅，有砖饰，有雕梁，吃饭要坐桌子细嚼慢咽，竹竿撑起菱格揭窗子，看得着花架上的××，可以染猩红指甲。长长的身子在镜前剪刘海儿，爹在院子里——爹也在镜子里——翻《康熙字典》，问："女孩儿叫琪，什么意思？"词条上解为美玉。斑驳的山墙头上恰掉下一片瓦来。从此自改了名字，叫雨薇。那是十年前春天的事，院里的紫薇成蓬，枝蔓如铅笔画出的一堆线，素素的花一串一串吊着，在雨后湿淋淋地闪光。

我以前不认识雨薇，识时雨薇已半老，常穿素服，知书好佛，态度与人异同。渐熟，每有闲聚，她必来，来却迟到。我喜欢拿出新作的文章念给众人听，人都听着，她只是趴在桌上那架琴前，无声地抚着，吃吃笑。念毕人皆奉承说好，她则批点，由文及人，言语尖薄，见解却是精绝。自然中心转移，大家便听她的说道，她偏正话反说，反话正说，戏谑里又空白太大，将听者都装在套里，待觉悟过来，没有不骂她是鬼狐子的。

雨薇是有趣的女人——人无趣不可交——朋友们就乐于同她聊，但绝不单独与她相处，她太聪明，说不过她，你肚里的意思还在酝酿，她似乎就知道了是什么，便觉得累。她后来清楚男人们最终喜欢的还是简单女人，就不大来参加闲聊。

遇到她丈夫，问到她的情况，她丈夫说，下班回来，闭门不出，瞎写吧。雨薇不仅是读者编者，还要做作者，她会写出怎样的文字？又一回闲聚，大家挂电话强逼她来，她先示出一张纸片，上面密密麻麻千字文，我锐声叫好，她竟从兜里掏出一大卷来，篇篇清丽，大家都惊骇了。后来几篇被人拿去发表，惹动了诸多人读，社会上已嚷嚷西安又有一个才女了，她却极少动笔，班余洗衣买菜，玩琴习禅，走动近乎绝迹，只是有电话来，说：你们话写作，我是活人，哪儿有恁多文章？她的话说得我们羞赧，聚会也自此渐渐散去。

但她的文章毕竟还好，有人就怂恿结册，她仍是不肯，待他人为她集了起来，她推辞说，平凹肯写序我就肯出版。这话传到我耳里，去电话问她，她说："你还真肯写？你怎么写？"我问她一年来做什么，还写了什么，她在电话里吃吃笑，说："守身如玉，惜墨若金吧。"笑得话筒也掉在了地上。

答应写序，原只是要促成她的书出版，但君子出了言，却真应了她的问，该怎么个写去。正寻思哩，接北京方面的指令，赴江浙一年，不辞而别了。今日来到如皋，无意中得知明末冒辟疆和董小宛旧居在此，哦的一声，急急赶去，见识了一处小小的园林，是称作水绘园的。水绘园建筑是徽派风格，一半为水，唤作洗笔湖，一半为屋，有匾"水明楼"，格局约束，构筑却极精雅。时天降雨雪，隔菱窗花墙见雪如絮入湖无声无痕，顿觉阴冷异常。穿过一堂，过窄廊，在庭院间看奇石异木，浑身已索索颤抖不止，直到书堂立于冒、董旧日画像之前，忽然平息，不知什么缘故。书堂过后，有琴室，双层透雕的红木竹屏里，一长桌供香，一几案置琴，琴已不在，有河泥烧制的空心琴台，鼓机在旁。伫立长久，逮不住湖风里有一丝音韵，低头又往琴台案下看看，自然不见那长裙下一点鞋头，地砖粗糙，缝合模糊。默默又过廊亭，踏梯上楼，楼上隔间更显拘谨，船舱式顶棚，有寐房，有吃茶间，床榻空空，躺椅脱漆。遂想数百年前，复社名士伤于国事，绝意仕途，携才美人栖隐水绘，游觞啸咏，那诗书之笔洗墨于湖，湖底游鱼最知，那瑶琴古时不操而韵，今留琴台，风雪里才诉这般凄冷？一个是秦淮名姬，一个是复社名士，知己人双双古远，这一桌一椅一床一机，明式家具，线面组合，随人体仰俯转折的结构啊，终是留下了多少他们卿卿我我的气息！下楼到"隐玉斋"，立于小叶黄杨前拍照留影，小叶黄杨世间只见盆景，这株竟成大树，覆荫满院，不觉浩叹：读书可辟疆，佳人宜小宛。感叹方出，却蓦地想起写序的文债，在水绘

217

园里竟想到了序事，连我也惊讶了。

夜归张家港，急急写就以上文字，已是子时。推窗西望，风雪呼呼，一派迷茫，不知雨薇肯不肯认同这些文字作序？或许让她看了，要说"随意就可"，谢我吃茶。前年冬天，她领一外地读者向我索字，写毕了，曾泡着我的茶而说"用茶谢你"，修身坐喝于窗前，那读者就笑，她反问笑什么，读者便说她坐姿好，坐着像竖琴。

今夜还能写出这一篇文章来，令我高兴。服四片银翘，睡吧。

一月二十四日

还是雨，空调又坏了，热气不出竟放冷气，只好关掉。同赵教授谈及她提出的一些问题，即：张家港的改革之道与政府职能的转变；张家港对发展才是硬道理的理解和实践；对"铁饭碗""平均主义"的理解、改革、实践与张家港人的绝招；张家港的从商之道与市场发育、完善和管理；张家港的整体素质与反腐倡廉；张家港党组织的时代责任感与权威；张家港人才辈出的环境与党的干部政策；社会主义精神文明建设与经济的起飞；张家港的农业发展与农业、农民、农村问题的地位；张家港的对外开放政策与效益等。

这些天来，每看到苏南的发展，无不就想到中国中西部的现状，尤其陕西的现状。陕西的发展拖后原因到底在哪儿？和老宋讨论了多次，原因可能很多，有些涉及国家的某些体制和政策，而仅从我们陕西的实际提出自己的看法。

一、自然环境差。陕西一省包括几个生态区，北从沙漠，向南依次为黄土高原、关中平原、秦岭山地、汉中盆地，除关中和汉中外，其余皆自然条件极差，稍有天旱雨涝便成年馑，人的意识里总有温饱的恐慌感，即使手里有钱，亦不敢经营大的事情去冒险，一切留着后路。

二、西安为陕西省会，经济比较发达些，但全省穷，西安负担极大，这就又影响到本身的再发展，使龙头不能跃起。全省贫困面大，有钱不能集中，分散使用，又使全省缺水短电，投资环境不好，外资难以吸引。

三、内陆环境造就了民性的保守，背上了内陆意识的包袱。而又曾是唐以前十三个王朝建都之地，文物遍地，意识里还有一种老大自尊，先是口上不服输，等不得不服输了，又易产生浮躁气。

四、有延安圣地，老区意识严重，有依赖中央救济思想，观念陈旧，虽"自力更生，艰苦奋斗"精神是正确的，但一味这么讲，永远这么讲，不符合时代潮流，其实是一种无奈和惰性。

五、普遍缺乏超前意识，事事不敢为先，对一些新生东西，没有先例的事情，宁"左"勿右处理。对基层或第一线干部太苛刻小节，挫伤积极性。

六、重厚实轻机巧的文化观念，影响在经济领域里的适应性和主动性，常常错失机遇。

七、农耕思想根深蒂固，经济管理人才短缺。

谈论和思考这些问题，使我不时想到已写出数万字的长篇《制造声音》，此长篇原计划前半年写出初稿，现在得拖后了，但许多方面能得以完满，毕竟欣然。

明日准备往昆山，宣传部晚宴送别，席间不得已又喝了些"女儿红"，回来身子明显不适。因空调坏，稍有感冒，头痛，服索米痛一片。后勤人员拆除了旧空调，重换了新的。

一月二十五日

雪更大，到昆山时天晴日出，路面雪已消融，杨守松和宣传部马部长在文联等候。这次南行，走时西安大雪，到南京大雪，到张家港大雪，两次来昆山又都有雪。老宋说："你属龙，是水龙王。"我半生里常有这种现象，一出远门便下雨下雪，连我也奇怪。这现象老家的一些人也知道，曾笑说过：咱这儿一旱，你就回来啊！

饭后，安排住到鹿都宾馆四号楼二〇二室。昆山又称鹿城，是明时皇家的养鹿地。多美丽的名字，昆山市里的人物比张家港鲜活，年轻女子多清纯活泼，便疑心是林里鹿的小兽所变。我一直穿那件深色大衣，又短又丑，在街上走，自己也觉得格格不入。四号楼原是县招待所旧屋，房间设备很差，有条桌，没台灯，一把椅子，腿却也坏了，地毯颜色模糊，脏乱不洁。但这也就好了，能便宜些就便宜些。当年我在商州，背个包儿走乡过县，逢摊儿吃饭，遇小店住宿，一月两月回来，生一身的虱子，甚至患过疥疮，折磨我十多年的肝病，就是那一回感冒在山乡卫生所打针染上的。这次到江南，已经是天壤之别了。在张家港时没敢住沙洲宾馆，住党校的招待所，今早结账竟一千六百多元的床位费，心里吃了一惊，虽各方疏通只收了一千一百元，但已经让我害怕了，这样下去一年多，该要掏多少钱？

向杨守松索要十多本《昆山文史》读，大概了解了这个市的一些情况。傍晚在城里转，买药品和方便面。晚给家中电话，陈每正好在家，言及中午去批发市场买得一些年货，心较安妥。母亲说去医院咬了牙模，医院让二月六日去试牙套，问我到时能不能赶得回去。后又与秦友苏通话，汇报了这里情况。

房间里的电视小而旧，只能收到两个频道，昨夜得知今晚转播国内足球赛，但无缘看到。

一月二十六日

原安排与市主要领导人交谈，或具体参与他们一天的办公活动，因领导人有急事外出，只好另择机会。我们便和文联秘书长一道自由活动。

昆山是老城，历来文化味极浓，商贸繁荣，现今外资企业发展最好。翻阅了资料和采访了解了半世纪前这里的绸布业、国药业、百货业、茶纸业、估衣业、酱酒业、香烛业、米粮业、鲜鱼业、菜馆业、铜器业、钟表业、水果业、银楼业，漆作裱画命课缝纫灯笼雨伞储押放款镶牙修脚等等，无不惊叹昆山的驳杂丰富，便知昆山发展到今日，其经济、文化居于省内、国内显赫地位的缘由。南人占天时地利之外，普遍文化素质比北人高，且吃苦耐劳。在西安，乃至整个西北五省民众，有一普遍现象，即大钱挣不来，小钱看不上，那里的裁缝铺、修鞋的、补伞的、焊盆钉锅的、弹棉花的，由大中城市到村镇，莫不是江浙一带人所为。据说江苏陕西干部交流，陕西干部到此虽觉江苏好，仍总是归结为自然条件优越，好是好，无法学；也常有陕甘宁地区输送劳务到此，叫苦劳动强度大，生产纪律严格，吃不消，大部分已返回。

在城中信步走，坐茶坊，进酒肆，入菜馆面店，细细体察昆山风格，可惜软语难懂，多用眼少用嘴，嘴留着吃鸭汤面、奥灶面，面多汤少，盐轻糖重。昆山是昆剧的发源地，可惜昆山已无昆剧院，也少有人唱。中午遇着三位评弹艺人，但见其衣冠楚楚，彬彬有礼，未闻弦音肉声。登临昆山，没有采到昆玉，却亲眼见识了并蒂莲和琼花树。更喜的是得知陆机出生于此，顾炎武（亭林）出生于此，归有光出生于此，瞻仰塑像、壁画，鞠躬作拜。回来至"玉山草堂"书画院与副市长徐崇嘉、书法家陆家衡等诸人以墨会友，书条幅近十张，其中有自联：

坐看娄水顾亭林
起拾昆玉归有光

文笔高挺天下有一峰
琼花盛开世间无双树

昆山市以昆山为名，昆山实则颇小，仅一百七十余丈高。城内有娄河一水。昆山上有文笔峰，是一塔，为纪念昆山历史上第一位状元所立。并蒂莲和琼花俱为世间罕见之奇花异木。

还拟一联，但未书出，为：

仰头大笑文笔今日成一峰
低眉沉吟美莲何时开并蒂

"亭林经济，震川文章"，归有光的书我以前曾读过，极为叹服，故寻找了全集看过一个夏天。他说过："文太美则饰，太华则浮；浮饰相与，敝之极也。"此话甚合我心，亦是合于当今文坛弊病。《美文》杂志三年以来，高举"大散文"旗帜，旨在文章内容上求大气求清正，在题材上开拓范围，虽引起国内散文界激烈争论，我等自信满怀。今到归公家乡，与老宋颇多感慨，祈归公荫佐后学！归氏在《上总制书》中引李白之句自谓："虽长不满七尺，而心雄万夫"，是个存宏志人物。但他文名著世，招致嫉妒和诽谤多多，也有他"经世致用"之术，即"公怒私愤，义不容默"。我一生坎坷，虽四处说人好话，却常遭人坑害，曾书写佛家语悬壁："默雷止谤，转毁为缘。"可能归公性情刚直外向。

瞻归墓，在河边桥头道旁夹角地，内一墓一亭，草木不整落叶废纸不洁，有十多人在那里营营吵吵做邮票生意。归墓据说自明后十数次修复，十数次毁灭，今其正墓穴亦不在此。查史料，知："乾隆六年，县令丁元正主持修墓时，亦不辨东西两冢孰为震川墓，姑筑墓门于东冢之前，适值天暖季节，西冢穴前芦苇中入晚时奇光闪烁，县令疑辨误，适先生嫡嗣归元龙自虞来昆应试，询之，确认西冢为震川墓，遂移墓门于西冢之前。"不知现今奇光将在何处闪烁？

一月二十七日

晴日，多云。苏南几市均属苏州市管辖，颇想去苏州再乐乐，且苏州有诸多朋友。给苏州第一百货公司赵总经理挂电话问询，他竟派车来接，遂去，竟一小时即达。以前对苏州的印象并不好，盖因小巷小桥小园林，太多雕饰。此回苏州大变，单是城建，街面开阔，高楼耸立，式样各异。那一年夜来城中，坐三轮车到一处，拐来拐去许久，后灰昏灯光下过一小巷，窄而曲，如入蛇腹，车一到巷口，就急骤摇铃，招呼巷那头来车暂停，巷中之人纷纷背墙提立，吸收了肚皮让路，偏就有一孕妇侧身不了，只好让她坐车我步行，一到巷头，车夫、孕妇和我皆大笑。这次去景德楼吃饭，似乎觉得那条巷在经过之途，但四下看了，却再未寻着。饭间与苏州人谈起城市老市民老风俗，便谈到一个问题：现在的城市，差不多已无旧习惯上的那种市民了，市风当然日趋不同。那么，文学上的所谓 × 味小说已不鲜活，而若仍如此求一种某某城味，大都是一种怀旧。这种怀旧之风中国人最甚，在某种程度上暴露了保守。西部音乐、电视、电影、文学是这样，东南音乐、电视、电影、文学也是这样，一种意会加恢复的或制造的旧日风俗，已形成模式。在江苏几座老城，尤其在苏州，我不时想到另一个问题：古人写城市小说，极其有味，今人写城市小说，读起来总觉得味道不悠长，这究竟是什么原因？诚然，过去的城市与当今城市有了质的不同，过去的城市说到底还是村社文化的底蕴，但无论如何我们从事当今城市小说写作就应想办法产生一种味儿来。我也在做这种努力，这或许有这样那样不精到之处，企图不隔就达到满足，因为中国水墨画作现代题材是多么不容易！张爱玲是极力学《红楼梦》的，她似乎一直在写《红楼梦》的片断，但她的小说读起来不陈旧，是加了许多现代感觉，使行文跳跃起来，这一点儿经验应借鉴。

苏州第一百货商店开设有"贾平凹书屋"，这次到"一百"，见书屋规模扩大，出售的书籍档次也较高，甚为欣慰。后又见到苏州大学范培松教授、作家尹平等。旧友相会，说："你这回是读万卷书，行万里路了！"我说："惭愧，路可能有万里，但都是飞机火车或小车在高速路上跑。"遂作想，古人行万里路，是步行或骑一毛驴，"鸡声茅店月，人迹板桥霜"，一路寻径问道在恶劣的自然环境中，忍饥受渴看眉高眼低在炎凉的人情世故里，那是真正能体证天地人生，而我奔走，则远远不能了，真和尚和要做和尚是不一样的，因赶路一天没吃饭和吃了上顿不知下顿吃什么是不一样的，这是我的幸，也是我的不幸。

晚，返昆山，不思茶饭。近八时，上海《文学报》徐福生以郦国义之意前来邀请去上海。前日郦有电话来，已谢绝其善意，现又派人来，倒犯了难。最后徐反复强调，又给北京张锲那儿说情，遂达成协议，按原计划提前一天到上海，去看看浦东，三十日赶到北京。协毕，徐未吃饭，我和老宋也觉有些饥，去街上吃奥灶面。面味比上次吃时要差，服务员小姐一边应酬我们，一边口里嚼口香糖，未吃完即搁筷。

一月二十八日

翻身起来，老宋已经不在了，坐在那里吸一支烟，看一柱白光从窗帘一角未遮处折射到那边的桌面上，里边有无数的东西活活地动，一时觉得浑身这儿不美那儿不适的，烟吸了一支又接上一支。老宋推门进来，手里拿着两个小馒头，里边夹着豆腐，说："又想什么了？"我笑着说："脑子一片迷怔，发呆吧。"我有发呆的毛病，常常一个人就瓷在那里，脑子里似乎在快转动，闪现各种念头，但实际上什么都没个囫囵，什么都没想。早晨起床，总是这样要坐长久，恢复清醒，要么莫名其妙地愉快，要么莫名其妙地烦恼，我历来是依这时候的感觉来测知全天的情绪了。来苏南，早饭我是难以起来去吃的，老宋起得早，他吃罢了会带给我一个至两个馒头。我穿衣起来，说："今日天气真好！我记起来了，夜里老是做一个梦，弄得心情怪不好，老是一个孩子，似乎认得又似乎不认得，他将我的鞋拿去了，我光着脚在台阶下反复要，他就是不给……"老宋说："你会拆梦，这是什么意思？"我也不知道是什么意思。

吃罢饭，同老宋、老徐又往城里走动。老徐对昆山熟，讲叙昆山以前的模样，我随着他的话脑子里便是一幅幅昔日的图景，遂联想到十多天的所见所闻，以江南的地理、物产、语言、服饰、建筑、饮食等等，对照西北，觉得是那样的不同而有趣。中国的文学艺术有过现实主义和浪漫主义之分，这观点我并不以为然，但确确实实分别着一种写实笔法，一种性灵笔法。这两种笔法，我当然推崇司马迁，但推崇司马迁而鄙视那些毫无灵气的笨写法，对于性灵笔法自己很喜欢又轻贱那些小境界。原先只了解司马迁是北方人，当过史官，受过大难，他注重的是一种天下为怀的、史的目光，这一切又以朴素为底色，而不明白性灵之作是如何产生的。来这里见了冒辟疆、归有光、袁枚的故乡，这一类有才情的人原来也是水土所致。才情之人成功之处在于写了性灵而不靡艳。但这些人作品格局仍是逊于司马迁，原因也可能乏于自然环境的恶劣和人生境遇的灾难。曹雪芹当然是才情人，他的文笔灵动胜于司马迁，他又经历过人生苦难，所以有《红楼梦》。写实易于死板，性灵易于小巧，质朴是重要的，格局是重要的，更重要的是体证人生的大苦大难而又从此有慈悲（以佛经论，同类为慈，同生为悲）之怀。

午后，与昆山市文学作者座谈。我自知此行的目的和任务，虽百般推脱，但杨守松不允，只好由市文联安排这项活动。来者有近二十人，交谈文学创作方面的事，我主要说了加强在创作中的视角点和作品维度问题。会后，电视台记者采访。

晚饭是在鹿都宾馆吃的，全体与会作者，还有宣传部长，也是送别宴会吧。江南的饭一直不合口味，唯一吃饱的一顿是初到昆山的第二日午饭，那次我和老宋，点了一盘尖椒炒豌豆苗，一盘尖椒炒土豆丝，一盘尖椒炒肉丝，一盆酸辣汤，绝不放糖，尖椒一定要红色的，切成细条。我吃了一碗半米饭，额上有微汗，拍着肚皮说："这回'鼓腹而歌'了！"饮食里有情感问题，之所以喜食家乡饭菜，有情感上的怀旧和认同吧。

一月二十九日

今日到上海。一九八九年路过一次上海，晚上摸黑儿到，第二天正逢上海百年不遇的一场暴风雨，就在小宾馆的小房间待了一天，第三天微明又去机场飞走了。上海给我的印象就是一个小房间。这次被《文学报》的朋友安排住在清河宾馆。清河宾馆不大，但极幽静，老朋友相聚，谈笑甚欢。舒适的居住、美味的饭菜和朋友们的热情，使我有一种感觉，似乎我和老宋是二十世纪四十年代过了黄河去前线后返回到了延安的待遇。郦国义说："这次一定让你来，上海才是改革之风正盛的地方，整个长江流域是条龙，这里就是龙头啊！下午，你就沿着邓小平走过的路线走一次吧。"饭后稍作休息，徐福生就陪我们去南北高架路，去杨浦大桥，去浦东。上海真是伟大，站在杨浦桥上看浦西浦东，气势磅礴，我也觉精神抖擞。桥上风大，我穿得较单薄，又有恐高症，但极兴奋，问了这样又问那样。一心想看看长江入海口，徐说坐船还得两个小时吧。远远望去，迷茫一片，想，我家住长江上游的丹江，丹江的水也就流到这里吗？看着桥下通过的一艘艘运沙船，倒产生出一股英雄气，从桥上跳下去。遂又想，就是要死，从这里跳下去，死也是美丽！天色黄昏的时候，我们到了外滩。外滩与我的想象相距太远。趴在河栏杆上往江中瞧，街灯已亮，对岸电视塔的灯火五颜六色地铺在江面，似乎看见了那栏杆下的江里有无数的少男少女的脸，江面如镜，镜有镜神，那一定是以往的年代里谈情说爱的人一对一对面江伏栏而映留在那里的。黄浦江里有爱神，这里不知演动了多少缠绵的故事。又突发奇想，说道："那么一对一对面江伏栏，若有小偷这一夜走过去，从屁股后的口袋偷钱包，会极其安全而收获巨丰吧。"老宋说："为什么？"我说："贼去偷包，男的以为女的在抚摸他，女的以为男的在抚摸她呀！"大家都笑起来。外滩的建筑令我喜欢，厚重奇雄，倒比得新建筑多少有些花哨而单薄了。在南京路盘桓了多时，想象一直在二十世纪三十年代四十年代里不得出来，痴痴看着那一堵堵墙，那走过来的走过去的人，那光怪陆离的霓虹灯，一辆车就呼啸着开过，险些轧着我的脚。后去乍浦路夜市街上吃饭，报社的几个领导也都来了，上得一家小楼的三层，地方虽窄狭，菜味颇美，又是吃得特饱的一顿。

大上海到底是大上海，它给人的感觉到底不同，许多人提起上海就摇头，似乎不感兴趣，我不知道这是为什么？我不喜欢小巧，上海是洋而大，洋有底气，是另一种的王者气。寒风里，我站在彩色的街头，点上一支烟，想，这个城市之所以产生过许多大的文学作品，这是必然的，现在就居住着巴金、柯灵、施蛰存、余秋雨、王安忆、陈村、孙甘露、格非他们，我应该去拜望他们；但我又不愿简简单单去见到他们，见到他们又呆头呆脑地不知说什么好，只能敬而远之，默默向他们致意了。

上海，我一定还要来的，悄悄地来这里多住几天，好好地呼吸呼吸这里的空气。

已经是夜里十点，并无睡意，又和郦国义等去一家歌舞厅玩。歌舞厅里并无歌舞，寻一间屋子玩牌，临走时那里一个服务员得知我后一定要看看，看了又不信，等信了就让签名，一定又让签到她的白棉绒衫上。

一月三十日

中午要飞往北京，趁机参观虹桥开发区，那里新建筑集中，更具上海味。在扬子江宾馆吃最后一顿上海饭，不意让服务员认出，极热情，倒多喝了黄酒，往机场去的车上突然浑身不舒服，难受一直到北京。

到北京天已黑，翟部长和张锲的二位秘书来接，他们知道许久未吃到面条了，直拉我们去文采阁吃手工油泼面。回来仍住和敬公主府，仍是那间屋。明日，若能给领导做了汇报，后天或大后天就可以回家了。暗自筹划，回去给母亲镶好牙，就该参加省市政协会了，过罢大年，初七又是市人大会，三月三日又得返京开全国政协会，那么再往江浙就是四月份了吧。想这一年，真是马不停蹄，人的一生从事什么职业是有定数的，写什么文章写多少文章是有定数的，到什么地方遇什么人也是有定数的，那么，一九九五年天南海北走遍，一九九六年还要走，一条走虫，这都是命。

浙江日记

十月十七日

在京待过了五天，今日到杭州。车进城区，忽觉奇香盈鼻，以为是接车的陈军先生在喷香水，他西装领带，面目光洁的，陈军却笑着说：君来桂花开啊！从车窗往外看去，果然路旁桂树丛丛，有人正铺了报纸在树下，摇树而金雨坠落。愈到西湖边，香气愈浓。咦，这就是杭州了！中国的版图，差不多走遍，唯有浙江却未踏过一寸土地。江浙统称江南，在江苏走动了两个月，以为浙江与江苏差不多。陈军说，真正的江南是在浙江。这使我想起古诗："江南忆，最忆是杭州。"陈军是作家，性情极好，或许是气味相投，立即就熟了，他恐怕最担心我把江浙混为一体，如中国人看洋人都是一个样，就不停地给我讲江浙的区别：江苏是香甜糯软，浙江是刚山柔水。我问陈军是浙江哪里人？回答是绍兴。绍兴是古越地，昔时的吴越之战，使江浙人都有了互不服气的秉性的。但陈军的话也是对的，江苏少山，浙江多山，虽山并不多雄伟，无根无脉，随处可见；而又临海，海风是硬的，诚然西湖以秀美名天下，单围绕西湖有岳飞墓、张苍水墓、秋瑾墓，就知道是该有一股刚烈之气了。其实，未来杭州，却早知道在西湖畔居住过的潘天寿的画和沙孟海的字，就知道了与江苏不一样。居住在大华饭店，午饭也在靠湖的一间厅里吃的，隔窗看湖，万顷清波，但太阳暴晒，眼不能大睁。饭厅里正值某单位包席四五桌，劝酒之声汹汹，有些震耳欲聋。西北人如此，杭州人也如此？陈军便又说民间有"杭铁头"之叫法，你要不要试试？我吐吐舌头，只道天热，赶紧吃罢饭就离开了那里。

午休后害头痛，知道有些感冒，又疑心是西湖风吹的，服下解热止痛散一包。翻阅一份材料，看到介绍浙江有地方戏。绍剧，慷慨激越，近于秦腔，颇来兴趣。晚间有宣传部沈部长、吴处长及作协林晓峰、叶文玲等宴请，席上问及绍剧事，众人能寻得理由的是宋时南迁，中原的一部分人来到浙江。于是对浙江另目看待，西部和东部因地理、气候、物产不同而形成了饮食、服饰、语言，及人的性情、相貌的存异，但浙江是早年就东西交汇了的，这里的文化形态、人的思维方式对今天的西部人改革有什么启示呢？对我的文学创作又有什么启示呢？几乎是二十世纪吧，中国的文武人才差不多出在浙江，文人如鲁迅、周作人、茅盾、夏衍、艾青、郁达夫、丰子恺、朱自清、马一浮、李叔同，这些人的作品格局大，气象大，完全没有所谓的小家相，原因在哪里呢？而这些人又都是从浙江走了出去成为大家，又是什么道理呢？

饭后，同宋从敏沿西湖走半圈，湖边尽是老树，树中全装有彩灯，游人踵踵，恍惚如在梦中。湖面已不能分清，有灯光闪烁，听得咿呀桨声，遂有"我想嗬……"半句被咽去或是咬去，低头看时，一只小船已靠拢来，一对人拥着上岸。

十月十八日

决意在西湖要多待几日。

以陈军的《小说氛围十三悟》为指南。十三悟为：一、寻找氛围的南方小说。二、雪耻的越王与圆滑的师爷及"破脚骨"的子民。三、在两种文化互渗中图利的萧山大哥。四、陶醉于"南宋遗风"半人半仙的杭州人。五、从弘一大师的殉教精神看越人性格深层的苍凉感。六、从丰子恺笔底看越人的闲适、知足感。七、从马一浮超然高洁的人格力量，看越地文化极致的和谐魅力和恬淡感。八、喝酒、做人都懂得"真味"的鲁迅。九、信鬼神的越人及余华的"鬼气"。十、日常习俗中那种轻逸智慧而快乐的生活哲学。十一、令人尴尬的老城区和新公房文化。十二、困惑的小说家及其出路浅析。十三、我之文学观。陈氏的十三悟是他体证来的,颇为精到,我最感兴趣的是越王雪耻而遗传下来的越人秉性,是师爷式的通圆智慧,是南宋遗风和地理优越下的人的恬淡而快乐。

早起,往潘天寿纪念馆。在现代中国,画家的命运总比作家好,潘氏馆在南山路极幽僻的一条巷中,建造得又十分讲究。馆中存画大多为巨幅。潘氏的笔墨不敢说独步天下,但构图形式却突破常规,虽有霸悍气,却开一代风范。文学史上的大家,不是在内容上便是在形式上集大成或开风气,绘画亦然。后去郭庄。西湖边有四大庄园林,两庄作为国宾馆,岗哨层层,凡人百姓不可入的,一庄是马一浮纪念馆,而郭庄成了真正的公园。我们去的时候,正有新婚夫妇着西式婚纱,佩大红花,在那里一路小步走一路录像,尾随着看新娘俊俏,新郎却有些傻,牵着新娘手,几次却险些绊倒。庄内拐弯抹角,到处坐有游人,皆围桌吃茶玩牌。同行人问我对杭州印象。好嘛,总觉得这里一切不真实,不是人间。大家皆笑。杭州人的眼里,既然投胎在此,有明山净水可游,有鱼虾米藕可食,有丝绸锦衣可穿,功是什么,名是什么,追求得到的享受不过如此吧?所以,性情高洁的,读一册诗文,撇两笔兰梅,玩玩玉,收集些瓷器,半人半仙做名士。一般的百姓,就是吃茶吃豆吃黄酒。想我西北,人始终为生计奔波,既是"闲人",无富贵,半分魏晋气,半是痞子劲。丰子恺在一篇文章里说,西湖边的人每日钓虾,只钓三只尾,这就足了,拿去酒馆热水烫了,要二两黄酒,一顿饭就过去了,不比别处人贪婪。试想想,北方人做饭,也是在米面缸里舀那么一碗下锅,杭州人是把西湖当作了米面缸,当然就显得悠闲了。

午饭在"楼外楼"上吃,吃罢去西冷印社的望湖亭上又吃茶。据说鲁迅当年在上海战斗累了,就来杭州,也常在"楼外楼"吃了饭再往望湖亭里吃茶,待那么几天,休息是休息了,却又怕消磨了意志,就便赶回上海。忽想到,毛泽东一生也是多次到过杭州,毛泽东在杭州做什么事,不得知,但每次离杭回京,必有一场革命的大运动发起。

西冷印社的布局很合我心,地方小而精致,又不失疏野。见吴昌硕铜

230

像，心中正惊疑怎么几分像我，陈军亦说出我像吴的话，旁边几人便看看铜像又看看我，都说像。大家一阵哈哈。陈军提及吴昔年有一小妾，是日本人，取名温雪。这老头儿真会风情。立于山顶亭间从一堵花墙破处往远看，旁边有人指点山林那边是林逋坟，问是不是以鹤为妻以梅为子的林逋？答：是。欲去却墙隔了路，怏怏下山，忽见一观音石像，读石上文字，有"观世观音观我"句，极想呼谁为"观我"，但四下无人。

十月十九日

约好早上九点去看望巴金老人的。我四十余年里，走到任何地方，很少去拜望大人或名人的，口齿拙笨，怕不会应酬，又自卑自怯，难免尴尬。最早的一年让人领着见过林斤澜，慌手慌脚，不知说些什么，林也说话极少，就匆匆而别了。又一年去天津见孙犁，早闻孙犁话少，但去后相谈甚多，直待过三四个小时，还在那儿吃了一顿饭。巴金是世纪老人，人与文都是当今典范，得知在杭州疗养，一定得去看一面了。巴老住在汪庄国宾馆，去时正被人推着轮椅在园中散步，前去问候，老人面色颇好，而表情已不生动。一代伟人九十三年便如此衰老，不禁浩叹。为老人推轮椅转了一大圈，时阳光温暖，鸟鸣数声，桂花放香，今生能与大师同时代生活，甚为荣幸，但我仅仅能做到的也就只是为他推一圈轮椅吗？

这一日，陈军送我一块玉，虽是新玉，但面琢青龙，背刻"龙德"二字。陈军讲，他原要送给巴金的，因巴金属龙，他又与李小林同学，十余年两家往来，以玉为老人讨个吉祥。但小林觉得巴老年事已高，手脚不便，戴块玉反倒麻烦，就谢绝了。陈军便又送我，说我也是属龙。这玉就挂在胸前，我想，以后每抚到玉就会想到巴老了，我会为他的长寿祈祷的。

巴金在晚年，每年都来西湖畔住一段日子，据说这里的气候对他身体很好。是这一湖水能滋润他吗？这湖水滋润了多少文豪，这真是一湖好水！望湖上的苏堤与白堤，想文人在这里主过事，从此真是文运长久了。偶尔得一消息，说西湖去年曾放生过一只巨龟，是省上一位领导的夫人去饭店吃饭，

231

见饭店有一巨龟，说：这怎么能吃，该放生了去！那龟竟突然伸出头来，夫人走到哪儿它跟到哪儿，人人称奇。后饭店老板决意放生，又请了会周易八卦的人选定时间和地点，龟放入湖，龟没入水中游了一会儿又返回岸边，似与岸上人告别之意，遂再不见，而有雨降落。

沿西湖畔走，很想知苏曼殊的墓在哪儿，无人知道。又问三生石何处，也是无人知道。顺脚进岳王庙，游人如蚁，皆在秦桧夫妇跪像上吐唾沫，抹鼻涕。百姓对于历史的解释就是帝王将相和才子佳人；奸臣害忠良，秀才爱姑娘，永远是芸芸众生的道德价值观。我只跑着看沙孟海的题匾。沙氏书法极有气势，如翁同龢一样。东方和西方相比，东方为阴；中国的北方和南方比，南方又为阴；南方的江苏和浙江比，江苏又为阴。可见阴阳是不停地分下去的。每一个地方都不能一概而论，如什么地方都有富人和贫人，都有美人和丑人。岳王庙里有两块匾最有意思，一是沙孟海的，一是叶剑英的。沙是文人，书法刚劲之气张扬外露；叶是元帅，书法内敛绵静。人与字的关系，可能是有缺什么补什么的心理因素。我是北方人，可我老家在秦岭南坡，属长江水系，我知道自己秉性中有灵巧，故害怕灵巧坏我艺术的趣味，便一直追求雄浑之气，而雄浑又不愿太外露，就极力要憨朴，这从我的文章及书法的发展即可看出。

十月二十日

来浙江吃饭比在江苏稍合些口味，盐重，尖椒还有辣劲。我是不大吃荤的，尤其拒食甲鱼、蛇、黄鳝和牛蛙、鸽子。有些动物，如猪、羊、鸡，生来是让人吃的，但有的动物却生来不是让人吃的，吃了会消失人的灵性的。何况我属龙，龙不吃小龙蛇以及像龙的鳝。我名平凹，牛蛙与我同音一字，怎能吃得？螃蟹却是要吃的，菊花黄时蟹正肥，正是吃蟹的时候，每次吃时总想，螃蟹活着时八脚横行，不可一世的，被蒸了端上桌来，人却嚼得全成碎渣，这也是恶家伙的下场。

去灵隐寺看飞来峰，大失所望，那样的一块石头，何必飞来，飞来又有何用？却喜悦山上的佛像，那么多的佛，各具神态，喜悦真是如莲的喜悦。从"大雄宝殿"出来，沿途有人手心亮一字牌：看相。拦住陈军脱口就说：老板是好相！如此四五个纠缠的。我和老宋就感叹怎么没一个人来给我们相面的？看看陈军，一脸富态，衣冠楚楚，就取笑他还真像个老板，老板是肯掏钱的。由是，三人开讲到钱，由钱又讲到财可散不可聚，就坐到一家小茶摊上去买茶吃。

登六和塔，望钱塘江，无福见来潮的壮景。塔梯上遇一女子，清纯俊美，不知谁家妹子。这几日总是说到复仇的越王，此时却对越王没了好感，越王为了江山让西施去卖身卖情，那个吴王终究还是惜香怜玉的男人。就坐于一株老桂下吃藕粉，桂花撒了一身，也撒了藕粉。

再往虎跑泉吃茶，茶并未吃出个味道来，因为顺便看了弘一法师出家的地方和那个展室，缠绕于脑际的，则是一个家资万贯、有娇妻美妾、风流倜傥的浊世佳公子，一位集诗词书画篆刻音乐戏剧文学于一身的大才子，怎么就出了家？

午后去蒋庄看望马一浮，人已去，楼空在，无一参观者，也没售票收票的工作人员。踏入厅门，一股霉味，光线昏暗识不清墙上的联语，寻电灯开关亦寻不着，疾呼三声，有人从后间出来，开灯认得了老先生的塑像，方面长髯，身矬竟比我还矮！在我的心中，一泓西湖滋养了多少才情之人，而圣贤者却只有马一浮，但世间知道马一浮的却寥寥无几。生前大隐，死后也大隐，这就好，这才真是圣贤。出得展室，见小小庭院两棵广玉兰，根系隆出地面，如龙盘绕，就冷笑了树下那一张桌前有一男三女在玩牌。出得蒋庄，顺便往同一个公园中的花港处。花港以观鱼有名，那凭栏上游人红红绿绿挤满，全都丢一撮面包，逗那红鱼起浪。凭栏外有曲径可通各处幽境，但人多却如赶羊。遂出园坐船过湖，天黑至多时上岸去素春斋吃饭。

今晚做甚去？陈军自夸在浙江他有三友，号称四闲，一位是杜文和，远在绍兴，能诗文会玩石砚；一位是袁大梁，擅长医术偶做文章，更喜玩瓷器，昨夜已经登门拜识了。果然是性情中人，将屋中所藏一一抖出，件件讲解。数小时之后，我们站起告别了，他还在兴奋中，又从里屋匣中取出个小瓷瓶，两眼放光地说：瞧这件造型！这胎色！人活到这等境界，真是个真人。

233

第三位呢，陈军说，玩茶的，玩得写了两本书，一本在海外出了，成为新加坡大学的教材，一本才得了五个一工程奖。我说：领去见见。陈军耳语：这么晚了，人家又是女的。只好作罢，回宾馆给家打电话去，因为明日离开杭州要去宁波了。

到江浙深入生活，走马观花地跑，为的是感受这里的社会变化、经济发展和拓宽文化视野。如此在杭州城里待这么三四天，并不是要游玩，而觉得全面了解些本地的历史、地理、风情、世态，以便从文化积淀的视角上进入其政治经济生活，怎么样的文化就有怎么样的思维，怎么样的思维才有怎么样的发展呵。

十月二十一日

那天夜里见省委宣传部沈晖副部长和吴天行处长，印象是非常好，他们不庄严，大家就活泛了。为官为文，只要是真味，就更显出人格的魅力和职业的魅力。今早吴处长提出要陪我们去宁波，倒盼望同他一路，也可了解更多的东西。这是位硬派小生，相貌和性格全然不像南方人。他谈了对经济发展前景的看法，谈了各市县政坛上一些人物的故事，颇有见地而风趣。到宁波后，宁波宣传部、文联等部门的负责人已在"文艺大厦"等候。饭后，住新芝宾馆。安排了在宁波的活动，吴就返回杭州。这里具体接待我们的就是市文艺处长赵晓亮了。

宁波我从未来过，但在西安见过几位宁波人，都在说着听不懂的语言，突然置身于宁波，如同到了国外。宁波深受外来文明的影响，很有经商的传统，民间有"无宁不成市"之说，上海即是宁波人和苏北人为主要力量开发起来的，现在几乎每户宁波人家都有上海的亲戚。据说，每年清明扫墓，上海有近二十万人涌回宁波。海外的巨富如包玉刚、邵逸夫，就是宁波人。另外，宁波人的智商高，得益于民间有重视教育和重视读书藏书的传统，所到一地，房屋造得最好的必是学校，而国内闻名的天一阁藏书楼便就在宁波城里。宁波的历史、地理、风物和人文环境都是极优越的，但宁波发生天翻地

aff_。

覆的变化也只是近四五年光景。邓小平南方谈话以前，这里是不如广东沿海地区，即是在本省，也不如温州。南方谈话之后，宁波抓住了时机，潜龙一跃冲天，这是所见到的宁波人最自豪的话题，而且几乎是人人自负，说如果四五年后我能再来，宁波又不是今日的宁波了。综观江苏浙江的经济奇观，都是在邓小平南方谈话之后发生的。一个领袖人物的决心，一项国策的制定，其作用是何等大呵，尤其在目下的中国。美国的约翰·奈比斯特就曾说过："承认个人的作用是二〇〇〇年的大趋势的主线。"

但是，同样是一个中国，同样是学习贯彻邓小平的南方谈话，江浙地区能及时地抓住时机，而中西部则抓而不紧或未抓出什么大的发展。这除了历史和地理的硬件原因外，中西部的干部群众也追查检讨认识到重要的一点是：思想跟不上。思想跟不上关键在于思维的差异。而思维恰是在独特的文化中形成的。正是沿着这种思考轨迹，我提出一定要去看看宁波的镇海口，那里有可歌可泣的抗倭、英、法、日的业绩，也有西方文化进入中国大陆的历史；去看看天一阁，了解了解民间的真正的"耕读传家"是什么样子；又托人寻找宁波籍在海外的大富巨贾的发迹资料。

因天一阁就在城中，下午就是参观。时天色灰黄，略有小风。天一阁已扩建成一个很大的文物保护区，七拐八转寻到天一阁原楼，楼上已不藏书，空落落的静寂在那里。院中香樟森森，假山下池水沉沉。这就是天一阁！朝代更替，世事沧桑，天一阁是宝藏着书魂的，多少文豪来到这里，寻找的就是这个魂，要得的就是一种气。任何轻佻浮浪之徒进入寺庙就缩手缩脚，不敢喧哗，这里不是寺庙，同样使凡来者都悄声敛口，不敢张扬。据说题写遍了天下名胜的郭沫若来阁上，管理人员让书写天一阁三个字，他到底还是没写。我立于楼前，身定思游，想这楼上都藏过什么书，书是何人所写，一人收藏万众护佑，朝朝代代视为珍宝，我这个写书人应该怎样写书？

入展室看资料，有三件事颇多感叹：

一、范钦的身份为明兵部右侍郎。绍兴城还有一个私人藏书楼叫古越藏书楼，主人也是兵部官员。兵部的人却藏书！

在扬州的时候，见过许多名园，都是当年盐商私宅。盐商有巨资，一是交结了一批当世的文人名士，一是不惜重金大兴土木建私家园林，而文人名士就来为园林设计筹划。这种现象，你可以说这些盐商附庸风雅，也可以说那些文人名士攀附富贵，但毕竟正是这一现象才为国家留下了一笔园林艺术财产。商人并不是只会挣钱的动物，其中懂政治懂艺术的大有人在，社会发展到今日，尤其是这样。

兵部右侍郎喜欢藏书，在当时民间藏书风盛之下仅是一个佼佼者。据方志记载，南宋省境内著名藏书家和藏书楼，就有陆宰的双清堂、陆游的书巢与老学庵、石公弼的博古堂等十八处。此外，藏书过万卷的还有会稽的石邦哲、鄞县的张瑞和楼钥、镇海的曹盅、上虞的李光李孟父子。今人收藏风也炽，多是古董，又多纯为经济价值考虑，藏书者极少，即使藏书，也多收集古籍珍本，还是为了赚钱。回头看范钦，家资耗尽购书，一藏数十万册，是真藏书人。

二、书楼有禁牌数幅，虽未详细摘录，大致是醉酒者不能登楼，手不洁者不能取书，家人不得私自领外人登楼，即使家人不经允许者也不能随便登楼，等等，惩罚的方式有一条是凡有违者则以轻重而取消不同形式的祀祖的资格。仅此一斑，可见古人对书的爱护。

三、有文字记载，说是范氏后人在分家时，有兄弟两人，别的财产好分，唯藏书难一分为二，遂定下得书者不得一百两银子，老二的媳妇寡居，便得百两银子而去。寡妇便被人嘲笑了数百年。

从天一阁返回宾馆，沿街见店铺饭堂娱乐厅也有以天一为名者，似觉不妥。范钦造藏书楼，书楼最怕火灾，以古句"天一生水"取其吉利，若用之店铺饭堂，为的是发财，却水不能生金，而是金要生水了，若用之娱乐厅，则有养妓招嫖之嫌呢。

十月二十二日

236

一早赶去北仑。北仑属中国重点建设的四个国际深水中转港之一的宁波港的一个港区。以前去过天津的新港和张家港、南通港，宁波港的规模之大，现代化的程度之高，第一次得见。在港区办公楼听了介绍，看了关于港区的专题录像带，便去码头。此港五百吨级以上生产性泊位四十八个，万吨级以上生产性泊位十八个，还有十万吨级的铁矿中转码头，十五万吨级的原油码头，二十万吨级能兼靠三十万吨船的卸矿泊位。其时，正有数艘巨轮停泊卸货，场面颇为壮观。虽然港区负责人详细解说，毕竟我对于机械方面的知识是门外汉，只能感受一下现代化港区的氛围，粗略了解我国港区事业的过去、现在和未来的发展前景罢了。午饭就在港区食堂吃，见到一伙年轻的机关干部和港务员，他们提说起来，都是在高中时从课本上的那篇《丑石》认识我的。于是有的说没想到我还这么年轻，也有人为我头上发稀得已能见出一块空地而遗憾：怎么衰老了！

在港区觉得特别热，饭后头痛了一阵，吞了止痛片，就十分困倦，但参观的时间紧迫，港区又没有睡觉的地方，只好坐车去北仑港发电厂，在车上打盹儿。电厂位于北仑港南岸，隔海与舟山的金塘岛相望，是南方最大的火力发电基地之一。厂党委书记早已在办公楼下等候，极其认真热情，在会议室详尽地介绍电厂的建设情况和现生产状况，后又亲自领着去厂内各地走动，边看边讲，似乎要把电厂的所有事情都说给我，又似乎我是内行，讲了那么多高科技方面的理论和术语。我并没有打断他的谈兴，聚精会神地听他讲解，我虽然最后听得稀里糊涂，但这个人物却使我喜欢而生敬佩之意。他是领导，也是专家，管理家的周全精明和知识分子的认真执着形成了他特有的人格魅力。

参观了港区和发电厂，再了解了高速公路的建设状况，你会为宁波人在重大基本建设上投入了多大的财力人力和精力而浩叹，又会为不久的宁波发展前景而激动了。

十月二十三日

同文化局长去河姆渡遗址博物馆，一路车快如风，直到了四明山根。这里的风水的确是好，遗址前不远即是一条河，清冽活泼，小小渡口停有小舟，立于岸上正瞧一棵树上有鸟窝，小路上有人说话，听不懂内容，音脆却若鸟啭，人便上了舟，三摇两摇渡过对岸，缓缓往山坡绿树丛去了。以前观南宋人的图画，总觉得山不是山，河不是河的，今日瞧眼前光景，才知晓什么是清丽明净，疑心南宋的画家怕都是来这一带写生的吧。先欣赏了周围环境，再入馆中看那文物，更是震惊万分。说来十分羞愧，关于河姆渡遗址的报道我也曾看过，看过并未在意，脑海里没有留下特别深刻的印象，现在认真看了实物，可以说，极大地改变了我的思维。我长期生活在西安，西安半坡遗址不知去过了多少次，而且从上小学起，接受的教育都是说中华民族上下五千年，黄河流域是中华民族的发源地，而河姆渡将年代提前了两千年，又是在长江下游发现，许多历史定论就推翻了。一件件实物看过，许多问题无法理喻，如：七千年前人与一百六十种野生动物同处一地，没有金属，仅靠石器和兽骨如何做出那么精美的骨针和骨针上的针孔？如果说那针孔是先在一块兽骨上以鳄鱼刺钻出眼儿，然后再将兽骨磨成骨针，那么以细细的兽骨做笛，笛又是怎么凿的？仅仅是那么小的石斧，即使可以系上老长的斧柄，如何又砍出一抱粗的原木为四方锭来筑屋？如果说慢慢来劈，一月两月一年两年总可以劈出来吧，但那时的筑屋是那么简单，花大力气可以在玉璜上，可以在骨针上，犯得着花精力弄木头吗？又如何制出木件上的带榫的卯和销孔，如何在象牙上雕刻出蚕纹，如何造出稻穗纹的陶釜、陶盆、陶蚕，以及那彩绘的漆碗，鸟形象牙圆雕，陶钵上的猪图，玉块、玉璜、莹石珠等等如何做出来的，用什么工具做出来的？以往的许多概念使我们形成了固定的思维意识，这种思维意识妨碍了我们对人类自身的认识，人类发展到底还有什么，我们实在难以估计。黄河文化的半坡遗址文物是北方先民的生存状态，河姆渡遗址的文物是南方先民的生存状态，一个五千年，一个七千年，两相比较，南方先民的文明程度倒高于北方先民，这与如今南北人的智商有关联吗？但有一个基本的定论，可以说中华民族并不是一个发源地了。来到浙江，只知道越文化的独特，这种越文化是如何形成的？这里的山水、气候、饮食、建筑、工艺，从七千年前就有别于黄河文化了。

在博物馆还发生了一宗怪事。馆长请我题写什么，我摊开笔纸，写下"为我中华民族而骄傲"，刚写到"我"字，叭的一声巨响，书案上的屋顶射灯爆裂，碎片落于我身上和纸上，甚为惊骇，不知是不是我北方人不该将河姆渡人称作"我民族"的？故午休在馆办公室主任的房中，重新补写了"文明大观"四字，以替换那一幅题字。

午后即去镇海口参观古海防遗迹，登镇海楼看海空天阔，上梓荫山拜吴公纪功碑，又去裕谦殉职的泮池，去后海塘，最后于黄昏之时登招宝山威远城，又往海边看安远炮台。这海天雄关，每一寸土地都演动过英雄的故事，游古战场真是壮怀激烈。

翻阅史料，在这里守防的军民抗倭、英、法、日虽然可歌可泣，但因当时国家实力单薄，政府腐败，武器落后，所有的战争仅胜过一次，而就这一次胜利之后，政府还是屈辱签约，割地赔款。在镇海城里，我极力想寻寻当年的建筑，看看西洋帝国入侵后，这里潜移默化接受西方文化的痕迹，但如今的镇海城全然现代化，并且马路两旁花木蔚然，车少人稀，干净异常，是我所见到的最美丽的城。其实镇海现在只是宁波市的一个区，你置身其中与去西方发达国家的城里并无二致。

十月二十四日

越人的先民以鸟为图腾，这恐怕与面临海有关，虽未查阅资料，想，精卫填海的故事也该是越人创造的。精卫是复仇者，越王是复仇者。浙江人崇尚颜色是黑色，所到之处，尤其到小城小镇及乡下旧村，最易看到人穿黑衣服，房屋建筑为黑门黑窗黑墙柱，有的整堵墙都是黑的。复仇者又是受过灭顶之灾，又会在复仇过程中有所牺牲，故信神鬼，喜奠祀。这里的庙宇都比北方庙宇高大。所有的山坡上均能看到坟墓片片，且墓碑讲究，以往国内许多报刊针对这一带农村建庙修墓风甚而指责是农民富裕后乱花钱，搞封建迷信，其实这里存在着一个信仰和传统习俗的问题。

宁波的天童寺是我见到的最庄严、环境最幽美的寺院，它在山的深处，又占领了一条沟。从沟口到寺院大门处，六七里地三道山门，沿途古松排列，煞是静穆，又疏野味十足。

今早起来，天降中雨，顿觉衣单身凉。依活动日程安排，赵处长陪去

239

奉化市萧王庙镇滕头村。宁波距滕头村并不甚远，途中路过著名的雅戈尔服装厂，便驻车去联系想看一看。雅戈尔服装厂所处的这条道已起名为雅戈尔大道，是服装厂家云集的地方，而雅戈尔厂的建筑鹤立鸡群，尤为显眼。厂办公室主任热情接待，领我们参观了厂展览室，大致得知此集团公司十六年前依靠两万元人民币的知青安置费起家的，现却拥有资产六亿多元，年销售额十亿多元。难得的是雅戈尔衬衫创出了名牌，成为中国十大名牌衬衫之首。又去衬衫车间参观了生产状况，因总裁李如成未在，并未在雅戈尔过多停留。坐车冒雨仍往滕头去，路上一边翻雅戈尔厂的材料，一边同老宋、赵处长谈雅戈尔。浙江人的思维超前，敢于创新，能在实际工作中自觉地调整现成的体制与生产力的关系。正是所有南方人如此，国家决策人才顺应天道民心而实行起改革开放。而一旦国家实行改革开放政策，立即干柴遇见烈火，蓬勃起燃，用不着北方大部分地区需要学习接受启发教育或强行推动的过程。当全国普遍改革开放之后，南方人已赚得了大量资金，又在搞名牌精品。古有说法，处于高寒地区的西北人刚直而蠢，又有坚韧，可以出圣贤的，可这种思维和性格已不能适应当今经济社会，在芸芸众生的人间，圣贤又有几个，又会在什么时候出呢？

午时到滕头。滕头在富裕方面，虽算不得全省第一，但滕头是一个各方面工作都先进的特殊村子。全村二百八十九户，八百一十口人，六人负责种地，别的村民都从事乡镇企业，且雇用外地打工人员千名。人均年收入六千余元。这里肥土沃野耕田成方，河渠两旁橘树成行，暗灌渠道交错成网，村舍道路花木成荫，一九九三年被联合国命名为全球五百佳生态荣誉村。到滕头村委会办公楼，老书记傅嘉良去市上开会，小书记傅企平接待，且在那里等待我们的有奉化市宣传部副部长和文化局、文联的负责人。傅企平个头儿不高，但极结实，平易可亲，印象不错。饭后，阅读一大摞滕头的材料，想有个全面了解后，再到村中、村民家中、企业中去实际考察。

十月二十五日

雨仍是下个不停，因一些别的原因，市上领导先安排去溪口，说：到奉化不能不去溪口蒋介石老家看看，再就是不能不吃芋艿头，"走过三关六码头，吃过奉化芋艿头"嘛。

未去溪口，介绍的人都说溪口风水好，但去了以后，反倒觉得一般。溪口镇已成为一个小城，游人过多，有些杂乱，沿街到处在卖名产千层饼和煮熟的芋艿头。芋艿头已吃过了，类似北方的红薯；买一包千层饼，并不合我的口味。参观了蒋氏的两处旧屋，又去了蒋与宋美龄居住的楼阁及蒋经国读书的小洋房。驱车往镇后山上，最感兴趣的，一是妙高台，虽是三四十年代的建筑，但古意犹存，只是风大，不能多待；二是半山处有弥勒寺，中国唯一的一座为弥勒佛造的寺。路过蒋母墓道未去，据说蒋母埋的地穴好，此山酷似弥勒佛态，墓正建在佛肚脐眼上。

晚时，奉化市委钱书记等接去市内吃饭，趁机一睹奉化市容，小是小些，建筑却大多是新的，霓虹灯五光十色。席间作陪的有画家王先生。在浙江一路，大凡当地领导在宴请我们时，免不了有当地名流文士作陪，全都是主宾无序，坐卧随意，这种平等和谐的气氛给我留下极深印象。这样的领导与文艺界人士做真心朋友，并不失领导的身份和尊严，反倒更令人尊敬。若在位上，便觉得自己什么事情都是正确的、高明的，教导这个，训斥那个，他将永远听不到真话也交不上真正的朋友的。这一晚的毛蟹特别香，笑话也是一个接一个地说，其中有说到在公共车上一声屁响，空气污染，纷纷指责谁放的，却始终无人承认。售票员就喊："没买票的快买票啊！谁还没买？"满车上没人应，售票员就数人数，说："还有一个人没买票，刚才放屁的那个买票了没有？"立即一个人说："我怎么没买，我一上车就买了的！"

十月二十六日

滕头村在二十世纪五十年代即是先进村，类似这样的村子在江浙很多。

四十年里，中国发生了多少风风雨雨，这些村子依旧先进，确实令人惊奇。综观这样的村子，村党支部书记几乎是一人贯穿始终，这除了书记本人已在村民中建立了崇高的威望外，有一个问题值得重视，即：当家人竟能在每个时期跟上形势。滕头村的老书记傅嘉良就是这样。类似傅嘉良的一些村当家人，我在中国别的省市见过不少，有的是极其能干又会说善道，有政绩而个人又较廉洁，所以一直未倒，有的是政绩突出却也逐渐养得霸气。来滕头我有心要看看傅嘉良属于哪一类。见面后老书记给我的印象十分好，一个干干瘦瘦的老头儿，不卑不亢，平易随和。他早已要求从领导位置退下来，但村民却强烈要求他能再干几年，鉴于身体还好，就只好还干着。他培养的接班人是傅企平，我们担心傅企平是不是他的儿子或有亲戚关系。不是，傅企平是他培养的，是村民推选出来的，现在傅企平的威信也十分高，主要负责村办企业，两人配合得极默契。在滕头村取得一系列成就并获得了巨大荣誉后，以后怎么办？这是奉化市委市政府以及宁波市委市政府都关注的事。有人主张定出更高的目标，规划出更耀目的蓝图，轰轰烈烈把滕头的牌子打得国内震响，而傅嘉良不同意。他强调要实事求是，志向要高，步伐稳实，一切得干出来了再说。这是农民的本质，是极可贵的品格。中国如今形式主义的风还甚，浮夸之气仍蔓延，一些先进单位往往在取得成绩后就在各种外在的环境影响下走向浮夸和形式主义，而傅嘉良不为所动，这恐怕也是滕头村之所以不败的一个原因吧。

中国的革命，以前是"农村包围城市"，现在，却已成了"城市包围农村"。新的农村，不是桃花源式的男耕女织状态，也不可能是人民公社化的那一套强制性改造性的大锅饭体制，农村是工业化了的。没有工业，农业是不会有大的发展的，这一种现象在西北广大农村显而易见。但发展工业却必然在某些方面破坏着自然生态，这种由贫穷向富裕发展过程中的代价在江南也随处可见，是全世界的难题，更是目前江南一带引起警觉又颇感头痛的现实。滕头村却工业得到了发展，生态环境又保护得特别好，被评为全球五百佳，为中国农村树立了一个典型。这典型是了不起的！如果说当滕头村一九九三年被联合国定为"全球生态五百佳"之一的时候，有人并不认为其意义的重大，而任凭土地被侵占，河流被污染，空气被毒化，仅仅过了两三年，一些地方富裕是富裕了，但生态破坏下的环境直接威胁了人的生存，才感到了问题的严重、教训的深刻，那么，在今后，滕头村的经验将是中国的一份何等宝贵的财富！

我和宋丛敏在村子里自由转游，不要任何向导，想看看更真实的东西。沿着成方成块的稻田走了一圈，田埂上橘树果实累累，竟无人看护；绕村的人造河道清水活活，走近便能看见黑脊梁的游鱼；河道上全部是葡萄架。看了文化活动中心，看了沼气站，看了花卉盆景站，看了服装厂、菜市场。村民楼整齐划一，虽外表已旧，缘于建筑于二十世纪八十年代。村中人并不多，仅见一些老人和小儿，是现代化的居住小区，又有浓厚的乡下气氛。为了有个区别，我们便又到周围的村子去看，这些村子都零乱，有的人家还是老式破旧屋，有的人家却小别墅十分气派，但巷道凹凸不平，卫生不好，时不时见路边有大缸做的粪池，缸上架一木椅状的坐具，那便是厕所。这样的临道坐厕，为我第一次见，惊讶不小。

十月二十七日

早上与傅嘉良书记交谈，因语言不通，办公室主任当翻译。我主要提了几个问题。

一、工业发展与生态环境的矛盾冲突你们是如何解决的？

所谓生态环境，我们以前是不知道这个词的，但知道什么是脏乱差，我们是从改变根治脏乱差做起的，慢慢才由无意识到有意识。从我们村的实际来看，人多地少，不能浪费每一寸土地，要想办法增加耕作面积，把差田变成好田，在土地上下的功夫最大，修田修了几十年。我们搞了沼气，再不烧煤或柴火。重视绿化，美化环境。农村不能放弃农业，这是根本，但农村不发展工业，难以富裕，不富裕又难以促进生态环境的保护。我们办了许多企业，有一条原则，不能有污染。曾经有几个可获益很大的项目，就是因为有污染，我们没有去干。

二、对滕头村今后的发展，准备做哪些工作？

243

一是农业要企业化，产供销一条龙。二是提高农业质量，搞绿色食品。三是工业要上高科技大项目。四是搞第三产业。五是进一步提高村民素质。六是装饰民居，清理河道，修各家下水道，搞新村规划。

三、您觉得目前对农村和农民，不仅仅是你们村，需要做些什么？

要教育，让年轻人知道国史、村史、家史，知道过去。要有一个好的基层领导班子。要巩固集体经济。领导要深入基层，实事求是，真正了解农民存在的问题。

四、你是当了三十六年的村干部，经历了那么多风风雨雨，你的体会如何？

有顺的时候，也有不顺的时候；有好把握的时候，也有难把握的时候。"四清""文革"，是最不好过，人心不齐啊！作为自己，农民嘛，你千变万化，我踏踏实实干，为大家服务，想的是既然当干部就要造福一方。

五、你们的企业是怎样发展起来的？

一九九二年是我们企业上档次上规模的一年。以前也有企业，都是小打小闹，胆子不大，主要不想搞负债经营，但出外开会，听别人介绍人家的情况，人家比我们富裕，农民收入大，我心里也不安，开始研究要办大企业，负债经营，从那一年我们观念变了，经济就发生了飞跃。

六、周围村子情况如何，有没有想过兼并他们一起富裕？

同周围村子自然条件比，滕头村还是差的，但这些村子没个好的领导班子，加上宗族矛盾大，再加上现在没有集体经济实力，村民贫富差距大，总平均下来每人年收入仅是我们村年人均收入的一半。我们有过兼并三个村的想法，农业规划已经出来，村庄建设、企业如何搞，还在思考。这些村宗族矛盾积怨太深，要兼并得先派工作队下去解决这些问题。

七、接班人情况如何？

就是傅企平呀！此人人品好，工作能力强，已在担当一面。

老书记谈得很平实，没有什么官话套话，但耐听，谈的问题又十分准确。还要问他，忽接到宁波市委书记的电话，是书记陪北京一位大领导要来看看滕头村，车快要进村了。老书记忙招呼办公室人收拾会议室，他又急着要去村头迎接，我们笑笑就告辞了。

下午，离开滕头，去绍兴。见绍兴宣传部长及文联主席等。绍兴原来是个相当规模的城市，这使我没有想到，受鲁迅小说和一些绘画的影响，总以为绍兴是个江南小镇，到处是水是桥是乌篷船和戴毡帽的人。晚饭桌上，绍兴话更是难懂，但菜味咸，尤喜欢霉干菜和油炸臭豆腐。饭后杨峰来。杨一年前还在陕西工作，都是熟知的，如今回到原籍，他在陕我们把他当江南人看，来绍兴又将他当陕西人看。这是一个极有才华的版画家，问及回原籍后是否对创作有不适应之感？他说，这里更适应搞版画些，绍兴人崇尚黑色，如黑墙、黑衣、乌篷船、霉干菜等，版画就是黑白的艺术嘛。你来浙江该最早就来绍兴，绍兴最能体味浙江，我想你一定会喜欢这个地方的。他说得很对，虽刚刚到绍兴，但进城到龙山宾馆这一路，大片大片的老式街房和夹立在其中的高大现代化建筑，不知怎么就十分有味，再看满街行人的模样、装束，及晚上的饭菜和老黄酒，就爱上了这个地方。

十月二十八日

依市宣传部安排，先去绍兴县一些农村看看，绍兴县就具体接待，又见到了县宣传部长及部里一班人。说来奇怪，就是这么一个城，一城拥有过山阴、会稽两县，到如今，绍兴县里有了绍兴市，绍兴县却有县无城了。据说绍兴县大力发展柯桥，企图重筑城池，但未被允许，只好县委县府设在绍兴城不显眼的一隅。在宣传部的老式木楼上见过了部长们，赵宇和文联的王云根陪着就去寺桥。绍兴的地名带"桥"字的多，但水乡的桥虽是石的却格局都小。西北多木桥，西南多索桥，江南多石桥，地理区别可见。寺桥村其实就是过去的一个大队，七个自然队，七百六十一户，二千五百余人，现有十二家企业，人均年收入五千元。富还不是怎么富，但这么大一个村，基本上实现了农村园林化、农业现代化、农民知识化、生活城市化。寺桥的党支部书记出外不在，办公室主任接待。在那四墙张挂着各种奖状、锦旗和图片、表格的会议室里，主任开始做他的介绍，几乎双眼盯着桌面在背诵，时不时出现一些状语形容词连接的书面才能见到的句子。虽觉可笑，但农民的

245

质朴憨厚又让人可亲。这是个先进历史并不长的村子，他们以自己苦干奔富裕并不是要给外人看的，一旦富裕起来，便受到重视，外边参观的人多，才让秀才们写材料汇报了。这位办公室主任记忆力也真好，当他千篇一律地向所有来的参观者背诵那长长的文章时，心里不知又是怎么想的。当他领着我们去村中走动，去看那一百余幢的民居别墅楼时，显出了一身的轻快，指指点点，说第二个一百幢正在修建，力争数年间家家住进别墅，自豪神气盈于脸上。从村子转游回村委会办公楼，我们又继续交谈。为了不至于让他背诵材料，我问一句他答一句，大家都活泼起来。他并不知道我是谁，指着墙上的照片说某某领导来过，某某领导来说过什么话，却并未提出和我们照相的话。王云根就给他耳语，意思在说，一般领导来留影没什么，十数年后百十年后谁也不知道那领导是谁，今天来的是作家，如何如何有名，留下影将来才有纪念意义的。我忙制止王云根，不让他胡说，那主任却说："是不？"便过来拉了我要合影，在办公室照了，又到院子的花坛下照。

午饭在寺桥村吃的，饭菜简单，但味道极好，没有任何应酬和客套，我吃得少有的多。后去柯桥镇参观亚洲最大的布匹交易市场。因时间宽裕，路过县广播电视塔，遂上去观光。塔上的负责人和工作人员均是年轻人，读过我的书，甚为热情，签名合影，忙得不亦乐乎，又上下引导着看他们的旋转餐厅和歌舞厅、会议厅，指点塔下的轻纺城。原本想来休息，不料一番忙乱，两点多离开即去轻纺城。偌大的一个城镇，几乎全是买卖布匹的，场面的壮观犹如那一年我去美国到拉斯维加斯，那里是除了赌场就是赌场，这里是走过一家布匹交易场，再走一家还是布匹交易场，纵纵横横，七巷八道，店铺林林，人流拥挤，搬运的小板车不停地摇铃，稍不注意即被撞着。这个市场发育于一九八八年十月，因绍兴地区轻纺业发达，柯桥又是历史上的集市地，再加交通极为方便，民间就在这里形成了布匹交易集市。不想集市规模愈发展愈大，这时当地政府才加以引导、管理和大力培养，达到现在上市品种九千余种，日客流量六万人次，日成交额三千五百万元。站在轻纺城十字路口，遥望轻纺城的标志，那座古运河上的红色的细拉杆洞拱式大桥，心里是无限的激动！我喜欢这座轻纺大桥，立于桥上想看看河的上下还有没有那一种小巧的石拱桥，拱桥没有再见，却看见了大桥下正是全国唯一保留的一段运河古纤道。古往今来，又是一番感叹。

从轻纺城出来，坐车不远便到柯岩。柯岩原是一个镇的，现归属于柯桥镇了。柯桥镇正在努力建成一个融水文化、酒文化、桥文化、古越文化于一体的现代化中等城市，而柯岩则是其中的一个风景名胜区了。到柯岩观景，主要是看石景。绍兴一带传统有以石筑屋筑桥筑路的，山却不多，有也是无根无脉，充其量为北方一个峁，但石质优良，就世世代代采石，采石而造就了石景。明明知道柯岩是人工景点，但绍兴人能将人工做出天工，那众多的景点反倒野气十足。那尊弥勒佛造像和云骨石，即是采石时孤零零留下的，让弥勒佛露天而立，这正预兆了今日绍兴有县无城，使我又想到杭州的郭庄之所以成为一所公园而不像汪庄、刘庄、蒋庄凡人难以进入，也是因大门外对着门口有一古木，门中有木便是闲，从那栽木起，数百年后庄的命运就决定了。而云骨石"云骨"二字起得好。小小的柯岩，竟是佛教、道教、儒教三教同在，这是极少见的，不知是三教的胸襟广大，还是绍兴人肯容纳，或者是采石者的随心所欲吧。上得八卦台，看紧挨的文昌阁后岩上凿有"文光射斗"四个大字，心中振奋，拍下一照。

十月二十九日

皋埠镇自古以来商运昌盛，物阜民丰，在绍兴有"银皋埠"之誉。驱车看了几个村子，到吼山遇到乡党委副书记等人，遂一边谈说乡里的事情，如你认为目前农村存在的问题是什么、农村发展到目前状况以后如何飞跃、作为年轻的基层干部这些年最大的体会是什么，一边登吼山。吼山是勾践当年养犬的地方，山景幽静，石头奇特，过去一直是风景区，但因岁月沧桑，世事变幻，吼山风景区已荒废，也正是一帮年轻的乡干部上任后，以新的文化视角开发吼山，使吼山成为绍兴重要的旅游胜地。上吼山当然去见那尊勾践像。绍兴是古越国建都地，勾践兵败，为了复仇想尽了各种办法，在此养犬为捕白鹿，捕白鹿为献吴王，同时在别的山中养猪养鸡，筹备粮草，终于时机成熟，一举灭吴。越王十年复仇，是一个英雄，但太工于计，终不能如

247

项羽可爱。吼山的风景同柯岩一样，也是采石场，历史上许多文人写过诗词文字，袁宏道曾以其山石险峻而说过"恐是越王城"，但我最喜欢张岱的评语——"残山剩水"，准确又形象，更有把一切看透了的人生境界。半山有一云泉，甘甜异常，舀饮三杯喝下。下山时忽见桃林下亮光闪闪，捡起是碎的瓷片。导游小姐说这里也曾是古窑，就企图能捡到更大一点儿的，但终不能，那些间隔瓷器的小泥丸，却如算珠一样，能一抓一把的，遂选了八枚带回。

午后去兰亭，沿途看山，山并不像王羲之所写的那样"崇山峻岭"，但风光的确幽美，想当年或坐舟顺流，或骑马沿山道，对自然的感受会比现在人深切。在兰亭路口，巧遇要出外的馆长和副馆长，经陪游的人介绍，两人极热情，引导入园，把每一处都看过，且学古人风雅，也以酒觞放入曲水中，但流觞不在我面前停驻，未有诗咏，酒落肚只觉得五脏六腑发烧。古人的风流是真风流，时代已不是那个时代，文人也不是那种文人了。

现在的文人，什么样品格都有，心中醒龊，文墨哪会有清正之气？不知怎么却想起新疆的王洛宾，他一生坎坷，酷爱音乐，他的曲、词全为自己心意抒发，并不求发表，更不盼获奖被人赏识，只是做顽仙，到头来却完成了一个伟大的音乐家形象，歌曲唱遍华人世界。在兰亭流连忘返半日，与副馆长交谈，其本身是书法家，读过我许多书，并以我一篇文章的题目做他的书斋名：丑石。此地遇此人，也是缘分。他送我一幅手抄《般若波罗蜜多心经》第一百八十六卷的书法作品，则让我在馆中签名册上留言。我写下"遥想当年，浩叹今生"八字。

夜回绍兴城，谢绝又去吃宴席，往杨峰家吃陕西的油泼面。又与杜文和认识，去杜家看藏砚，喝绿茶，写字数幅，一幅赠杜，为：海风山骨地，守黑知白文。

十月三十日

这一天集中在城里参观。小小的绍兴城，人文景点非常多，首先是去鲁迅故居，一代大文豪生养于此，看一草一木、一砖一石都有神圣感。馆中接待处的人特殊照顾我，打开了数间平时不开放的房子，听讲了许多史料书上不写的周家和鲁迅的故事。后登一处二层楼上，见那高高的粉墙，粉墙上柱子显露而刷成黑色，细细长长的下来，顿觉明式家具的艺术与这里的建筑风格一致。南宋之后延及明清，江南繁华，山水清明和生活富裕下人的悠然自得使艺术趣味与广大北方异同，以前喜欢明式家具而不得其解，原来出于江南。再去三味书屋，馆负责人要我坐于鲁迅当年坐过的课桌前留影，说巴金也在这里留过影的。书屋颇小，又很潮湿，不觉想起幼时我读过书的那座祠堂，冬季每日去得很早，为了节省，全不点油灯，齐声把语文从第一课背到学到的新课。

祠堂里没有桌子，是土台儿上架着桥板，又没有凳子，将一截劈柴架在土台柱的窟窿里骑着坐。从书屋出来，往咸亨酒店楼上吃饭，饭菜和服务极一般，但客爆满。看一个孩子孝顺不孝顺，现在就看他能不能考上大学，考上大学了，做父母的就省了多少熬煎。看过去了的某个皇帝某个人物是不是好，就看现在能不能造福于民间。秦始皇是好的，如今为中国争了光，为陕西造了福，仅旅游业就养活了多少人；而鲁迅的伟大，仅绍兴城到处是以鲁迅小说中人物为各种店铺名的就无数，多少人是在吃鲁迅的饭。我们上咸亨酒店，真真正正是吃了一顿鲁迅的饭。

又去看了古越藏书楼、秋瑾古屋、轩亭口、大道学堂。印象最深的是青藤书屋，拐进那偏僻小巷，钻入低矮院门，小小庭院阴暗潮冷，地生绿苔，霉点登墙，三四株芭蕉，数十根细竹，一口水井，一棵银杏，唯那丈方池水幽黑，走近可鉴人面，一股藤萝茂繁，爬于墙头，墙头上静卧了谁家的小猫。院门口有三人，一人坐于小卖部柜台里低头看报，进去时看，返出时还未看完；一女人在一凳前嗑瓜子；起身询话的是一老翁，话不出五句，面如木刻。徐渭生前贫困，死后这书屋景点也贫困，管理员难以收更多门票吧。

而在绍兴城西北隅有吕府十三厅，占地四十八亩，所有建筑依三条纵轴线和五条横轴线设计布局，中央轴线上依次为轿厅、永恩堂、三厅、四厅、五厅，东西两轴线上依次又为牌坊和厅各四座，最后一条横轴线上是楼房及平房。主人是明时大官，官家和艺术家到底不同。但是世事沧桑，侯门的豪华哪儿去了？那个叫吕本的谁还知道？吕本的后人现又住在何处？而生前誉毁不一、争论不休的青藤却天下谁人不晓得呢？

又去看城中旧屋，驻于小石桥上看水边人家，去摸奶巷，巷窄仅容一身，深一百五十步，进巷时所幸巷中没人。

原本想看看绍剧，绍剧与秦腔近似，但未能如愿。

十月三十一日

今早第一次睡到八点，仍是困得不醒。起来吃粥，去绍兴市黄酒集团参观。我戒酒已十余年，这一路却每饭必饮一盅黄酒的。我爱黄酒，但电视上黄酒的广告最少，山东没有去过，但我知道山东县县有白酒，不知山东人是真能喝酒还是真能挣钱？在酒厂题写了"古越总绍兴，黄酒是龙涎"十字。

午后返杭州。仍住大华饭店。晚见画家吴山明夫妇，同去素春斋吃饭，上一回坐那一桌，今去仍坐那一桌；上一回有两个尼姑吃饭，今去无缘再见。吴氏善画人物，赤面白发，貌有猫相。饭后去他家看画，屋里有三幅黄宾虹造像，一幅是完成品，两幅是草图；先生赠草图陈军一幅，我一幅，我遂在三幅上提笔作记。高晔女士当场作幽兰一株送我。夜半而归，天在下雨。

十一月一日

起大早去茶叶博物馆，王旭烽已在那里等着，然后详细看了展览。我戒酒后，嗜茶，在博物馆喝到了明前绿茶，味道好极，可惜馆中负责人知道后，四五人出来接待，茶便未喝到兴处。

午时起天落雨，又起风，顿觉身寒衣单，老宋因有别的事要干，独自在屋中看沿途带回的材料，不知何时竟头歪在沙发背上睡着，夜里感冒头痛。

十一月二日

在杭州、宁波、绍兴地区，常常说到良渚文化，回杭州后便提出去历史博物馆看看。博物馆里我感兴趣的是陶和玉。我是极喜欢陶的，家中所藏的汉陶器七十余个。西安是古都之地，差不多的人家里都有那么一件两件，我或者去古董市场上买，或者是从友人处索要，更多的是谁要向我求字，就提两件三件来。但我收藏的尽是汉代制品，汉以前的陶器则没有，所以看到有鱼鳍形和断面呈"T"字形的鼎、高颈双鼻式耳的贯耳壶、圈足簋、宽把带流杯、深腹圜底缸就兴奋。玉器使我开了眼界，琮、璧、钺、璜、镯、环、三叉形饰、牌饰、冠形器、带钩、管、珠，其质地，其造型，其已被人格化、道德化、神秘化的涵义，令我不能自已。陪我的陈军是玩玉的专家，他手里摩弄着一块自家的玉，口里给我讲"天圆地方"的玉琮，讲玉琮上的神徽，真有一副名士派头。从博物馆出来，顺路去盖叫天墓，墓前独有一树，落叶满地，纸屑狼藉，不见一个游者。初来西湖，几次驱车路过这里，都是清寂，听人说盖叫天是生前就修好墓的，墓修好后，常于黄昏自个坐在墓前。这回终于来看他，不由得说了一句：观众都到哪儿去了？！

午饭在报社用餐。这次来浙，为了清静和自由，要求接待人保密，并一律拒绝新闻界人士采访，但就要离开浙江了，经报社同志提出，他们请吃一顿，见见面，席间同记者们聊聊就可以了。我是最害怕记者的，因口笨舌拙，不善应酬，再加上以前吃过许多记者的亏，为难了半天，最后还是去了。这一次他们挺好，并没有提问多少，只是说说笑笑，气氛轻松，不知我走后他们会怎么写的。饭毕返至大华，整理日记，书写条幅八张，回报杭州的朋友。

十一月三日

机票已订好，明日下午返回西安。因《美文》明年得有大动作，第一期稿件并未备好，我是主编，老宋是常务副主编，两人是得回去一趟，下一次若能再来，就可以直接去温州地区了。温州在国内知名，那里的经济发展模式自成一格，倒想去实际看看。今日取消了再去参观，安静在屋中读沿途带回的各类资料。晚，见宣传部沈副部长和吴天行处长。沈竟送我六支笔，一套茶具，声明是他从自己家里带来的。这样的部长，令人亲切。而我戒酒后嗜茶，见到好的茶具就买，这一把壶倒是极喜欢的，并且有人送笔，这是大吉祥。

十一月四日

陈军提议：咱上龙井吃茶去！天虽很冷，衣衫单薄，但龙井的诱惑还是大的，遂去山上看那泓泉水。泉边吃茶的人挺多，且茶农拉客的也多，一妇人百般纠缠，但瞧她手脚不净，头发蓬乱，怕影响茶味，就呼茶亭的人拿张桌子，便一边看着一群姑娘在泉口大呼小叫，一边吃茶。山上的风景十分幽美，使我想到那一年在峨眉山。但峨眉山的水不好茶不好。桌旁是一堆乱石，其中有块称"来运石"，今日来此吃茶，不知好运今日来，今年来，还是在二十一世纪？

四点半，我将坐飞机回西安，杭州是天堂，也真的是从杭州上天呢。不知怎么，满脑子竟是庄子的《逍遥游》，平日记忆力差，记不得原文，现在却顺口吟出："北冥有鱼，其名为鲲。鲲之大，不知其几千里也；化而为鸟，其名为鹏。鹏之背，不知其几千里也。怒而飞，其翼若垂天之云。是鸟也，海运则将徙于南冥。南冥者，天池也。"

江苏见闻

一

昆山有"半茧园"，园里有"唐亭"，咏"唐亭"者甚多，其中一首为：

爱此唐亭僻

梅花静倚门

无人好太古

有月共黄昏

山凹生云窦

溪平露雪痕

于时何事乐

一卷对清樽

此人清雅，格局不大。江南才子如袁枚、归有光清雅而旷达遂成气候，郑燮、金农清雅到极致，发展到怪僻，也终成人物。无人生磨难，际会感慨，纯性情使然，清风徐来水波不兴，则浅显啊。喜第五、六句，暗藏我的姓名。厌七、八句，文人只是喝酒看书，为喝酒看书而喝酒看书，生你何用？

253

二

半茧园有一石，曰"寒翠"。

形态奇兀，中心大窟窿与边缘小孔，疏密有致，旷野玲珑。石质纯洁，历经风雨，愈是白净。据载：此石本为维扬王忠玉家"快哉亭"物，有东坡题识觞咏之语。元顺帝至元戊寅顾仲瑛得之于通固桥新安尼寺，以粟易归，置"玉山佳处"。明年，仙居柯九思见而奇之，再拜而去，御史白野达兼善来观，复为题"寒翠"美之。遂砌石为台，仲瑛自为记。后至清嘉庆八年移置半茧园。

一块石头，数百年间被人珍惜，此石必是美女二世。但人女之美，命运必是坎坷，故永做石头再不生人？

在昆山搜寻此石，不能得见。天黑在宾馆吃饭，端上一盘基围虾，便问老宋：知道哪只虾为雌为雄？宋说：你吃哪只，哪只就是雌的。满桌哄笑。

三

到扬州天宁寺，得知郑燮当年在此卖画。到南通狼山，也得知冒辟疆晚年卖字。不知这些先生为何作卖，遂想起我在家中的"润格告示"。我自字画被人看上眼后，先自为得意，不料从此苦恼日增，索字画比约文稿还多，每日敲门者不断，皆是言要解决调动、升级、农转非或等等原因做礼品送人。骚扰太甚，出了告示。

告示为——

自古字画卖钱，我当然开价，去年每幅字千元，每张画千五，今年人老笔亦老，米价涨字画价也涨。

一、字。斗方千元。对联千二。中堂千五。

二、匾额一字五百。

三、画。斗方千五。条幅千五。中堂二千。

　　官也罢，民也罢，男也罢，女也罢，认钱不认官，看人不看性。一手交钱一手拿货，对谁都好，对你会更好。你舍不得钱，我舍不得墨，对谁也好，对我尤甚好。生人熟人来了都是客，成交不成交请喝茶。

　　告示一出，果然阻挡了许多人，而且也有一笔收入，到底是好事。

四

　　北方人都知江南村村有水，殊不知真正水乡在江北。扬州地区的高邮和兴化毗连，高邮地形如覆盂，兴化则是覆盂再翻，境内三分之一为水。农民耕作在垛田，垛田大可三亩五亩，小则二分三分。五月份观之，菜花连天，高处金黄，深渠银亮，错综复杂，如演八卦图阵。当地人讲，兴化古来是避兵乱佳地，盖因这垛田之故。商州山高，秦时也是避乱处，我亦不知是四皓的后人或是祖先为四皓的守墓人，今到兴化，多有感慨。商州山上有各类飞禽走兽，且产商芝，俗称拳芽，其形如人拳，可食用。幼时挖过商芝，根成块状，时有人形者，疑避秦乱的人变；兴化鱼虾种类多，可能也是为安全所驱。席间吃有一种鱼，叫昂刺的，样子极丑，一层黑皮，背上有硬翅如锥。此鱼大半为避乱者托生。还有一种鱼，老而不大，仅有二三指长，更是伏小的人物吧。

五

　　康熙六次下江南，六次驾临高邮城：

　　第一次，一六八四年。康熙帝路过高邮，秀才葛天祚、孙晋等献上《开海口图》。回京途中，十一月初十日船泊城外，秀才献上诗歌八章。

　　第二次，一六八九年。驻清水潭视察河工，并从高邮码头停泊上岸。

第三次，一六九九年。驻跸界首。

第四次，一七〇三年。二月初六路过高邮，视察河工，宿稽家闸。

第五次，一七〇五年。三月十一日路过高邮。返回时于闰四月初七日路过高邮，驻跸南关外，纳地方所献土产。

第六次，一七〇七年。二月二十七日路过高邮，视察河工，四月二十九日经高邮返回。

此记载现挂牌于高邮古驿馆里。从记载看，康熙帝也够辛苦，十四年间六巡江南。江南当时反清势力最甚，河运又盛，康熙帝当然难以放心。地方富裕，也多秀才，所能献的就是土产和颂歌了。走江南各地，凡清帝当年驾临之所，如今全是景点，高邮古驿是，扬州有御码头，镇江金山寺下也有御码头，但明亡后，江南却是反清重地，人间世情如此，又荒唐又实际。扬州的御码头不远处即史可法纪念馆，参观时，天雨蒙蒙，庭院冷落，有一联正在史公坐像旁，联曰：

公去社已屋
我来梅正花

六

登泰山而小鲁。但泰山有时很小，小到百姓捡一块麻石，立于村前或门前，上凿"泰山石敢当"。高邮有个叫文游台的地方，南宋的皇帝堆土为泰山作祀。土堆上的庙宇已坍，正在复修，旧时光景不得见，但祀炉还在，锈作一堆铁的。现时人看"文革"中的资料片，万人齐跳忠字舞，不觉肃然而觉悲凉，面对土堆的一抔泰山，没有了悲凉却是可笑。

七

在上官河坐船到大纵湖去，时值细雨，却天青河白，岸上菜花金黄，蚕豆已肥，萋蒿细长，经风梳理，齐茬茬一边倒伏。船是"水上飞"，速度极快，眼见得河的两边涌起两道水波如龙，与船同进。愈进愈深，河面更宽，处处拦网设篊，河岸遂也成堤，偶有堤断处，能看见堤那边也是或河或湖。堤上有活人也有亡人。活人筑小屋，搭茅棚，几株杉树晾挂了衣服和干菜。亡人则安息，小小的土坟就在杉树之外。怕是民以食为天，鬼也以食为天，坟顶上又皆放一土块成碗状。船过一户人家，人家的媳妇在浅水处设篊，水波微兴，身下的小板舷起落不在，但并不瞧看我们，安然探作，唯岸上老妪使劲挥手向我们叫喊，原是门前停泊的小船上盛着沙子，船沿与水面平齐，水波涌起，沙子就刷入水中，我们只好放慢速度，笑笑地向老人致歉。至大纵湖，水天一色，而各自为政地拦了网，一问，全是养蟹。大纵湖产醉蟹，价钱已涨到百元一斤。见一养蟹大户，方头赤睛，引入他家，家是一只大船，内装饰豪华如市内宾馆，言及蟹销之香港及东南亚，口大气粗，洋洋得意，出船见两艘小快艇飞一般驶来，介绍是新购回的快艇，家人去镇上采买东西的，两男西服革履，提有手机，三女一童皆鲜服，并嘴嚼口香糖，能吹出猪尿泡一样大的泡。

八

扬州历史博物馆在天宁寺，展一古舟，不知年代，疑古运河盛时物。

舟为独木，楠树所凿，长十三米余，宽近一米，敲之笃笃鸣响，有金属音。

馆外有一树琼花，远看并不艳乍，近视序盘硕大，一枝八朵，一朵五瓣，排列有序，蕊素如珠，花白如雪。当地人又叫八仙花。世上都骂隋炀帝为看琼花，"陆地行舟"下扬州，荒淫无度，可见琼花不是人间花，以美勾引昏君，杀灭昏君，而又让他开凿运河，又不失自家高洁。

若再有生，不为龙便为独木舟，孕女当是无双琼。

丙子三月二十二日记。

九

三月二十日过江看《瘗鹤铭》，雷轰岩施工加固，不能近前，却见陆游观《瘗鹤铭》刻石，立于浮玉岩畔："陆务观、何德器、张玉仲、韩无咎，隆兴甲申闰月廿九日，踏雪观《瘗鹤铭》，置酒上方，烽火未熄，望风樯战舰在烟霭间，慨然尽醉。薄晚，泛舟自甘露寺以归。明年二月壬午，圜禅师刻之石。务观书。"世人知坡老《记承天寺夜游》为短文，不知务观七十三字！四十五年间，我又能传几多文字呢，临风浩叹。后体软登山，欲觅一块石携带而不得，定慧寺又已关门，坐末班船郁郁归镇。

十

史公祠后院竖一石，约两围，高三米五左右，玲珑嵌空，窍穴千百。据介绍，为南园遗璞。清安徽歙县汪氏建南园别墅，内置九块太湖石，乾隆南巡时到此园，赐名九峰园，后选二石入御园。九峰园早废，七石散落，今仅存此石。

当年曾有诗：名园九个丈人尊，两叟苍颜独受恩。

这一个石头伴孤忠，这石头也是清寂。旁有一梅，不在花期，未能看数点冷艳。

十一

杭州有西湖，扬州有瘦西湖，北京有白塔，扬州有小白塔，镇江有金山，扬州有小金山。小金山为瘦西湖一景，传说苏轼在扬州时过江去金山与和尚对弈，输了玉带，而拿了金山一石过来，遂有小金山。今小金山为一土丘，上建一亭，几块奇石，数株老柏，临风四望，倒能烟水全收。丘下有一堂，联语中"如拳不大，金山也肯过江来"，其语情殷。

风亭而下，是一庭院，偏门进入，园小二十平方米，只有一柏直挺，薄砖细石铺地，草沿砖缝长，苔在石间生，地青黄如湖面，前有正门，出门则阳台，返回院园，方仰头看门楣匾额题"开畅"，始知园地小而顺柏向上可观天，宁静者致远矣。遂合掌道：好！

十二

世人知《白蛇传》皆骂法海，金山寺的和尚至今仍恶白氏素贞，故游金山在山上见塔，塔下见法海洞，山脚洞下见白蛇洞，而山上归属寺院管，山下则是园林局的辖区了。白蛇洞极小，谁人焚过香蜡，荃味未散，但呼吸过后总有腥气。洞内石壁上有一穴，大人不可进入，俯首探望，幽暗却不知深浅。悚然而立，想那女子可怜可亲，虽是蛇变，做人妻何妨？忽穴内有亮光闪烁，一活物慢慢爬出。登时惊叫，活物转身为影子般又滑入穴去，看清毛茸茸一尾，始知山鼠。心怦然悸然，不认为是偶然事件，却又疑心这是白蛇的什么侍者或是守穴者，报给她家主子去了。又久立，身觉寒冷，出洞望江，默然不语。谁又在洞上之洞念那门联："白蟒化龙归海去，山头只有老陀头。"

十三

259

金山下一巨石名"信矶"，是当年金山未上岸时为水所拥，老和尚常与海鼋在此狎戏，老和尚每一敲石，鼋就必至，后老和尚圆寂，别人再敲，鼋终杳然无迹。五月六日天降微雨，坐石上半日，面前海水已远，沙滩上荒草漫生。

十四

江南人不能望貌论年龄，尤其少女，面有蜡像色，光洁如亚光玻璃。

我所到之处，读书人皆以为假，谓个头儿不应是一米六余，颜面也不该有黑点。殊不知人面也有风水，痣不可取。脸存七痣，排列而下，形若七斗，望我如观天象。

十五

扬州镇江园林，多为私家，盖出自明清盐商所造，财富在世间有定数而流动，钱多则不能为私人有，自古如此。商人好奢华，并不一概附庸风雅，势大钱广必有清客，文艺方是寄生之物。扬州何园的"片石山房"即石涛叠石作涛。

十六

欧阳文忠公在扬州一年，做平山堂，取江南北固远山与此堂平，甚有文人情趣。而《避暑录话》中载："公每暑时辄凌晨携客往游，遣人走邵伯取荷花千余朵，以画盆分插百许盆，与客相间。遇酒行，即遣妓取一花传客，以次摘其叶，尽处则饮酒，往往侵夜，载月而归。"风流潇洒可见。欧阳也筑屋，也乐酒，也遣妓，今文人行状，见之多多，行为龌龊，酗酒污秽，无大胸襟，酒亦无荷香，取花妓也不闻真笑声啊。

十七

镇江有四大名鱼，鲥、刀、鮰已吃，味道鲜美，但并不如家乡饮食能饱肚，终日又役役奔走，疲倦不堪，五月四日登北固楼回来午睡近二时，起床说：江南最香是觉香。

五月五日到扬中。扬中为江中孤岛，扬中人有如日本人，登陆意识极强。据说当初起身时，主要靠推销员，推销产品也推销自己，常年在火车上奔波的中国推销员十人必有六人是扬中人。有了资金，扬中不敢怠慢，愈发向外扩张，自筹资金修一千一百七十二米长的扬中长江大桥，使经济从小而散、小而全向规模化、集团化、多元化方向发展，其富裕与文明比苏南诸地有过之而无不及。访问毕，天已黑，往范继平家吃河豚。河豚有剧毒，尤其菜花时节，范继平一再强调，不吃河豚，枉到扬中，要吃，要敢吃！"我请村里老支部书记来烧！"出事不出事，这不是政治可以保证的事，但我还是放开去吃，十五分钟过后，未有舌麻头晕，安全无事了。回镇江对接待人谈起，他大惊失色，说："只有镇江人敢这样！"

河豚活物什么模样，不可得知，但鼓腹而歌：你有毒，我也一身病毒，我怕你的！

十八

镇江"芙蓉楼"新建，内有王川壁画，王川导游前往。坐楼中喝两杯茶，出来坐湖中廊亭，细雨淋淋，烟笼水面，极尽幽静。得知前不久有旧时人物来住园中，一人常临于湖边观鱼乐，不觉回头望园中楼舍，楼舍一半渺失，一半如浮，但清晰一白皮松，青灰底色里白斑如钱，塔子小，匀匀在一堆枝叶的苍绿中泛黄。

芙蓉楼前二十米是中泠泉，不愿近，嫌"中泠"二字不好。

261

十九

镇江黄墟乡龙山村现在是中国最富裕村镇之一。但与任何村镇发展不同，它是由工人承包而起，实行的是现代化大企业管理方法。有如英国人开发美洲。没有四个工人从附近的热电厂辞职来养鳗就不可能有龙山村的发展，没有龙山村的土地水塘也不可能有"世界鳗王"的龙山鳗业联合公司。这种公司比社会上公司有可以使用的土地和最便当的劳力的有利处，也有使农民一步到位、最快摆脱农民意识的先进处，其压力是以村为公司时必须敢担风险，其阻力是世世代代在此繁衍生息的农民对于外来人来占有土地又受其治理而所带来的行为上、心理上的抗拒。《土门》从一个侧面即表现这种矛盾，龙山现状又是另一个侧面，令我大喜。

二十

登北固山见梁武帝萧衍书"天下第一江山"刻石，哑然一笑，想起西安街头卖羊肉泡馍人家门前有"天下第一碗"。

二十一

在扬州得旧籍，读至龚定庵身处风月繁华地却清净澹泊，甚有感动。定庵性不羁，厌修饰，在朋友魏源（字默深）家客住，仍得大自在。其一趣：

"定庵无靴，借默深靴著之，所容浮于趾，曳之，廓如也。客至，剧谈渐浃，定庵跳踞案头，舞蹈甚乐。洎送客，靴竟不知所之，遍觅不可得，濒行，撤卧具，乃于帐顶得之。当时双靴飞去，定庵不自知，并客亦未见，此客亦不可及。"

古人磊磊率真如此，今不能了。

二十二

读《浮生六记》，知沈复三十三岁的冬天，为友人作中保而被牵累，致使家庭失欢，寄居无锡，后归途到虞山，"愁苦之中快游也"。我年四十五，来虞山比沈复迟了十二年。

上剑门，观尚湖，不知太公在秦在苏？

二十三

常熟有古诗：七溪流水皆通海，十里青山半入城。

七溪，一在学宫后兴贤桥北，二在草圣祠后东太平巷南，三在东街南金童子巷北，四在言子宅后坊桥北章家角南，五在白粮仓前灵宫殿后，六在白粮仓后，七在孝义桥南仓浜底。虞山骑车周游可两小时许。

城中有方塔，为南宋建。据说虞山如牛形，怕牛入海，故建方塔做拴牛桩。

二十四

游兴福寺，最兴趣扶竹荒疏。到一庭院，见殿额"为甚到此"，怅然若失。在"自彻"院书法，识静觉师傅，无印章，虞山友人当即以锉刀在静觉印石的另一端刻"平凹"二字。后上"救虎阁"素食嫩竹针菇，当了半日和尚。

263

二十五

在常熟拜钱谦益，却更钟情柳如是，单这名字便喜欢，登虞山见柳如是的撰联就录，得传说，柳墓里的棺木是悬葬的，以示不履清朝土地。白茆镇芙蓉村未能去，不知那株红豆树今年可生几豆？

<h1 style="text-align:center">二十六</h1>

读资料："兴福寺原有一株唐桂，一株宋梅，均为千年古树。宋梅至二十年代尚开花结梅子，梅子秋后成熟，味甘。一九三六年九月十二日午夜十二时许，全树突然倾倒，残枝满地。唐桂五十年代老死。"详细记述树忌日的唯这宋梅。此梅死至今日六十年了，今夜焚纸奠之。

<h1 style="text-align:center">二十七</h1>

在"彩衣堂"见七十余岁时翁同龢相片，鼻如悬胆。翁家父子宰相、帝师，兄弟封疆，叔侄联魁，在近代政治、科举史上其显赫罕有所匹。翁宅不大，庄严肃整，记载原有两棵桂树，今见是幼桂，知原木已毁。后有读书楼，登上吃茶，观翁字画，竟十分喜爱其墨迹。咸、光年间，翁氏书法当朝第一，但如今书法史上未见其地位，令人遗憾。吃茶间偶见台湾寄其馆"松禅老人尺牍墨迹"一册，爱不释手，遂复印半册。

该册序言，斯册凡录翁文恭致南海张樵野手札百余道，并附中俄租借旅大约稿及电报稿若干件。为归安吴渔川所编集。其时日大抵多光绪二十三四年间所书，时正甲午败后对俄德英法交涉频繁之际，翁张二氏同在总理衙门行走，而文恭并兼内阁及军机，张氏以通洋务名为文恭所深器重，凡涉外交多与之磋商。

渔川吴永，吴兴人，为湘乡曾惠敏之东床，亦张樵野氏所荐士。樵野任总理衙门大臣时，渔川曾充记室，戊戌八月，张氏以罪下狱，谪戍新疆，此诸札幸赖先委之渔川得以保存。宣统辛亥编次成册以藏。渔川生为宦，两袖清风，其幼女芷青女士于归文恭家人龄雨先生，此文恭遗墨即其出嫁之压奁物。星移斗转，原物归翁，真是奇迹。

翁氏在朝，门生天子，行走弘德殿，波澜万丈，晚景开缺回籍凄凉异常，自号瓶庵居士，在此"守口如瓶""唯农与鱼鸟相亲"，甚至为避祸，多次隐藏自己的日记、手稿，"避谤每删诗"。临终前口拟挽联："朝闻道，夕死可矣；今而后，予知免夫。"死后墓前立他手书的墓碑——"清故削籍大臣之墓"，可见死而耿耿于怀。

二十八

再游兴福寺，静坐空心潭，游人踵踵，多在潭边围桌玩牌，亦狎欢，亦赌博。救虎阁前放生池里，仍未见绿毛龟。又与静觉和尚见，相谈甚洽，得《了凡四训》一册。

兴福寺前坡竹甚美，进去满地竹叶子埋脚面，但竹几乎每竿刻字，皆少男少女情爱之语。正会心而读，又一对男女携手过来，忙出林到坡下广场吃豆花一碗。

二十九

曾朴在家作《孽海花》，现家院辟为"曾园"，五月十九日下午进园读碑刻，听虞山古琴。先一曲《渔樵问答》，后《高山流水》，叙说古简朴约，时窗外轻风微雨，吹窗偶有嘎嘎声，似鬼魂而入。琴罢出房，廊边有竹在摇曳，忽有词：有竹风显形，无琴灵失托。

内有一香樟，一树两分，一分又三分。荫半亩地，下一太湖石，形状若悠闲人，顶凿"妙有"，下隐约有字，辨认许久，方识得是："余营虚霩园，依虞山为胜，未尝有意致奇石，乃落成而是石适至，非所谓运，自然之妙有者耶，即名'妙有'二字，题其颠。石高丈许，绉、瘦、透三者咸备。"世上万物得失聚散皆有缘，石仍在曾朴已去，为等我耶？

265

三十

一早登虞山"读书台"，不为读书只吃茶，坐亭中四面来风，忽然与同坐说禅，说基督，吃茶就不是吃一杯绿水了。

饭时在旁"梅影廊"，席间有八十老翁，能填词书画，人皆戏谑无序，老者可爱如婴儿。"梅影廊"饭馆原民间俗语"妹引郎"，谓生意兴隆之术，老者改题匾额而雅。老者又自夸：在某乡一干部调戏民女，被人责罚，造亭，称"摸奶亭"，他改题写"莫浪亭"。众人说好，旁有一人就用纸揩老者嘴角沾饭，众人又笑，老者也笑。事后得赠一册《梓人韵语》，知老者是张大千弟子，一生坎坷，早年失妻，今子在上海，有一妇人未婚同居，妇人又常在南京，平日有女学生照料，每当儿子来，便不出门，防备所收藏物失。

三十一

虞山名人多，以人名拟联：

牧斋翁心存曾朴
天池柳如是瓶生

牧斋即钱谦益，号牧斋。翁心存，翁同龢之父，清大学士。曾朴，《孽海花》作者也。天池即虞山琴派宗师。柳如是，牧斋之妾。瓶生为翁同龢晚年号。

三十二

太湖西山二十一个岛屿，风光疏野，最无污染和人工气。不知荡舟周游是何等滋味，现有三桥浮卧四岛之间，一桥七十五孔，一桥七十二孔，一桥四十孔，壮观而秀美，令人长啸。车过西山岛，两边绿树越来越密，同行人讲，这里无树不花，无花不果，我来得不是时候，却在疾驶中竭力去辨认梅树、桃树、栗树和枇杷。路蜿蜒起伏，忽沿山脚前进，一边天水一色，一边叠翠欲坠，正是岛尽处，却一闪，又是一洼绿树，隐约有楼顶亭角，一律洁白，闪烁其间，有鸟就在车前的道边静立，车过也不动。至石公山，进园门就仰首跌帽，与天下景区不同。循门内两侧山道趋势上绕，景顺步移，出神入化。在断山亭看断岩，看方亭，看"山与人相见；天将水共浮"联，看远处的来鹤亭，亭里无鹤，也无鹤来，却觉自己筋骨内敛，灵和外放，轻呼一声"我来了"，一时感到天外有了默雷。

怎不忆江南

当年在商州采风，那是背了笔和纸、牙刷和锅盔，一个县一个县地走，走饥了就寻饭店吃，走累了就寻旅社睡。先后数月，吃了一肚子酸菜糊汤，养了一身的虱，获得精神上的、文学上的东西便享用了十几年。及后又上陕北，为的是那一方黄土，千山万水地走遍。至今想起来，延川黄河岸这边的那一夜涛声，靖边沙漠上的那一天未食的饥肠辘辘，绥德城里那个唱信天游的老汉，仍做了我人生路上嚼不尽的一袋干粮。那时年轻，不怕狼，不怕狗，不怕不卫生，白日跑动，晚上写作，深感自己是虎在山上，龙在海里。古人讲，行万里路，读万卷书，现在提倡深入生活，说的都是文人最起码的东西。我出身贫贱，混迹于民间是我的本事，自然不能同于那些高贵的人，写别一种优雅的日子和行状。走陕南陕北，这是中国苦焦的乡村，一九九五年九六年两次去江苏南部，却到的是富贵之地。苏南基本上走遍了，苏中也走了一部分。一个陌生人到陌生地，有了新的感受也有了新的思维，无论我将来写什么，过什么样的生活，无疑要产生大的影响的。

我写商州，写陕北，写的都是农民。农民的概念，我们一直认作是勤劳善良自私保守；农村的概念，也一直是封建的、落后的、生产力低下而田园风光纯朴。我也哀叹过中国是农业国。我自己出身于农家，为挣脱一张农皮去奋斗了二十年。但在苏南，农民和农村的概念就全变了！那里的农民已经不是了农民，那里的农村已经不是了农村，也不能以才形成时间不长的"乡镇企业"一词去对待那里的乡镇企业了。数年前与外国的作家探讨乡土文学，他们的乡土文学是指回归自然，与我们截然不同，那时还甚不理解；走走苏南，一切也能明白了。现实的变化，必然使观念变化，换一种思维重新看中国的农民和农村，获得的是希望和力量，要写文章，自然有大的空间和多的维度。当初读《尤利西斯》，醒悟到了对语言的运用实际上是对小说的一种认识。农民和农村的概念改变，可以使我在做文学工作时，开启关于人和土地的意义。人的才能，除了天生的一份灵性外，要识多见广，丰富的阅历，做小说家的不易也正是得起码地具备这种基础。我是出国很少的作家，每一次机会都积极地去做中西文化的比较考察，每一次回来，我的写作或多或少地发生着变化。我在中国的西北部待得久了，不要说做天下的文章，全中国都未深入全面地了解，哪里又能建构宏大的意象世界呢？在苏南的日日夜夜，我是激动的，虽然那里的气候对我身体有害，饮食也不习惯，当地人能听懂我的话，我却听他们说话如鸟鸣，但我一有空就写笔记。我当然也思考着中国的历史和现状，思考着中国的前途和远景，陪伴我的人也笑我拿的是文联干部的工资操的是政治局会上的心。而我在洒满月光的夜里失眠而起，我记载了我对自己作品的审视，对当代中国文学的审视。苏南在告别着小农经济，告别着村社文化，我们的作品应该建立真正意义上的现代汉语文学，太功利将使我们平庸，太激愤将使龙种生下跳蚤，而制造技巧将使我们如发达的食文化一样，导致了我们肠胃功能的衰败。

在江南，我拜会了相当多的才子，有现代、当代的，也有古代的，如袁枚、归有光、冒辟疆和钱谦益。我思考着他们产生的原因，研究着他们一生的遭遇，自然就对比着我们的司马迁和我们西北部现当代的作家。我在一篇日记里这样写道："中国的文学艺术有过现实主义和浪漫主义之分，这观点我并不以为然，但确确实实分别着一种写实笔法，一种性灵笔法。这两种笔法，我当然推崇司马迁，但推崇司马迁而鄙视那些毫无灵气的笨写法，对于性灵笔法自己很喜欢又轻贱那些小境界。原先只了解司马迁是北方人，当过史官，受过大难，他注重的是一种天下为怀的、史的目光，这一切又以朴素为底色，而不明白性灵之作是如何产生的。来这里见了冒辟疆、归有光、袁枚的故乡，这一类有才情的人原来也是水土所致。才情之人成功之处在于写了性灵而不靡艳。但这些人作品格局仍是逊于司马迁，原因也可能乏于自然

269

环境的恶劣和人生境遇的灾难。曹雪芹当然是才情人，他的文笔灵动胜于司马迁，他又经历过人生苦难，所以有《红楼梦》。写实易于死板，性灵易于小巧，质朴是重要的，格局是重要的，更重要的是体证人生的大苦大难而又从此有慈悲之怀。"不到江南，我向往江南，去了江南，我更热爱我们的西北。西北历史的辉煌和现今的艰苦，给了我生命和气质。我从事文学，这么从黄河到长江，明白了我们的不足，也坚定了我们的信心。草食动物或许是胆小的兔子，但也可能是恐龙大象，吃血的或许是老虎也或许是虱子。我再不为远离京都而自叹，也不再为所谓西安"生人不养人"的环境而悲苦，放眼天下，心存高志，阔大胸怀，善于汲取，才是我发展天才的急需！

当年的孔子"西行不到秦"的，我往东去，为的是得大自在。

一九九六年七月十八日